DIRK C. FLECK

GO!
DIE ÖKO-DIKTATUR

Roman

RASCH UND RÖHRING VERLAG

Für Lari

Die Deutsche Bibliothek – CIP-Einheitsaufnahme

Fleck, Dirk, C.:
Go!: Die Öko-Diktatur; Roman / Dirk C. Fleck. – Hamburg:
Rasch und Röhring, 1993
ISBN 3-89136-459-8

Großer Burstah 42, 20457 Hamburg, Fax 040/37 13 89
Schutzumschlaggestaltung: Peter Albers
Satzherstellung: KCS GmbH, Buchholz/Hamburg
Druck und Bindearbeiten: Ebner Ulm
Printed in Germany

»Die Menschheit ist in zwei ungleiche Teile zu teilen. Der kleinere Teil, etwa ein Zehntel der Gesamtheit, erhält allein die persönliche Freiheit und das unbeschränkte Recht über die anderen neun Zehntel. Diese neun Zehntel sollen aber ihre Persönlichkeit vollkommen einbüßen und zu einer Art Herde werden, um bei grenzenlosem Gehorsam durch eine Reihe von Wiedergeburten die ursprüngliche Unschuld wieder zu gewinnen, etwa in der Form des alten Paradieses, wenn sie auch, nebenbei bemerkt, werden arbeiten müssen.«

F. M. DOSTOJEWSKI

GO!
(Global Observer)

»Erst die Erde, dann der Mensch«

Die zehn Grundgesetze

1. Die Grundgesetze gelten in allen Kommunen, außer in Meditationskommunen und Stadtlagern.
2. Meditationskommunen sind autonom. Ihre Gebietsansprüche werden berücksichtigt.
3. Geld ist abgeschafft. Vegetarische Grundnahrungsmittel, Kleidung und Wohnung stellt der Staat.
4. Alle Arten von Medien sind verboten. Als Informationsquelle dient das Staatsarchiv.
5. Tiere und Pflanzen genießen unseren Schutz. Schlachthäuser und Zoos sind geschlossen.
6. Es herrscht Bauverbot. Die vorhandenen Bestände werden bei Bedarf instand gehalten.
7. Es herrscht Reiseverbot. Ausgenommen sind Dienstreisen und Familienbesuche. Sie werden mit der Bahn getätigt. Privatfahrzeuge sind nicht erlaubt.
8. Jede Frau zwischen 18 und 35 hat das Recht auf eine Entbindung.
9. Strom und Wasser sind rationiert. Es wird ausschließlich alternative Energie verwendet.
10. Wer eines der Grundgesetze bricht, wird ins Stadtlager verwiesen. Stadtlager stehen auch Freiwilligen offen.

DIE ERDE GEHÖRT NICHT DEN MENSCHEN,
SIE GEHÖRT SICH SELBST. GO!

Gezeichnet: Martin Heiland, Informationsminister

DIE WICHTIGSTEN PERSONEN

In der Reihenfolge ihres Auftretens

Martin Heiland, 44, Informationsminister

Max Malin, 50, Renaturisierungsingenieur

Xenia, 30, Moderatorin des Informationsministeriums

Eszra Hinrichsen, 22, zu Arbeitslager verurteilt, Freund von Laura und Percy Baro

Dr. Philip Baro, 72, ehemaliger Managementberater

Percy Baro, 23, Freiwilliger im Stadtlager, Enkel von Philip Baro

Laura Baro, 22, Percys Schwester

Edward Goldsmith, 59, Mitglied eines amerikanischen Think-Tanks

Professor Kitami, 62, Mitglied des japanischen Öko-Rats

Mira Goldsmith, 19, Tochter von Edward Goldsmith

Willy, 38, Freund von Percy und Eszra. »Spieler« im Stadtlager

Iris Blume, 30, Lebensgefährtin Martin Heilands, stellvertretende Informationsministerin

Paul Boon, 42, Hauptmann der GO!-Schutztruppen

Philine, 27, Mitglied der Meditationskommune Usedom

Dr. Marinella Malin, 37, Ärztin und Lebensgefährtin von Paul Boon, Ex-Frau von Max Malin

Wilken Armerding, 70, Physiker und Freund Philip Baros

Dhyani, 32, Indianerin vom Stamme der Hopi

Tamara, 20, Mitglied der Widerstandsgruppe Weiße Rose

Mark, 24, Mitglied der Widerstandsgruppe Weiße Rose

Kafka, 42, Lehrer in der Meditationskommune Usedom

Colette Rosenbladt, 70, ehemalige Tänzerin

Informationsminister Heiland stocherte nervös in seinem Essen. »Siehst blaß aus, Martin«, bemerkte Peter Buchholz kauend. Als keine Reaktion kam, versuchte er es mit einem Scherz: »Ich werde den Piloten bitten, daß er die Kiste einmal so richtig ins Trudeln bringt. Das belebt. Die Spanier verstehen sich auf solche Kunststückchen.«

Heiland schob den Teller beiseite: »Du fliegst alleine.«

»O nein, mein Lieber, wir sind gemeinsam geladen, wir sehen uns die Sache gemeinsam an, und dann entscheiden wir auch gemeinsam.«

»Vergiß es. Sie wollen, daß wir uns an ihren Grenztruppen beteiligen, also werden wir es tun.«

»Vor dem Rat hörte sich das noch ganz anders an ...«

Heiland legte dem Schutztruppenminister die Hand auf den Arm:

»Keine zehn Pferde kriegen mich in diesen Helikopter ...«

»Ach so ... Du hast Schiß vorm Fliegen!«

»Meine Zunge ist trocken wie 'ne Puderquaste.«

»Die beste Therapie ist die Offensive, das ist bekannt.«

Zwei Herren näherten sich ihrem Tisch. Buchholz begrüßte sie und stellte sie seinem Kollegen vor: »Señor Vargas vom spanischen Informationsministerium, Miguel, unser Pilot. Na, dann wollen wir mal.«

Heiland folgte der fröhlich plaudernden Gesellschaft aufs Flugfeld. Der Bell Jet Ranger stand mit hängenden Rotorblättern vor

ihnen wie ein flügellahmes Insekt. Buchholz drückte sich neben ihn auf die hintere Bank. Der Pilot entfernte den Überzug vom Staurohr und drehte an der Benzinzufuhr, die zwischen den Sitzen lag. Seine Hand fuhr unter das Kabinendach, wo sie nach einer genau festgeschriebenen Choreographie zwischen Kipp- und Drehschaltern virtuos hin und her tanzte. Heiland vertraute sich dem Piloten an wie einem Arzt, der vor der Operation die Instrumente sortiert. In der Luft war ein Zwitschern, als hätte sich ein Vogelschwarm in der Kabine niedergelassen.
»Helikopter Seawind 2040 ready for take-off.«
»Roger. Altimeter set thirty point ten. Clear for take-off.«
Er krallte sich in den Sessel und mußte feststellen, daß der Kurvenflug, in dem Algericas wie ein Tischtuch unter ihnen weggezogen wurde, ein wohliges Kribbeln im Bauch verursachte. Die Schaumkronen auf dem Meer schienen schräg vom Himmel zu regnen, um gleich darauf, dem kippenden Horizont folgend, waagerecht auf sie zuzurollen. Er bekam eine Ahnung davon, wie es sich anfühlte, aus der Welt katapultiert zu werden, und es gefiel ihm. Insbesondere gefiel ihm, daß sich seine Verantwortung für diese Welt dabei in nichts auflösen würde ...
»In einer Stunde wird es dunkel«, hörte er Vargas sagen, »allmählich dürften sie sich bereitmachen da drüben. Die meisten versuchen es nachts. Sie kapieren einfach nicht, daß wir sie genausogut im Dunkeln aufspüren können.«
»Wie viele sind es pro Tag?« fragte Buchholz.
»Wer weiß das schon. Einige Tausende. Die meisten stammen aus Schwarzafrika. Die Marokkaner gehen nicht gerade zimperlich mit ihnen um. Erst letzte Woche hat die Armee an der senegalesischen Grenze eine Reihe von Flüchtlingscamps bombardiert. Allmählich aber gehen den Marokkanern Treibstoff und Munition aus. Jetzt sind die GO!-Staaten gefordert.«
»Wie soll das funktionieren?« entgegnete Buchholz irritiert. »Wir haben ein striktes Waffenembargo verabschiedet, oder nicht?«

»Juristische Positionen lösen keine Probleme, Señor. Es mag für Sie makaber klingen, aber ohne die gewaltsame Dezimierung im Vorfeld unserer Grenze wären wir Europäer aufgeschmissen. Die Menschen drängen zu Millionen an die nordafrikanischen Küsten. Marokko, Algerien und Tunesien sehen aus wie nach einem Heuschreckenangriff. Was nicht niet- und nagelfest ist, wird geklaut und zu Flößen umfunktioniert. Türen, Dachbalken, einfach alles.« Vargas reichte seinen deutschen Gästen die Karte. »Wir patrouillieren mit zwanzig Schnellbooten in der Straße von Gibraltar, außerdem sind ständig vier Hubschrauber im Einsatz. Trotzdem gelingt es einem beträchtlichen Teil, bei uns anzulanden. Womit wir beim Punkt wären: Der spanische Öko-Rat hat beschlossen, eine zusätzliche Pufferzone einzurichten. Der gesamte Küstenstreifen zwischen Huelva im Westen und Benidorm im Osten wird bis zu zwanzig Kilometer tief ins Landesinnere geräumt. Das macht natürlich nur Sinn, wenn dort genügend Militär präsent ist, um die Eindringlinge auch aufzuspüren.«

»Und dabei dachten Sie an uns?« nuschelte Buchholz über die Karte gebeugt.

»An Sie, an die Franzosen, die Engländer, die Schweizer, egal ... Alleine schaffen wir es jedenfalls nicht mehr. Die Alternative wäre für niemanden verlockend. Bedenken Sie nur die Ströme von Aidsinfizierten, die sich illegal nach Norden bewegen würden.«

Heiland lauschte den Ausführungen des Spaniers eher beiläufig, er war viel zu sehr damit beschäftigt, Miguels Flugmanövern mit dem Gewicht seines Körpers Nachdruck zu verleihen. Als der Helikopter unvermutet niederstürzte, um plötzlich mit erhobenem Schwanz in niedriger Höhe stehenzubleiben, wurde ihm schließlich doch noch schlecht. Buchholz reichte ihm eine Kotztüte.

»Hier haben wir es mit einem der typischen Flöße zu tun«, do-

zierte Vargas in der Art eines Museumsführers. »Vier, fünf kräftige Balken aneinandergenagelt, das ist es meist schon. Viele werden von der Strömung in den Atlantik gerissen.«
Heiland mußte aufstoßen, es gelang ihm aber, die gallige Flüssigkeit wieder runterzuschlucken. Unter ihnen kräuselte sich die See. Inmitten dieses von peitschenden Rotorblättern entfachten Sturms kauerte eine Gruppe verängstigter Menschen auf schaukelnden Planken. Fünf junge Männer, eine Frau. Sie saß als einzige aufrecht und barg ein Baby in den Armen. Ihre Lippen bewegten sich wie im Gebet.
Er kam sich in dieser Glaskuppel wie ein Außerirdischer auf Stippvisite vor. Der Pilot zog die Maschine behutsam hoch, als sei ihm der Anblick peinlich. Von Backbord näherte sich in rasender Fahrt ein Schnellboot. Es hielt direkt auf das Floß zu und pflügte es unter. Sekunden später stob der Helikopter mit gesenktem Haupt auf die afrikanische Küste zu. Heiland erbrach sich. »Es sind Hunderte«, fuhr Vargas ungerührt fort, »zählen Sie mal mit.«
»Ab wo werden sie angegriffen?« fragte Buchholz, um Contenance bemüht.
»Ab wo? Sie werden gestellt, wo immer wir ihrer habhaft werden, Señores. Was dachten Sie denn?«
»Auch vor ihrer eigenen Küste?«
Dem Spanier ging die Empfindlichkeit der Deutschen sichtlich auf die Nerven: »Natürlich«, knurrte er, »je eher, desto besser.«
»Es wäre doch möglich, daß es sich um Fischer handelt«, hakte Buchholz nach.
Vargas starrte ihn fassungslos an. Auch Heiland warf seinem Kollegen einen abschätzigen, fast mitleidigen Blick zu. Fischen war in allen Anrainerstaaten seit der Choleraepidemie von 2024 unter Todesstrafe gestellt. Die ökologischen Zeitbomben der Vergangenheit tickten in solcher Menge im Meer, daß auch in hundert Jahren keine Besserung in Sicht sein würde. Fast die

Hälfte der europäischen Industrie war hier über Jahrzehnte hinweg kostenneutral entsorgt worden. Der Massentourismus, der am Ende auf 340 Millionen Besucher pro Jahr angewachsen war, hatte die Gewässer zwischen Gibraltar und der Südtürkei endgültig zugeschissen.
Sie folgten der Küste nach Melilla. »Ich denke, wir haben genug gesehen«, sagte Heiland, als sie wieder einmal in geringer Höhe über die Köpfe der Flüchtlinge donnerten. Vargas gab dem Piloten das Zeichen zur Umkehr.
»War 'ne blöde Bemerkung mit den Fischern«, entschuldigte sich Buchholz, als sie eine Stunde später im Gästehaus des spanischen Öko-Rats zu Abend aßen.
»Sagen wir mal so«, antwortete Heiland kauend, »sie hat unseren Sachverstand nicht gerade unter Beweis gestellt. Wieviel Mann können wir ihnen bewilligen? Zwanzigtausend?« Er schnupperte am vino tinto und blickte den Schutztruppenminister über den Rand des Glases fragend an.
Buchholz nickte und ging auf sein Zimmer. Er wurde einfach nicht schlau aus diesem Mann. Im Helikopter hatte Heiland Höllenqualen gelitten beim Anblick der verzweifelten Menschen, und jetzt erteilte er mit einem Augenzwinkern Unterstützung für dieses Schlachtfest an Europas verwundbarster Stelle.

Malin legte das Buch beiseite. Ihm war aufgefallen, daß seine Augen immer wieder zum Beginn des Absatzes zurückglitten, nachdem sie sich eine Zeitlang über die Zeilen bewegt hatten, die ihren Sinn allerdings verborgen hielten. Er betrachtete das Foto von Marinella, das er seit ihrer Trennung als Lesezeichen benutzte. Dies war einer der wenigen Momente, in denen er auf seine Traurigkeit sah wie auf das Wetter, dem man ausgeliefert ist. Sie hatte keinen bestimmten Anlaß, das machte ihre Autorität aus. Er stellte die Beschallung ein und

zündete sich eine Zigarette an. Es war die letzte, aber es beunruhigte ihn nicht. Er hatte sich mit seinem Suchtverhalten arrangiert. Die monatliche Ration von fünf Schachteln war wie üblich nach drei Tagen verbraucht. Das gleiche galt für den Alkohol. Was ihn jedoch zu ängstigen begann, war die Tatsache, daß es ihm immer schwerer fiel, nach diesen drei Tagen in die Nüchternheit zurückzufinden, die am Ende doch äußerst angenehm war. Vielleicht sollten sie Zigaretten und Alkohol ganz verbieten. Leute wie er würden es ihnen danken, aber Leute wie ihn gab es offensichtlich nicht in ausreichender Zahl.
Er legte den Kopf zurück und lauschte der Musik. Er mochte diese alten Stücke mit Synthesizern und elektrischen Gitarren. Er sollte eine Lesson nehmen. Drei Videos waren aufgelaufen, und wer wußte schon, ob sie nicht falsche Schlüsse zögen, wenn er sie jeweils auf einmal konsumierte, obwohl es rechtens war. Schließlich durfte man bis zu drei Lessons stehenlassen, und er nutzte diese Möglichkeit für gewöhnlich auch aus. Im Grunde war es wie mit den Zigaretten. Er nahm immer alles auf einmal...
Xenia würde ihm guttun. Die schöne Quälerin war nicht leicht zu ertragen, und er gehörte nicht zu jenen, die ein masochistisches Verhältnis zu ihr pflegten wie mancher seiner Arbeitskollegen. Aber in Stimmungen wie dieser konnte ihre rotzfreche Rhetorik sogar erheiternd wirken. Er kramte im Abfall nach den Kippen und drehte sich eine allerletzte Zigarette. Dann ging er in den Medienraum, gab seine Bürgernummer ein und setzte sich im Sessel zurecht, der ihm trotz seines Komforts unheimlich war, weil er das Gefühl vermittelte, unter der komplizierten Apparatur in eine Scheinwelt zu entschwinden, aus der es vielleicht kein Zurück mehr gab. Der Helm, der Nasenschlauch, der Anzug mit seinen Sensorenanschlüssen schienen ihm eine zu erdrückende und plumpe Einrichtung, um seiner Phantasie auf die Sprünge zu helfen. Im Grunde widerlegte dieses Monstrum

die permanente Technikschelte, die sie paradoxerweise über Millionen solcher Anlagen wie eine Staatsreligion in die Köpfe der Menschen pflanzten. Dennoch war Malin ein ums andere Mal fasziniert von der virtuellen Realität, die er unter dem Helm empfing.

Er betätigte den Abrufknopf und befand sich in einem Raum, von dessen hoher Decke zarte Leuchtfäden wie Spinnweben herabhingen. Der Boden war mit einem heidefarbenen Teppich bedeckt, in seiner Mitte lag ein lackiertes, schwarzes Holztablett, darauf ein silberner, pyramidenförmiger Samowar sowie zwei flache Teeschalen. Um das Tablett waren weiße Sitzkissen gruppiert. Er war gespannt, auf welche Weise Xenia sich diesmal zeigen würde. Sie war ein Biest und reizte die Spannbreite zwischen Nähe und Distanz voll aus. Er sah sich um. In der Ecke lehnte eine gerahmte Tuschezeichnung an der Wand.

»*Was meinst du, wo hänge ich sie hin?*« hörte er Xenia mit ihrer unnachahmlich rauchigen Stimme sagen. Sie lehnte in der Tür und schlang ihr langes Haar im Nacken zu einem Knoten zusammen. Ein dunkelroter, seidener Morgenrock floß ihr bis zu den nackten Füßen. »*Aber setz dich doch.*« Malin hockte sich hin, während Xenia ihm gegenüber im Schneidersitz Platz nahm und Tee einschenkte. Als sie die Schale zum Mund führte und ihn aus ihren großen, grünen Augen anblickte, glaubte er, sich auflösen zu müssen. Xenia-Kick nannte man das.

»*Warum, glaubst du wohl, nennt man mich die Quälerin?*« begann sie die Unterhaltung, die ja letztlich doch nur ein vorgefertigter Monolog war, der den Besucher allerdings geschickt vereinnahmte. »*Ich will es dir sagen: weil Menschen wie du die Wahrheit noch immer als Qual empfinden. Die Wahrheit aber ist, daß wir eine Schuld zu begleichen haben, eine Schuld gegenüber unserem Planeten, gegenüber seinen Pflanzen und Tieren. Dazu bedarf es einer Gehirnwäsche. Denk nach über das Wort. Es bedeutet, daß wir in euren Gehirnen saubermachen . . . Erst*

wenn der Gedankenschmutz von Jahrhunderten getilgt ist, kommen eure Herzen wieder in Ordnung.«
Sie sah ihn lächelnd an. Malin bemerkte einen spöttischen Zug um ihre Lippen, aber er mochte sich auch täuschen. Es war nicht einfach, diesem Blick standzuhalten, aber die Regeln besagten, daß der Besucher seine Augen offenzuhalten hatte, wenn er die Lesson nicht wiederholen wollte, was letztlich nur noch anstrengender war. Er hatte schon von Leuten gehört, die unter den Augen der Quälerin ohnmächtig geworden waren.
»Halte deine Hand hoch«, forderte Xenia ihn freundlich auf. *»Was siehst du zwischen dir und deiner Hand?«* Was sollte er sehen? Nichts natürlich. *»Nichts? Bist du sicher?«* Klar war er sicher, es gab nichts zu sehen. Sie stand auf und drückte ihm ein feuchtes Tuch auf Mund und Nase. Er erstickte fast unter ihrem Klammergriff. Als er sich den Helm vom Kopf reißen wollte, ließ sie los. *»Zwischen dir und deiner Hand befindet sich Luft. Ohne Luft können wir nicht atmen. Jedes Lebewesen bedient sich aus demselben Luftvorrat. Er ist das Bindeglied zwischen uns. Du siehst, wir sind alle miteinander verbunden.«*
Malin schwebte im Raum und blickte auf die Erde herab, die von einem verletzlichen, blaßblauen Häutchen umgeben war. *»Unsere Atmosphäre ist begrenzt, sie ist begrenzt belastbar und begrenzt lebensfähig. Stirbt sie, sterben auch wir. Trink deinen Tee.«*
Dies war eine jener kleinen Gemeinheiten, die sie gelegentlich einzustreuen pflegte, schließlich saß man Lichtjahre von ihr entfernt in einem kleinen Normraum unterm Vermittler, der ganz schön auf die Ohren drückte.
»Ich begleite dich jetzt fünfzig Jahre zurück in die Zeit der Verblendung. Ich zeige dir Bilder aus einer Stadt. Aufgenommen an einem x-beliebigen Platz an einem x-beliebigen Tag ...«
Malin zuckte zusammen. Wieder einmal war er auf den Lärm nicht vorbereitet. In Verbindung mit der bleigeschwängerten

Luft, die der Nieselregen in niedriger Höhe band, wirkte das Konglomerat wie eine subtile Folter. Für einen Moment glaubte er sich erbrechen zu müssen. Er atmete so flach es eben ging, aber sofort verbreitete sich ein widerwärtiger Geschmack im Mund. Es hatte keinen Sinn, an den Geräusch- und Geruchsensoren zu drehen, die Zentrale merkte es ja doch. Die Gesichter der Menschen mit ihrem Ausdruck mühsam gezähmter Hysterie sahen aus wie Masken. Niemand verwendete einen Mundschutz. Auf seiner Arbeitsstelle mußten sie sich die Dinger schon aufsetzen, wenn sich ein Baufahrzeug nur näherte.
Er saß auf einem Betonkübel, der mit Erde gefüllt war und in dessen Mitte ein kahles, hanfgeknebeltes Bäumchen wurzelte, um dessen Stamm sich Plastikgefäße und bunte Dosen türmten. Hinter ihm befand sich ein U-Bahn-Eingang. Eine Gruppe glatzköpfiger Jugendlicher stand unbehelligt inmitten dieses Mahlstroms von Menschen, der in respektvollem Abstand vorbeifloß. Die Autos stoppten. Im Verkehr tat sich eine Lücke auf. Malin ging auf die andere Straßenseite. In einem Schnellrestaurant standen die Wartenden unter einer grellen Neondusche Schlange. Uniformierte Diener aller Hautfarben wieselten hinter dem blitzblanken Tresen herum. Sie alle trugen die gleichen albernen Papierschiffchen auf dem Kopf. Auch die Gäste steckten in einer Art Uniform. Auf ihren Jacken, Hosen und Schuhen prangten markante Schriftzüge, die er nicht zu deuten wußte. Am Straßenrand hockte ein korpulenter Kerl bei laufendem Motor in einem Auto und stopfte kleine gelbe Stangen in sich hinein. Er sah aus, als hätte man ihn aus Schleim gefertigt und durchs Schiebedach aufs Polster gegossen, wo er seitdem festklebte. Das Auto vibrierte unter einem dumpfen Klangbrei, der selbst den wabernden Sound des zähflüssigen Verkehrs übertönte. Malin fröstelte und ging auf die nahe Brücke, vorbei an einem Spielsalon. Die Kinder, die hier in stoischer Ruhe an antiquierten Geräten arbeiteten, hatten alte, gelangweilte Gesichter.

Gelegentlich wurden sie wie Schmeißfliegen hinausgescheucht, um kurz darauf wiederzukehren, als stünde ihnen der Stumpfsinn zu. Vor ihm schlenderten zwei kichernde junge Mädchen in kurzen Röcken. Sie hatten einen anmutigen Gang, und, bei Gott, sie hatten anmutige Hintern. Eines der Mädchen drehte sich um und schleuderte ihm aus dem Schatzkästchen ihrer schnippischen Gesten einen Blick zu, der ihn erröten ließ. Er krallte sich ans Geländer und spürte die Schwingungen der Brücke in seine Arme kriechen. Unten zog ein Paddler seine Bahn, vorbei an den dreckbesäten Ufern mit ihren gespenstischen Baumskeletten. Eine wachsgesichtige Dame hielt eine Zeitung mit dem Titel DIE WAHRHEIT vor die Brust, als wollte sie etwas beweisen.

Malin flüchtete in einen gläsernen Kiosk. Er beugte sich über einen Kübel voller Blumenleichen. Sie verströmten keinerlei Geruch. Jeden Moment erwartete er die Pflanzenschutzpolizei, aber nichts rührte sich. Ein Kind zwinkerte ihm zu, er zwinkerte zurück, aber die Mutter riß es davon. Draußen standen die Zeiger einer Uhr auf fünf vor zwölf.

Jetzt erinnerte er sich, was ihn an Xenias Lessons so störte: die platte Symbolik! Im nächsten Moment fand er sich auf einer Wiese am Waldrand wieder. Noch dröhnte die Stadt in seinen Ohren, aber allmählich drang das Zwitschern von Vögeln zu ihm durch. Eine warme, ungetrübte Sonne löste die Verkrampfung in seinen Gliedern, und das Spiel des Windes im hohen Gras wirkte beruhigend aufs Gemüt. *»Aber wollt ihr denn durchaus zugrunde gehen, so tut es lieber auf einmal und plötzlich. Dann bleiben von euch vielleicht erhabene Trümmer übrig!«* hörte er die Stimme der Quälerin.

Er blickte irritiert auf. Xenia musterte ihn wie man einen Lieblingsschüler mustert. *»Nietzsche«*, lächelte sie und schenkte frischen Tee ein. *»Es herrschte eine grandiose Langeweile damals«*, fuhr sie nachdenklich fort, *»die in einem dumpfen, nicht enden*

wollenden Zerstörungswerk kulminierte. Erst wenn du in der Lage bist, die Zusammenhänge in den unscheinbaren alltäglichen Begebenheiten zu lesen, wirst du verstehen, warum wir heute zu dienen haben. Bis demnächst, mein Freund . . .«
Siebzehn Minuten. Malin schälte sich aus dem Anzug. Wie sanft sie sein konnte. Und wie rätselhaft. Da hatte er sie schon ganz anders erlebt. Wahre Haßtiraden konnte sie vom Stapel lassen.

Eszra wunderte sich, daß niemand öffnete. Er schaute durchs Küchenfenster und ging ums Haus. Percys Großvater hockte mit einer Gartenschere am Rosenbeet. Eszra tippte ihm auf die Schulter.
»Hi!«
Der Mann fuhr herum: »Mein Gott, Junge, was hast du mich erschreckt . . .«
»Was haben wir denn da, Philip, eine Gartenschere? Ist denn das erlaubt?«
»Weißt du, mein Junge«, sagte der Mann und erhob sich, »Leute wie mich ändert man nicht mehr.«
Eszra mochte den alten Herrn, er mochte die buschigen, sich nach oben ziehenden Augenbrauen, die wunderschön gebogene Nase, die großen, enganliegenden Ohren und die müden Augen, die gelegentlich voller Sympathie aufblitzten. Der alte Herr hatte Stil. Und wenn man bedachte, daß sein Leben gespalten war, daß es sozusagen in zwei Welten stattgefunden hatte, dann mochte man sogar die ironisch-intelligenten Spitzen, die er bei jeder sich bietenden Gelegenheit gegen die »große Erlösung«, wie er die Revolution nannte, fallen ließ.
»Siehst gut aus, mein Junge . . .«
»Wo ist Percy?«
»Na, wo schon?«
»Darf ich rein?«
»Frag nicht so dumm«, brummte Dr. Baro.

»Hör mal, Doc«, sagte Eszra leise und führte den alten Herrn ins Haus, »was würdest du sagen, wenn ich dir erzähle, daß ich im Besitz von zwanzig Litern Sprit bin?«
Baro schaute den Freund seines Enkels lange und fast mitleidig an: »Ich würde es sein lassen, wenn ich du wäre.«
»Aber nicht, wenn du du wärst, stimmt's?« Eszra packte den Doktor bei den Schultern: »Sag ja!«
»Ich sag ja, daran liegt's nicht. Aber überleg dir genau, was du tust. Was ist mit Laura? Sie dürfte auf keinen Fall etwas davon erfahren. Auf keinen Fall, hörst du? Das ist meine Bedingung.«
»Okay Doc, danke.« Er umarmte den Mann und stürmte durch den Garten auf die getarnte Garage zu. Sie war total zugewachsen mit den Jahren. Ob sie das Tor überhaupt noch aufbekommen würden, war gar nicht sicher. Er hob die Grasnarbe an und kletterte durch den Geheimgang. Percy saß mit geschlossenen Augen auf dem heruntergeklappten Verdeck und begleitete die Musik aus den Boxen des Autoradios mit einem imaginären Schlagzeugwirbel. »My eyes have seen you« von den Doors, einer Band aus der Beatles-Zeit. Eszra setzte sich ans Steuer des fünfzig Jahre alten schwarzen Carreras und legte die Füße auf den ledernen Beifahrersitz.
»Zu grell!« schrie Percy, als er seinen Freund bemerkte, und klatschte in die ihm dargebotene flache Hand.
Eszra stellte das Tape aus: »Ich weiß, was noch viel greller ist!«
»Nee, oder..?«
»Doch! Charly hat's geschafft! Er hat's geschafft ... frag nicht, wie!«
»Weiß der Doktor Bescheid?«
»Er ist einverstanden. Allerdings ohne Laura.«
»Quatsch! Natürlich kommt sie mit.«
»Er will es nicht.«
»Was ist los, Esz? Ich denk, du bist in meine Schwester verknallt?

Die beißt uns die Schwänze ab, wenn sie erfährt, daß wir sie hiergelassen haben.«
Und wie aus einem Mund riefen beide: »Er muß es ja nicht erfahren!«
Sie lachten schallend los und trommelten wie die Wahnsinnigen auf die Sitze ein: »Unhappy Girls« von Mr. Jim Morrison, ein Star in den Augen dieser jungen Gentlemen.

Die kleine Spritztour war für die nächste Vollmondnacht geplant, in vier Tagen also. Bis dahin verbrachten Dr. Baro und sein Enkel täglich einige Stunden in der Garage. Sie ölten das Schwingtor und befreiten es vom Gestrüpp der Schlingpflanzen, die sich auf dem rostigen Metall festgekrallt hatten. Um den Carrera brauchten sie sich nicht zu kümmern, das hatten sie lange genug getan. Zum Abschluß gab es eine Trockenübung hinterm Steuer. Der Doktor saß auf dem Beifahrersitz und versuchte Percy zu vermitteln, wie es sich anfühlt, wenn der Wagen zum Teil des eigenen Körpers wird. Es sei völlig unwichtig, wie schnell man fahre, was zähle, sei das Gespür für die Energie des Gefährts.
Baro selbst wollte nicht mitfahren. Er sei zu alt für solche Scherze, behauptete er. Es war jetzt ziemlich genau vierzig Jahre her, daß er seinen Porsche ein letztes Mal über die Autobahn nach Frankfurt geknüppelt hatte. Von einem Tag zum anderen war ja Schluß gewesen mit der Herrlichkeit. Nein, zu alt fühlte er sich eigentlich nicht. Eher schon befürchtete er, daß ihm die Erinnerung an eine gewisse weibliche Person, die er damals um vier Uhr nachts in Frankfurt glaubte aufsuchen zu müssen, den Seelenstaub aufwirbeln würde. Was die Jungs betraf, die sollten ihren Spaß ruhig haben, vielleicht half das, einige Vorurteile zu begraben, die man seiner Generation gegenüber pflegte. Die Geschichte mit der Luftverpestung war ohnehin lächerlich, angesichts der Tatsache, daß ihre gesamte Scheißarmee mit den veral-

teten Vehikeln aus den Zeiten der Faschistischen Liga unterwegs war.

Der Mond hatte die dichte Wolkendekke des Tages bis Mitternacht aufgelöst. Der Himmel war von einer Klarheit, daß Eszra zum erstenmal begriff, daß er sich mit seinem Fahrrad ja mitten durchs All bewegte. Ihm wurde schwindlig. Den ganzen Tag hatte er schon so ein Kribbeln im Bauch.

Das Haus des Doktors lag gut geschützt am Berg. Unten wand sich ein glitzerndes Flüßchen durchs Dorf. In den Sonnenkollektoren blitzte der Mond auf, selbst die Schieferdächer sahen aus wie mattierte Spiegel. Eszra nahm den Kanister vom Gepäckträger. Das Garagentor stand bereits offen. Percy und der Doc fummelten bei Kerzenlicht am Motor herum.

»He, Jungs, hier gibt's einigen Zündstoff!«

Baro begrüßte Eszra, wischte die Hände an einem Tuch ab und roch am Verschluß. Er drehte den Deckel vom Benzinstutzen, steckte einen Trichter hinein und wuchtete den Kanister vor den Bauch. Als sich der Sprit glucksend in den Tank ergoß, schauten die drei sich an wie Komplizen nach einem gelungenen Coup. Der Doktor ließ die Schwingtür herab und schaute auf die Uhr.

»Zehn vor eins. Ihr habt also noch 'ne Stunde. Gehn wir ins Haus.«

»Hör mal, Doc«, sagte Percy, als er dem Großvater die Flasche Wein aus dem Keller geholt hatte. »Eszra und ich würden gerne ein paar von deinen Klamotten anziehen. Den hellgrauen Armani zum Beispiel. Der paßt mir wie angegossen. Was meinst du? Wir inszenieren die perfekte Zeitreise!«

Der hellgraue Armani. Baro bekam einen Stich ins Herz. Okay, warum nicht?

»Hast du sie gesehen?« flüsterte Percy, als sie vor dem geöffneten Kleiderschrank Hemden, Hosen und Binder sortierten.

»Sie ist um Punkt zwei an der Burg.«
»Gut.«
»He, wie findest du das hier?« fragte Eszra und entfaltete ein Smokinghemd.
»Ein bißchen zu rüschig. Komm, ich verpaß dir was Anständiges. Verlaß dich ganz auf Brüderchen Dandy.«
Als die beiden nach einer halben Stunde in den Salon zurückkehrten, traute Dr. Baro seinen Augen nicht. Die Jungs sahen phantastisch aus. Eszra war wie geschaffen für den Nadelstreifen von Ladage & Oelke. Und es wunderte ihn keineswegs, daß Percy exakt die richtige Krawatte zum Anzug herausgefunden hatte.
»Also, los geht's. Hier ist der Schlüssel. Seid vorsichtig, hört ihr?«
»Was ist, Doc? Willst du uns nicht losbrummen sehen?«
Baro umarmte die beiden: »Es ist euer Trip. Geht schon . . .«
Er setzte sich in den zerschlissenen Ledersessel und hob das Glas erst, als das vertraute Geräusch des Motors an seine Ohren drang. Zwei, drei Fehlzündungen, das war zu erwarten gewesen, aber dann flüsterte sich der Porsche in die Nacht.

Percy fuhr die Serpentinen im Schritttempo hoch. Sein Kopf stieß fast gegen die Frontscheibe. Die Straße war von Schlaglöchern übersät, und in den Kurven warfen die Bäume Schatten, so daß er sich von Lichtloch zu Lichtloch arbeiten mußte. Das Verdeck war geschlossen, wegen der Musik, die sie eigentlich spielen wollten, aber weder ihm noch Eszra war im Moment nach Musik. Nach einer Viertelstunde hatten sie den überwucherten Parkplatz zu Füßen der Burg erreicht. Von Laura keine Spur. Sie stiegen aus und hockten sich an den Rand der Böschung. Die Stille war mit Händen zu greifen, es war, als wäre die Welt in Klarsichtfolie verpackt und alle Geräusche nach draußen verbannt. Aber dann knackte irgendwo ein Zweig, und beide rissen die Köpfe herum. Hinter einem Baum entdeckten sie die Silhouette einer Frau. Sie löste sich aus dem Schatten und trat langsam näher. Eszra lief auf sie zu und drehte mit ihr im knackenden Unterholz einige Pirouetten.

»Laßt euch ansehen«, sagte Laura auf dem Parkplatz und wich zwei Schritte zurück. Ungläubig schüttelte sie den Kopf. »Was will man mehr . . .«, lachte sie und hakte sich bei ihnen unter.

»Du siehst toll aus«, flüsterte Eszra ihr ins Ohr.

»Wirklich toll«, wiederholte Percy auf der anderen Seite.

Das fand sie auch, nur gut, daß sie den Strohhut gefunden hatte, er erst adelte das schlichte Seidenkostüm. Eszra kletterte auf den Notsitz und schlang seine Arme um Laura, die es sich vorne bequem machte. Scheu und aufgeregt trudelten sie auf die Straße, welche jetzt in langen, sanften Biegungen in die Ebene fand, die sich vor ihnen phosphorfarben ausdehnte, als hielte sie alles Mondlicht der Welt gefangen. Laura kramte eine Kassette hervor. Und nach den Klängen eines Streichquartetts von Mozart fand Percy endlich zu seinem Fahrstil. Auf Knopfdruck faltete sich das Verdeck nach hinten und gab den Himmel frei. Die Tachonadel stand auf siebzig. Fast andächtig verharrten die drei im Wagen, nur Laura streckte den rechten Arm hinaus und ließ ihre Hand auf dem Fahrtwind reiten. Eszra stemmte sich aufs Verdeck und genoß den kühlen Sturm auf seiner Stirn. Inzwischen hatte auch Laura den Kopf zur Seite geneigt, ihr Haar flatterte gegen seine Hand. Es fühlte sich an wie zarte Peitschenhiebe.

»Schneller, los, mach . . .!« feuerte sie ihren Bruder an.

Percy trat aufs Gas. Der Schub überwältigte Laura, sie warf den Kopf zurück und begann zu schreien. Immer wieder. Warum platzte die Welt nicht . . .? Erst als Eszras Lippen ihre Stirn betupften, seine Zähne ihre Nase beknabberten und sein Mund sie stumm machte, gab sie sich geschlagen. Sie kletterte zu ihm nach hinten. Dort thronten sie wie zwei Königskinder.

Percy ging vom Gas, gemächlich glitten sie nach der langen Geraden in einen toten Wald. Das Altholz hatte keinen Schirm mehr gegen das Licht, und so standen die Bäume wie theatralische Grabmale gegen den silbernen Himmel. Ihre unerschütterliche Haltung flößte Respekt ein. Percy legte die Doors auf: »When the music's over.« Warum ließ man sie nicht einfach fahren, warum erteilte niemand eine Ausnahmegenehmigung für eine solche Exkursion, die einem Gott näherbrachte als jedes Ausbildungsprogramm?
Percy beobachtete seine Schwester im Rückspiegel. Er konnte sie nur schemenhaft erkennen, aber ihre aufrechte, ruhige Körperhaltung kannte er nur zu gut. Es gab Momente, da durfte man sie nicht ansprechen, da spann sie ihre Träume, die sich wie ein Kokon um die jeweilige Situation legten. Dies hier war so ein Moment.
Er schaltete in den zweiten Gang, die Steigung war stärker, als sie aussah. Etwa hundert Meter vor dem Gipfel hörte der Wald auf, die Sicht wurde besser. Er wollte gerade die Kassette wechseln, als er auf der Kuppe die Konturen eines krakenähnlichen Monsters gewahrte. Das Bild durchzuckte ihn wie ein elektrischer Schlag.
»Runter!« brüllte er und trat auf die Bremse.
Eszra und Laura rutschten hinter die Vordersitze, während Percy krampfhaft den Rückwärtsgang einzulegen versuchte. Als die Scheinwerfer des Helikopters aufflammten, hatte er endlich Erfolg. Er wendete den Porsche und raste in den nächsten Waldweg, der jedoch schnell enger wurde, so daß er gezwungen war, in halsbrecherischem Tempo zwischen den Baumstämmen hindurchzukurven. Der weiche Grund aber bremste die Fahrt, er schien das Auto wie mit Saugnäpfen festzuhalten. Der Carrera heulte wie ein verwundetes Tier in der Falle. Ein Baumstamm gab ihm den Rest.
»Aussteigen! Kommt schon!«

Percy half Laura hinaus, die sich verwundert den Rock glattstrich, während das Zwitschern der Rotorblätter immer lauter wurde.

»Jeder rennt in eine andere Richtung!« Er gab seiner Schwester einen Kuß und stürmte davon. Im Umdrehen sah er, wie auch Eszra und Laura das Weite suchten. Der Hubschrauber war direkt über ihnen und rührte mit seinem Lichtfinger zwischen den kahlen Bäumen herum.

»Achtung, Achtung!« dröhnte es vom Himmel, »hier spricht die Umweltpolizei! Kommen Sie mit erhobenen Händen zum Wagen. Ich wiederhole: Kommen Sie mit erhobenen Händen zum Wagen. Andernfalls wird geschossen!«

Percy hechelte mehr, als daß er atmete. Das Blut schoß mit solcher Wucht in den Kopf, daß er glaubte, ihm müsse die Schädeldecke wegfliegen. Er stolperte zurück. Die Entscheidung war von ganz alleine gefallen, quasi ohne sein Zutun. Jetzt konnte er nur hoffen, daß die beiden in ihren Verstecken blieben. Als er in den gleißenden Lichtkegel trat, faltete er die Hände über dem Kopf und blieb artig stehen. Von der Straße näherte sich ein Geländewagen. Drei behelmte Gestalten mit Maschinenpistolen im Anschlag sprangen heraus und führten ihn ab.

»Sind Sie allein?« fragte der Offizier, als er ihm die Handschellen anlegte. Percy nickte. Im selben Moment begriff er, daß sie tatsächlich keine Ahnung hatten. »Abfahren!« hörte er jemanden sagen. Als sich der Jeep in Bewegung setzte, war seine Freude über die Rettung der anderen so stark, daß er gelassen die Demütigung durch seinen Bewacher ertrug, der im Schein einer Taschenlampe beständig an seinen Klamotten zupfte und sich dabei ausschütten wollte vor Lachen.

Welches Zimmer hat Professor Kitami?«

»Zimmer 448, Sir.«

»Ist er oben?«

»Ich habe ihn vorhin ins Hotel kommen sehen. Soll ich anrufen?«
»Nicht nötig, danke.«
Edward Goldsmith nahm den Lift in den vierten Stock. Ein mittelgroßer Mann in einem japanischen Sari öffnete. Er mochte Anfang fünfzig sein, aber das konnte täuschen, irgendwann sehen gewisse Leute alle aus wie fünfzig. Die Augen unter den winkligen Brauen waren von einladender Offenheit.
»Professor Kitami, wenn ich mich nicht täusche? Mein Name ist Edward Goldsmith. Störe ich?«
»Ich bitte Sie, kommen Sie doch rein«, antwortete der Japaner. »Es ist mir eine große Ehre, Sie kennenzulernen, ich wäre während des Kongresses ohnehin auf Sie zugekommen.«
»Auch ich hätte die Augen nach Ihnen offengehalten«, antwortete der Amerikaner und ging ins Zimmer. Kitami war gerade dabei, Tee zuzubereiten. Goldsmith sah ihm aufmerksam zu.
»Die großen Teemeister sind achtzehn Jahre in die Lehre gegangen, bis sie das Geheimnis beherrschten«, sagte Kitami, als er die Kanne aufs Stövchen stellte. »Der Tag in den Teeschulen begann morgens um fünf. Zunächst wurden die Gärten gesäubert und die Böden geschrubbt. Danach übte man sich in der Disziplin der Teezeremonie. Wußten Sie übrigens, daß sie hier eine Holo-Adviserin haben, die jede Lesson mit einer Teezeremonie beginnt?«
Goldsmith schnupperte an der dampfenden Schale und nickte anerkennend: »Duftet gut . . .«
»Die Teezeremonie war eine Kunst«, lächelte Kitami.
»Wieso war?«
»Weil wir das Wasser nicht mehr haben. Die Zeremonie suchte nach der innersten Seele des Wassers. Das beste Wasser befand sich in der Mitte eines Sees. Und dort durfte es nur zur Stunde des Tigers abgeschöpft werden, zwischen drei und vier in der Frühe. Das ist die Zeit, wo die bösen Geister ruhen und das Was-

ser seinen reinsten Zustand erlangt.«* Er schaute versonnen zu Boden. »Wasser ist lebendig . . .«
Goldsmiths Brille rutschte ein Stück herunter, er sah sein Gegenüber plötzlich nur als Schemen. Nachdem er das Gestell zurechtgerückt hatte, sagte Kitami: »Darf ich raten, Mr. Goldsmith, was Sie von mir wissen wollen? Sie möchten wissen, was ich von diesem ganzen Experiment wirklich halte.«
Teddy Goldsmith kraulte seinen Kinnbart und dachte kurz darüber nach, ob es sich so verhielt. Ja, sicher, es verhielt sich so. Kitami war einer der berühmtesten Naturwissenschaftler der Welt, seine Philosophie von der Erde als einer beseelten Persönlichkeit hatte der dahintaumelnden Wissenschaft die Anbindung an ethische Werte zurückgegeben. In der Tat, das Urteil eines solchen Mannes interessierte ihn.
»Ich will Ihnen die Antwort nicht verhehlen«, sagte der Japaner, »ja, ich stehe dazu.«
»Einfach ja?«
»Schweren Herzens, zugegeben. Aber immerhin bemühen wir uns, die Menschheit zu erhalten, das ist nicht gerade wenig. Ich kann verstehen, daß Sie in Ihren Think-Tanks verzweifeln müssen angesichts der Fakten, aber die Natur atmet in einem anderen Rhythmus. Jetzt ist sie krank, und das Fieber steigt. Sie nennen so etwas Langzeitfolgen. Selbst nach Ihren Berechnungen dauert es fünf bis zehn Generationen, bis wir wieder eine ordentliche Teezeremonie abhalten können. Was uns beide betrifft, so haben wir uns diesen Zeugenstand freiwillig ausgesucht. Aber Sie glauben nicht an die Wiedergeburt, hab ich recht?«
»Ich habe da so meine Probleme, das ist richtig. Sagen Sie, Professor, wie schafft man es, mit der Tatsache fertig zu werden, daß dreißig Prozent aller Menschen an Aids, Krebs oder degenerativen Nervenkrankheiten leiden. Welchen psychischen Schutz gibt es gegen die Information, daß eine Flut von Flüchtlingen

aus ökologischen Notstandsgebieten an unseren Grenzen mit Gewalt zurückgehalten wird, was gibt einem die Zuversicht zurück, wenn man trotz der gesellschaftlichen Radikalkur, die achtzig Prozent unserer Bevölkerung in Beugehaft nimmt, und angesichts der Tatsache, daß wir seit Jahren ein Massensterben ohnegleichen erleben, immer noch nicht sicher sein kann, daß eines Tages Verhältnisse zurückkehren, in denen der Mensch zumindest die Chance erhält, sich nach humanistischen Prinzipien zu entwickeln?«

Kitami saß unbewegt da und schwieg. Goldsmith hatte das Gefühl, daß der Japaner den Worten ihren Klang ließ, damit sie sich im Kopf des Sprechers noch einmal offenbarten. Und tatsächlich begann er seine Frage zu betrachten wie etwas, das gerade zur Tür hereingetragen wurde. Das Telefon klingelte. Er hörte, wie Kitami sagte: »Schicken Sie sie hoch.« Und zu Goldsmith gewandt: »Ihre Tochter verlangt nach Ihnen. Sie wird gleich hier sein.«

Es klopfte. Der Professor öffnete. Mira hatte eine Freundin mitgebracht. Die beiden Mädchen hockten sich auf den Boden.

»Meine Tochter will unbedingt eines der fünf europäischen Stadtlager besuchen«, erklärte Goldsmith, »so etwas haben wir bei uns ja nicht.«

»Ich fürchte, da wird sie kein Glück haben«, gab Kitami zu bedenken.

»Wieso nicht, wozu habe ich die Goldcard? Meine Familie darf reisen, und sie darf staatliche Einrichtungen besichtigen.«

Der Japaner schüttelte den Kopf: »Stadtlager sind ausgenommen. Ich weiß das aus Japan, dort gibt es ebenfalls zwei: Hiroschima und Nagasaki. Schon die Auswahl dieser Städte ist Programm. Ich kenne niemanden, dem es bisher gelungen wäre, ihnen einen Besuch abzustatten.«

»Was ist so Besonderes an diesen Dingern?«

»Sehen Sie, unsere Revolution ist wie ein medizinischer Eingriff in einen kranken Gesellschaftskörper. Um die Geschwulst der Gier herausoperieren zu können, hat man sich wohl entschlossen, das Potential niedersten Bewußtseins an bestimmten Orten zu bündeln, um es so unter Kontrolle zu bekommen. Aber bitte, dies ist meine ganz persönliche Vermutung.«

»Das klingt nicht gut, Professor. Klingt ja wie KZ. Ich denke, daß die Lager eher eine Art Ventil darstellen, mit dem das Suchtverhalten reguliert werden soll. Vergessen Sie nicht, daß die meisten Menschen die alte Zeit noch in Erinnerung haben. Es gelingt nun einmal nicht jedem, seine Verhaltensmuster abzustreifen wie einen ausgedienten Anzug. Die Stadtlager sind auf Empfehlung von Psychoanalytikern eingerichtet worden. Und irgendwie leuchtet mir das verdammt ein ...«

Goldsmith bemerkte den Trotz in seinen Worten, mit dem er den Verdacht, der kurz in ihm keimte, abzuwehren versuchte. Aber es wollte ihm nicht recht gelingen. Allein die Tatsache, daß ausgerechnet Deutschland und Japan über die meisten Stadtlager im Verbund verfügten, stimmte ihn nachdenklich. »Wie war's heute abend, Liebes?« fragte er Mira.

»Toll. Hamburg ist 'ne total gute Stadt. Sie sind mit der Begrünung viel weiter als bei uns. Fast alle Plätze und Straßen sind bepflanzt.«

»Was habt ihr gemacht die ganze Zeit?«

»Erst waren wir in einer Neunziger-Jahre-Revue, das war nicht so besonders. Dann hat mich Muriel mit in den alten Hafen genommen, das war toll. Konzerte und Straßentheater und alte Filme, echt wahnsinnig... Sag mal, Daddy, ist es wahr, daß Hamburg in dreißig Jahren überschwemmt ist?«

»Gut möglich.«

»Dann sollten wir Muriel besser mitnehmen.«

Die Mädchen sahen sich an und kicherten.

Nach der Identifizierung begleiteten zwei Soldaten Percy über den Kasernenhof in die Turnhalle. Er bekam ein Stück Seife, eine Zahnbürste, ein Handtuch, einen Trainingsanzug und einen Schlafsack ausgehändigt, dann zeigte man ihm seinen Blechschrank und ließ ihn allein. Er hockte sich auf eine Holzbank und legte den Hinterkopf apathisch an die Wand. Nebenan rauschte eine Dusche.

»Was ist?« hörte er jemanden sagen. »Willst du hier übernachten?«

Percy blickte müde zur Seite. Ein hagerer Typ mit einem Gesicht, als sei es im Schraubstock gerichtet worden, grinste aus der Tür zum Waschraum herüber. Er trug einen dieser olivfarbenen Trainingsanzüge.

»Was hast du verbrochen?« fragte er und trocknete sich die Hände.

»Auto . . .«, nuschelte Percy.

»Bei mir haben sie 'ne Python gefunden. Borneo. Ich mochte sie richtig gern.« Percy sah den Fremden ausdruckslos an.

»He, komm, die Halle ist voll mit Autofahrern. Die reißen dir schon nicht den Kopf ab. Wenn du Lust hast, kannst du bei mir in der Ecke pennen. Die Burschen da drin können ganz schön sauer werden, wenn du da durchtappst.«

Percy nickte und zog sich um.

»Ich bin Willy«, sagte sein Begleiter und drückte ihm kräftig die Hand. Dann stieß er die Schwingtür auf und schlich sich rechts an der Mauer entlang. Percy folgte vorsichtig. Eine frische Brise mengte sich in den Mief, aber sie war nicht kräftig genug, um die muffigen Dünste am Boden zu vertreiben.

»Du kannst dich hierhinlegen«, flüsterte Willy. »Das da ist Monster, er hat Strom abgezapft.«

»Hi . . .«

»Der Kerl in der Ecke heißt Ralf. Hat Aufputschpillen hergestellt. Sie haben sein Labor ausgehoben. Wir sind schon drei Tage in diesem Puff.«

»Schnauze dahinten!«
»Das war Manuel, der Brandstifter. Er hat ’nen Wald abgefackelt. Ihn kriegen sie richtig am Arsch.« Willy rutschte in seinen Schlafsack.
Percy lag noch lange wach. Der Mond schien flach durch die Fenster. In seinem Lichtgitter atmeten dreihundert Männer mehr oder weniger laut ihre Alpträume aus.

Er war kaum eingeschlafen, als aus den Deckenlautsprechern die Aufforderung erging, aufzustehen. Anschließend wurde eine Reihe von Namen verlesen. Seiner war auch dabei.
»He, Kleiner«, brummte Willy mit belegter Stimme, »sie verlangen nach dir.«
Percy erhob sich wie in Trance, seine Beine mochten ihn kaum tragen. Unterdessen schlurften die Aufgerufenen dem Ausgang zu.
»Viel Glück, Kleiner«, sagte Willy und stieß ihm sacht die Faust ans Schienbein.
Percy folgte den anderen auf den Hof, wo zwei Armeebusse warteten. Er nannte seinen Namen, wurde abgehakt und setzte sich in die hinterste Reihe. Nachdem alle Plätze besetzt waren, stieg ein Soldat mit Maschinenpistole zu. Er blieb neben dem Fahrer stehen. Während der gesamten Fahrt hielt er die Waffe im Anschlag. Es blieb gespenstisch ruhig unter den Fahrgästen. Die Arbeiter auf den Feldern blickten nur selten auf, sie schienen an diese Transporte gewöhnt zu sein. Neuerdings verpflichteten sie auch Städter zur Landarbeit, wenn es Versorgungsengpässe gab. Im Grunde waren die Leute dort draußen genauso gefangen wie er, dachte Percy. Er spürte die Bedrückung, die wie eine Glocke über dem Land lag und die sich kaum einer seiner Freunde eingestehen mochte. Nach einer halben Stunde erreichte der Bus ein stillgelegtes Flugfeld. Man führte die Fest-

genommenen in einen leeren Hangar und rief sie in Minutenabständen einzeln und in alphabetischer Reihenfolge nach draußen.
»Baro!«
Er war bereits als siebter an der Reihe. Ein Uniformierter geleitete ihn zu einer gepanzerten Stahlkiste auf Rädern. Etwa zwanzig weitere dieser Monstren waren auf dem Rollfeld in Betrieb, das rundherum mit mannshohen Gummibarrieren eingegrenzt war. Percy mußte einsteigen. Die Inneneinrichtung entsprach der einer ganz normalen Limousine, allerdings war die Windschutzscheibe aus Panzerglas. Kaum hatte er hinter dem Steuer Platz genommen, wurde die Tür von außen verriegelt. Im selben Moment vernahm er eine sonore Männerstimme aus den Boxen:
»Sie sind des Autofahrens überführt und empfangen nun Ihre Lektion. Sie werden am eigenen Leibe erleben, was Sie der Umwelt zugefügt haben. Es besteht keine Lebensgefahr. Starten Sie das Fahrzeug jetzt!«
Percys Herz machte einen Sprung bis in den Hals, er fingerte am Schlüssel herum und legte den Gang ein. Es gab nur einen. Der Wagen setzte sich in Bewegung.
Augenblicklich füllte sich die Kabine mit Abgasen. Der Qualm ätzte in den Augen. Er griff sich an die Gurgel, weil er glaubte ersticken zu müssen. Mit angehaltenem Atem fummelte er an der Zündung herum, aber sie reagierte nicht. Mein Gott, sie bringen mich um! Er sah nichts mehr, so dicht war der Dreck. Als er schließlich nach Luft schnappen mußte, hatte er das Gefühl, unter einem dunklen Leichentuch zu verschwinden. Das Leben flog davon, es drehte sich nicht einmal nach ihm um ...
Beim Aufprall schaltete der Motor ab, während sich gleichzeitig das Dach öffnete, aus der eine dunkle Qualmwolke entwich. Das Fahrzeug war wie ein aufgedrehtes Spielzeugvehikel in die Barriere gekracht. Ein Krankenwagen mit Elektromotor summte heran. Zwei Helfer befreiten Percy aus dem Sitz. Sie leg-

ten den Ohnmächtigen auf eine Bahre und lieferten ihn bei den Sanitätern ab.

Edward Goldsmith hatte der Eröffnung des Kongresses eigentlich fernbleiben wollen, er mochte die Begrüßungsreden nicht besonders, aber dann fiel ihm ein, daß die Präsidentin der GO!-Staaten sich zuschaltete, um zu den Delegierten zu sprechen. Er war jedesmal fasziniert von diesem Holo-Spektakel, außerdem interessierte es ihn, was diese schätzenswerte Frau zu sagen hatte, deren Offenheit ihn ein ums andere Mal verblüffte. Goldsmith erreichte den Saal 1 des Kongreßzentrums bedauerlicherweise erst, als die Präsidentin gerade zum Resümee ansetzte: »Was immer Sie tun, was immer Sie an vermeintlichen Lösungsmöglichkeiten herausfinden, beachten Sie dabei streng folgende Grundsätze. Erstens: Die Welt gehört keiner bestimmten Gattung, sie gehört sich selbst. Zweitens: In dieser Welt nimmt der Mensch als Art den ihm zukommenden Platz ein: den Platz eines Raubtieres dritter oder vierter ökologischer Ordnung. Die Fähigkeit des Menschen, in die ökologischen Kreisläufe einzugreifen, ändert an diesem Status nichts. Drittens: Die Leitvorstellungen aus der politischen Ökonomie des letzten Jahrhunderts müssen theoretisch und praktisch den Leitvorstellungen der Ökologie untergeordnet bleiben. Entscheidend sind eine gesicherte Ökostabilität und ein Minimum an menschlicher Einmischung. Und viertens: Solche Politik ist nicht inhuman, sondern sichert den einzigen noch möglichen Humanismus.* Der Tod des Verletzlichen signalisiert den Tod der Menschheit selbst. Das Heil des Verwundbarsten ist das Heil der Menschheit selbst. Ich danke Ihnen.«
Die versammelten Wissenschaftler erhoben sich von den Sitzen und klatschten frenetisch Beifall, während sich auf der Bühne die Holographie langsam auflöste. Goldsmith fand das anhaltende Gejohle und Geklopfe absurd und verschwand in der

Lobby. Es war müßig, unter den dreitausend Delegierten nach Professor Kitami Ausschau zu halten. Und auch das Thema Bevölkerungsentwicklung, das heute auf der Tagesordnung stand, mußte er nicht hier verfolgen. Sie bekamen die Drucksachen ja ohnehin am Ende ausgehändigt. Er war froh, daß er mit seinem Referat erst in zwei Tagen dran war. »Bewältigung der radioaktiven Abfälle.« Ein Klassiker unter den Erblasten. Viel Neues gab es dazu nicht zu sagen, ein Routinevortrag, mehr nicht. Sorgen bereitete ihm sein Auftritt als Sachverständiger in einem dieser Schauprozesse, zu dem sie ihn im Anschluß an den Kongreß verdonnert hatten. Er stand eine Weile unschlüssig herum und entschied sich dann für einen gemütlichen Spaziergang durch diese Stadt, von der Mira so schwärmte. Hamburg war ihm bis dato nur als Standort von drei Schrottmeilern bekannt gewesen.

Doktor Baro beobachtete den Polizeijeep durch die Jalousien. Sie brachten Percy zurück, aber vorher schnüffelten sie ums Haus herum.

Der Junge wurde unterdessen im Wagen festgehalten. Schließlich ließen sie ihn frei und fuhren davon. Sie hatten die Garage nicht gefunden. Sein Enkel hatte also dichtgehalten. Baro öffnete und nahm Percy in den Arm. Sie gingen in die Bibliothek. Der Doktor spürte eine große Niedergeschlagenheit bei dem Jungen, er hatte Mühe, ihn zum Reden zu bewegen. Percy beklagte sich nicht, er schilderte sachlich die Tortur der letzten Stunden, wobei er des öfteren Pausen einlegte, in denen er auf den Teppich starrte. Der alte Mann fühlte sich plötzlich schuldig, er spürte, daß in Percys Kopf etwas vorging, was sich wie ein Riß durch ihre kleine Familie ziehen konnte. Um so dankbarer war er, als der Junge nach einem Schluck Wein verlangte.

»Danke, daß du ihnen nichts gesagt hast«, brummte der Doktor und hob sein Glas.

»Sie hätten dich in eine Altensiedlung abgeschoben, Doc. Was ist mit Laura und Eszra?«
»Laura schläft. Sie war erst gegen Mittag hier. Du hättest sie sehen sollen: zerfetztes Kleid, blutige Beine, dreckverschmiertes Gesicht . . . Die Kleine wird sich freuen, dich wiederzusehen . . .«
»Und Eszra?«
Baro schluckte: »Sie haben ihn ebenfalls erwischt.«
Percy drehte das Glas in seinen Händen: »Vielleicht seh ich ihn ja morgen beim Schnellrichter.«
»Du mußt zum Schnellrichter? Was erwartet dich da?«
»Arbeitsdienst, nehme ich an.«

Malin saß in seinem Bauwagen über einem Bodengutachten, als eine Frau ihren Kopf durch die Tür steckte. Seine Verblüffung blieb ihr nicht verborgen. »Guten Morgen«, lächelte sie amüsiert. »Man hat mir gesagt, ich soll mich bei Ihnen melden. Sie leiten doch diesen Bauabschnitt?«
»Richtig. Nehmen Sie Platz.« Er kramte einen Becher hervor und goß ihr aus der Thermoskanne Tee ein.
»Mein Name ist Iris Blume vom Informationsministerium.«
»Max Malin, Renaturisierungsingenieur. Früher nannte man das Gärtner. Ihr Kommen wurde mir angekündigt. Sie wollen sich also informieren. Worüber denn?« Sie war eine Blume, ohne Zweifel, aber mußte sie auch noch so heißen?
»Sie wissen, daß Mitarbeiter im Staatsdienst die Verpflichtung haben, sechs Wochen pro Jahr beim Aufbauprogramm mitzuwirken. Also, was soll die Frage?«
»Entschuldigen Sie«, sagte er mit spöttischem Unterton. Ihre Augen verfingen sich ineinander, als wollte der eine den anderen in sich hineinziehen. »Iris . . .«, sagte er so vorsichtig, daß er den Namen nicht beschädigte. »Es gibt eine Novelle gleichen Namens.«
»Hermann Hesse! Gefällt sie Ihnen?«

»Ihnen nicht?« Was machte ihn so nervös bei dieser Frau? Alles an ihrem Gesicht war schräg, die Nase, der Mund, selbst die Lachfalten und Grübchen, aber es fügte sich zu einer aufregenden Geometrie. »Okay, was stelle ich mit Ihnen an?« fragte er achselzuckend.
»Das überlasse ich ganz Ihnen, Herr Ingenieur.«
»Am besten ziehen Sie sich erst einmal um. Arbeitsklamotten gibt's dort drüben. Ach, kommen Sie, ich bringe Sie eben hin.«
Er begleitete Iris Blume über die Baustelle. Ein LKW nach dem anderen wühlte sich durch die schlammige Zubringerspur zur ehemaligen Autobahntrasse. Das Geräusch, wenn die Erde von den Ladekippen rutschte, das Nachkarren der Hydraulik, die auch die letzten Klumpen vom Stahlblech löste, die aufheulenden Motoren bei der Abfahrt, das war der Rhythmus, der ihn durch den Tag begleitete, das waren seine Buschtrommeln. Er mußte lächeln. Vielleicht würde in einigen Jahrzehnten aus diesem Waldstreifen, den sie anlegten, tatsächlich eine Wildnis geworden sein. Aber davor hatten die Götter die Tankstellen gesetzt oder vielmehr das Öl, das von ihnen zurückgeblieben war. Nächste Woche würden die Bäume gesetzt, dann ging es wieder einmal an einen Bodenaustausch. Das letzte Mal mußten sie bis zu zehn Meter tief abräumen.
Er brachte seine neue Mitarbeiterin zu den Umkleide- und Waschgelegenheiten in der Baracke und stellte sie einem Mann vor, der sie anschließend unterweisen sollte. Auf dem Weg zurück stand für ihn plötzlich fest, daß er Buchen pflanzen würde. Es reichte, wenn die genmanipulierten und angeblich schadstoffresistenten Eichen, die sie ihm unbedingt aufs Auge drücken wollten, die Tankstellen unter sich begruben.

Der Prozeß gegen den ehemaligen Leiter der europäischen Atomenergiekommission, Meinolf Hauenschild, fand im Anschluß an den Wissenschaftskongreß im

Deutschen Schauspielhaus zu Hamburg statt. Die achthundert Besucher waren wie immer bei solchen Gelegenheiten durch das Los bestimmt worden, wobei niemand das Recht hatte, der Veranstaltung fernzubleiben.

Goldsmith betrat das Theater durch den Bühneneingang. Der Gedanke, daß seine Tochter Mira unter den Zuschauern saß, behagte ihm nicht. Sie hatte aber auf einer seiner beiden Ehrenkarten bestanden. So würde sie also Zeugin eines entwürdigenden Schauspiels werden, in dem der Angeklagte lediglich die Rolle des Schlachtopfers spielen durfte. Er haßte diese Propagandaspektakel, die vom Informationsministerium aufgezeichnet wurden, um sie hinterher in das Holo-Programm einzuspeisen. Ein Saaldiener geleitete ihn in die Garderobe, wo er für seinen Auftritt geschminkt wurde. Auf einem Monitor verfolgte er die Verlesung der Anklageschrift. Sie strotzte vor moralischen Anwürfen und wurde immer wieder vom Beifall der Zuschauer unterbrochen.

Teddy Goldsmith empfand Mitleid mit Hauenschild, der in gebeugter Haltung auf einem erhobenen Podest im Scheinwerferlicht saß, wo er den verbalen Attacken wehrlos ausgeliefert war. Verteidiger wurden in solchen Fällen nicht bestellt, es gehörte zur Dramaturgie, daß die Angeklagten selbst Stellung beziehen mußten. Dies war um so beschämender, weil sie stellvertretend für ein ganzes System vor Gericht standen, jenes komplexe Zusammenwirken von Wirtschaft und Politik, das sowohl in der kapitalistischen als auch in der kommunistischen Welt gegriffen hatte. Der Wahnsinn der atomaren Energiepolitik war ein kollektiver Wahnsinn gewesen. Die Einsicht zur Umkehr war erst gegen Ende des Jahrhunderts nach den Katastrophen von Ignalina und Bordeaux gewachsen. In Prozenten ausgedrückt, hatte sie vorher nicht einmal zehn Prozent der Volksmeinung ausgemacht, jedenfalls wenn man sie an den Wahlerfolgen der ökologischen Parteien maß.

Goldsmith wartete über eine Stunde auf seinen Auftritt. Zunächst rechnete ein russischer Kollege mit den Militärs der beiden Ex-Großmächte USA und Sowjetunion ab. Er geißelte die Betreiber amerikanischer Waffenanlagen, die die radioaktiven Rückstände jahrzehntelang in die Luft abgelassen oder einfach in die Erde geschüttet hatten, von wo sie dann ins Grundwasser gesickert waren. Der strahlende Dreck gelangte in den Columbia River und verseuchte über Hunderte von Kilometern hinweg den Pazifik. Ebenso verhielt es sich mit dem Karatschai-See im Ural, der als verschmutztester Ort der Erde galt. Wer heute nur eine Stunde an seinem Ufer verbrachte, würde unweigerlich an den Folgen radioaktiver Strahlung sterben.*

Goldsmith verstand nicht, was diese Fakten mit Hauenschild zu tun hatten. Aber es war ja niemand da, der Einspruch erheben konnte. Die Ausführungen des deutschen Atomphysikers Mendelsohn zu den Folgen von Ignalina und Bordeaux paßten schon eher ins Bild. Es stimmte, daß bei den beiden Reaktorunfällen insgesamt 150 Millionen Curie freigesetzt wurden, was von der Atomindustrie seinerzeit heftig bestritten wurde. Zum Vergleich: Bei den Bomben von Hiroschima und Nagasaki wurde gerade eine Million Curie an die Umwelt abgegeben. Als Mendelsohn vorrechnete, daß bisher über eine halbe Million Menschen an den Folgen dieser Katastrophen gestorben war, daß seitdem eine Million mißgebildeter Kinder geboren wurde und man zwei Millionen Krebsfälle als Folgeschäden registrierte, brach in dem Theater ein Tumult aus. Einige Zuschauer versuchten die Bühne zu stürmen, wurden aber von in den Kulissen postierten Soldaten zurückgedrängt.

Goldsmith verlangte es gerade nach einer Zigarette, als ein Gerichtsdiener in der Garderobe erschien und ihm ein Mikro ans Revers klemmte: »Sie sind dran, Sir . . .«

Er hatte Mühe, sich an das gleißende Licht zu gewöhnen. Erst als er auf dem Zeugenstuhl Platz genommen hatte, schälten sich die barocken, goldverzierten Ränge allmählich aus dem Dunkel, in dem die Zuschauer wie Piranhas auf der Lauer lagen. Hauenschild hatte die Hände auf dem Schoß gefaltet, sie zitterten ein wenig, und die Knöchel waren vor Verkrampfung schneeweiß. Der Mann war vierundsiebzig, in seinem eingefallenem Gesicht deutete nichts mehr auf die Arroganz der Macht, die seiner Kaste einmal zu eigen gewesen war. Er war eine gebrochene Person mit wässrigen Augen und fleischigen, feuchten Lippen, die gelegentlich wie unter einem Stromschlag zusammenzuckten. Der Mann betrachtete Goldsmith, als hätte er von ihm nichts Gutes zu erwarten.

»Mr. Edward Goldsmith ist Mitglied eines amerikanischen Think-Tanks, einer Denkfabrik, die im Auftrag der Regierung nach Möglichkeiten sucht, das ökologische Desaster in den Griff zu kriegen, welches uns das letzte Jahrhundert überlassen hat«, hörte er die Stimme des Staatsanwalts. »Was genau ist Ihr Thema, Sir?«

»Wir beschäftigen uns mit der Problematik radioaktiver Abfälle.«

»Würden Sie uns diese Problematik in kurzen Worten erklären.«

Goldsmith fragte sich angesichts des etwa fünfunddreißigjährigen Mannes, der direkt vor ihm Aufstellung genommen hatte, wieso die Ankläger in diesen Prozessen ihn immer an guttrainierte Schauspieler erinnerten, die zudem einem bestimmten ästhetischen Standard entsprachen, wie er früher in der Werbung üblich war.

»Das läßt sich in kurzen Worten kaum machen«, antwortete er, »es sei denn, Sie geben sich mit der Erklärung zufrieden, daß die Beseitigung des Atommülls unter allen Aufgaben, die sich uns heute und in Zukunft stellen, am wenigsten zu lösen ist. Anders gesagt: Sie ist überhaupt nicht zu lösen.«

Ein Zischeln verbreitete sich im Theater. Die im Schnürboden installierten Greifarme mit den Kameras fuchtelten auf der Gerichtsbühne herum wie eine aufgescheuchte Krake.

»Das müssen Sie schon näher erläutern, Sir.«
»Ich will es versuchen. Die einzige Methode, sich das Zeug vom Hals zu schaffen, wäre, es im All zu vergraben, es in eine Umlaufbahn um die Sonne zu schießen. Aber ein Blick auf die vorhandenen Mengen zeigt, daß dies unmöglich ist. Bis zur Stillegung des letzten der weltweit betriebenen 513 Meiler im Jahre 2021 sind 700 000 Tonnen abgebrannter Brennstoff angefallen. Vorausgesetzt, unsere Raketen könnten bis zu 1000 Tonnen transportieren, was machbar wäre, würden wir siebenhundertmal die Gefahr eingehen, daß beim Start ein Unfall passiert, was unweigerlich zur Folge hätte, daß sämtliches Leben auf diesem Planeten innerhalb von drei Generationen erlischt. Von den Risiken, die der Transport zu den Abschußrampen mit sich bringt, ganz zu schweigen. Die Rede ist auch nicht von den Hunderttausenden Kubikmetern schwachradioaktiver Abfälle aus der Waffenproduktion, die unter Wasser oder im Erdreich lagern und die uns ja erhalten bleiben.«
»Was ist mit den Endlagerungen auf der Erde, die der Angeklagte und seine Kommission der Öffentlichkeit seinerzeit als Sicherheitskonzept verkauft haben?«
»Lassen Sie mich zunächst definieren, was man unter radioaktiven Abfällen versteht. Der Begriff schließt alles ein, von abgebrannten Brennelementen bis zu mäßig radioaktiv verseuchter Arbeitskleidung. Jede Abfallart enthält eine Mischung aus Radioisotopen, deren Halbwertzeiten bis zu einer Million Jahre betragen. Unter Halbwertzeit verstehen wir die Zeit bis zum Zerfall von fünfzig Prozent des ursprünglichen radioaktiven Materials. Nach zehn Halbwertzeiten verbleibt ein Tausendstel der ursprünglichen Aktivität, eine Menge übrigens, die immer noch gefährlich sein kann. Das bedeutet, daß zum Beispiel Plutonium-239 zwölftausend Menschengenerationen lang unter Kontrolle gehalten werden muß.«
»Ich habe hier eine Broschüre der Atomkommission. Darin

heißt es, daß die Endlagerung in toten Vulkanen und Salzstöcken absolut sicher sei.«
»Die geologische Entsorgung war und ist ein kalkuliertes Risiko«, antwortete Goldsmith. »Die Atomindustrie wußte das. Bereits 1990 entdeckten amerikanische Wissenschaftler, daß ein zwanzig Kilometer von der Endlagerungsstätte Yucca Mountain entfernter Vulkan nicht, wie angenommen, vor 270 000 Jahren explodiert war, sondern erst vor 20 000 Jahren. Vielleicht hilft es, den Unsinn einer Entsorgungsstrategie zu begreifen, die in Hunderttausenden von Jahren rechnet, wenn wir wissen, daß in Frankreich vor weniger als 10 000 Jahren noch Vulkane tätig waren und daß ein Großteil der Sahara vor 5000 Jahren fruchtbar war.«
Goldsmith wunderte sich über seinen selbstverständlichen Redefluß, den er wie einen Psychopanzer gegen die Atmosphäre dieses Tribunals benutzte. Erst der aufbrausende Beifall erinnerte ihn daran, daß er an einer Zirkusveranstaltung mitwirkte, deren Unterhaltungswert ihm nicht so recht einleuchten wollte.
»Es bleibt uns eigentlich nur die Möglichkeit, die ehemaligen Meiler zu ummanteln, sie, so gut es eben geht, zu versiegeln«, fuhr er fort. »Auf diese Weise blieben sie jedenfalls als Mahnmale erhalten. Allerdings müßte man über Tausende von Generationen hinweg eine nukleare Priesterschaft zu ihrer Bewachung heranbilden. Ich frage mich allerdings, wie das funktionieren soll.«
»Mr. Goldsmith«, unterbrach der Staatsanwalt und blickte ihn starr an, »würden Sie sich der Beurteilung anschließen, daß der Angeklagte wider besseres Wissen die Zerstörung dieses Planeten in Kauf genommen hat?«
»Ich bin kein Richter, es liegt mir fern, eine einzelne Person für die Sucht eines Jahrhunderts verantwortlich zu machen. Aber es ist schon ein Rätsel, daß überhaupt ein gesellschaftlicher Konsens darüber möglich war, sich für nur fünfzig Jahre einer Form

von Energiegewinnung zu verschreiben, deren Folgen das Leben auf ewig bedrohen. So gesehen hat das Nuklearzeitalter gerade erst begonnen . . .«

»Keine weiteren Fragen.«

Goldsmith verließ die Bühne. Er wurde mit Beifall überschüttet. Selbst die Soldaten in den Kulissen applaudierten. Als er zum Abschminken wieder in der Garderobe saß, fühlte er sich hundeelend. Es war nicht die Tatsache, daß sie Hauenschild zum Tode verurteilen würden, das stand schon vorher fest. Vielmehr quälte ihn, daß sie seine Ausführungen als Rechtfertigung dafür benutzen würden. Er dachte an die Worte von Professor Kitami, nach der wir alle der kosmischen Gerechtigkeit unterliegen, und empfand keinen Trost. Im Spiegel bemerkte er seine Tochter Mira.

»Du warst großartig, Dad«, sagte sie und schlang ihre Arme um seinen Hals.

Gemeinsam verließen sie das Theater. Am Bahnhof näherten sich zwei etwa zehnjährige Knaben. »Eine Frage, mein Herr«, sagte der eine und hielt ihm ein imaginäres Mikrofon unter die Nase, während sein Kumpel eine Spielkarte zückte. »Was für ein Zeichen befand sich auf der ehemaligen kanadischen Flagge?« las der Junge.

»Ein Ahornblatt«, antwortete Goldsmith verblüfft.

»Richtig! Sie haben eine Reise gewonnen. Eine Reise ans Ende der Welt . . .!« Lachend stoben die Knirpse davon.

Malin blätterte am Computermonitor durch alte Zeitungen. Er war nicht sicher, nach welchen Kriterien das Staatsarchiv bestückt war. Die Beteuerungen des Informationsministeriums, daß es sich bei der Auswahl um einen repräsentativen Querschnitt durch die alte Medienlandschaft handele, schienen ihm angesichts der dürftigen Ergebnisse, die er vorfand, zumindest fragwürdig. Unter der Überschrift DER

IRRSINN DES JAHRES las er auf der Titelseite einer Berliner Tageszeitung vom 1. März 1985: »Berlin soll bis zum Jahre 2000 die größte Geisterstadt der Welt werden. Berlin soll einen Riesenrückwärtssprung zurück ins Mittelalter der Technik machen. Hunderttausenden von Berlinern soll verboten werden, Auto zu fahren! Jeder Berliner soll sein Auto verschrotten lassen und Total-Fußgänger werden! Warum? Fünfhundert AL-Leute wollen den Berlinern allen Ernstes einen Plan aufschwätzen, der sich mehr an ›Bekloppte‹ als an die Menschen des 20. Jahrhunderts wendet. Der Irrsinnsplan des Jahres sieht vor: Die Stadt soll innerhalb von zehn Jahren ›autofrei‹ werden: Jeder darf nur noch öffentliche Verkehrsmittel benutzen – und das natürlich zum unbezahlbaren Nulltarif! Das heißt: Berlins Bürger werden praktisch um hundert Jahre zurückgeworfen. In eine Zeit, in der kein Mensch mit seinem Auto fahren konnte, weil es noch keine Autos gab. Das heißt: Zehntausende von Berlinern verlieren ihre Arbeitsplätze, weil es rund um das Auto keine Arbeitsplätze mehr gibt. Das heißt: Die Autoverbanner wollen die Berliner zur größten Fußtruppe des Erdballs umfunktionieren. Die Auto-Hasser wollen uns allen vorschreiben, wie wir uns künftig fortzubewegen haben. Berlin soll quasi eine tote Stadt werden. Allerdings mit der Ausnahme, daß Krankenwagen fahren dürfen. Das ist vielleicht das einzig Gute an diesem Vorschlag: Denn die Erfinder des autofreien Irrsinns wollen eines Tages möglicherweise ganz schnell in die Nähe einer Nervenklinik kommen ...«
Er mußte lächeln. Das war gerade fünfundfünfzig Jahre her! Es war nicht die Demagogie des Textes, die ihn verblüffte, die kannte er aus seinen elektronischen Wanderungen durchs Staatsarchiv zur Genüge. Die Sprache war es, dieses primitive, unelegante Wortgestolpere einer Journalistenkaste, die sich als Kontrollorgan verstanden und bis zu ihrer Auflösung doch nur für billigstes Entertainment gesorgt hatte. In Momenten wie die-

sem fühlte er Genugtuung über die scharfe Zäsur, die die ökologische Revolution mit sich gebracht hatte. Es war richtig, daß mit dem Fetisch der persönlichen Freiheit aufgeräumt worden war und die Menschen in die Pflicht genommen wurden, daß der Staat dort angesetzt hatte, wo die Freiheit des einzelnen von der Werbung derart manipuliert worden war, daß sie letztlich nur der Gier weniger nützte. Im Grunde akzeptierten die Leute den radikalen Wandel, die Fakten waren einfach zu eindeutig. Heute konnte jede Kommune tun, was sie für richtig hielt, natürlich immer im Rahmen der Grundgesetze. Erstaunlich, auf welch unterschiedliche Weise die Städte wieder aufblühten. Hier zeigte sich, wie wirkungsvoll es war, wenn die Entscheidungszentren so nahe wie möglich bei den Menschen lagen.
Moment Malin! Was weißt du von diesem Staatsapparat, der so undurchsichtig ist wie die Wand und keine demokratische Legitimation besitzt? Trägt nicht jeder Bürger einen elektronischen Schatten mit sich herum, über den er selbst keinerlei Kontrolle besitzt? Jeder Wohnungs- und Jobwechsel, jede Bahnreise, ja, jeder popelige Einkauf wurde vom Computer registriert. Wo immer man ging, zog man eine Datenspur hinter sich her. Ohne Green-, Blue-, Red- oder Goldcard war man kein vollständiger Mensch. Anonymität und Privatsphäre gehörten der Vergangenheit an. Er war sicher, daß sie sogar über den Inhalt der Mailboxen Bescheid wußten und über die Lesegewohnheiten im Staatsarchiv Dossiers führten. Früher konnte sich jeder Bürger in beliebig viele Netzwerke einschalten. Nach der Revolution hatten sie die Welt vom Draht genommen. Der Informationsfluß war versiegt, die digitale Vielfalt auf das Staatsmonopol reduziert. Wo zum Beispiel befand sich dieses verdammte Informationsministerium, wo der Rest der Regierung? Niemand wußte das.
Er würde Iris fragen. Er sah sie gelegentlich in den Mittagspausen. Aber dann hatten sich immer schon zehn bis zwanzig Jungs

um sie versammelt. Weiß der Geier, wie sie es anstellte, daß diese kurzfristigen Versammlungen regelmäßig in eine Heiterkeit ausarteten, deren Lachkaskaden ihn bis in den Bauwagen verfolgten. Du hättest sie gerne allein getroffen, sei ehrlich ...

Malin warf die Jacke über und verließ die Wohnung. Dieses alte Universitätsstädtchen am Rande der ehemaligen Autobahn hatte einen morbiden, einladenden Charme. Es war ein schöner, sonniger Herbsttag, und die Zeiten des Ozonalarms schienen für dieses Jahr vorbei. Jedenfalls hatte der Wetterdienst seit Tagen keine Weisung ausgegeben. Tatsächlich liefen nur noch einige Übervorsichtige in Schutzkleidung herum, selbst auf den Gazeschleier wurde weitgehend verzichtet. An der alten Wassermühle überquerte er die Brücke Richtung Altstadt, die gespickt war mit Handwerksbetrieben, Buchhandlungen und kleinen Cafés.

Auf dem Rathausplatz drängelten sich einige hundert Schaulustige vor einer improvisierten Bühne, auf der eine Frau im Unterhemd blicklos geradeaus starrte. Ihr Haar war zerzaust, die Arme hingen schlaff am Körper. Von der Seite marschierte ein Dutzend glattgescheitelter Männer in Anzügen und mit Aktenkoffern auf sie zu. Sie zupften an der Frau herum, zwickten sie in die Wangen, betatschten ihre Stirn, streichelten ihren Bauch und tasteten nach ihrem Busen. Aus den Lautsprechern erklang ein Lied im Stile der Swing-Ära: »Frühling und Sonnenschein soll für mich meine Liebe sein. Was ich zu träumen nie gewagt, das hat dein Kuß mir gesagt ...« Die Frau brach in die Knie, und die Männer hoben sie wieder auf. Wie eine Stoffpuppe hing sie in ihren Armen. Jemand knabberte an ihren Fingern, ein anderer spielte mit ihrer Nase, ein dritter zog an ihrem Haar. Ohnmächtig versank die Frau in der begierigen Meute, die sie erneut aufzurichten versuchte. Männerhände griffen ihr ins Gebiß, kraulten ihr Kinn, massierten ihre Schultern, kitzelten sie unter der Achsel. Schließlich ließen sie von ihr ab. Irritiert suchte die Frau nach ihrem Schuh. Jetzt erschien eine andere Dame auf der Bild-

fläche: kurzer Rock, grellgeschminkte Lippen, hohe Absätze. Mit wiegendem Schritt flanierte sie vorbei und nahm die Männer ins Schlepptau. Ein Chor sang: »Gnädige Frau, ich bin ja nicht blind, ich seh, wie Sie mir gefährlich sind, denn in Ihren blauen Augen steht geschrieben, wer Sie einmal sieht, muß Sie lieben . . .« Die Musik verstummte, der geifernde Männertreck verschwand in den Kulissen. Einszwei, einszwei, einszwei . . .
Malin zog sich zurück und schlenderte ziellos durch das Städtchen. Eine Frau stapfte mit festem Schritt an ihm vorbei und spuckte ihm direkt vor die Füße. Sie wiederholte das mit jedem, der ihr entgegenkam. Er reiste in seinem Job viel in der Republik herum, und es fiel auf, wie viele dieser harmlos Verrückten inzwischen auf den Straßen unterwegs waren. Er konnte sich nicht erinnern, daß dies früher auch so war.
Plötzlich stand er vor dem Rasmussen-Haus, in dem alle hohen Tiere einquartiert wurden, die vorübergehend in der Stadt weilten. Als Iris ihm einmal erzählte, daß sie hier wohnte, mochte er es zunächst kaum glauben. Herwig Rasmussen war der Begründer der »Naturbefreiungsarmee«, die Ende der neunziger Jahre durch Terroranschläge auf Industrieanlagen zum Staatsfeind Nummer eins avanciert war. Er wurde zu Beginn der Faschistischen Liga geschnappt und hingerichtet. Seine Guerilla-Anleitung »Philosophie des Widerstands« gab es heute in jeder Buchhandlung zu kaufen.
Das Geklingel der Fahrradglocken, das Malin während des ganzen Weges begleitet hatte, wirkte wie eine Aufforderung an Iris, sich endlich zu zeigen. Er war froh, daß sie ihm nicht begegnete. Sie hätte wer weiß was denken können.

Ist dir klar, was dich erwartet?« fragte Dr. Baro verzweifelt. »Anarchie, mein Junge, Anarchie und Chaos. Ein Räderwerk der Gewalt! Und das nimmst du freiwillig auf dich? Welcher Teufel hat dich geritten?«

»Was hätte ich tun sollen, Doc? Sie wollten mich einer Abrißbrigade zuteilen. Eine Chemiefabrik bei Mannheim. Dioxin und so weiter. Im Stadtlager wird man jedenfalls nicht verseucht.«
»Ein Stadtlager ist die Hölle, Percy, versteh das doch! Sie sagen, es ist die alte Welt, und wer die unbedingt haben muß, soll sie haben. Wenn es wirklich die alte Welt wäre, würde sich die Hälfte der Bevölkerung sofort in Marsch setzen, das kannst du mir glauben. Aber die Sache hat einen Haken: Es gibt dort keine Verwaltung.«
»Na und, ist doch gut.«
Baro legte seinem Enkel die Hände auf die Schultern: »So etwas funktioniert nun mal nicht ...«
»Hat es denn früher funktioniert? Was war denn in New York, in London oder Tokio los zum Schluß? Mach dir keine Sorgen, Doc, in einem Jahr sprechen wir uns wieder. Vielleicht überlegst du es dir dann und siedelst um.«
Philip Baro drehte sich zur Seite und wischte eine Träne aus dem Augenwinkel. »Es ist spät«, sagte er gefaßt, »siehst du deine Schwester noch?«
»Wir gehen heute abend zu Eszra. Er ist zum Arbeitsdienst verdonnert worden. Da ist mir das Stadtlager aber lieber.«

Hauptmann Paul Boon war fasziniert von diesen verlassenen Dörfern, die sich ganz der Natur ergeben hatten, welche genüßlich ihre Finger nach der Beute streckte. Der Jeep rollte im Schrittempo an eingestürzten Mauern vorbei, die sich zu skurrilen Steinhaufen türmten. Aus den Häuserskeletten wucherten Bäumchen, und die Platten der Gehwege hatten sich wie im Todeskampf aufgeworfen. Ein Teppich dichten Gestrüpps hielt sie umfangen, in dem sich wilde Katzen rekelten. In einer verrotteten Scheune stand ein Trecker auf drei Rädern, auf seinem Schalensitz lag ein Vogelnest. Der Jeep zog die verzerrten Meldungsfetzen aus dem Sprechfunk wie einen akustischen Schmutzschleier hinter sich her.

»Stell aus«, sagte Boon zu Kirchhoff.
Statt dessen drehte sein Fahrer das Gerät lauter. Ein schwarzer Köter stürmte mit hochgezogenen Lefzen auf sie zu. Kirchhoff gab Gas. Nach hundert Metern hatte der Hund den Wagen eingeholt und sprang ihm aus vollem Lauf in die Seite. Boon griff nach seiner Pistole, als das Tier plötzlich stehenblieb. Sein heiseres Gebell verfolgte sie noch eine Weile.
»Was ist in Sie gefahren, Kirchhoff?« herrschte Boon den Gefreiten an.
»Der Funkspruch galt uns, Herr Hauptmann.« Kirchhoff nahm das Mikro zur Hand: »Streife sieben an Zentrale. Wir hatten eine kleine atmosphärische Störung. Bitte wiederholen Sie. Over.«
»Sie sind im Einsatz, Streife sieben. Planquadrat Q drei, Koordinaten Anna Dora. Vermutlich Viehtötung.«
»Q drei, Anna Dora. Verstanden. Over.«
Boon hatte den Code für das Delikt bereits in den Bordcomputer getippt. Der digitale Einsatzbefehl ließ nicht lange auf sich warten: »GO!«
»Tut mir leid, Kirchhoff«, brummte er, wohlwissend, daß er von seinem Untergebenen gerade bei einer groben Nachlässigkeit ertappt worden war. Aber sie kamen ganz gut miteinander aus. Eine Beschwerde war also nicht zu befürchten. Was für eine Armee, in der sich die Untergebenen über ihre Vorgesetzten beschweren durften! Sie verließen die Straße und kurvten einen mit Regenmulden durchsetzten Feldweg entlang.
»Großer Gott . . .!« hörte er Kirchhoff sagen.
Boon sah in die Richtung, die ihm der Fahrer wies. Ach, du Scheiße! Auf der Wiese lagen fünf verendete Kälber oder das, was von ihnen übriggeblieben war. Die Täter hatten den Tieren die Schädel zertrümmert und den Kadavern gewaltige Stücke aus der Seite geschnitten. Sie stiegen aus. Zu ihren Füßen kräuselten sich die Gedärme im blutgetränkten Gras. Auf den erloschenen,

wie matte Murmeln glänzenden Augen tummelten sich Fliegen. Boon bückte sich und berührte den Hals eines ausgeweideten Opfers. Kalt. Aber es war kein Verwesungsgestank in der Luft, also mußte es heute nacht passiert sein.

»Okay, sehen wir uns mal um, wer hier wohnt«, sagte er und ging zurück zum Jeep.

»Das können wir uns sparen«, meinte Kirchhoff leise, »das Gelände gehört einer Meditationskommune.«

Boon griff zur Karte. »Stimmt«, nickte er, »aber zwei Kilometer weiter beginnt städtisches Versorgungsgebiet. Würde mich schon interessieren, wer hier arbeitet.«

Es gab ein Gehöft in der Nähe, nordöstlich von hier. Kirchhoff war seltsam still. Er hielt nicht einfach nur den Mund, wie es sich für einen Gefreiten gehörte, sein Schweigen war persönlicher. Die Angelegenheit schien ihn richtig mitzunehmen, so kannte Boon ihn gar nicht. Sie erreichten den Hof, der größer war, als es die Eintragung auf der Karte vermuten ließ. Zwischen den Wirtschaftsgebäuden stand ein Herrenhaus mit Freitreppe. Sie parkten direkt davor. Menschen hatten sie nicht gesehen. Kirchhoff wirkte wie paralysiert. Boon nahm die Maschinenpistole vom Rücksitz und klingelte. Nichts rührte sich. Er drehte sich achselzuckend um, als sein Fahrer an ihm vorbeistürmte und die Tür eintrat. Boon blieb verblüfft stehen, er hatte noch gar nicht begriffen, was passiert war, als zwei schwergewichtige Männer und eine ebenso korpulente Frau aus dem Haus stolperten. Kirchhoff kam als letzter hinterher, in seinen Händen hielt er eine kleine Holztruhe. Einer der verhafteten Männer fixierte Boon durch flaschenbodendicke Brillengläser.

»Wo habt ihr Schweine das Fleisch versteckt?« fragte Kirchhoff mit ungewohnt scharfer Stimme und zerschmetterte die Truhe zu seinen Füßen. Allerlei Silberkram trudelte über den Steinboden, Leuchter, Besteck, Schmuck.

»Wir haben es getauscht«, winselte die Frau, als Kirchhoff ihr den Lauf der MP an die Stirn rammte.
Boon ging zum Jeep und machte Meldung. Nachdem die Kollegen vom Abtransport eingetroffen waren, war ihr Job hier beendet.
»Kompliment, Kirchhoff«, sagte er bewundernd, »das war ein Volltreffer.«
Der Gefreite antwortete nicht, er fuhr zurück zum Tatort und setzte sich eine geschlagene Viertelstunde in die Nähe der toten Tiere. Boon blieb im Wagen. Der Junge schien für die Viecher regelrecht zu beten. Aber das war doch unmöglich bei Kirchhoff! Trotzdem schaltete er den Sprechfunk aus, um die seltsame Andacht nicht zu gefährden. Was war bloß los mit seinem Fahrer? Daran, daß er gestern geimpft worden war, konnte es doch nicht liegen ...

Philine drückte sich am Fenster fast die Nase platt. Sie konnte sich nicht satt sehen an dem majestätischen Anblick der zerfurchten Eiswüste. Der Gedanke, daß die weiße Welt dort unten in Auflösung begriffen war, daß die Gletscher schneller schmolzen, als noch vor wenigen Jahren angenommen, daß ihre Wasser die Ozeane steigen ließen und irgendwann auch die norddeutsche Tiefebene überfluten würden, beeinträchtigte in keiner Weise ihr Hochgefühl. Sie lebte jetzt, und sie hatte eine wunderbare Aufgabe übertragen bekommen ... Je länger sie jedoch unter der glitzernden Tragfläche hindurchsah, desto stärker überkam sie eine abgrundtiefe Traurigkeit. Ihr Herz fühlte sich an wie bloßgelegt.
»Hi, ich bin Mira. Darf ich mich zu dir setzen?«
Philine blickte erstaunt auf. Ein junges Mädchen stand im Gang und lächelte scheu. »Darf ich ...?«
»Aber ja, setz dich.«
»Du fliegst zum erstenmal, stimmt's?« sagte Mira, als sie es sich bequem gemacht hatte.

»Ja, woher weißt du?«
»Das erkenn ich sofort. Die Leute haben dann immer so was Ehrfürchtiges an sich. Ich fliege ganz viel. Mein Dad ist Wissenschaftler, er sitzt da hinten. Wir waren bei dem Bestandsaufnahmekongreß in Hamburg. Anschließend hat er bei einem Schauprozeß ausgesagt. Eigentlich wollten wir noch in ein Stadtlager, aber das hat nicht geklappt. Was machst du in Amerika?«
»Ich fang mir einen Hopi.«
»Du fängst dir was . . .?«
»Einen Medizinmann von den Hopi«, antwortete Philine und mußte grinsen. »Unsere Meditationskommune hat mich beauftragt, beim Stamm um spirituelle Hilfe nachzusuchen. Ich soll jemanden finden, der uns die Prophezeiungen der Hopis erläutert.«
»Machen die Hopis denn so was?«
»Kommt ganz darauf an, wie man sie darum bittet. Dazu ist es aber notwendig, zu ihnen zu gehen.«
Mira schien beeindruckt. Ihre Augen wanderten voller Hochachtung über Philines Gesicht. »Weißt du, warum alle Flüge aus Europa bei uns an der Westküste ankommen, in Seattle oder San Francisco?« fragte sie unvermittelt.
»Keine Ahnung.«
»Weil die Leute, die von außen kommen, sich dann aus anderer Richtung ins Land begeben müssen als früher die ehemaligen Eroberer: gegen die aufgehende Sonne. Dad sagt, daß die Indianer darauf bestanden hätten. Und weißt du, warum es keine Inlandflüge mehr gibt? Außer für Angestellte im Staatsdienst, natürlich? Weil die Menschen die Langsamkeit wiederentdecken sollen. Auch eine Idee der Indianer. Leuchtet irgendwie ein. Man hat einfach mehr Respekt vor dem Land, wenn man es am Boden bereist.«
»Darf man denn so ohne weiteres reisen bei euch?«
»Ja, sicher, innerhalb des Landes schon. Es gibt einen Haufen

Freaks, die mit Solarmobilen unterwegs sind. Auch mit Pferden.«

»Was ist mit den Zügen?« fragte Philine und blickte hinunter auf die nackten Felsformationen Kanadas. Kaum zu glauben, daß dieses Land noch vor vierzig Jahren zu achtzig Prozent mit Wald bedeckt war.

»Züge nur noch für den Transport von Sachen, Baumaterial, Food und so weiter. He, mir scheint, du hast nicht sehr viel Ahnung von Amerika, stimmt's?«

»Stimmt.«

»Wußtest du, daß wir nur noch achtzig Millionen Einwohner haben? Ist gerade auf der Konferenz bekanntgegeben worden. Top secret, sozusagen. Wußtest du zum Beispiel, daß New York, Los Angeles und Chicago, daß es die alle nicht mehr gibt, ich meine, daß sie alle unbewohnt sind? Sie sind immer noch Sperrgebiete. Seit der Epidemie vor zwanzig Jahren. Komisch, daß es nur in diesen drei Städten passiert ist, aber da richtig.«

Philine hatte davon gehört. »Was, glaubst du, ist der Grund?« fragte sie vorsichtig.

»Göttliche Fügung.«

Sie nahm Mira in den Arm, als sei sie froh, daß der Verdacht, der in ihrer Kommune des öfteren geäußert wurde, sich nicht abermals in Worte kleidete. Einige behaupteten steif und fest, daß das Trinkwasser in New York, Chicago und Los Angeles kurz vor der Revolution mit Bakterien verseucht worden war, um die amerikanische Regierung zur Aufgabe zu bewegen. Es kursierten viele Gerüchte. Man konnte sich einfach nicht vorstellen, wie es den Öko-Räten gelingen konnte, das kapitalistische Machtkartell aus Wirtschaft und Politik zu brechen. Philine selbst hatte ebenfalls keine Erklärung.

»Was ist mit San Francisco?« wollte sie wissen, und ein wenig tat es ihr leid, daß sie Mira, die sich in der zärtlichen Berührung sofort an sie geschmiegt hatte, wieder auf Abstand hielt.

»San Francisco ist auferstanden«, lachte die Kleine, ohne nachtragend zu sein, »trotz Aids, was natürlich ein riesiges Problem ist, aber wo ist es das nicht? Man schätzt, daß die Hälfte der Bewohner Aids hat. Trotzdem, es ist irgendwie umwerfend. Trauer Power, sag ich dir. Die Stadt verwaltet sich selbst, es leben noch ungefähr zweihunderttausend Menschen da. Wenn du Lust hast, zeige ich es dir. Es wird dir gefallen.«
Philine schloß die Augen. Sie hörte auf das Flüstern der Flugzeugmotoren. Hatte nicht eine Hopi-Prophezeiung davon gesprochen, daß es am Tage vor der großen Reinigung Straßen am Himmel gäbe mit Fahrzeugen ohne Räder?

Seit einer Woche beobachtete Malin eine kleine Fliege in seiner Wohnung. Wenn er die Pflanze begoß, saß sie wie zufällig in den Blättern, wenn er sich an den Computer setzte, hockte sie erwartungsfroh auf der Tastatur. Besonders gern leistete sie ihm beim Lesen Gesellschaft. Dann konnte er ihr den Finger reichen, sie an den Mund führen, und ihr die Flügel küssen.
Jetzt saß sie auf dem Knöchel seiner linken Hand und putzte sich. Als er die Seite wendete, sprang sie in das Buch. Er las, daß wir Menschen unsere Zuneigung, Ignoranz und Angst gegenüber Tieren allein an ihrer Größe festmachen. So hätte beispielsweise ein Pferd weit mehr Chancen, als Persönlichkeit anerkannt zu werden, als eine Fliege . . .
Er ging in die Küche und bereitete sich einen Tee. Während er darauf wartete, daß das Wasser kochte, gab seine Fliege ihm eine kleine Privatvorstellung auf dem runden Holztisch. Eine Art Katzenpersiflage. Die Brotkrümel wurden links-rechts, linksrechts vom Tisch gefegt und (was die blöden Katzen nicht können) im Sturzflug wieder aufgelesen. Bravo, Kleine. Zur Zugabe reichte es nicht, es läutete an der Tür. Das würde Manstein sein, er wollte ihm einige Unterlagen vorbeibringen. Auf dem Weg

zur Tür fing der Wasserkessel an zu pfeifen. Er öffnete rasch und rannte zurück in die Küche.

»Mach's dir bequem!« rief er, »ich komme gleich.«

Als er den Tee brachte, rutschte ihm das Tablett fast aus der Hand. Vor ihm saß Iris im Sessel und grinste verschmitzt unter einer samtenen Baskenmütze hervor, die sie sich keß in die Stirn gezogen hatte. Sie war dezent geschminkt, am rechten Ohr baumelte ein bronzener Ring, eine Art Sonnenrad, groß wie eine Babyfaust.

»Erwarten Sie Damenbesuch?« fragte sie mit einem Ausdruck in der Stimme, der so viel bedeutete wie: falls ja, schick sie weg.

»Nein, nur jemanden vom Bau.«

»Ich bin vom Bau«, lächelte sie erleichtert, »wenn auch nur noch für vier Tage.«

Er setzte sich und fischte das Sieb aus der Kanne. Seine Hände schienen weit weg von ihm Dinge zu erledigen, an denen er nicht beteiligt war. Auf diesen Überfall war er nicht vorbereitet. Das Geräusch des Löffels in den Keramikschalen klang wie das Ticken einer Zeitbombe.

»Ich will dich«, sagte sie leise, aber deutlich.

Malin blickte vorsichtig auf. Er fixierte sie mit dem Instinkt eines Mannes, der genau wußte, wieviel provokante Distanz vonnöten war, damit sich eine Frau ergab. Es war lange her, daß er dieses Spiel gespielt hatte, aber jetzt spürte er, daß er es noch beherrschte. Seine Augen glitten über ihren schlanken Hals, auf dem die Schlagadern ihre Erregung wie empfindliche Membranen anzeigten. Er erhob sich, ohne sie aus den Augen zu lassen. Sie wich zurück, bis sie den Türrahmen im Rücken spürte. Malin nahm ihr die Mütze vom Kopf und ließ das lange schwarze Haar durch seine Finger gleiten. Er spürte ihren Atem in seinem Gesicht, den sie immer heftiger durch die halbgeöffneten Lippen stieß. Er preßte sie zwischen seinen Armen gegen die Wand. Ihre Münder verbissen sich bis zur Schmerzgrenze. Als er

sie endlich nahm, entrang sich ihrer Kehle ein Schrei. Zerrissen, zerkratzt und dampfend vor Schweiß hielten sie sich noch eine Weile umschlungen.
»Was war das?« flüsterte Malin und strich mit zitterndem Finger über ihre verletzten Lippen.

Zum Abschluß ihrer Sightseeing-Tour stiegen Mira und Philine auf den Coit-Tower. Eine gewaltige Nebelwand wälzte sich vom Pazifik kommend in die Bucht. Von der Golden Gate Bridge ragten nur noch die Spitzen der beiden rostroten Türme aus der rasenden Wattewand. Heute morgen noch hatte der Viadukt mit beiden Füßen glühend im Wasser gestanden. Er schien die Energien regelrecht aus dem Boden zu saugen und sorgsam über die Stadt zu verteilen. Der Nebel verschlang den Felsen von Alcatraz, als wollte er ihn für immer von der Erde tilgen. Zur Rechten ragten die stählernen Reste der vom letzten Beben zerstörten Oakland Bay Bridge aus dem Wasser, das sich unter dem heraufziehenden Schatten wachsgrau färbte, während die Häuser von Berkeley weiter in der Sonne leuchteten. Ein kühler Wind streifte ihre Gesichter. Die Mädchen zogen sich fröstelnd zurück. Mira verabschiedete sich, sie mußte zurück zum Flughafen, wo ihr Vater wartete.
Philine faltete das Papier mit Miras Adresse und schlenderte die Columbus Avenue hinunter. Sie würde ohnehin nie nach Ohio kommen, aber es war gut, eine Freundin dort zu haben. Sie wunderte sich über die bunten Fassaden, die ihr schon in dem hügeligen Straßenraster von Russian Hill und Pacific Heights aufgefallen waren. Vor dem Hintergrund der Wolkenkratzer des längst verlassenen Financial Districts wirkte diese skurrile Wohnlandschaft wie eine Fanfare des Lebens.
Auf dem Washington Square drehten sich fünfzig ältere Chinesen synchron auf einem Bein. Philine nahm vor einem Café Platz und schaute fasziniert den zeitlupenartigen Bewegungen der

Tai-Chi-Tänzer zu. Sie mochte diese Stadt, die keinerlei Hektik verströmte. Bisher hatte sie noch keinen einzigen Polizisten gesehen. Die Menschen waren freundlich und unkompliziert, wenn auch von verhaltener Trauer. Zu Hause in Deutschland wurden die Aidsopfer aussortiert, niemand wußte, wohin. Sie kannte diese schmalen Gesichter mit den schwarzen Flecken und den großen, eingefallenen Augen bisher nur aus dem Archiv, hier jedoch gehörten sie zum gewohnten Bild. Die Gesunden schienen sich ihres Zeitkredits, den das Schicksal ihnen gewährte, durchaus bewußt zu sein. Ihr virtuoses Straßentheater war ein immerwährender Abgesang, an dem auch die Todgeweihten ihren Spaß hatten. San Francisco war keine sterbende Stadt, es war eine Stadt, in der man gerne starb. Eine solche Stadt funktionierte nach anderen Kriterien, sie brauchte keine Polizei ...
Im Hotel wartete David mit einer Flasche Wein auf sie. Er lud sie in seine Wohnung ein, die sich unter dem Dach befand. David war der Manager des Hauses, ein Jude von 73 Jahren, der nach eigenem Bekunden das Gebäude seit zehn Jahren nicht mehr verlassen hatte.
»Sie sind die erste Person seit dem Tode meiner Frau, die ich hier empfange«, sagte er und wischte mit einem Tuch über den Rand des Glases. Er war untersetzt und blaß, ein schütterer Haarkranz umrahmte seinen runden Kopf. Die kleinen Augen aber sprühten vor Energie. »Sie sollten unbedingt noch rüber nach Marin County«, sagte er und setzte den Korkenzieher an. »Marin County ist unser Garten. Alles, was in den Grundbedarfsläden landet, kommt von da. Auch dieser edle Tropfen.«
Philine schnupperte am Wein und beobachtete amüsiert, wie ihr Gastgeber es sich im Sessel behaglich machte, der ihn beinahe zu verschlucken drohte.
»Wissen Sie, mein Kind«, plauderte David aufgeräumt, »kein Hopi hat jemals davon gesprochen, wie angenehm die Endzeit in Wirklichkeit ist. Im Ernst. Die Indianer haben ihr Land zu-

rück, ihre Stimme zählt wieder und offensichtlich nicht nur bei uns, wie ich Ihrer Mission entnehme. Unsere Habsucht hat ein natürliches Ende gefunden, für Geld kann man sich nichts mehr kaufen. Kein Benzin und kein sonstwas. Was ist verkehrt an der Rache der Natur? Daß sie halb Amerika in eine Wüste verwandelt hat? Nein, nicht sie, sondern wir haben das Land verwüstet. Die Natur hat sich lediglich die Parasiten aus dem Pelz geschüttelt.« Er nippte am Wein. »Ich verrate Ihnen was, mein Kind: Für einen alten Mann wie mich, der die Segnungen des Kapitalismus genießen durfte und sich gut eingerichtet hatte dabei, ist es eine Genugtuung, miterleben zu dürfen, wie die Gesetze des Menschen von oberster Instanz mit den Gesetzen der Natur in Einklang gebracht werden. Wir erleben zur Zeit, wozu Menschen außerdem in der Lage sind: zu Mitmenschlichkeit. Diese Stadt ist ein wunderbares Beispiel dafür . . .«

Philine betrachtete das Gemälde über dem Kamin. Es zeigte eine Frau im Rollstuhl vor einer Staffelei, auf der das Gesicht eines Mannes zu sehen war, der David ähnlich sah. »Ihre Frau war gelähmt?« fragte sie.

»Ja«, antwortete der alte Mann lächelnd, »aber das auf dem Bild ist die mexikanische Malerin Frida Kahlo mit einem Porträt ihres Arztes Dr. Farill.« Er stellte die Beschallung ein. »Darf ich bitten?« fragte er schelmisch.

Sie drehten sich nach den Klängen eines Walzers. Nie zuvor hatte sie den Zauber dieser Musik empfunden. Aber in den Armen des kleinen Hoteliers, der sie wie eine Feder durch die schwungvollen Turbulenzen dieses Himmelstanzes führte, spürte sie ihre Schwerkraft schwinden. In ihr loderte ein Feuer, das sie hinauskatapultierte ins All. Sie war ein Stern! War es nicht genau das, was wir alle einmal werden, ein Stern . . .?

»Das Leben ist kitschig«, lachte sie, als David sie galant auf die Couch entließ.

»Ja, Kleines, wenn es gut zu uns ist . . .«

Neben dem Wandbildschirm blinkte ein rotes Lämpchen. David griff zur Fernbedienung und rief die Information ab. Der Wetterdienst meldete die plötzliche Zunahme radioaktiver Strahlung. »Draußen vor der Küste liegen drei Atom-U-Boote auf Grund«, bemerkte er entschuldigend, »sie machen uns schon seit Jahren zu schaffen. Ich denke, Sie sollten doch besser auf einen Besuch in Marin County verzichten. Schade, dort stehen unsere letzten Redwood-Bäume. Sie hätten Ihnen eine Menge zu erzählen. Diese Riesen waren schon da, als Jesus der Welt Liebe predigte . . .«

Percy wuchtete seinen Koffer auf die Ablage. Noch war er allein im Abteil, aber das Getrampel im Zug ließ befürchten, daß es nicht lange so bleiben würde. Tatsächlich dauerte es nur Sekunden, bis die Tür aufgerissen wurde und zwei Männer mittleren Alters hereinstolperten. Sie waren von gleicher gedrungener Statur, ihre Hemden spannten sich über dicken Bäuchen, und die kurzen, fleischigen Arme baumelten von den Schultern wie Würste. Er wunderte sich, daß es solche Körper überhaupt noch gab, wo doch der Fleischkonsum von Staats wegen bereits vor Jahren verboten worden war. Seine beiden Mitreisenden starrten ihn aus grobporigen, schweißnassen Gesichtern an. Percy rang sich ein Lächeln ab und ging hinaus auf den Gang. Er zog das Fenster herunter. Die frische Luft tat gut.

Am Ende des Bahnsteigs standen zwei Militärlaster mit heruntergelassener Lade. Soldaten in Schutzanzügen zogen auf und bildeten ein Spalier für die Menschen, die von den LKWs in den Zug umstiegen. Ein Offizier versiegelte die Türen des Waggons und gab das Zeichen zum Abmarsch. Wenige Augenblicke später rumpelte der Sonderzug in gemächlicher Fahrt aus dem Bahnhof.

Percy fragte sich, was diese Umladeaktion zu bedeuten hatte und

machte sich auf den Weg ans Zugende, um sich Gewißheit zu verschaffen. Zum erstenmal keimte in ihm das Gefühl, die falsche Entscheidung getroffen zu haben. Gelegentlich warf er einen Blick in die Abteile. Es fiel auf, daß kaum Frauen an Bord waren und keine Kinder. Hinter zugezogenen Vorhängen wurden Gesänge angestimmt. Es klang, als kotzten die Menschen genüßlich eine Gesinnung aus, die sie so lange hatten verstecken müssen. SIEG! taktaktak SIEG! Das gewaltige Stakkato begleitete ihn auf seiner Wanderung durch den Zug wie eine Drohung. Als er den letzten Wagen erreichte, versperrte ihm ein Soldat den Weg.
»Was sind das für Leute da drinnen?« fragte Percy.
»Gehen Sie zurück an Ihren Platz, ich darf Ihnen keine Auskunft geben.«
»Warum diese Schutzanzüge auf dem Bahnhof?«
»Bitte, gehen Sie.« Der Soldat entsicherte seine MP.
Percy hob beschwichtigend die Hände und machte sich davon. Bei der nächsten Gelegenheit würde er aussteigen und abhauen, aber die Gelegenheit bot sich nicht, der Zug hielt nirgends. Apathisch hockte er auf dem Notsitz neben der Toilette. Wieso knöpften sich die Leute ihre Hosen erst zu, nachdem sie das Klo bereits verlassen hatten? Die dumme Zuversicht in ihren Gesichtern machte ihn krank. Er dachte daran, was der Doc ihm über das Stadtlager erzählt hatte, dachte an Laura und Eszra. Die Gespräche um ihn herum waren leeres Gerede, nichts als überflüssige Lautmalereien. Selbst wo er hinhörte, erschlossen sich die Worte nicht. Draußen zogen Landschaften vorbei, trostlose Landschaften, Landschaften, die sich wie ein Laken über die Melancholie des Augenblicks legten.
Er mußte Stunden dort gekauert haben, als der Zug in einen endlos langen Tunnel fuhr. »Meine Damen und Herren«, tönte es nach einer Weile aus den Lautsprechern, »in wenigen Minuten erreichen wir das Stadtlager Berlin. Beachten Sie die Hinweise der Sicherheitskräfte und verhalten Sie sich ruhig.«

Percy bahnte sich auf dem überfüllten Korridor den Weg zurück ins Abteil. Seine beiden Begleiter waren verschwunden. Der Zug rollte in einen unterirdischen, gelbgekachelten Bahnhof. Er wartete ab, bis das Gros der Mitreisenden ausgestiegen war. An seinem Fenster bleckte ein überdimensionaler Leopard die Zähne. »Männer sind immer das, was Frauen aus ihnen machen«, stand daneben.

Er reihte sich in die Schlange ein und beobachtete wie alle anderen die Leuchttafel an der Stirnwand des Bahnsteigs, auf der farbige, rätselhafte Botschaften erschienen: »Erfahrung macht berechenbar« – »Die natürlichsten Dinge sind die schönsten« – »99,9% perfekt« – »Schnell, schnell, Isabell« – »Diesen Stern können Sie kaufen« ... Plötzlich legten sich zwei Hände über seine Augen, knochig und stark. Er kannte diese Hände! Als sich ihr Druck löste, blickte er wahrhaftig in Willys scharfgeschnittenes Gesicht!

»Da staunst du, wa?«

Dieses sehnige Monster mit den gelben Zähnen, das über die Freundschaft zu einer Schlange gestolpert war, erschien ihm nun wie ein Geschenk des Himmels.

»Geht doch gleich geil ab hier«, grinste Willi und deutete auf ein Plakat, das für Slipeinlagen warb. Percy mußte lachen, und je mehr er lachte, desto leichter wurde ihm ums Herz. Endlich hatte auch er das Gefühl, frei zu sein.

Das Kaninchen saß zitternd im Gras. Nebenan kroch ein Fuchs mit angstgeweiteten Augen aus dem Bau und rannte davon. Tausende von Vögeln stoben in den Himmel. Unter ihrem panischen Flügelschlag irrten drei junge Kojoten schreiend durchs Gestrüpp. Schlangen wanden sich in wilder Flucht über den vibrierenden Boden. Die meisten gerieten in das Räderwerk einer mit Stahldornen bestückten Kettenfräse, die in einer fünfhundert Meter breiten Front von zwei Bulldozern über die Ebene gezogen wurde und jeden Baum, jeden Strauch und jeden Grashalm aus der Erde riß. Als sich die Staubwolke schließlich lichtete, war das Leben verschwunden. Der Wind trieb einige Beifußknäuel vor sich her, ansonsten lag eine tödliche Stille über dem geräumten Terrain.

»Willkommen in der Welt der Zivilisation, mein Freund«, hörte Malin die Stimme der schönen Quälerin, die sich allerdings nicht zeigen wollte. Statt dessen fand er sich inmitten johlender Menschen auf der provisorischen Tribüne eines Fernsehstudios wieder.

»GEBEN SIE MIR EIN X«, sagte der Kandidat. Das Publikum kreischte auf, als die Assistentin des Showmasters auf der Anzeigentafel tatsächlich ein X herumdrehte.

Die hysterischen Schreie dröhnten noch in seinem Kopf, als er in die gerodete Steppe zurückgebeamt wurde, wo der Boden vor seinen Augen im Zeitraffer aufplatzte, bis er nur noch aus einem dichten Netz abgesprengter, aufgeworfener Lehmklumpen bestand. Ein unendlicher Treck zerlumpter Gestalten zog an ihm vorbei, die meisten von ihnen waren barfuß, und ihre ausgemergelten Gesichter schauten kaum einmal hoch. Niemand sprach, selbst die Kinder trippelten schweigend im Troß. Die von Schorfwunden entstellten Köpfe der Babys schaukelten an den Schultern ihrer Mütter, als müßten sie jeden Moment abfallen. *»Zwei Milliarden Menschen sind bisher an den Folgen eurer Dummheit gestorben. Siebzig Prozent aller Tiere und achtzig Prozent aller Pflanzen sind unwiderruflich von der Erde verschwunden. Nenne mir einen Grund, weshalb wir euch nicht kleinhalten sollten.«*

»ICH MÖCHTE EIN S«, forderte der Kandidat. Wieder schrie das Publikum entzückt auf.

Malin schwebte in einer Raumkapsel über Südamerika. *»Schau genau hin, mein Freund. Dies ist eine Aufnahme aus den neunziger Jahren. Der schwarze Wolkenteppich speist sich aus 150 000*

Feuerherden, die man im brasilianischen Regenwald legte, um Weideland zu gewinnen, damit sich die Konsumkinder der Wegwerfgesellschaft mit Fleischklopsen um ihren Verstand fressen konnten. Heute stehen gerade noch fünf Prozent der Urwälder, die das Weltklima einst in der Balance hielten. Verstehst du allmählich, warum wir euch kleinhalten müssen?«

»EIN T, BITTE.« – »WAHNSINN!« rief der Moderator, »AUCH DAS T IST VORHANDEN!«

Er befand sich an einer malerischen Küste. Zwei Trawler zogen das Schleppnetz ein, das Wasser wirbelte und schäumte, als hielte jemand einen überdimensionalen Quirl hinein. Hunderte von Männern schlugen mit Eisenstangen auf die Delphine ein, die ihnen praktisch vor den Bauch getrieben wurden. Ein tiefroter Teppich breitete sich über der Bucht aus. Dort, wo die zappelnden Tiere an Land gezogen wurden, tränkte ihr Blut den Strand, der mehr und mehr an eine offene Wunde erinnerte. *»Ich erspare es dir lieber, den Opfern in die Augen zu schauen«,* sagte Xenia. *»Du würdest ohnehin nicht verstehen, was sie dich fragen.«*

»MANFRED HAT 7800 MARK AUF SEINEM KONTO, MARIANNE 4500. MANFRED MACHT WEITER« – »ICH KAUFE EIN E.« – »EIN E KOSTET 2000. JETZT BIN ICH GESPANNT. JAWOLL, PASST! DAS E IST DA!« Die Leute trampelten vor Begeisterung mit den Füßen. »ICH LÖSE«, sagte der Kandidat selbstbewußt: »EXOTUS.« Einige im Publikum begannen bereits zu rasen, als der Showmaster eine betrübliche Miene aufsetzte: »NEIIIN...« druckste er, »EIN I WÄRE RICHTIG GEWESEN. EXITUS HEISST DAS SCHRECKLICHE WORT... SCHADE, MANFRED, DAS SCHÖNE AUTO GEHT NUN LEIDER DEN BACH RUNTER...«

Malin mußte grinsen. Xenia saß ihm am Kaminfeuer einer Bibliothek gegenüber. *»Solchen Unterhaltungsmüll haben sich Millionen Menschen in elektronischer oder gedruckter Form* *jahrzehntelang zu Gemüte geführt, während um sie herum die gesamte Natur ihren Geist aufgab. Wofür, glaubst du, sind unsere Wälder gestorben? In erster Linie für Zeitungen und Verpackungsmaterial! Allein aus diesem Grunde mußten wir die Zeitungen und Illustrierten verbieten, obwohl ich zugeben muß, daß es genügend andere Gründe gab.«*

Malin fand, daß sie nachdenklicher wirkte als sonst. Der schwarze Hosenanzug unterstrich diesen Eindruck.

Xenia stand auf und tigerte im Zimmer umher. *»Eine Gesellschaft ist nur dann intakt, wenn sie eine Vision entwickelt, die zukünftige Generationen berücksichtigt.«*

Heute hatte sie ihren Predigerton drauf, den er nicht besonders mochte.

»Ich bin es leid, euch die simpelsten Zusammenhänge erklären zu müssen«, stöhnte sie genervt, *»aber es ist nun mal mein Job. Also: Unser Planet ist ein lebendiges Wesen, wie sonst wäre er wohl in der Lage, Lebensbedingungen für andere zu schaffen? Die Tatsache, daß ihr die Tier- und Pflanzenwelt als sprachlose Welten verachtet, gibt euch nicht das Recht, sie zu vernichten. Sie sind nicht sprachlos, ihre Kommunikation ist nur um ein vielfaches feiner als eure. Die alten Kulturen wußten das, und endlich weiß es auch die Wissenschaft. Wie hört sich eure Sprache an? Wie ein Instrument des Geistes? So hörten sich die Gesänge der alten Kulturvölker an, deren Einfühlungsvermögen so tief war, daß sie Ereignisse im voraus spürten. Da waren sie wie die Tiere. Ihr hingegen lebt nicht mit der Erde, sondern gegen sie, ihr seid ihr Krebsgeschwür. Eure Ignoranz ist selbstmörderisch, denn ihr vergeßt, daß ihr nur so lange lebensfähig seid wie der Körper, den ihr vernichtet. Tote haben keinen Krebs.«* Sie stocherte im Feuer herum. Malin hatte fast Mitleid mit ihr. *»Eure Geisteskrankheit ließ uns keine andere Wahl. Wir haben euch eingekapselt, wir lassen euch weder reisen noch bauen, wir verordnen euch Ruhe. Ihr werdet geerdet, und das ist*

gut so. Das Diktat eurer Dummheit ist endlich gebrochen. Gewöhnt euch an den Zustand.« Xenia blickte lange in die Flammen. *»Wir sorgen dafür, daß der Entzug so glimpflich wie möglich verläuft. Aber vergeßt nicht: Jeder Junkie geht durch die Hölle, wenn er suchtfrei werden will.«* Die schöne Quälerin zwinkerte ihm unvermutet zu: *»Immerhin haben wir euch die Bücher zurückgebracht . . . Auf bald.«*
Malin blieb mit ihrem betörendem Duft über Gebühr lange in der Bibliothek zurück. Er wollte sich gerade ein Buch greifen, als die Bilder um ihn verloschen. Schade, es wurde gerade behaglich am Kamin.

Malin schmiegte sich in die warme Form, die Iris ihm mit angezogenen Beinen auf der Seite liegend darbot. Ihre Haut war noch feucht. Er legte seine Hand um ihre Brust und spürte, wie ihr Herz einen heftigen, sich allmählich beruhigenden Takt schlug.
»Kaffee?« flüsterte er.
Iris führte seine Hand zwischen ihre Beine. Er biß ihr in den Hals.
»Auah!«
»Kaffee, Liebling?«
»Schlappschwanz.«
Er setzte Wasser auf und besah sich im Spiegel: Ausgemergelt, grünstichig und schattenumflort, eben so, wie er immer aussah, wenn er Damenbesuch hatte.
»Wie findest du sie?« fragte Iris.
»Wen?«
»Xenia. Wie findest du sie?«
»Xenia? Ich weiß nicht. Ich hab Schwierigkeiten mit ihr.«
»Wieso?«
»Ich weiß nicht. Sie ist jedesmal anders.«
»Findest du sie erotisch?«

»Manchmal schon.«
»Aha . . .«
»Dann frag nicht.«
»Was ist denn so erotisch an ihr?«
»Ich mag es, wenn sie Dinge sagt, die ich nicht verstehe. Sie ist dann sehr konzentriert und streng. Das hat was.«
»Streng?«
»Ja.«
»Wie meinst du das?«
»Wenn ein Wissender einen Unwissenden aufklärt, ist das streng. Streng, weil der Unwissende doppelt belastet zurückbleibt: Er hat nichts verstanden, und er hat eine Schwäche an sich festzustellen.«
»Welche Schwäche?«
»Die Schwäche aller Träume: Sie wollen sich einfach nicht in praktisches Leben wandeln.« Malin brachte ihr eine Tasse Kaffee.
»Sie macht dich an, die Kuh, stimmt's?«
Er fragte sich einen Moment, wieso die Beweise von Eifersucht immer gleich ausfielen bei Frauen, und lüftete die Bettdecke, die sie ihm aber sofort aus der Hand riß.
»Du kennst sie besser als ich«, sagte er, »ihr kommt doch aus dem gleichen Stall.«
Sie klopfte aufs Laken: »Komm . . .«
Am Nachmittag brachte Malin sie zum Bahnhof. Ihre Adresse durfte sie nicht nennen. Also war er darauf angewiesen, daß sie sich meldete. Die Tatsache behagte ihm nicht, er schrieb ihr einen Computerbrief in den Zug: »Glaube ja nicht, daß du mir so davonkommst . . .«

Die Jungs sind wie verändert, sobald sie einen Einsatzbefehl erhalten«, sagte Paul Boon, ohne die Augen zu öffnen. »Als gehorchten sie von einer Sekunde zur anderen einer geheimnisvollen Macht.«

»Vielleicht sind es nur besonders pflichtbewußte Soldaten.«
»Nein, nein, das ist es nicht. Sie werden sich so ähnlich, verstehst du ... Ich beobachte das seit diesen obskuren Impfungen, von denen niemand zu sagen vermag, wogegen die eigentlich sind.«
Das Telefon läutete, und Marinella nahm ab. »Max? Das ist aber eine Überraschung!«
»Ist es das?«
»Hast du getrunken?«
»Ein wenig ... Ist das wichtig?«
»Was ist los? Du rufst mich doch nicht einfach so an.«
»Doch, einfach so. Geht es Ihnen gut, Frau Malin?«
»Nicht sehr. Und dir?«
»Beschissen. Du fehlst mir ...«
»Oh, bitte ...«
»Schon gut. Wieso geht es Ihnen nicht besonders, Frau Doktor? Ist der Herr Hauptmann nicht nett zu Ihnen?«
»Möchtest du, daß ich auflege, Max? Mir ist im Moment nicht nach dieser Art von Unterhaltung.«
»Entschuldige. Ich kann mich nur schlecht daran gewöhnen.«
»Woran denn, um Gottes willen? Daß ich mit einem anderen Mann lebe, nachdem du mich verlassen hast? Das ist allein dein Problem, mein Lieber.«
»Okay, hören wir auf. Was macht das Krankenhaus?«
»Was soll ich sagen? Es gibt da eine Menge Ungereimtheiten, die mich beschäftigen. In der letzten Woche haben wir zwölf Strahlenopfer hereinbekommen, alles Mitglieder einer atomaren Werkschutztruppe. Aber weder der Wetterdienst vermeldet eine Gefahr, noch ist in den Nachrichten von einem Unfall die Rede. Und was das schönste ist: Sämtliche Patienten wurden inzwischen verlegt. Angeblich in eine Spezialklinik.«
»Was haben denn die Betroffenen gesagt?«
»Nichts. Bei den Untersuchungen war immer ein Beamter vom

Staatsschutz dabei. Wir haben nicht einmal herausbekommen, um welches Abruch-AKW es sich handelt. Diese Leute sind nicht die einzigen, die man uns wegnimmt. Schwere Krebsfälle werden inzwischen ebenso aussortiert wie Aidspatienten, niemand weiß wohin. Wir dürfen lediglich die Diagnose stellen. Offiziell heißt es, daß man sich in den Meditationskommunen um sie kümmert.«

»Das wäre doch denkbar und vielleicht gar nicht verkehrt. Ich meine, was könnt ihr diesen Menschen schon bieten? Sei doch froh, daß euer Hospital nicht zu einer reinen Sterbeklinik verkommt.«

»Ich kenne jemanden in einer Meditationskommune. Sie haben nicht einen einzigen Kranken in ihrer Gemeinschaft.«

»Ich habe eine Frau aus dem Informationsministerium getroffen, sie hat bei mir auf der Baustelle gearbeitet. Wenn du willst, frage ich sie.«

»Und du glaubst wirklich, sie würde dir die Wahrheit sagen? Woher hast du eigentlich Ihre Adresse?«

»Die hab ich nicht, aber sie wird sich wieder melden.«

»Ach so . . ., du hast mit ihr geschlafen . . .!«

»Ein wenig . . .«

Marinella stutzte, dann fing sie schallend an zu lachen. Malin ließ sich anstecken. Er hatte diese hysterischen Heiterkeitsorgien mit ihr zu lange vermißt, um sich jetzt nicht voll fallenzulassen. Wann immer jemand das Wort aufzunehmen versuchte, platzte der andere japsend, gurgelnd und quiekend dazwischen, bis sie endlich vor Erschöpfung Ruhe gaben.

»Ich liebe dich«, sagte er nach einem Moment des Schweigens und legte auf.

Gegen fünf Uhr morgens verließ Martin Heiland das ehemalige Sommerhaus Albert Einsteins in Caputh. Der Himmel war klar, die Luft kühl und würzig. Er stieg den Hügel hinab zum See. Es standen schwerwiegende Entscheidungen an, und so wollte er sich in aller Ruhe wappnen. Die Tatsache, daß sich der Ökologische Rat an diesem Platz versammelte, wäre gewiß im Sinne des großen jüdischen Weltgeistes gewesen. Einsteins moralische Instanz galt ihnen allen als Richtschnur, wenngleich Zweifel angebracht waren, ob er ihre Politik mitgetragen hätte. In der Wahl seines Anwesens als Tagungsstätte steckte wohl eher der heimliche Wunsch, sich seines spirituellen Beistands zu versichern.

Heiland überquerte die alte Landstraße nach Potsdam und bahnte sich seinen Weg zwischen den verlassenen Häusern hindurch ans Wasser. Die Menschen waren schon vor Jahren umgesiedelt worden, wie übrigens aus allen Gemeinden um Berlin. Der unbewohnte Gürtel um das Stadtlager hatte eine Breite von fast dreißig Kilometern.

Er betrat den Steg, band das Boot los und stieß sich mit der Hand vom Dalben ab. Mit wenigen Ruderschlägen trieb er hinaus, bis das Wasser die Fahrt allmählich bremste. Er legte sich auf den Rücken und sah in den Sternenhimmel. Zu gerne wäre er davongeschwebt, weit weg und jeder Verantwortung enthoben. Was hatte Einstein gesagt? »Wer es unternimmt, auf dem Gebiet der Wahrheit und der Erkenntnis als Autorität aufzutreten, scheitert am Gelächter der Götter!« Auch Martin Heiland hörte die Götter lachen. Er hatte das fatale Gefühl, daß dem angestrengten Versuch, die Schöpfung vor weiteren Attentaten zu schützen, lediglich ein Mißverständnis zugrunde lag. In Wirklichkeit war wohl alles von den Göttern als eine große Ruine geplant ...

Er schreckte hoch und massierte die Stirn, die er sich am Sitzbrett gestoßen hatte. Sie würden weiterkämpfen, sie würden radikaler als bisher dafür Sorge tragen, daß sich nichts mehr umkehrte. Zwanzig Millionen Menschen lebten in Europa bereits in Meditationskommunen, das war ein Achtel der Gesamt-

bevölkerung. Hier wuchs die Hoffnung auf eine neue Gesellschaft heran, die dereinst vertrauteren Umgang mit der Erde pflegen würde. Die übrigen galt es unter Arbeit und Kontrolle zu halten. Jeder Rückschlag konnte die einzige noch verbleibende Chance zunichte machen, diesem geschundenen Planeten und damit auch den Menschen eine Zukunft zu sichern. Sie hatten gar keine andere Wahl. Diese Revolution wurde ihnen von der röchelnden Natur aufgezwungen, und alles was zu tun war, konnte nurmehr im Einklang mit ihr geschehen.
Martin Heiland tauchte die Hände ins Wasser. Niemand biß sie ihm ab, im Gegenteil, er glaubte die ganze Welt zu berühren. Es entbehrte nicht einer gewissen Ironie, daß er, der die zögernden Mitstreiter heute davon zu überzeugen hatte, wie notwendig eine willfährig funktionierende Armee in ihren Händen war, seine Hände gleichsam in Unschuld badete. Wenn er es recht bedachte, war der Öko-Rat nichts als ein Geheimbund, der mit anderen Geheimbünden zwischen Amerika und Japan zusammenarbeitete und seine Direktiven per Regierungscode ins Computernetz speiste. Den Staat alter Prägung gab es nicht mehr, die Meditationskommunen waren ohnehin autonom, und die Gemeinden hatten lediglich die Grundgesetze zu achten. Ansonsten waren sie selbstverwaltete, überschaubare soziale Organismen.
Im Haus auf dem Hügel gingen die Lichter an. Er ruderte ans Ufer. Als er das Boot vertaute, verblaßte der Große Wagen in der Morgendämmerung.

Das war zu befürchten: Den ganzen Tag hatten die Ratsmitglieder damit verbracht, sich gegenseitig ihrer Skrupel zu vergewissern. Er nannte es verächtlich ihr Viren-Syndrom. Viele der am Umsturz Beteiligten, bis hinauf zu einigen Ministern, hielten dem psychischen Druck nicht stand, der nach der Revolution auf ihnen lastete. Dabei gab es keinerlei Statisti-

ken über die Zahl der Opfer, die der elektronische Staatsstreich vor zwanzig Jahren gefordert hatte und teilweise noch immer forderte. Aber es mochten Millionen sein. Die ausgeklügelten Virenattacken auf Datenbanken, Sender und Computersysteme von Regierungen und Großunternehmen hatten ein zivilisatorisches Chaos ausgelöst. Staudämme waren gebrochen, Flugzeuge vom Himmel gefallen, Städte im Dunkeln versunken. Die gesamte Infrastruktur einer hochtechnisierten und vernetzten Welt hatte den Boden unter den Füßen verloren. Wissenschaft und Forschung stürzten mit einem Schlag ins Mittelalter zurück. Diese Hypothek lastete schwer auf den Verantwortlichen, die sich in Heilands Augen eher hätten beglückwünschen müssen zu ihrem umwälzenden Coup. Niemand konnte damals davon ausgehen, daß die im Sold der kapitalistischen Industrie stehenden Wissenschaftler sich zu Technik-Guerilleros wandeln würden, welche die von ihnen geschaffenen Systeme mit militärischer Präzision außer Kraft setzten. Professor Kitami, der als japanisches Ratsmitglied zu Gast war, und er selbst, als jüngster der Runde, hatten sich aus der weinerlichen Diskussion herausgehalten. Sie wußten, daß keine noch so moralische Position, kein noch so vehementer Umkehrschluß irgend etwas an den katastrophalen Verhältnissen auf diesem Planeten änderte, die trotz aller Bemühungen eher schlimmer als besser wurden.
Heiland ging in den Garten. Die Vereinbarung, daß die ökologischen Räte in ihrer personellen Zusammensetzung unantastbar waren, daß Nachrücker erst Platz fanden, sobald ein Mitglied freiwillig aufgab oder verstarb, was bei ihnen erst zweimal der Fall gewesen war, schien ihm überholt, ja gefährlich. Aber er konnte an diesem Gesetz nicht rütteln. Es war ein Relikt aus der Gründerzeit der GO!-Staaten, allein zu dem Zweck geschaffen, die Verantwortlichen des Umsturzes vor Vergeltung zu schützen. Weniger bedenklich fand er die Tatsache, daß die Räte gleichzeitig den zwölf Ministerien vorstanden, auf diese Weise hatten sie

zumindest aktuelle Sachkenntnis. Auch die Kompetenzverteilung hatte sich bewährt. Es gab das Klimaministerium, das Luft-, Wasser- und Bodenministerium, das Tier- und Pflanzenministerium, das Entsorgungsministerium (Atom- und Chemieabfälle), das Arbeitsministerium, das Nahrungsministerium, das Ministerium für Stadterneuerung, das Energieministerium, das Schutztruppenministerium, das Katastrophenministerium, das GO!-Ministerium (koordinierte die internationale Zusammenarbeit) und nicht zuletzt das Informationsministerium, das er selbst leitete.

Er hatte genug frische Luft geschnuppert. Professor Gustav Meyrink, Klimaforscher und Klimaminister, philosophierte gerade über das Mandat des Menschen und sein Recht, sich in die Schöpfung einzumischen. Seine Worte wirkten auf Heiland wie eine Initialzündung, er hatte lange genug zugehört. Während der letzten Stunden war seine Replik wie ein rhetorisches Kunstwerk herangewachsen, er brauchte es nur noch abzurufen. Er hatte inzwischen den Verdacht, daß die Versammlung nur darauf wartete, daß er ihr die Leviten las.

»Wir sind alle ein bißchen müde«, begann Heiland, indem er mit beiden Händen die Ohrenschalen des Polstersessels packte, in dem Meyrink lehnte. Dann blickte er seine Mitstreiter der Reihe nach an: »Nach humanistischen Maßstäben sind wir reif für die Hölle. Also, was soll das Gejammer? Jeder von Ihnen hat das Manifest der Wissenschaftler unterschrieben, jeder von Ihnen war einverstanden mit den Virusattacken. Wir haben gewußt, daß es ein solches Fanal brauchte, um mit den Machtstrukturen zu brechen, die der Kapitalismus bis zur Selbstvernichtung aufrechterhalten hätte. Aber wir sind doch keine Bande von Weltverbesserern, die sich nun ihrerseits in den Fallstricken der Macht verheddert hat. Wir sind aus der Reserve getreten, als es keine andere Wahl mehr gab. Natürlich vermag niemand vorauszusehen, ob sich die Erde erholen wird. Eines aber ist sicher:

Ohne eine radikale Kontrolle über die Menschen streicht die Evolution auch die letzten der uns bekannten Lebensformen aus den Annalen der Schöpfungsgeschichte.«
Er löste sich vom Sessel und schritt jetzt beim Reden auf und ab. »Die ökologischen Fakten existieren auch ohne Diskussionen. Es interessiert den Planeten nicht, ob wir über seinen Zustand verschiedener Meinung sind. Im planetarischen Jahreskalender ist die durch den Menschen verursachte Umweltkatastrophe gerade eine Minute alt. Aber auch diese Minute ist so gut wie verstrichen. Wir befinden uns heute in der allerletzten Sekunde, um im Bild zu bleiben. Und innerhalb dieser Sekunde werden allmählich sogar die Zehntel knapp.«
Heiland kam sich vor wie ein Medium in Trance, die Worte flossen durch ihn hindurch, ohne daß er sie im Geiste vorbereiten mußte.
»Erinnern wir uns, wie dramatisch sämtliche Prognosen von der Wirklichkeit überrollt wurden. Im Jahre 2000 ging die Weltkonferenz zur Rettung des Waldes davon aus, daß eine kontrollierte Forstwirtschaft dreißig Prozent der damals bestehenden Waldflächen retten könne. Heute ist der Bestand des Regenwaldes auf fünf Prozent geschrumpft, und in ganz Europa findet sich nichts mehr, was als Wald bezeichnet werden kann.
Die Automobillobby argumentierte noch 2010 mit enormen Erfolgen bei der Entwicklung abgasarmer Motoren. Zehn Jahre später litt die Hälfte der Weltbevölkerung an akuten Atemwegserkrankungen.
Die Weltklimakommission, Kollege Meyrink wird es bestätigen, er war ja dabei, legte in ihrem Jahresbericht aus dem Jahre 2002 eine Hochrechnung über den Abschmelzprozeß der Polkappen vor, die nicht im entferntesten mit der tatsächlichen Entwicklung übereinstimmte. Trotz riesiger Investitionen in bis zu vier Meter hohe Deichanlagen wurde die Stadt Boston schon achtzehn Jahre später durch eine Sturmflut völlig zerstört. Auch die

Deichanlagen, die in den gefährdeten Regionen dieser Erde teilweise mehrere hundert Kilometer landeinwärts gebaut wurden, erwiesen sich bald als untauglich, da sich infolge der drastischen Klimaveränderungen die Windrichtungen geändert hatten. Heute fallen aufgrund der Überschwemmungen jährlich mehrere hundert Millionen Menschen Seuchen und Hungersnöten zum Opfer. Die mit Abfallstoffen beladenen Fluten haben inzwischen zehn Prozent der ehemaligen landwirtschaftlichen Nutzflächen vernichtet. Milliarden Tonnen des vorübergehend in den Ozeanen gespeicherten Klimagases Kohlendioxid steigen nach wie vor in die Atmosphäre auf. Im Vorland des Himalaja schwimmen den Bauern die erodierten Böden davon. Und in Europa toben Hurrikane, die man hier vor gar nicht so langer Zeit für unmöglich gehalten hatte. Sie schwemmen unsere Mülldeponien aus und verwehen den Feinstaub aus dreihundert Millionen Jahrestonnen chemischer Abfälle wie einen giftigen Schleier übers Land.«

Er hatte sich verfranzt, im Grunde ging es ihm um etwas ganz anderes. Kitami reichte ihm eine Tasse dampfenden Tee.

»Die Zivilisation«, fuhr Heiland fort, »war ein Schiff, das ohne Pläne gebaut wurde und führerlos dahinschlingerte. Es fehlte ihr an spiritueller Verbundenheit, mit deren Hilfe sie bewußt einen Kurs hätte wählen können, welcher eben nicht in die Katastrophe mündete. Statt dessen ließ man sich von den Strömungen zufälliger Entdeckungen treiben und vertraute blindlings den Angeboten, die kurzfristig größtmöglichen Profit versprachen. Wir hatten uns auf ein Spiel mit der Natur eingelassen und dabei eine Partie nach der anderen gewonnen. Aber wir ließen uns derart in die Konsequenzen unserer Siege verwickeln, daß statt einer vernünftigen Strategie nur vordergründige Taktik betrieben wurde.«*

»Die Analyse ist uns bekannt«, unterbrach Arbeitsminister Broch süffisant. »Die Frage aber heißt: Darf eine wie auch immer motivierte Clique von Individuen Gott spielen? Nur darum geht es bei der heute anstehenden Entscheidung. Nicht jeder von uns ist ein Heiland . . .«, fügte er ironisch hinzu, während er sich mit zitternden Händen eine Zigarette anzündete.

»Ich bitte Sie, alles was wir versuchen können, ist, jenen Menschen spirituelle Dominanz zurückzugeben, die Jahrtausende in Harmonie mit der Natur gelebt haben. Es muß unter allen Umständen dafür gesorgt werden, daß das verschüttete Wissen der Menschheit wieder Platz greifen kann. Was ist mit uns los, meine Herren? Während wir uns den Luxus erlauben, über Moral zu spekulieren, sterben die Menschen um uns herum wie die Fliegen. In den Kontinenten Asien, Afrika und Südamerika, die von den GO!-Staaten seit zwanzig Jahren weder ausgebeutet noch ausgebildet werden, ist die ultraviolette Strahlung derart intensiv, daß kaum noch Pflanzen wachsen. Auch die Grundnahrungsmittel Reis und Gerste können nicht mehr gedeihen. Weite Teile dieses Planeten gleichen einem Friedhof. Biologisch gesprochen sind wir dabei, aus der Zeit der Bäume in die Zeit des Gestrüpps zu wechseln. Verantwortlich dafür ist ein Denken, das seine Wurzeln in Europa hatte. Die Frage, lieber Hermann Broch, lautet daher: Selbstmord oder geistige Erneuerung. Nichts anderes. Logischerweise muß die Metamorphose dort beginnen, wo die Quelle der Suizid-Kultur liegt: in Europa, und ganz speziell in seinem deutschen Herzen, das regelmäßig in den Faschismus marschierte.«

Er stellte die Tasse ab, griff eine Zigarette aus dem geöffneten Holzetui und ließ sich von Broch Feuer geben.

»Die Öko-Diktatur ist eine Art geistiger Morgenthau-Plan. Es ist Krieg, liebe Kollegen, Überlebenskrieg! Ich finde, daß wir ihn auf die bestmögliche Weise führen. Den Staat im herkömmlichen Sinne gibt es nicht mehr, wir haben uns diesen atavistischen Klotz vom Bein gebunden. Wir haben die Informationsflut eingedämmt und die Menschen auf sich selbst konzentriert.

Bau- und Reiseverbot sorgen zumindest dafür, daß nicht noch mehr Schaden angerichtet werden kann. Unsere Entscheidungszentren sind nicht in bestimmten, auszumachenden Häusern konzentriert, sondern bilden ein weitverzweigtes elektronisches Netzwerk. Terroristen haben keine Chance, weil sie uns nicht lokalisieren können. Sie wissen einfach nicht, wen sie erpressen sollen. Sie können uns nicht einmal drohen, seit es keine Medien mehr gibt. Dabei dürften sie heute besser ausgerüstet sein als jemals zuvor . . . Der Ökologische Rat ist nur einer Aufgabe verpflichtet: sicherzustellen, daß der Weg zur geistigen Erneuerung nicht durch jene blockiert wird, die zu schwach sind, ihn zu gehen. Deshalb brauchen wir nichts nötiger als eine verläßliche Armee und perfekte Wachmannschaften für alle Horrordome der Vergangenheit. Lassen wir doch um Gottes willen nichts unversucht«, schloß er eindringlich.
Die Öko-Räte schwiegen, nur der Arbeitsminister rührte mit leisem Löffelschlag im Tee.
»Einen Staat zu regieren ist wie einen Garten jäten«, ließ sich die sanfte Stimme Kitamis vernehmen, »entferne einfach die Sprosse schädlicher Pflanzen – das ist alles.«
Pflanzenminister Joachim Frebel lächelte über die fernöstliche Binsenweisheit. Auch die anderen spürten plötzlich wieder jene Freude, die es bedeuten konnte, Mitglied dieses erlauchten Kreises zu sein.
»Die Ergebnisse des begrenzten Impfprogramms sind beeindruckend«, schloß Heiland versöhnlich. »Wir sollten jetzt abstimmen. Wer ist dafür?«
Die Männer schauten sich an und hoben zögernd die Arme. Nur Broch verweigerte sein Einverständnis.
»Wir sind nicht beschlußfähig ohne deine Stimme«, mahnte Energieminister Wingert.
Der Angesprochene ging auf die Terrasse und starrte auf den See.

Das klingt doch ganz in Ordnung, Kleines, worüber erregst du dich?« Dr. Baro reichte seiner Enkelin den Computerbrief zurück.
»Er schreibt, es geht ihm gut. Das ist doch immerhin was.«
»Fällt dir daran nichts auf, Doc? Findest du den Brief normal?«
»Na ja, er ist ein bißchen nüchtern für meinen Geschmack ...«
»Nüchtern ist gut ...« Laura haute mit dem Handrücken aufs Papier und las laut: »Liebe Schwester, ich bin wohlbehalten angekommen. Die Wohnung, die man mir zugewiesen hat, ist geräumig und komfortabel. Die ersten Tage waren ein wenig verwirrend, aber es geht mir gut. Das Leben hier ist so anders. Ich bin jedoch sicher, daß ich mich schnell eingewöhnen werde. Bis bald, Percy ...« Sie schüttelte energisch den Kopf. »Er hat mich nie Schwester genannt, schon gar nicht liebe Schwester!«
»So? Wie hat er dich denn genannt?«
»July, Sternchen, Windpferd, Glutäuglein, B-Hörnchen, was ihm gerade einfiel, das weißt du doch. Es war ein Spiel, er erfand immer neue Namen. Und ausgerechnet jetzt, da wir zum erstenmal getrennt sind, nennt er mich liebe Schwester!«
»Das ist an sich noch nichts Ehrenrühriges. Vielleicht ist ihm angesichts der neuen Umstände einfach nicht nach verbalen Schmusereien, das wäre doch immerhin denkbar.«
»Und wie findest du es, daß er sich mit keinem Wort nach dir erkundigt oder nach Eszra?«
»Tja, wie finde ich das ...?« Baro hatte Mühe, seine Nervosität zu verbergen. Percys knappe Botschaft hatte in ihm sofort jenen Verdacht wiederbelebt, den er seit langem gegen die Stadtlager hegte, aber er hielt es nicht für angebracht, Laura davon in Kenntnis zu setzen, zumal er sich noch immer die Schuld dafür gab, daß der Junge dort gelandet war. »Grübeln wir nicht unnötigerweise darüber nach«, sagte er beschwichtigend, »er wird sich schon berappeln. Soviel ich weiß, ist es nicht möglich, mit Stadtlagern von außen Kontakt aufzunehmen. Also bleibt keine

Wahl, als abzuwarten. Wie steht es eigentlich um deinen Antrag? Du wolltest doch in eine Meditationskommune wechseln.«

Laura knetete ihre Finger. »Der Eignungstest findet nächste Woche statt«, nuschelte sie.

»Was, sie verlangen einen Eignungstest? Großer Gott, für was halten die sich? Da habe ich es entschieden einfacher. Für die Umsiedlung in ein Altendorf reicht es, wenn man über 55 ist . . .«

»Das ist doch nicht dein Ernst, oder?«

»Doch, Kleines, ich gebe dieses Haus auf. Jetzt, wo Percy nicht mehr da ist und du wahrscheinlich auch weggehst . . . Ich habe ja immer gewußt, daß dieser Tag kommen würde. Ich habe nur nicht gewußt, wie sehr ich auf Gesellschaft angewiesen bin. Im Altendorf bin ich unter meinesgleichen, und das ist gut so.«

»Deinesgleichen! Du mochtest sie doch nie, du warst doch immer ein Eigenbrödler. Nein, Doc, ich bleibe bei dir, und in einem Jahr wird auch Percy wiederkommen.«

Baro nickte bedächtig. »Das ist lieb, aber ich habe kein Recht, euch zu halten, und ich will es auch nicht. Ihr könnt mir jederzeit schreiben oder mich besuchen. Es stimmt, daß ich meine Schwierigkeiten mit den Menschen hatte, aber das ist lange her. Um ehrlich zu sein: Ich freue mich darauf, wieder unter Leuten meines Alters zu sein. Wir sind so eine Art Schicksalsgemeinschaft geworden, seit alle Welt in uns die eigentlichen Sündenböcke sieht. Wäre doch gelacht, wenn sich daraus nicht ein wenig Lebensqualität saugen ließe . . .«

Laura nahm den Doktor in den Arm, sie drückte sich ganz fest an ihn.

»Sie werden euch schon beibringen, daß man nicht verlieren kann, was man liebt«, flüsterte Baro und streichelte sacht das Haar seiner Enkelin, die er nach dem Tode seines Sohnes bei sich aufgenommen hatte.

Der Wetterdienst hatte den Hurrikan zwar vorausgesagt, aber nach den Verwüstungen, die er im Süden Europas angerichtet hatte, ging man davon aus, daß seine Kraft über Deutschland gebrochen sein würde. Statt dessen tobte er ungebändigt weiter. Dies war bereits der vierte Tag, an dem sich die Sturzbäche übers Land ergossen. Der Wind schien mit den Wassermassen zu spielen wie ein Panther, der seine Beute brüllend vor sich hertreibt. In das ununterbrochene Gejaule des Sturms mischte sich das Geräusch von splitterndem Glas und berstenden Dächern. Malin beobachtete, wie sich die Rinden von den Bäumen schälten und als faserige Fetzen davonflogen. Ein Fabrikschornstein verwandelte sich in eine fliegende Lanze, die beim Aufprall zu Staub verfiel. Der Neckar war längst über die Ufer getreten und wälzte sich als schlammiger Strom durch die Gassen der Tübinger Altstadt. Auch die alte Eiche im Hinterhof seines Domizils wurde mit einem einzigen himmlischen Peitschenhieb gefällt und stürzte krachend zu Boden. Ein Ast hatte sein Fenster durchschlagen. Zitternd und tropfend langten die Zweige in die Küche, als winselten sie um Gnade. Er sägte mit dem Brotmesser Kerben in das morsche Holz und beförderte es Stück für Stück zurück ins Freie. Dann hob er die Tür aus den Angeln und nagelte sie gegen den Fensterrahmen. Die ganze Nacht war er beschäftigt, das durch die Ritzen eindringende Wasser aufzuwischen. Dabei hatte er das herzzerreißende Gebrüll eines Babys im Ohr, das nebenan mit unglaublicher Inbrunst gegen das Inferno anschrie.

Gegen morgen ließ er sich erschöpft in den Sessel sinken. Den säuselnden Abgesang des Sturms bekam er nicht mehr mit, erst das Geräusch eines Armeehubschraubers, der zu einer vorläufigen Bestandsaufnahme über der Gegend kreiste, weckte ihn.

Er watete zum oberen Neumarkt, wo sich die Garagen befanden. In den Straßen rauschte knietief die weichende Flut. Fahrräder purzelten im Wasser, ganze Wohnungseinrichtungen

schwammen davon. Die Menschen strömten zu den Notspeichern, um für Konserven Schlange zu stehen. Ihre Gesichter drückten jenen Gleichmut aus, der so charakteristisch war in diesen Zeiten, da Evakuierungen zum Alltag gehörten. Wohnungsprobleme gab es für die Zivilisationsnomaden nicht, denn es standen genügend Wohnungen zur Verfügung. Notfalls besetzte man eben die gesichtslosen Vorstädte, die seit Jahren leerstanden. Verwaltungstechnische Probleme waren ebenfalls nicht zu befürchten. Die Medienräume waren heute so schnell installiert wie damals die Telefone, sie waren sogar weniger anfällig, da sie über Satellit gespeist wurden.
Der flache Betonbau für die Nutzfahrzeuge hatte dem Sturm standgehalten. Malin startete seinen Geländewagen und nahm die Ausfallstraße Richtung Baustelle. Seine Redcard, die er als Abschnittsleiter erhalten hatte, steckte deutlich sichtbar hinter der Windschutzscheibe, und so konnte er ungehindert die Militärposten passieren, die im wesentlichen damit beschäftigt waren, die Zufahrt der Hilfskonvois zu regeln. Er kam nur langsam voran, da die Straße teilweise verschüttet war. Erst hier draußen wurde ihm das Ausmaß der Katastrophe so richtig bewußt. Die stählernen Pylonen der alten Überlandleitungen lagen wie tolpatschige Monster im Schlamm. Aber es war der Anblick der vom Humus blankgewaschenen Hügel und Berge, der ihm eine Gänsehaut bereitete. Der Sturm hatte sie regelrecht gehäutet. Nackt und glänzend standen sie inmitten gefällter Bäume, deren Kraft nicht mehr ausgereicht hatte, das Erdreich zu binden. Dies war im wahrsten Sinne des Wortes ein Erdrutschsieg. Wie zum Hohn bot die Novembersonne das Stück irreparabler Wüste in aller Klarheit dem Auge des Betrachters dar.
Die lehmigen Zufahrten zur Baustelle waren wie erwartet unpassierbar. Malin ließ den Wagen stehen und stapfte zu Fuß weiter. Er konnte bereits von weitem erkennen, daß die Setzlinge

dem Orkan nicht standgehalten hatten. Das schwarze Erdreich, das sie in wochenlanger Arbeit herangekarrt hatten, war vom Winde verweht. Als er auf der Kuppe der ehemaligen Autobahntrasse stand, starrte ihn das blankgewaschene Schuttband aus längst vergangenen Zeiten an wie eine aufgeplatzte Wunde. Daß die beiden Baubuden zertrümmert waren, registrierte er kaum noch. Okay, dachte er, indem er mit dem Fuß im Schotter rührte, dann beginnen wir eben von vorne. Daß ihre Anstrengungen mehr und mehr einer Sisyphusarbeit ähnelten, wollte er sich an dieser Stelle nicht eingestehen. Wie zum Trost entdeckte er etwa hundert Meter entfernt eine Jungbuche, die dem Sturm erfolgreich getrotzt hatte.

Eszra wußte nicht, ob er noch wachte oder bereits schlief. Er verharrte in jener Stellung, die ihn noch jedesmal in das Traumreich geführt hatte, wenn sein Kopf nicht zur Ruhe kommen wollte. Auf dem Bauche liegend, das rechte Bein und den linken Arm angewinkelt, schien er auf seinem Herzen durch das Meer seiner Bilder zu treiben wie auf einem Gummiball. Er schritt am Waldrand entlang auf eine Lichtung zu. Ihm war klar, daß er sich auf dem Weg ins Theater befand. Die Regisseurin des Stücks genoß höchsten Respekt im Lande, er hatte sich immer gewünscht, einer ihrer sagenumwobenen Inszenierungen beizuwohnen. Sie kauerte vor ihm auf der Böschung, er erkannte ihr feines Gesicht sofort. »Ich habe ins Dunkel gegriffen und schleudere euch nun eine Handvoll dieser Substanz entgegen«, sagte sie, als er vorüberging. Der Schauplatz war aus mehligem, grauem Sand. Etwas versetzt von der Mitte stand eine alte Eiche, zur Rechten verlief ein Gartenzaun, hinter dem Stachelbeersträuche wucherten. Außer ihm war niemand anwesend, ausgenommen natürlich die beiden Schauspieler, ein junges Mädchen und ein junger Mann. Sie lagen etwa zwanzig Meter entfernt voneinander auf dem Rücken und

begannen, sich mit den Füßen langsam vorwärts zu stemmen. Ihre Köpfe zeichneten Furchen in den Boden, wobei sich der Sand wie in Bugwellen an den Schädeln brach. Die amphibischen Bewegungen faszinierten ihn, ihm schien, als begriffe er erst jetzt den Wesenskern alles Menschlichen. Er legte sich seinerseits auf den Rücken und begann, sich auf die beobachtete Weise fortzubewegen. Die Erde rauschte an seinen Ohren, sie fühlte sich warm an, und über ihm öffnete sich der Himmel. Er hatte das wunderbare Gefühl, durch Zeit und Raum gerudert zu werden. Tränen wuschen ihm das Gesicht, welches sich plötzlich anfühlte, als stürbe es einen milden Erfrierungstod. Jemand hauchte ihm einen Kuß auf die Stirn. Es war das Mädchen. Ihre Spur verriet, daß sie an seinem Körper gestrandet war. Sie rieben die Köpfe aneinander. Als sein kleiner Finger kaum merklich ihre Brüste berührte, seufzte sie so hingebungsvoll, daß er fast zerschmolzen wäre. »Los Kinder«, hörte er die Regisseurin sagen, »Zeit zum Aufbruch . . .« Die Frau blickte freundlich lächelnd auf sie herab. Das Mädchen befreite sich aus der Umarmung und ordnete ihre Kleider. »Bis dann«, sagte sie augenzwinkernd und folgte der Dame und ihrem Mitspieler in die Ebene.
Als der Wecker klingelte, war Eszra ganz benommen von seinem Traum. Noch beim Frühstück bewahrte sich die Erinnerung daran bis in alle Einzelheiten, als sei sie von besonders reißfester Konsistenz. Bevor er zum Dienst ging, zeigte der Computer an, daß ein Brief eingegangen war. »Liebster«, las er, »Sie nehmen mich auf, wenn ich will. Soll ich gehen, und kommst du nach . . .? Laura.«
»Scheiße!« schrie er, »so eine Scheiße!« Da riß er sich in der Müllbrigade den Arsch auf, und sie haute einfach ab in eine Meditationskommune! Fast ein Jahr hing er in diesem Drecksjob noch fest. Sie mußte doch wissen, daß man als Straftäter erst mal fünf Jahre MK-Sperre hatte. »Soll ich gehen, und kommst du nach?« Was war das überhaupt für eine Frage? Weiber . . .

Es geschah äußerst selten, daß Philip Baro sein Haus verließ. Aber jetzt, da sein Antrag auf einen Platz in der Altensiedlung genehmigt worden war und der Umzug kurz bevorstand, wollte er sich doch zumindest von seinem Freund Wilken Armerding verabschieden. Er radelte also hinauf auf den Pfingstberg, wo der Physiker ein kümmerliches Labor unterhielt, obwohl ihm der Staat seit Jahren das nötige technische Gerät verweigerte, weil irgendein Trottel im Energieministerium einen Artikel Armerdings aus dem Jahre 2007 ausgegraben hatte, in dem dieser behauptete, daß die Atmosphäre ein Vielfaches dessen an Treibhausgasen aushalte, was bis dato bekannt war. Drei Jahrzehnte später unterstellte ihm das Ministerium dann eine besonders perfide Form der Industriepropaganda. Tatsächlich war seine Entdeckung des hochreaktiven Spurengases Hydroxyl für die Autoindustrie, mit deren Unterstützung der Wissenschaftler seinerzeit forschte, ein hochwillkommenes Alibi, um weiter auf den Verbrennungsmotor zu setzen, anstatt dem Solarmobil zur Serienreife zu verhelfen, was angesichts der bereits damals zu achtzig Prozent geschädigten Wälder dringend erforderlich gewesen wäre.

Den letzten Teil des steilen Anstiegs bewältigte Baro zu Fuß. Er war lange nicht hier gewesen, und so erkannte er zunächst nicht wieder, was sich ihm auf der gerodeten Plattform darbot. Zwar stand die alte Blockhütte noch, die sich sein Freund aus dem reichlich vorhandenem Altholz gezimmert hatte, aber die skurrilen Aluminiumgestänge für die Laserkanonen fehlten ebenso wie die Hohlspiegel ringsum auf den Hängen. Statt dessen gewahrte er eine etwa fünf Meter hohe Glaspyramide, die sich um einen Pfirsichbaum schloß. Die Tür zur Hütte stand offen, also trat er ein. Armerding brutzelte sich auf dem alten Eisenherd gerade ein Spiegelei.

»Ich werd verrückt«, stieß er überrascht hervor, als Baro sich räuspernd bemerkbar machte. Mit ausgebreiteten Armen ging er auf seinen Gast zu, umarmte ihn und klopfte ihm wieder und wieder auf den Rücken. »Wie lange ist es her, daß wir uns das letzte Mal gesehen haben, Philip?«

»Zwei Jahre.«

»Zwei Jahre, mein Gott ... Hast du Hunger?«

»Wenn du vielleicht noch ein Ei erübrigen könntest ...«

»Aber sicher. Es muß ja nicht gleich das Ei des Kolumbus sein, oder?«

Die Freunde lachten, und Baro machte es sich am Kamin bequem.

»Kriegst du keinen Ärger?« fragte er und deutete auf das offene Feuer.

»Hier kommt keiner hoch. Bis auf ein paar Verrückte wie du ... Ts, das hätte ich wissen sollen, ich hätte glatt ein Huhn geschlachtet.«

Wilken war schmal geworden, sein Gesicht hatte fast asketische Züge bekommen. »Was ist mit deinem Laser passiert?« wollte Baro wissen, als Armerding zu den Eiern auch gleich noch ein paar Käsebrote servierte.

»Dunkles Kapitel. Erzähl ich dir gleich.«

Genüßlich verspeisten die beiden das provisorische Mahl. Sie gaben ihrer Wiedersehensfreude nun Platz und schwiegen.

»Du wirst lachen«, sagte der Physiker, als er die Teller abräumte, »sie hatten gar nicht so unrecht, als sie meine These in der Luft zerrissen. In der Luft ist gut«, fügte er schmunzelnd hinzu. »Ich hatte zwar grundsätzlich recht damit, daß Hydroxyl die Treibhausgase in der Lufthülle abbaut. Aber das atmosphärische Waschmittel ist unter der ständigen Methan- und Kohlenmonoxidzufuhr schnell ausgedünnt worden. Plötzlich war es vorbei mit der Selbstreinigungskraft der Atmosphäre. Wie konnte ich das damals ahnen, schließlich habe ich meine Meßwerte im industrialisierten Norden gewonnen, wo die Verschmutzung der Atmosphäre paradoxerweise zugute kam. In unseren Breiten diente das durch den Sommersmog freiwerdende Ozon praktisch als Hydroxylreaktor. Ganz anders in der sauberen Luft der Tropen, wo das bei Brandrodungen freiwerdende Kohlenmonoxid die Reserven über Gebühr angriff. Die Tropen aber waren der eigentliche Waschsalon unseres Planeten. Aber was rede ich. Willst du wirklich wissen, wie es um uns bestellt ist?« Er legte Philip Baro die Hand auf die Schulter. »Dann komm in die Pyramide, mein Freund, und lausche einem kompetenten Zeugen . . .«

Das gläserne Gebilde glitzerte in der Mittagssonne. Baro, der um die energetischen Kräfte von Pyramiden wußte, war beeindruckt von der Konstruktion, für die man keinen besseren Platz hätte finden können. Der ganze Berg schien positiv geladen. Er wunderte sich, daß er dies nicht schon bei seiner Ankunft bemerkt hatte, aber da war er außer Atem und in keiner Weise empfänglich für die Schwingungen dieses ungewöhnlichen Tempels. Armerding öffnete die Seitentür und bedeutete ihm, einzutreten.

»Mein Musiksalon«, sagte er stolz.

Der etwa zwanzig Quadratmeter große Boden des lichtdurchfluteten Raums war mit sauber geharktem Kies bedeckt, ausgenommen die kreisrunde Humusschicht in der Mitte, wo der Pfirsichbaum stand, dessen aufrechter, symmetrischer Wuchs beeindruckte. In allen vier Ecken standen leistungsfähige kleine Boxen, wie sie um die Jahrtausendwende benutzt wurden. An der gegenüberliegenden Wand befanden sich ein Mischpult sowie mehrere Monitore und Tastaturen, die mit dem Baum durch eine Reihe dünner Kabel Verbindung hatten, deren Elektroden sowohl im Astwerk als auch am Stamm befestigt waren.

»Es ist ja kein Geheimnis mehr, daß Pflanzen kommunizieren«, sagte Armerding und ließ dabei das Blattwerk eines Zweiges durch seine Finger streifen. »Nur hören konnten wir es bisher nicht. Ich habe nun ein Programm entwickelt, das die elektromagnetischen Schwingungen dieses Baumes in Musik umsetzt.

Die Idee ist nicht neu, genaugenommen stammt sie von der alten NASA. Vielleicht erinnerst du dich an die Planetengesänge, die die Raumfähre Voyager in den neunziger Jahren zur Erde funkte. So ungefähr mußt du dir das auch hier vorstellen. Mit dem Unterschied natürlich, daß uns ein Baum näher ist als die Ringe des Saturn. Da er mit der Erde verwurzelt ist, kann er uns einiges über ihren Zustand verraten. Setz dich, Philip.«

Baro hockte sich auf eine Bastmatte am Boden, während Armerding seinen Platz hinter dem Computercockpit einnahm. Er machte die Finger geschmeidig wie ein Klavierspieler vor dem ersten Anschlag und drehte vorsichtig an den Reglern. Ein wabernder, an- und abschwellender dunkler Ton begann den Raum zu erfüllen. Baro spürte die Vibrationen in seinen Körper kriechen, schon bald war er ein Teil dieser eigenartigen Schwingung, über der ein säuselndes Singen kreiste. Er schloß die Augen und ergab sich ganz dieser Sphärensymphonie in Moll, in die sich plötzlich wie ein Sprechgesang Töne mischten, die er so noch nie gehört hatte. Ein Saxophon vermochte vielleicht ähnliche Kaskaden zu zaubern, aber es blieb doch immer ein Saxophon. Dies hier war Instrument und Stimme zugleich, es war Tier und Sturm und hatte doch einen ganz unverwechselbaren Charakter. Darüber hinaus besaß es eine poetische Kraft, es war eine Art Ansprache, auf die man gerne geantwortet hätte, kein Klagelied, eher ein Klanggedicht mit melancholischen wie euphorischen Strophen, bei dem man sich nicht zu fragen brauchte, was der Dichter wohl gemeint haben mochte. Die Botschaft, die Baro empfing, war eindeutig: WARUM NICHT LIEBE? Die Musik drohte ihn aus dem Körper zu ziehen, also riß er die Augen auf, weil er es mit der Angst bekam. Vor ihm stand der Baum in einer Aura aus Licht, jedes Blatt schien sich ihm entgegenzuneigen. Wie unter Zwang kroch er näher und legte seine Hand an den Stamm. Er hielt sie noch dort, als Armerding den Computer längst ausgeschaltet hatte.

»Das ist unglaublich . . .«, nuschelte er benommen.

»Er kann auch schreiben«, lächelte Armerding und spielte erneut auf der technischen Klaviatur. Ein Drucker sprang an, den Baro bis dahin übersehen hatte. »Ich hab mir gedacht, was mit Musik möglich ist, muß auch mit Sprache funktionieren. Er würde sich sicher gewählter ausdrücken, wenn nur mein Programm perfekter wäre . . .«
Baro betrachtete gebannt die ausgedruckten Zeilen:
»stadt muß sich bücken . . . prophetische melonen gegen flut . . . abreise ohne wesenheiten . . . bilderkreis mit schneefeldern am fuß . . . schleifen auf spaziergängerinnen haben keine fenster . . . umwundene Müdigkeiten zweibeinig . . . weder sand noch pfoten in der wut . . . unyss schuppenkollektion drei blatt . . . tausend stäbchen seidenvelour stürzen sieger . . .«
»Jetzt fängt er mit dem Stabreim an«, lachte Armerding.
»oeihb3oiweu äshjc—vrevbb?w lö qrtqw034«
»Schluß. Schreiben ermüdet ihn. Ich hab drüben einen ganzen Ordner solcher Gedichte, falls es dich interessiert.«
»Darf ich das hier mitnehmen?« fragte Baro.
»Nimm nur. Zu mir spricht er ja noch öfter.«
Der Doktor erinnerte sich an einem Film aus der Kinozeit, Orphee hieß er. In diesem Film lauschte der Hauptdarsteller tagelang in seiner Garage ähnlichen Botschaften aus dem Autoradio. Die Freunde gingen ins Haus und leerten noch ein Glas Wein miteinander, dann verabschiedete sich Baro, immerhin hatte er noch zwanzig Kilometer auf dem Rad zurückzulegen.
»Paß auf dich auf«, meinte Wilken, als er ihm in die Jacke half, »es sind harte Zeiten für Leute wie uns.«
»Was soll noch passieren, mein Lieber?«
»Sieht aus, als wüßtest du es nicht. Sie haben uns denunziert, dich, mich und ein paar andere. So etwas sollte man nie auf die leichte Schulter nehmen.«
»Haben sie das, ja? Ich lese diese Infos nicht. Na ja, damit mußte man rechnen. Du paßt hoffentlich auch auf dich auf.«

»Mir passiert hier oben nichts, hier kommt keiner hoch, das weißt du doch.«
Baro radelte davon. Und während er den Pfingstberg hinabtrudelte, schienen ihm die Bäume Botschaften zuzurufen, von denen er nicht sicher war, ob sie ihn beruhigten. Nun habe ich ganz vergessen, Wilken davon zu berichten, daß ich umziehe, dachte er und nahm sich vor, ihm sofort nach seiner Ankunft einen Computerbrief zu schreiben. Als er nach einer Stunde das Fahrrad gegen die Mauer seines Hauses stellte, entdeckte er, daß die Küchenscheibe zerschlagen war. Quer über der Eingangstür prangte in dunkler, noch feuchter Farbe das Sonnenrad. Auf einem schnellen Rundgang stellte er fest, daß nichts abhanden gekommen war. Dann ging er seit langer Zeit mal wieder in den Medienraum und rief die Kommunalnachrichten auf.
Wilken hatte recht gehabt: Auf dem Bildschirm prangten sein Foto und seine Adresse. Darunter stand geschrieben: Dr. Philip Baro, in den Jahren vor der Revolution erfolgreicher Managementberater der Firmen Hoechst, VW und Siemens. Statement gegenüber dem Nachrichtenmagazin DER SPIEGEL vom 17. 2. 2012:
»Immer wenn der Mensch große Angst vor sich selbst hat, wird er ethisch. Gerade jetzt klammern wir uns ängstlich an die Vorstellung, daß es fünf vor zwölf ist. Es steht aber nirgendwo geschrieben, daß Naturgesetze stabile Gesetze sein müssen. Warum sollte nicht der Wille des Menschen zum Naturgesetz werden? Ich halte es für unverantwortlich, daß der Mensch zwar zerstörerisch wirkt, aber davor zurückschreckt, die Zerstörung auch zu wollen. Ich meine also, daß wir eine geeignete Ideologie schaffen müssen, die die Zerstörung begrüßt und dem Menschen eine Schöpferrolle bei der Neugestaltung der Natur zuweist.«*
Baro zitterten die Hände. Er erinnerte sich, daß er eine Phase hatte, in der er der verlogenen Moral der selbsternannten Er-

neuerer derartige Pamphlete entgegensetzte, was ihm damals zweifelhaften Ruhm einbrachte. Allerdings hätte er es nicht für möglich gehalten, daß ihn dieses alberne Wortgeklingel einmal einholen und zur Zielscheibe machen würde. Es wurde Zeit, daß er in das Altendorf kam.

Iris stand im Türrahmen und rieb sich das nasse Haar mit einem Handtuch. »Irgend etwas hast du doch . . .«
Heiland legte seine Arme auf ihre Schultern, neigte den Kopf in die feuchten Strähnen und inhalierte den betörenden Duft: »Broch hat sich umgebracht . . .«
»Was?« Sie fühlte sich wie gelähmt. »Aber warum?« fragte sie schließlich.
Er faltete die Hände im Nacken und ging, das Gesicht zur Decke gerichtet, im Kreis: »Er hat dem Druck nicht standgehalten, nehme ich an.«
»Welchem Druck? Was habt ihr denn entschieden?«
»Was notwendig war.«
»Was denn, Martin?«
»Du weißt, daß ich keine Auskunft geben darf, was fragst du?«
Sie ging zurück ins Bad. »Was ist das eigentlich, was wir führen? Eine Beziehung oder ein Untergebenenverhältnis?« rief sie.
Er kannte diesen drohenden Unterton, bevor bei ihr die Dämme der Vernunft brachen, also beeilte er sich, die Angelegenheit nicht eskalieren zu lassen.
»Ich liebe dich, Blume, vergiß das nicht . . .«
Sie kam zurück, bürstete ihr Haar und blickte ihn herausfordernd an: »Laß das, Martin. Entweder du sagst mir jetzt, warum Broch sich getötet hat, oder du gehst.«
Er verfing sich in ihren Augen, es war ein Gefühl, als rieben sich die Kraftfelder zweier Magnete. »Ich kann nicht«, sagte er, »das mußt du verstehen.«

Die Erklärung stimmte sie in keiner Weise milder, im Gegenteil, ihr Ausdruck verhärtete sich. Angesichts der Kälte, die sie nun verströmte, war ihm tatsächlich danach, sich den Mantel überzustreifen.

»Übrigens«, sagte er und öffnete die Wohnungstür, »ich finde, daß Xenia in letzter Zeit ein bißchen zu unverbindlich dahergeplaudert. Vielleicht sollte sie mal wieder auf den Punkt kommen ...« Sie schmiß ihm das feuchte Handtuch hinterher. Es verfing sich in der Stehlampe, die scheppernd zu Boden krachte. Aber da war die Tür schon ins Schloß gefallen.

Seit einer Woche schon lebte Philine in dem Dorf Kiakotsmovi unterhalb der dritten Mesa. Das Dorf war von den Hopis aufgegeben worden, um Bittstellern wie ihr als Unterkunft zu dienen. Lediglich der Crier Chief, ein Sprecher des Häuptlings, war zurückgeblieben, er wohnte direkt gegenüber. Die schlichten Lehmhäuser trugen Namen von Weißen, die sich im letzten Jahrhundert für die Belange der Indianer eingesetzt hatten.

Philine war im Friedrich-Abel-Haus untergebracht, benannt nach einem deutschen Journalisten, der lange Zeit in der ehemaligen Reservation der Shoshone gelebt und deren Kampf gegen die Atomtests dokumentiert hatte, die auf ihrem Land stattfanden. Abel war nicht der einzige Deutsche, der auf diese Weise geehrt wurde. Es gab noch das Rudolf-Kaiser-Haus. Der Professor aus Hildesheim hatte in den neunziger Jahren drei aufsehenerregende Bücher über die Hopi-Kultur geschrieben.

Ein schwedischer Archäologe namens Lennart wohnte in dem Kaiser-Haus. Seit Tagen unternahmen Philine und er ausgedehnte Wanderungen durch die majestätische, kahle Steinwüste, von der man sich fragte, was Menschen vor einigen Jahrhunderten dazu veranlaßt haben konnte, ausgerechnet in diesem unfruchtbaren und schwer zu erschließenden Land zu siedeln.

Aber vielleicht hatte gerade die Unzugänglichkeit dieser Landschaft unweit des Grand Canyons die Hopis gerettet. Ihr Gebiet war wie kein anderes abgelegen von den Zentren der weißen Kultur. Flagstaff, die nächstgrößere Stadt, lag immerhin hundert Kilometer entfernt. Zudem zog sich die Navajo-Reservation wie ein Schutzring um die heilige Erde dieses kleinen Volkes, dessen führende Rolle bei der spirituellen Erneuerung inzwischen von allen Ureinwohnern Amerikas akzeptiert wurde.*

Es war noch dunkel, als Philine wach wurde. Sie blickte auf die Uhr: halb fünf. Um fünf wollte Lennart sie abholen, sie hatten sich verabredet, um die aufgehende Sonne in der Wüste zu begrüßen. Nachdem sie sich angekleidet hatte, trat sie vors Haus. Beim Anblick der aufrechten Gestalt, die nur wenige Schritte entfernt wie verwurzelt unter freiem Himmel stand, hielt sie gebannt inne. Als sich ihre Augen an das Licht gewöhnt hatten, erkannte sie in dem konzentrierten Schattenwesen den Crier Chief. Barfuß und mit nacktem Oberkörper blickte er bewegungslos nach Osten, wo sich das Dunkel kaum merklich zu lichten begann. Philine fühlte sich von der erhabenen Ruhe des Mannes vereinnahmt, und obwohl sie sich wie eine Voyeurin vorkam, war es ihr unmöglich, den magischen Kreis zu verlassen, den der Indianer um sich spann. Langsam färbte sich der Horizont tiefgelb. Der Chief löste sich aus der Erstarrung wie eine Blume, die ein gewisses Maß an Licht benötigt, um sich zu öffnen. Mit der Höhlung seiner Hand fuhr er über den Himmel, als sammle er den Blütenstaub des jungen Tages. Er führte die Hand zum Mund, um die kosmische Nahrung in sich aufzunehmen. Viermal wiederholte er diese Geste. Anschließend verharrte er so ruhig wie zuvor. Erst als die flirrende Sonnenscheibe den Horizont in Flammen setzte, atmete er viermal laut und tief durch, um sein Innerstes zu reinigen. Dann fächerte er sich die ersten Strahlen über seinen Körper, als würde er sich mit Wasser benetzen. Nach dieser Reinigung stand er erhobenen Hauptes und mit heiterem Gesichtsausdruck noch eine Weile in dem goldenen Licht, das seinen schlanken, rotbraunen Körper regelrecht zu durchfluten schien. Ohne daß er zu erkennen gab, ob er Philines Gegenwart wahrgenommen hatte, verschwand er im Haus.

Es war sechs Uhr. Lennart hatte vermutlich verschlafen. Sie wollte ihn gerade aufsuchen, als er plötzlich vor ihr stand. Er war ebenfalls Zeuge der morgendlichen Andacht geworden, und ähnlich wie sie hatte auch er voller Ehrfurcht innegehalten. Schweigend und noch ganz unter dem Eindruck der Zeremonie wanderten sie hinaus in die Landschaft. Hinter ihnen blieben die drei gewaltigen Tafelberge zurück, die Hopi-Mesas, die sich wie steinerne Finger nach Süden streckten. Nach einer Stunde Fußmarsch kamen sie sich unter dem endlosen Himmel wie verloren vor. Sie hockten in der aufkommenden Hitze und blickten auf die felsigen Hochflächen, deren bröckelnde Ränder die weiten Ebenen zu ihren Füßen seit Jahrtausenden mit großen und kleinen Gesteinbrocken übersäten.

Lennart begann von seiner Heimat zu sprechen und davon, daß die radioaktive Verseuchung den Norden des Landes unbewohnbar gemacht hatte. Er erzählte von den Rentieren und Elchen, die einst in der Tundra gelebt hatten und nun nahezu ausgerottet waren, von der Ostsee als der früheren Speisekammer Skandinaviens. Heute wuchsen nicht einmal mehr Algen dort. Er erwähnte die Wälder, jene unerschöpflichen Schätze des Nordens, die innerhalb weniger Jahre unter mysteriösen Umständen ihr Leben aushauchten, obwohl in diesen Breiten keinerlei Industrieansiedlungen zu verzeichnen waren. Er sprach vom Sterben der Menschen, von rätselhaften Viruserkrankungen, die immer noch ganze Landstriche in Todeszonen verwandelten.

Philine lauschte seinen Worten wie einer traurigen Musik. Dabei hielt sie die Augen auf die Plateaus gerichtet. Sie hatte Mühe, Felsen und Häuser voneinander zu unterscheiden. Die Architek-

tur der Indianer paßte sich auf wunderbare Weise den natürlichen Gegebenheiten an, Natur und Mensch bauten hier nach ähnlichen Plänen und mit ähnlichem Material. Sie fragte sich, wie lange es wohl noch dauern würde, bis man sie dort empfangen und anhören würde. Lennart wartete bereits seit vier Wochen auf eine Audienz.
Die Sonnenstrahlen wurden aggressiver, sie verbissen sich regelrecht in ihre Haut. Zwar hatte sie noch keinen Indianer mit einem Schutzschleier herumlaufen sehen, dennoch warf sie sich nun das mitgeführte Gazetuch über den Kopf. Die Luft war derart trocken geworden, daß sie eine geschwollene Zunge bekam. Auf dem Rückweg zog im Westen eine dunkle Wolkenwand auf. Blitze zuckten, und der Regenschleier hing vom Himmel wie das Gewand eines kosmischen Webstuhls. Das Wasser erreichte den Boden nicht, es verdunstete einfach in der heißen Luft.
Sie war schließlich froh, als sie gegen Mittag aus der Gluthitze in ihr kühles Haus treten durfte. Kaum war sie angelangt, da standen bereits ihre kleinen Helfer in der Tür, stellten die Schale mit dem Maisgericht auf den Boden und stoben lachend davon. Die Kinder waren wie possierliche Eichhörnchen, die sich einem nur näherten, solange die Fütterung dauerte. Mit dem Unterschied, daß nicht sie es waren, die gefüttert werden wollten, sondern daß sie selbst fütterten. Sie liebten das Zeremoniell mit ihren merkwürdig bleichgesichtigen Gästen, zu dem sie immerhin dreimal täglich Gelegenheit fanden.

H*allo Baum, hier ist er, wie ich es dir versprochen habe! Von der Natur reden viele, aber mit der Natur reden nur wenige. Ich gehe oft zu meinem Lieblingsbaum. In seinem Schatten stand ein Körbchen. Später schaukelte ich auf seinem stärksten Ast. Auch meinen ersten Kuß bekam ich hier. Noch heute plaudern wir gemeinsam über Vergangenes und das, was noch kommen mag. Mein Baum und ich.*

Und mein kleiner Freund darf mit. Kat liebt wie ich die Natur. Der neue Renault 5 GTL mit Katalysator! RENAULT, AUTOS ZUM LEBEN!«
Malin schaltete den Computer ab. Zwei Stunden hatte er zum Zeitvertreib im elektronischen Staatsarchiv gewühlt, eine Stunde davon ausschließlich in der Sektion Werbung. Diese Illustriertenanzeige vom 8. 2. 1985 gab ihm den Rest. Seine Belastbarkeit hatte Grenzen. Er war dieser Tage überdrüssig, in denen er zum Müßiggang verdammt war. Es konnte Wochen dauern, bis die Zufahrtswege zur Baustelle geräumt waren. Es fehlte einfach an schwerem Gerät. Das wenige, das vorhanden war, wurde anderweitig benötigt. Offenbar hatte der Hurrikan diese Gegend noch schonend behandelt.
Er blickte auf die Straße. Novembertage sind wie Ertrinkende. Kaum daß sie sich ans Licht erheben, versagen ihre Kräfte. Er mochte sie nicht mehr sehen, seine Zeitgenossen. Zum Beispiel die Frau dort unten. Sie war nichts weiter als ein wandelndes Symbol für Mühsal und Verdammnis. Wie ein gebranntes Kind schlurfte sie durch die Welt. Die kleinen Schritte sollten verhindern, daß sich das wellige Fleisch an den Innenseiten ihrer fetten Schenkel unter der unerträglichen Reibung entzündete. Ihre Fettäuglein starrten über einen gigantischen Busen. Da sie mit dem Kopf fast im eigenen Hals versank, mußte ihr das Kuchenpaket, das sie vor sich hertrug, unerreichbar erscheinen. Aber irgendwie würde sie sich gleich das Maul stopfen ... Sie alle dort unten waren nichts weiter als Teil eines milliardenköpfigen Monstrums, das sich wie Plasma über den Planeten ergoß und langsam vertrocknete.
Was beschwerst du dich, Malin, die ätzende Wirkung des Staatsarchivs sollte dir inzwischen hinlänglich bekannt sein. Gib es zu, du willst dich doch nur besaufen! Er mußte grinsen. Wie geschickt sein Dämon an den Psychoknöpfen drehte ... Allzu einfach würde er es ihm nicht machen. Er wollte noch einmal ins

Archiv greifen, ungezielt. Die zufällige Information sollte das Faß endgültig zum Überlaufen bringen. Falls sie wider Erwarten auch nur halbwegs positiv war, würde er zu Hause bleiben.
Er drückte bei geschlossenen Augen auf die Menütaste: PRESSE.
Na ja, da muß man schon Glück haben. Objekttaste. Augen zu und durch. HAMBURGER MORGENPOST. Gute Aussichten für dich, Dämon. Zeittaste. Sagen wir 23. 4. 93. Rubrik. Wenn jetzt Sport kommt, wird's vermutlich positiv, im Sport waren sie hierzulande groß damals. Er hielt die Augen geschlossen und überlegte, ob er sich auf dieses Spiel einlassen sollte. Also gut: KOMMENTARE! Malin las:
»Ein Jumbo stürzt in Japan ab. Alle 524 Insassen tot. Unglaublich. Hamburgs Kaffeekönig auf der Autobahn verunglückt, tot. Unfaßbar. Tödlicher Unfall auf der Rennstrecke in Kanada. Schrecklich. Ein Tag, an dem man an dieser Welt verzweifeln möchte. Ein Tag, an dem Spaß und Freude vergehen. Trotzdem: Wir sollten uns unseres Lebens freuen. Wenn auch mit Schluckbeschwerden. Anlässe gibt es noch: Die Blume, die blüht. Der Mensch, den man liebt. Das Hobby, das einen begeistert. Die Welt ist so schlimm, daß wir uns zu dieser Freude zwingen müssen ...«
Tja, das war abzusehen. Schluckbeschwerden ... Freuen wir uns also des Lebens. Er würde den Jeep nehmen zu Toni, den hatten sie ihm immerhin gelassen. Das war zwar riskant, denn er konnte um diese Zeit schwerlich eine Dienstfahrt nachweisen, aber was war heute nicht riskant? Unterwegs dachte er daran, daß es dieser Gesellschaft auf keinem Gebiet so gut gelungen war, sich zu organisieren, wie auf dem der Alkoholversorgung. Die Herstellung von Alkohol war ja nicht verboten, der Ausschank auch nicht, der private Vertrieb war es. Jeder Winzer durfte soviel Wein herstellen, wie er wollte. Jeder Hopfenbauer konnte seine eigene Brauerei betreiben. Wer dies offiziell anmel-

dete, hatte von den Behörden keinerlei Schwierigkeiten zu erwarten und wurde zudem vom Arbeitsdienst freigestellt. So zog sich zumindest im Süden Deutschlands ein Netz von Weinkellereien und Bierküchen übers Land, das den staatlich verordneten Entzug erträglich machte. Der Staat wußte, daß seine Bürger bis zu dreißig Kilometer radeln oder laufen mußten, um ihrer Sucht zu frönen. Er hielt diesen Aufwand mit Recht für ein so starkes Korrektiv, daß von massenhaftem Alkoholismus, wie man ihn früher kannte, tatsächlich keine Rede mehr sein konnte.
Dennoch war Tonis Gaststube meist gut besucht. Man fragte sich manchmal, wieso dieser Mann und seine Familie den Streß auf sich nahmen, wo sie doch nichts daran verdienten. Geld gab es seit 2026 nicht mehr. So kam es, daß die Leute ihr Bier gelegentlich mit einer alten Uhr oder einem Schmuckstück bezahlten. Aber da Diebstahl von der Polizei nicht mehr verfolgt wurde, verzichteten immer mehr Wirte auf solche Gaben. Es war ihnen einfach zu gefährlich, die Dinge im Hause zu haben. Nein, Toni und all die anderen waren Helden in den Augen ihrer Gäste, als solche fühlten sie sich, und so wurden sie behandelt. Ihre bescheidenen Gasthäuser waren Inseln gegen den Frust, ähnlich den Cannabis-Cafés, die es vor der Revolution überhaupt nicht gegeben hatte. Es waren Begegnungsstätten mit stark wechselndem Publikum, denn das Millionenheer der Arbeiter wurde in dieser Republik kräftig bewegt. Pech hatte nur, wer in der Großstadt gebunden war, er war auf seine monatliche Ration angewiesen.
Malin parkte den Wagen etwas abseits auf einem Feldweg und stapfte im Sprühregen auf das im Dunkeln liegende Bauernhaus zu.

Diesmal brachten nicht die Kinder das Maisbrot zum Frühstück, sondern eine junge Frau in einem schlichten Leinenkleid, deren Haar zu langen Zöpfen geflochten

war, in die schwarze, weiße und rote Perlen eingewoben waren. »Mein Name ist Dhyani«, sagte sie lächelnd, »ich bitte dich, mein Gast zu sein. Ich bitte dich, eine Weile bei mir zu wohnen.«
Philine stockte das Herz. Obwohl sie sich diese Situation gewünscht und ein ums andere Mal vorgestellt hatte, war sie von der Schlichtheit der Einladung beeindruckt.
Die Indianerin streckte ihr zögernd den rechten Arm entgegen, wobei die Handfläche nach oben wies. Philine wußte um die Bedeutung dieser Geste und legte zum Einverständnis ihre flache Hand darauf. Als die ersten weißen Eroberer auf den Black Mesas empfangen wurden, interpretierten sie die geöffneten Hände der Indianer als Bettelei, die sie mit billigem Tand abspeisten. Ein Mißverständnis, das Jahrhunderte überdauern sollte.
Sie verließen das Dorf Kiakotsmovi und gingen am Fuße der Tafelberge in Richtung der ersten Mesa, auf der Dhyani zu Hause war. Der Anstieg über den schmalen, von Geröll übersäten Pfad war anstrengender, als Philine geglaubt hatte. Sie mußte des öfteren eine Verschnaufpause einlegen, was ihre Begleiterin jedesmal schmunzelnd, aber geduldig zur Kenntnis nahm.
»Ich werde in der Zeit, da du bei uns wohnst, die einzige Person sein, mit der du dich unterhalten kannst«, sagte Dhyani beiläufig, als sie sich ausruhten. »Unsere Kinder verstehen kein Englisch mehr, und die Erwachsenen wollen es nicht sprechen. Wir haben unsere Hopi-Sprache wiederbelebt. Nur wenn wir ganz in unserer Kultur wurzeln, können wir unserer Aufgabe nachkommen.«
Philine war sicher, daß sie bald erfahren würde, worin diese Aufgabe bestand. Sie stand auf und ging weiter, als völlig unvermutet die Dächer des Dorfes Walpi über den Berg lugten. Selbst jetzt, da sie nur noch wenige hundert Meter entfernt waren, vermochte sie die Stein- und Lehmhäuser kaum von den skurril geschichteten Felsen zu unterscheiden, aus der die Siedlung her-

vorzuwachsen schien. Zu ihrer Überraschung lag die staubige Dorfstraße wie ausgestorben da. Nur ein paar Kinder flitzten lachend durch das Labyrinth. Es war ein Spiel, denn sie waren darauf bedacht, sich kurz zu zeigen, um sich den Blicken unter schrillem Gelächter so schnell wie möglich wieder zu entziehen.
»Hier sind wir.« Dhyani hielt vor einem zweistöckigen Haus am Ende der Straße, dessen Aufbau nach hinten versetzt war. Über eine Steintreppe an der Seite kletterten sie auf das flache Dach des Untergeschosses. Von dort führte eine Tür in den Gästeraum. Zwei schmale Fenster sowie ein Oberlicht sorgten für genügend Helligkeit. Eine Matratze, eine Feuerstelle, einige in der Wand eingelassene Regale – mehr gab es an Einrichtung nicht, und mehr war auch nicht vonnöten. Philine schaute verblüfft auf eine Bastmatte am Boden, auf der zwischen bemalten Kürbissen und Maisfrüchten liebevoll einige Ohrringe, Armreifen, Halsketten, Steine, Tücher und Tongefäße drapiert waren.
»Für dich«, sagte Dhyani sanft. »Jede Familie im Dorf heißt dich durch ein Geschenk willkommen. Wenn wir uns freuen, geben wir die Dinge her, die uns am liebsten sind. Großzügigkeit ist eine wärmende Sonne.« Sie kniete nieder und nahm einen kleinen Kristall zur Hand. »Dies hier ist ein Wassermelonen-Turmalin, er dient dem Ausbalancieren der Sonnen- und Mondkräfte im Menschen. Außerdem befähigt er den Körper, sich der Bombardierung durch radioaktive Strahlung anzupassen. Seine magnetische Energie verändert die Kreiselbewegungen der Elektronen im Körper. Auf diese Weise werden die Abfallstoffe der Radioaktivität aus dir herausgetragen.«* Sie lachte: »Du siehst, daß unsere Geschenke auch von praktischem Wert sein können . . .«
Philine war drauf und dran, die Indianerin in die Arme zu schließen, aber noch traute sie sich nicht. Fasziniert betrachtete sie die Augen ihrer neuen Freundin, von denen das linke das Licht einzusaugen und das rechte es abzustrahlen schien.

»Das linke Auge empfängt, und das rechte gibt«, sagte Dhyani, als könnte sie Gedanken lesen. »Die Energie fließt immer im Kreis. Rein und raus. Deshalb haben wir eine besondere Verantwortung für alles, was wir sehen. Wir sollten es mit Liebe betrachten, nur so schützen wir es vor Schmutz und Mißverständnissen. Schließlich sehen wir auf andere immer nur durch die Optik des eigenen Geistes. Wer ein schlechtes Gefühl von sich selbst hat, für den sieht alles häßlich aus. Begreife deine eigene Schönheit. Die Menschen, die du triffst, werden deine Schönheit reflektieren. Auf diese Weise pflanzen wir die Saat des Guten. Es ist der Zyklus der Gegenseitigkeit: Was von dir ausgeht, kommt immer wieder zu dir zurück, so wie der Atem. Also: keine Schuldzuweisungen, keine Scham, nur Geschehnisse. Ich freue mich auf dich ...«

Dhyani ließ ihren Gast irritiert zurück. Philine war überrascht von der Wirkung dieser schlichten Worte. Zum erstenmal hatte sie das Gefühl, an einem Ort zu sein, wo die Vision eines harmonischen Miteinanders von allen geteilt wurde. Dort wo sie herkam, ließen jeder Blick, jede Bemerkung, jede Frage ein Hintertürchen offen, durch das Angst und Zweifel schleichen konnten. Wie erbärmlich, wie arm das doch war. Sie ging nach draußen und kletterte die kleine Holzleiter hinauf, die an der Wand lehnte. Vom Dach ihres neuen Domizils überblickte sie die endlose Ebene wie von einem Raumschiff. Sie fragte sich, wo die Geräusche geblieben waren, die den Planeten doch permanent umtobten. Und ob die Erinnerung daran etwas war, das man besaß oder das man verloren hatte.

Erst das Geschrei zweier Kinder, die sich unten auf der Straße lauthals stritten, durchbrach das Schweigen. Sie beobachtete, wie Dhyani zu den Streithähnen schritt, ihre Hände nahm und sie anwies, mit ihr in den Himmel zu schauen. Die Kleinen gehorchten, andächtig blickten sie in die Höhe. Nach einer Weile gab Dhyani ihnen einen Klaps, und sie liefen lachend davon.

Malin wußte nicht, wie er nach Hause gekommen war. Er erinnerte sich nur, daß sämtliche Uhren in der Stadt auf halb sieben standen, was er zunächst für eine Verschwörung gehalten hatte. Kaum lag er im Bett, begann die Demütigung des Geistes durch die Droge. Diesmal wartete er nicht erst, bis die Quälgeister ihn von der Matratze zerrten und auf allen vieren zur Toilette schleiften. Er ging ihnen aufrecht entgegen, kniete sich vor die Kloschüssel und senkte den Kopf wie zur Hinrichtung. Sie tanzten heran mit ihrer schrillen Musik und ihren hysterischen Fistelstimmchen, sprangen ihm in den Nacken, traten ihm in den Magen, paddelten vergnügt in dem kleinen See vor seinen Augen und schlürften den Schweiß von seiner Stirn. Sie banden ihn in diesem gekachelten Rechteck fest wie Gulliver. Er flehte sie an, ihr Werk zu vollenden. Aber sie hockten nur gleichgültig auf dem Rand des Klobeckens und spielten Kotzmatz, jenes aberwitzige Kartenorakel, das die Leiden des Sünders ins Unerträgliche steigert, indem es Bild für Bild belegt, wie es um seine Disziplin bestellt ist, die er seit Jahren als Schutzwall gegen die Jämmerlichkeit des Lebens zu errichten bemüht war. Schau dir diese Karte an: Gott, ein weinender Vater im Delirium! Wütend schleuderten sie ihm das Blatt um die Ohren und krochen durch die halbgeöffneten Lippen in den Rachen, um endlich ihre Miniharpunen in das Zäpfchen zu rammen. Speichel floß, bald würde er erlöst sein. Der hervorgewürgte Saft war schmerzhaft bitter und trieb ihm die Tränen in die Augen.

Nach einer halben Stunde kroch er ausgepumpt von der Stätte der Schmach. Im Spiegel begegnete ihm ein Gesicht wie eine verschlammte Landschaft. Wie kam er denn darauf? Ach ja . . .

Er bereitete sich einen Kraftdrink: Rote Bete mit Möhren. Während er seinen Magen in kleinen Schlucken daran zu gewöhnen versuchte, zahlte er den Übermut der letzten Nacht bereits mit gräßlicher Geistesleere. Das Atmen befreite nicht, es wuchs sich zur unkontrollierten Anstrengung aus. Die Welt war sein Gefängnis, und seine Sinne, die nichts weiter zu vermitteln wußten als Zellenangst, waren die Ketten, an die er sich gebunden fühlte. Am liebsten hätte er die Körperlichkeit abgeworfen. Aber wer sollte ihn wo trösten? Schlaf brachte es auch nicht, er hielt nur Ängste und mit Skrupeln beladene Träume bereit. Also setzte er sich in den Medienraum, wo der Entschluß zu dem kleinen Exzeß vor exakt zwölf Stunden gereift war. Zu seiner Überraschung fand er einen dienstlichen Befehl vor. Höchste Alarmstufe! Er hatte sich um neun in Beelitz einzufinden. Das war in einer Stunde! Beelitz, Beelitz ... Er schaute im Archiv nach. Beelitz: Standort für ehemalige Tiefenversenkung flüssiger Chemieabfälle. Arsen, Pestizide, Chlor, Altöl, PCB, Quecksilber, Cadmium etc. Klang nicht gut.

Was hätte er nicht alles für eine Dusche gegeben! Aber das Wasser war seit dem Orkan noch strenger rationiert als zuvor. Er traute seinen Ohren nicht, als es an der Tür klingelte. Noch weniger traute er seinen Augen, als Iris vor ihm stand.

»Wie siehst du denn aus?« fragte sie.

Er fand, daß sie auch nicht gerade den frischesten Eindruck machte.

»Ein Notfall«, sagte er, »ich muß dringend los. Leg dich eine Weile hin, das Bett ist noch warm.«

Eine Lüge, aber er war froh, ihr in diesem Zustand nicht länger begegnen zu müssen. Das hatte sie nicht verdient.

Das Dorf Beelitz lag nur etwa einen Kilometer entfernt von der ehemaligen Entsorgungsanlage. Der Ortseingang war gesperrt. Malin wies sich aus und bekam von den Soldaten einen Schutzanzug sowie eine Gasmaske ausgehändigt. Ein Hauptmann begleitete ihn über die Wiesen zu dem Bohrloch, um das bereits eine ratlose Herrenriege versammelt war, die in ihrem Katastrophenoutfit wie eine Delegation aus einer fernen Galaxie wirkte. Ringsum entnahmen Arbeiter Bodenproben, die in stählernen Behältern verschwanden. Die Herren verständigten sich darauf, in die Schule hinüberzugehen. Tapsig setzte sich die Gruppe in Bewegung. Das Dorf war bereits evakuiert. Sie rechneten also mit einem Blowout.

Ein kleiner, glatzköpfiger Mann, der sich der versammelten Runde als Sekretär des Nahrungsministeriums vorstellte, begann seine Rede mit der Bemerkung, daß nun zweifelsfrei feststehe, worauf die dreitausend Todesfälle der letzten Wochen durch Lebensmittelvergiftung zurückzuführen seien. Erste Untersuchungen der hier geernteten Kartoffeln, Bohnen und Tomaten hätten einen dramatischen Giftcocktail in den Pflanzen nachgewiesen. Man könne also mit Fug und Recht davon ausgehen, daß die Deponie leckgeschlagen sei. Zwar wiesen alle vorhandenen Unterlagen darauf hin, daß die Abfälle in eine Tiefe von tausend Metern gepumpt worden waren, aber die Versicherung der damaligen Betreiber, daß die Flüssigkeit von dem Gesteinssediment quasi absorbiert werde, habe sich wohl als Irrtum erwiesen.

»Diese Anlage wurde gebaut, als in den Vereinigten Staaten von dem Verfahren bereits abgesehen wurde«, sagte der Mann und wanderte sichtlich erregt vor der Videotafel des Klassenraums auf und ab. »Vier Blowouts haben in den USA in kürzester Zeit bewiesen, daß ein derartiges Giftgemisch, wie es damals wahllos zusammengeschüttet und versenkt wurde, chemische Reaktionen in Gang setzt, die niemand auf der Rechnung hatte. Allein in Deutschland ticken 172 solcher Zeitbomben im Boden. Und machen wir uns nichts vor: Es gibt keine Möglichkeit, sie zu entschärfen. Ihre Zerstörungskraft reicht aus, um ein Zwanzigstel des vorhandenen Ackerbodens unserer Republik in giftiges Brachland zu verwandeln. Wo diese Hinterlassenschaften an die Luft kommen, wächst kein Gras mehr ... Aber vielleicht sollten wir dazu besser den Kollegen vom Luft-, Wasser- und Bodenministerium hören.«

Ein alerter Mittdreißiger schwang sich auf und musterte die Versammlung wie eine Schar von Laiendarstellern. »Wir wissen, daß das Gift die Gesteinsschicht verlassen und die Oberfläche erreicht hat. Unsere Geologen werden das Rohr in fünf Meter Tiefe öffnen, so daß die Gase seitlich in den Boden entweichen können. Jetzt kommen wir zur eigentlichen Schwierigkeit: Der verseuchte Boden muß entsorgt und ausgetauscht werden. Jemand sagte mir, daß wir einen Renaturisierungsingenieur unter uns haben. Vielleicht kann er uns eine Vorstellung davon geben, wie die Angelegenheit vonstatten gehen soll und innerhalb welcher Zeiträume das möglich ist.«
Er sah Malin auffordernd an. Der aber hatte den vorangegangenen Worten kaum folgen können. Er fühlte sich entrückt, wie unter einer Glocke. Fast mechanisch erhob er sich und stellte fest, daß ihm die exponierte Stellung in keiner Weise behagte. »Um sicher zu gehen, muß die Erde fünfzehn Metern tief abgetragen werden«, hörte er sich sagen, »wohlmöglich mehr, aber das hängt von den Proben ab. Sobald das Gift ausgehoben ist, empfiehlt es sich, eine Betonschicht zu gießen, auf der isolierende Planen und weitere Betonschichten zu verlegen wären. Ich plädiere für eine Dicke von fünfzig Zentimetern. Das würde über den Daumen gepeilt tausend Jahre halten.«
Er sah sich unter den Anwesenden um, ob jemand etwas Besseres vorzuschlagen hätte. Dem war nicht so. Sie hatten seine Ausführungen einfach nur bedrückt zur Kenntnis genommen. Malin war unfähig, die allgemeine Bestürzung zu teilen. Hier wurde lediglich ein weiterer Nebenschauplatz in einem Krieg eröffnet, der nicht mehr zu gewinnen war.
»Wenn wir Pech haben, umfaßt das vergiftete Areal eine Fläche von zehn Quadratkilometern. Damit, meine Herren, hätten wir die größte Baugrube Europas ausgehoben. Die Arbeiten würden etwa drei Jahre in Anspruch nehmen, jede Menge Material verschlingen und einen ungeheuren Aufwand an Arbeitskräften

erfordern. Die Alternative kann nur lauten, das Gelände weiträumig zu sichern. Allerdings bliebe ein gewisses Restrisiko: Die Ausdünstungen in die Luft wären damit nicht unter Kontrolle zu bringen. Sie entschuldigen mich jetzt bitte, ich muß leider gehen. Heutzutage brennt es an allen Ecken und Kanten. Lassen Sie mich Ihre Entscheidung wissen.«
Er schlenderte die verlassene Dorfstraße entlang, als hätte er gerade erfolgreich eine Krankheit vorgetäuscht, um sich vor der Schule zu drücken. Hoffentlich schlief Iris. Er würde sie wekken... Als er den Schlüssel zu seiner Wohnungstür zückte, glaubte er das Lachen von Frauen zu hören. Er dachte sich nichts in seinem Glaskopf. Die Situation gewann allerdings an Brisanz, als er Iris mit Marinella auf dem Sofa sitzen sah. Er war derart verblüfft, daß ihm beim Anblick der beiden nur ein kurzes »Hallo« über die Lippen kam.

Warum hast du die Kinder gestern aufgefordert, in den Himmel zu schauen, als sie sich zankten?« fragte Philine ihre Gastgeberin Dhyani beim Spaziergang über die Mesa.
»Sie stritten sich um einen Gegenstand. Ich habe ihnen die Wolken gezeigt, um ihre Aufmerksamkeit auf etwas zu lenken, das so groß war, daß kein Wunsch entstehen konnte, es zu besitzen. Wer etwas nur für sich haben will, bringt sich aus dem Kreis der Harmonie. Manchmal lassen wir unsere Kinder auch bei einer Arbeit mithelfen, um so den Gedanken des Haben-Wollens durch den des Gebens zu ersetzen. Die Gabe des Gebens ist die Gabe des Erhaltens.«
Philine bückte sich nach einem Stein. Nie zuvor hatte sie sich so stark zu einem Menschen hingezogen gefühlt. Die Entdeckung machte sie verlegen. »Wirst du mit mir kommen?« fragte sie unvermittelt und hätte sich im selben Moment auf die Zunge beißen können dafür.

»Aber ja«, lachte Dhyani und hockte sich neben sie. »Erzähl mir von euren Friedensdörfern.«
»Du kommst mit?« rief Philine und lehnte ihre Stirn wie unter Zwang gegen die der Indianerin. Dann sprang sie auf und schleuderte den Stein mit einem schrillen Freudenschrei in den Abgrund. »Aber es ist alles ganz anders als hier«, warnte sie, als wollte sie einer Enttäuschung vorbeugen.
»Wie ist es denn?« fragte Dhyani lächelnd.
»Unsere Meditationskommunen sind ländliche Gemeinden mit festabgestecktem Terrain. Der Name ist vielleicht ein bißchen hochtrabend. Wir versuchen lediglich, gut miteinander auszukommen. Jede Kommune darf sich ihre eigenen Gesetze machen. Grundkonsens aber ist: Einer für alle, alle für einen. Und niemand gegen die Natur. Es ist toll, was sich Menschen einfallen lassen, wenn sie in einer funktionierenden Gemeinschaft leben. Niemand ist ausgeschlossen, jeder ist dort am nützlichsten, wo er sich freiwillig hinstellt. Du wirst sehen, es klappt schon ganz gut.«
»Warum sollte es nicht klappen? Unser Volk hat über Jahrhunderte hinweg alles geteilt. Bis die Weißen kamen. Sie waren der Meinung, daß unsere Auffassung barbarisch sei. Also zwangen sie uns zu Privatbesitz ... Welche Aufgabe hast du in der Kommune?«
»Ich leite ein Forschungprojekt. Wir arbeiten an einem photochemischen Versuch, mit dem es möglich werden soll, elektrische Energie aus Pflanzen zu gewinnen. Ich zeig es dir, wenn du da bist.«
»Hast du Kinder?« fragte Dhyani.
»Einen Sohn, fünf Jahre. Die Familie im herkömmlichen Sinne aber gibt es bei uns nicht mehr. Die Kinder entscheiden selbst, mit wem sie ihre Zeit verbringen möchten.« Sie mußte lachen: »Meiner bleibt höchstens zwei Tage weg ... Wir teilen alles, weißt du. Pflichten, Freuden, Arbeit, einfach alles. Jede Gemein-

de besitzt ein Friedensdorf. Das sind unsere spirituellen Kraftwerke. Unsere Lehrer kommen von überall her: aus Indien, Tibet ...« Sie unterbrach sich kurz, um dann zögernd hinzuzufügen: »Und aus Amerika ... Wir brauchen Menschen wie dich, Dhyani, wir sind hungrig nach eurem Wissen.«

»Wir brauchen alle einander ... Vor zwei Jahren war ich in England. Ihr Europäer seid auf einem guten Weg.«

Sie gingen an dem Dorf Hano vorbei. Ein Hund schlich aus dem Schatten der Mauer und schloß sich ihnen an. »Wußtest du, daß die Cherokee-Indianer bis ins 19. Jahrhundert hinein Friedensdörfer hatten?« fragte Dhyani. »Sie lagen im Südosten der Vereinigten Staaten. Ihre Bewohner strahlten eine solche Autorität aus, daß man sie regelmäßig zu Rate zog, wenn es Konflikte zu bewältigen gab. Viele von ihnen waren Priester und Heiler. Die Nation achtete sie als Hüter der Tradition. Das wichtigste war, daß man in den Friedensdörfern Asyl finden konnte. Jeder Mensch, ob Mörder oder Dieb, der sich an einen solchen Ort begab und sich ein Jahr dem Zyklus der Reinigung unterwarf, konnte mit der Vergebung seiner Taten rechnen. Das galt auch für weiße Kriminelle.«

Der Hund trottete neben Philine her. Gelegentlich sah er zu ihr auf, als wollte er sich vergewissern, ob sie auch alles verstand, was da geredet wurde.

»Vor vierzig Jahren«, fuhr Dhyani fort, »wurden auf diesem Plateau riesige Mengen Wasser aus der Erde gezogen, um Kohle zu fördern für die Lichtreklamen der Spielerparadiese Reno und Vegas. Der Strom, den ein einziges Casino an einem Tag in die Glitzerfassade investierte, hätte ausgereicht, um eine Kleinstadt ein Jahr lang mit Licht zu versorgen. Nun mußt du wissen, daß die Hopi-Plateaus ähnlich den Hochebenen Tibets eine wichtige Funktion für das Wohlbefinden der Erde haben. Unsere Plateaus und die tibetischen Berge halten das Gleichgewicht auf der Erde. Wenn sich die Mondwinde über dem Hopi-Plateau befin-

den, ist die Energie der Sonne über dem tibetischen Hochland und umgekehrt. Tief im Inneren der Erde befinden sich Höhlen und Tunnel, die dieser heiligen Energie als Wege dienen. Das ist der Atem unseres Planeten. Er atmet ein und aus, so wie wir. Rund um die Erde bewegen sich schützende Winde wie zwei Schalen. Sie befinden sich im Einklang mit den Gezeiten und den tektonischen Platten, der Erdkruste. Die äußere Schale ist sonnenverbunden, die innere mondverbunden. Beide Schutzschichten entsprechen den sonnen- und mondbezogenen Strömungen in der Wirbelsäule. Wenn aber die unterirdischen Wasservorräte ausgebeutet werden, ziehen sie weniger Blitze an. Das bedeutet, daß immer weniger Energie für Wachstum und Leben zur Verfügung steht.« Dhyani wandte sich ab. »Sie wurde verschleudert, für ein paar Dollar mehr ...« sagte sie leise.
Der Hund stieß mit seiner Schnauze so lange an ihr Bein, bis sie sich zu ihm bückte. Sie legte ihr Kinn auf den Kopf des Tieres, schloß die Augen und überließ es dem Wind, ihre Tränen zu trocknen.

Es war erstaunlich, wie gut sich Iris und Marinella verstanden. Malin hörte ihnen aus der Küche zu, wo er sich ans Kochen gemacht hatte. Marinella erzählte von den Schwierigkeiten im Krankenhaus und davon, daß die Patienten dort eher verwaltet als behandelt wurden, wobei sie eingestand, daß die Medizin in vielen Fällen ratlos war. Immer wieder würden sie von neuen Krankheitssymptomen überrascht. Das bezog sich vor allem auf die Nervenkrankheiten, die in letzter Zeit rapide zugenommen hatten.
Vermutlich gab es einen infektiösen Erreger, nur kannte ihn niemand. Diese nichtkonventionellen Viren lösten inzwischen Erkrankungen aus, die bisher nur bei Zuchttieren verbreitet waren. Der sogenannte »Rinderwahnsinn«, zum Beispiel. Die Erreger führten im Körper zu keinerlei Immunreaktion und

blieben somit unauffindbar. Es war durchaus möglich, daß sie sogar durch hitzesterilisierte Instrumente im Krankenhaus selbst übertragen wurden.* »Von Aids und Hautkrebs möchte ich gar nicht reden. Die Fälle laufen bei uns einfach durch ...«

»Wie durch? Wohin?« fragte Iris überrascht.

»Das wollte ich eigentlich von dir wissen. Ehrlich, ich bin nur hergekommen, um mit Max darüber zu beraten, wie wir es wohl anstellen können, mit dir in Kontakt zu treten. Da ist einiges mehr, was mir zu denken gibt. Die Geschichte mit Paul zum Beispiel, von der ich dir erzählt habe.«

»Was ist mit Paul?« rief Malin. Er wischte sich die Hände an der Schürze ab und ging nach vorn.

»Sie haben eine Zwangsimpfung an ihm vorgenommen. Angeblich gegen Gelbfieber, das in der Armee grassieren soll.«

»Ja und?«

»Mir ist bisher kein Fall von Gelbfieber bekannt geworden.«

»Ihr behandelt ja auch keine Soldaten.«

»Max, die Armee hat zwar Privilegien, aber das Privileg auf eine Seuche hat sie nicht! Du kennst Paul nicht, aber der Mann ist alles andere als ein Idealist. Die Armee ist ein Job für ihn, ein Job, an den er glaubt, zugegeben. Aber seit dem Tage dieser verdammtem Impfung ist er wie umgewandelt, als hätten sie ihm auf seine alten Tage Gehorsam und Fanatismus gleichzeitig eingeimpft. Er redet nicht mehr über seine Einsätze, das hat er früher immer getan. Und wenn ich einmal die Sprache darauf bringe, reagiert er bockig wie ein Kind, das sich nicht erinnern will.«

»Iris hat Schweigepflicht, das weißt du«, gab er zu bedenken.

»Nein«, sagte Iris schnell, »das ist nicht das Problem. Nicht mehr ...« fügte sie nachdenklich hinzu. »Aber ich weiß nichts, ich habe von alledem nicht die geringste Ahnung. Meine Aufgabe ist sehr speziell und sehr eingeschränkt.«

Malin runzelte fragend die Stirn.

»Darüber will ich wirklich nicht reden«, wehrte sie ab. »Aber wir sollten in Verbindung bleiben. Ich bin leider nur über einen Regierungscode zu erreichen, und da kommt man von außen nicht rein. Ihr müßt also notgedrungen darauf vertrauen, daß ich mich bei euch melde.«

»Wär nicht schlecht, jedenfalls ab und zu«, grinste Malin. Er gab ihr einen Kuß auf den Hals und verschwand wieder in der Küche. Es freute ihn, wie selbstverständlich Marinella Iris akzeptierte, schließlich wußte sie, daß er mit der aparten Staatsdienerin ein Verhältnis hatte. Das wäre früher undenkbar gewesen. Allerdings gab es ein kleines Problem heute nacht. Sie könnten natürlich auch zu dritt in einem Bett schlafen ... Aber das sollten die Frauen entscheiden. Daß sie sich nach dem Essen jedoch ohne Diskussion die Mäntel überwarfen, um im nahegelegenen Gasthof abzusteigen, damit hatte er allerdings nicht gerechnet.

Marinella umarmte ihn: »Sie wird mich morgen nach Hause begleiten. Sie möchte Paul kennenlernen.«

Malin war sprachlos. Iris biß ihm zum Abschied in die Lippen. »Damit du mich nicht vergißt«, flüsterte sie. Er wischte sich mit dem Handrücken über den Mund und stellte fest, daß er blutete. Sie hatte eine merkwürdige Art, sich in Erinnerung zu bringen.

Eszra graute vor dem Wochenende. Das kleine Nest unweit der gigantischen Mülldeponie, in dem die Arbeiter seiner Recycling-Brigade untergebracht waren, bot keinerlei Abwechslung. Es gab einen Bolzplatz und ein Café, das war's. Aber er hatte keine Lust, sich dem dummen Geschwätz seiner Kollegen auch noch in der Freizeit auszusetzen. Die Themen waren sowieso immer dieselben: Wie kommt man an Alkohol, wo gibt's was zu ficken, und wie mischt man eine Meditationskommune auf? Letztlich mußte man die Antworten doch jedesmal schuldig bleiben.

Daß Laura auf seine Computerbriefe nicht reagierte, stimmte ihn seit Tagen traurig. Um dem Gefühl entgegenzuwirken, hatte er wieder zu lesen begonnen. Durch Zufall fand er in der ortsansässigen Bibliothek ein Buch mit dem Titel »Nichts geht mehr – Kommt der Ökofaschismus?« Es war in den neunziger Jahren geschrieben worden, spielte aber in der Gegenwart. Allein die Tatsache, daß sie den Titel nicht vom Markt genommen hatten, schien den Autor zu widerlegen. Eine Zensur, die ja herausragendes Merkmal jeder Diktatur war, hatte offenbar nicht stattgefunden. Es war reizvoll, die Visionen aus der Hochblüte der automobilen Gesellschaft mit den heutigen Begebenheiten zu vergleichen. Die literarische Hochrechnung zeigte dort ihre Schwächen, wo es um wissenschaftliche und technische Entwicklungen ging. So war die Rede von biogenetischer Landwirtschaft, von einer verhaltensmanipulierten Armee, von einem Aids-Impfstoff. Auch gesellschaftspolitisch wirkte manches naiv, ja geradezu lächerlich. Der Öko-Rat, zum Beispiel, war eine Art Sekte, die die Geschicke des Landes im Verborgenen lenkte. Oder das Euthanasieprogramm für Strahlengeschädigte und hoffnungslose Krebsfälle. Verblüffend echt hingegen die Grundstruktur mit den Meditationskommunen einerseits (im Buch wurden sie Erneuerungsgemeinden genannt) und der Arbeiterkaste andererseits. Die Arbeiter, etwa siebzig Prozent der Bevölkerung, wurden, wie heute allgemein praktiziert, hauptsächlich zur Behebung ökologischer Schäden eingesetzt. Dann gab es noch die sogenannten Zivilisationscamps, in denen das vergangenheitssüchtige Gesellschaftspotential sich nach eigenem Gusto und ohne Aufsicht organisieren und austoben durfte. Für den Staat bedeutete die Konzentration des alten Bewußtseins auf begrenztem Terrain eine Art Selbstreinigung. Eszra dachte unwillkürlich an die Stadtlager, eine gewisse Parallele war nicht zu übersehen. Allerdings war es absurd zu glauben, daß dort derart chaotische Verhältnisse herrschten. Die Umweltsituation

hingegen war erstaunlich exakt beschrieben. Das war nicht weiter verwunderlich, stand doch vor fünfzig Jahren genügend Material zur Verfügung, um die Auswirkungen der kapitalistischen Erblast auf die heutigen Lebensbedingungen zu errechnen. Im Grunde, dachte er, sind wir wie Ameisen, die in Panik auf einem brennenden Stamm herumkrabbeln. Wir können das Feuer weder löschen, noch finden wir den Absprung.
Im Anhang zitierte der Verlag ein paar zeitgenössische Kritiken. »Schreibtischtäter mit beschränkter Haftung ...« – »Weltuntergang in Grün ...« – »Ökofaschismus vom Feinsten« – »Spirituell verquastes Katastrophenszenario ...« – »Die Lust am Untergang« – »Konjunktur für Schwarzseher« – »Gott schütze uns vor Weltverbesserern ...« Muß nicht gerade angenehm gewesen sein damals, die Stimme zu erheben ...

Der Mann hielt seine Knie umkrallt und schaukelte mit dem Oberkörper auf und ab, als wollte er sich mit Gewalt zur Ruhe bringen: »Manchmal, da sitz ich so da und horch in mich rein ...« Das Bild fror ein, der Ton versiegte. STÖRFAKTOR II. Malin nahm den Helm ab und prüfte die Sensorenanschlüsse. Ein Kabelstecker war aus der Buchse gerutscht. Bevor er mit der Holo-Lesson fortfuhr, kochte er sich einen Tee. Diesmal wollte er gewappnet sein, wenn Xenia ihm das Schälchen offerierte.
»Manchmal, da sitz ich so da und horch in mich rein. Wo sitzt es jetzt? Was macht es gerade kaputt? ES ... Ich hab schon mal gesprochen mit ES. ES, welchen Körperteil nimmst du dir als nächstes vor? Den Hals, sagt ES. Merkst du nicht, wie dich der Hals schmerzt? Eine Erkältung denkst du, sagt ES und lacht. Geh doch zum Arzt, geh doch zum Arzt ... Kehlkopfkrebs im Vorstadium, sagt der Arzt. Ich bin einer aus dem Monsterfilm, ich bin ein Ungeheuer, in das böse Mächte eingedrungen sind. Ein gutmütiges Ungeheuer, ich mach nicht mal mehr dem Gas-

mann was. Früher hab ich ihn rausgeschmissen, den Trottel. Kassier dein Geld später, hau ab! Und jetzt? Kommen Sie, trinken wir eine Tasse Kaffee zusammen ...«

Der Mann stierte an ihm vorbei ins Leere. *»Er ist dioxinverseucht«*, hörte Malin Xenia sagen, *»das Interview lief 1982 im Fernsehen. Achtunddreißig Jahre bevor die Produktion dioxinhaltiger Substanzen durch die GO!-Staaten endgültig verboten wurde.«*

Das Dioxinopfer erhob sich umständlich und starrte aus dem Fenster auf den nahegelegenen Bahndamm: »Zweimal im Monat, da krieg ich meinen Rappel, da spiel ich verrückt, da kann ich keinen mehr sehen. Ein Kollege hat bei so einem Anfall seine Frau erschlagen. Das kommt bei mir vom Nierentumor. Der tritt die Nebenniere, und die schießt dann einen Schub Adrenalin ab, und dann spiel ich verrückt. Ich muß diese miesen Pillen schlucken, sie sollen verhindern, daß noch mehr von meinen roten Blutkörperchen aufgefressen werden. Aber ich hab langsam das Gefühl, die fressen mich auf. Sie höhlen mich aus, bis nur noch eine schwabbelige Hülle übrig ist ...«*

Malin fand sich am Straßenrand in einem Pulk Schaulustiger wieder. Etwa fünfzig weißgeschminkte Gestalten bewegten sich im Schutz eines Polizeikordons stumm über die Fahrbahn. Das Blaulicht des gepanzerten Begleitfahrzeuges brach sich an den Häuserwänden und huschte über die Gesichter der Marschierenden, die so eng zusammengerückt waren, daß man den Eindruck hatte, als würde eine eingekapselte Larve durch die Stadt getragen. Die Demonstranten balancierten einen schwarzen Sarg über ihren Köpfen: DIE LEBENDEN SIND DIE TOTEN stand da zu lesen.

Als die Gruppe vorbeigezogen war, setzte Malin seinen Weg fort. In einem Café entdeckte er Xenia. Dieser Trick war ihm neu. Für gewöhnlich beamte sie sich nicht in die Vergangenheit, das überließ sie lieber ihren Gästen. Sie trug ein schlichtes, schwarzes

Kostüm. Er betrachtete ihren vollen Mund, die schöne Linie ihrer Nase, den kühnen Schwung ihrer dunklen Augenbrauen. Der ungestrafte voyeuristische Umgang mit der schönen Quälerin war der eigentliche Reiz ihrer Lessons.

Xenia lauschte den Klängen des Hauspianisten, dem ihre Aufmerksamkeit natürlich nicht verborgen blieb. *»Trink eine Tasse Kaffee mit mir«,* sagte sie, als Malin an ihren Tisch trat. *»So etwas gibt es heute nicht mehr. Costa Rica, ein unbeschreibliches Aroma ...«* Er inhalierte den betörenden Duft, in den sich zu allem Überfluß ein Hauch ihres wundervollen Parfums mischte. *»Wir befinden uns im Jahre 1996. Dies hier ist Basel, eine Stadt, deren Wirtschaft weitgehend von der chemischen Industrie abhängig war. Die kleine Demonstration, die du eben gesehen hast, bezog sich auf eine Studie des Worldwatch Institute, nach der jeder Europäer täglich zweihundertmal mehr Dioxine und Furane einatmen und essen mußte, als damalige Gesundheitsexperten im äußersten Fall für vertretbar hielten.«*

Der Pianist zwinkerte Xenia zu und intonierte die Casablanca-Schnulze »As time goes by.«

Malin schritt in Begleitung einer Ärztin durch einen Krankenhausflur. Sie kamen in ein Zimmer, in dem sechs junge Frauen am Tropf hingen. Die Ärztin hatte für jede ihrer Patientinnen ein freundliches Wort, sie streichelte Hände, kühlte hier eine Stirn und klopfte dort ein Kopfkissen zurecht. »Diese Frauen glauben, daß sie schwanger sind«, sagte sie leise. »In Wirklichkeit haben sie einen Tumor in der Gebärmutter. Wir erkennen das an der violetten Färbung ihrer Schamlippen. Der Tumor wächst aus dem Muttermund. In den ersten Monaten löst diese Krebsschwangerschaft im Körper einer Frau ähnliche Empfindungen aus wie eine wirkliche Schwangerschaft. Bis die Schmerzen kommen ...«

Sie führte ihn in einen kleinen fensterlosen Nebenraum. Als das Neonlicht aufflackerte, gewahrte Malin eine Reihe mit Spiritus gefüllter Glasbehälter, in denen mißgebildete Föten wie zerstückelte Seerosen schwammen. Ihre kleinen Münder formten einen Schrei.

Xenia spendete dem Pianisten Beifall. *»Dioxin ist die giftigste Substanz, die Menschen je in die Welt gesetzt haben«*, sagte sie, *»es ist 6700mal giftiger als Zyankali. Eine Dosis von 0,00000005 Gramm reicht aus, um ein Kaninchen zu töten. Es fiel auch bei der Kunststoffgewinnung an. PVC zum Beispiel. Allein in Europa wurden jährlich vier Millionen Tonnen hergestellt. Komm, mein Freund, wir verlassen die Zeit des allgemeinen Wahnsinns, in der unsere Erde mit dem stillen Einverständnis dieser lieben Leute flächendeckend vergiftet wurde.«*

Malin fand sich auf einer geräumigen Terrasse unter einem Sonnenschirm wieder. Er blickte in einen wunderbaren Garten mit künstlich angelegten Wasserfällen. Die schöne Quälerin hockte barfuß in einem Korbsessel. *»Die ehemaligen Industriestaaten hatten sich durch die ungehemmte chemische Produktion in ein ökologisches Desaster manövriert. Luft und Regen, Boden und Ernte waren so stark dioxinverseucht, daß Land- und Gartenbau kaum noch möglich waren. Auf den Weiden im Dunstkreis von Müllverbrennungsanlagen, Autobahnen und Industriegebieten mußte das Gras zum Sondermüll deklariert werden. Jahrzehntelang senkten sich dichte Dioxinschwaden wie ein Schleier über das Land. Das Gift lagert sich vor allem im Fettgewebe ab. Immer mehr und immer jüngere Frauen erkrankten an Brustkrebs. Nur stillende Mütter konnten sich von einem Teil des Dioxins befreien – auf Kosten ihres Kindes.* Ähnlich asozial gegenüber ihren Nachkommen hat sich noch keine Gesellschaft verhalten. Die Nachkommen, mein Freund, das sind wir. Wir sind zu Altlasten geworden, denn Dioxin verschwindet nicht, es reichert sich noch immer in unseren Körpern an. Die Revolution hat die Giftquellen zwar verstopft, aber der Gifttod ist unsterblich . . .«*

Malin hielt ein Mikrofon in Händen. »Mein Gehirn schrumpft«, lachte sein Interviewpartner gequält, »hat der Arzt gemessen ... Ich vergeß immer mehr ... Dioxin killt das Gedächtnis ... Irgendwann werde ich auch das Dioxin vergessen haben ...« Der Mann starrte ihn mit wirrem Blick an. »Raus!« brüllte er plötzlich. »Such dir eine andere Leiche, du Journalist! Du bist zu spät, ihr seid immer zu spät! Ich lieg doch schon unter der Erde, merkst du das nicht? Schreib über Aids, die Leiche ist noch frisch, meinetwegen über Killerviren, über Ozontote, über Genmonster ... Aber Dioxin? Das interessiert doch niemand mehr ...!«

»Dioxin schädigt das Nervensystem und zerstört das Knochenmark«, sagte Xenia, *»es macht impotent und schwächt die Immunabwehr. Bei fast allen Erkrankten finden wir Leberschädigungen und schwere Hautverletzungen. Weitere Symptome: Rippenfellentzündung, entzündliche Veränderungen der Lunge, Chlorakne, Lähmungen. Alle Patienten berichten, daß sie müde und schwach sind.«* Sie ging in den Garten und schnupperte an einer Blume. *»Sag, mein Freund, soll man Mitleid haben mit den Menschen ...? Und wenn ja, mit welchen? Auf bald.«*

Malin blieb einen Augenblick irritiert sitzen. Daß Xenia ihre Reden nicht logisch aufbaute, war bekannt. Sie braute halt ihren ganz speziellen Horrorcocktail, den sie in der Regel mit zynischen Bemerkungen garnierte. Die depressive Anwandlung aber war neu. Er wunderte sich darüber, denn immerhin handelte es sich bei ihr um eine Galionsfigur des Staates.

Als er den Helm abnahm, fiel sein Blick auf die Teekanne. Auch diesmal war es ihm also versagt geblieben, ein Schälchen mit ihr zu leeren.

Ziehen Sie sich ordentlich an, wie Sie es tun würden, wenn Sie einen Gottesdienst in ihrer eigenen Kirche besuchen wollten ... Regenschirme sind nicht zugelassen. Wenn

Sie Schatten haben möchten, dann helfen Sie den Tänzern durch stille Gebete, Wolken herbeizubringen ... Dies ist unser Dorf, unsere Religion und unsere Lebensform; und wir sind darauf bedacht, diese auf jede nur mögliche Art zu bewahren.«

Philine betrachtete das vergilbte Informationsblatt in ihren Händen wie einen Schatz. Es war immerhin 58 Jahre alt. Anläßlich eines Schlangentanzes in der Hopi-Reservation war es 1982 an weiße Besucher verteilt worden. Vier Jahre später waren Weiße bei der Zeremonie nicht mehr zugelassen. Dhyani hatte ihr das Papier geschenkt. Sie besaß eine ganze Sammlung von Dokumenten und Zeugnissen der letzten 60 Jahre, die an den Freiheitskampf ihres Stammes erinnerten. Was für ein gigantisches Mißverständnis mußte zwischen dem weißen Amerika und den Ureinwohnern bestanden haben, daß sich die Indianer gezwungen sahen, Verhaltensmaßregeln für Besucher auszugeben ...

Dhyani holte sie wie verabredet ab. Sie sah wunderbar aus mit den Federn im Haar, dem Stirnband aus blauen Perlen, der perlenbestickten Weste und den silbernen Reifen an den Oberarmen. Ihr roter Wollrock war mit vielfarbigen Kordeln gesäumt, und die glasbesetzten Laschen ihrer Mokassins reflektierten das Sonnenlicht, als schritte sie durch Sternenstaub. Von überall kamen Menschen und schlenderten plaudernd und lachend dem Dorfplatz zu. Die Kinder flitzten wie Fische durch die festlich gekleidete Menge. Dhyani nahm Philines Hand und suchte nach einer Position, von der aus sie gut sehen konnten. Auf den gegenüberliegenden Flachdächern kauerten die Alten der umliegenden Dörfer wie eine Vogelschar, während es sich die übrigen Zuschauer am Boden rund um die sandige Fläche bequem machten. Dhyani zog Philine auf eine Treppe.

Mit einem Schlag ebbten die munteren Gespräche ab. Im weiten Bogen, fast Körperkontakt haltend, umschritten die Antilopenpriester das Rund, insgesamt viermal. Ihre Kreise wurden spiralenförmig enger, bis sie die Schlangenlaube in ihre Mitte genommen hatten. Die Zuschauer verharrten in absoluter Ruhe. Philine tupfte sich den Schweiß von der Stirn. Die Sonne brannte unbarmherzig vom wolkenlosen Himmel.

»Es wird regnen heute abend«, flüsterte Dhyani ihr ins Ohr.

Mit langen, schwingenden Schritten betraten die Schlangenpriester den Platz. Dabei stampften sie gelegentlich mit dem Fuß auf, als wollten sie der Erde ihren heißen Tanz ankündigen. Schließlich stellten sie sich gegenüber den Antilopenpriestern auf. Beide Reihen begannen sich leicht hin und her zu wiegen. Dabei murmelten die Männer, und ihr Murmeln glich mehr und mehr einem Gewittergrollen. Plötzlich brach der Sprechgesang ab. Im selben Moment lösten die Tänzer die Arme vor der Brust und drehten sich zuckend auf der Stelle, bis die Umstehenden unter dem aufbrausenden Geräusch der Rasseln in eine merkwürdige Erstarrung fielen.

Philine bekam eine Gänsehaut. Die kurze Raserei fiel genauso schnell wieder in sich zusammen, wie sie entstanden war, um sich anschließend erneut aufzubauen. Irgendwann wandten sich die Priester tänzelnd den Schlangen zu. Ein Mann mit ausladendem Federschmuck beugte sich in die Laube. Als er hochkam, hielt er eine Schlange zwischen den Zähnen. Er begann zu tanzen. Ein zweiter legte ihm dabei die Hände auf die Schultern. Andere folgten ihrem Beispiel. Hinter jedem Tanzpaar ging jemand mit einer Schlangengeißel.

»Das sind die Einsammler«, erklärte Dhyani aufgeregt.

Diese Männer hinderten die Schlangen an der Flucht, wenn die Priester sie zu Boden gleiten ließen und sie in Panik davonschossen. Ruhig und konzentriert stellten sie sich ihnen entgegen, manchmal wirbelten sie mit der Geißel ein wenig Staub auf, um die Tiere von den Zuschauern fernzuhalten, die aber immer wieder in Schreie ausbrachen. Sogar Dhyani ließ sich erschreckt einige Piepser entlocken. Sobald die Schlangen beruhigt waren, wurden sie mit einem gefiederten Stab touchiert, gleichzeitig

streute man ihnen Maismehl auf die Köpfe. Die Tiere lagen nun regungslos da. Philine stockte der Atem, als die Priester die willenlosen Reptile wie Schals um ihre Hälse drapierten. Die kleinsten rollten sich auf den Ohren der Männer zu Rosetten zusammen. Andere wiederum waren so schwer, daß zwei Personen Mühe hatten, ihre rutschenden Leiber zu halten. Es mochten fünfzig oder sechzig Schlangen sein, die wie Schmuck an den Körpern der Krieger hingen.
Die Einsammler warfen die Tiere in einen Kreis aus Maismehl. Philine schaute gebannt auf die sich windende Masse, der sich nun sichtlich nervös einige Frauen in weißen, zeremoniellen Übergewändern näherten. Sie streuten weiteres Maismehl in den Kreis, um sich anschließend eilig in Sicherheit zu bringen. Jetzt stürzten die Priester vor und verschwanden mit den Schlangen in allen vier Himmelsrichtungen.
»Wohin gehen sie?« wollte Philine wissen.
»Sie tragen die Schlangen zu unseren heiligen Stätten«, antwortete Dhyani sichtlich benommen. »Dort werden sie freigelassen, damit sie die Botschaft des Stammes zur Unterwelt bringen.«
Inzwischen zogen die Antilopenpriester auf dem Tanzplatz erneut ihre vier Kreise, diesmal allerdings in entgegengesetzter Richtung. Ein Tänzer mit einem Weihwedel segnete die Laube und legte einen Pappelholzkranz hinein. Nach und nach kehrten die Schlangenpriester aus der Ebene zurück. Sie waren völlig außer Atem von ihrem Lauf. Die ersten begannen sich zu entkleiden. Unterdessen brachten die Frauen des Schlangenclans Schüsseln herbei, von denen einige leer waren, während andere eine seltsame Flüssigkeit enthielten. Beeindruckt verließen die Zuschauer ihre Plätze.
»Was ist in den Schüsseln?« fragte Philine.
»Ein Brechmittel.«
Sie beobachteten, wie die Tänzer davon tranken und sich anschließend würgend über die leeren Behälter beugten.

»Sie müssen sich von dem Schlangenzauber befreien, es könnte sonst gefährlich werden für uns alle.« Dhyani lächelte, als sie Philines säuerliches Minenspiel bemerkte. »Halb so schlimm, sie haben seit gestern nichts gegessen. Dafür wartet in den Kivas ein Haufen Köstlichkeiten auf sie.«
Die Kivas waren die unterirdischen Zeremonialräume der Hopis. Man erkannte sie schon von weitem an den herausragenden Leitern. Ein Kiva verbindet die Ober- mit der Unterwelt. In ihnen würden die Tänzer gleich gemeinsam die Pfeife rauchen. Dies war der Beginn eines Festessens, auf das sie lange gewartet hatten.*
Philine fiel auf, wie eilig es die Menschen hatten, ihr hastiger Abmarsch stand im extremen Gegensatz zu der Gelassenheit, die sie bei ihrer Ankunft an den Tag gelegt hatten.
»Sie wollen nicht in den Regen kommen«, klärte Dhyani ihre Freundin auf.
Regen? Die Sonne stand zwar schon tief, aber der Himmel war noch immer blau und klar. Nichts deutete darauf hin, daß die wochenlange Dürre ausgerechnet heute ein Ende finden würde. Philine verkniff sich jede Bemerkung zu diesem Thema und folgte Dhyani zurück zum Haus. Einen Moment beschlich sie die Beklemmung, daß es sich doch nur, wie vor ihrer Abreise auch in der Meditationskommune des öfteren zu hören war, um faulen Zauber handelte, um naive Relikte einer schwärmerischen Kultur, die in den Weißen lediglich die Sehnsucht nach einer heilen Welt nährte, während sie selbst in den letzten Zügen lag. Es wunderte sie, daß Dhyani nicht den geringsten Zweifel am Erfolg der Beschwörung hegte. Die Vorstellung, heute abend noch Zeugin einer gräßlichen Enttäuschung zu werden, machte Philine nervös. Sie legte sich tröstende Worte und Erklärungen zurecht, von der Luftverschmutzung bis zum Klimakollaps. Am Ende wäre sie sogar bereit gewesen, sich persönlich schuldig zu bekennen, um ihrer Freundin die Schmach der mißratenen Demonstration zu ersparen.

Dhyani breitete eine Decke auf dem Dach aus und blickte von Freude umflort nach Westen. Über dem türkisfarbenen Horizont stoben wie von Zauberhand dunkle Wolken auf, die schnell näherwirbelten. Die Mädchen genossen den Schock der ersten frischen Brise auf den Gesichtern. Irgendwo stieß jemand einen Freudenschrei aus, andere folgten, bis schließlich das ganze Dorf von Geheul erfüllt war. Philine mußte lachen, es war dem Indianergeheul, das sie als Kinder so oft imitiert hatten, täuschend ähnlich. Sie sah Dhyani an. Schwester, liebste Schwester . . .

Die Indianerin strich ihr mit dem Zeigefinger von den Augen bis zur Nasenspitze: »Willkommen . . .« sagte sie.

In diesem Moment stach ein grellweißer Blitz in die Wüste. Sie erwarteten den Donnerschlag in fester Umarmung. Der einsetzende Regen prallte mit solcher Wucht auf ihre Rücken, daß sie glaubten, die Engel selbst hätten bei dieser Massage ihre Finger im Spiel . . .

Paul Boon war über Iris' Besuch nicht sehr erfreut. Nach einigen Tagen zog er es vor, in der Kaserne zu übernachten, anstatt den Feierabend wie gewöhnlich zu Hause zu verbringen. Es war ihm egal, was die Frauen davon hielten. Marinellas Bemerkung, er benehme sich auf geradezu kindische Weise eifersüchtig, verletzte ihn zwar, traf aber nur bedingt den Kern der Sache. Zugegeben, es war ihm gelegentlich schwergefallen, sich auf die Schwingungen der beiden einzustellen, die sich offensichtlich gesucht und gefunden hatten. Aber er konnte die absurden Mutmaßungen Marinellas über den Verbleib ihrer Aids- und Krebspatienten nicht mehr hören. Auch Iris penetrante Fragen nach seinen täglichen Einsätzen nervten ihn. Um so mehr, weil sie einfach nicht akzeptieren wollte, daß Informationen dieser Art einer Geheimhaltung unterlagen. Im übrigen wollte er abends seine Ruhe haben und nicht zur allgemeinen

Unterhaltung mit Frontberichten aufwarten, aus denen Außenstehende ohnehin nur falsche Schlüsse ziehen konnten. Die Armee, das war hinlänglich bekannt, hatte die Drecksarbeit zu leisten in diesem Staat. Schwer genug. Warum sollte er sich darüber eine Diskussion aufzwingen lassen?

Am Morgen des zehnten Dezembers, kurz bevor er mit seinen Leuten ausrücken wollte, wurde er in die Kommandantur gerufen. Der Oberst eröffnete ihm, daß jemand vom Informationsministerium zu Besuch sei, um eine Streife zu begleiten.

»Sie dachten doch nicht etwa an mich?«

»Haben Sie sich irgend etwas zuschulden kommen lassen, Paul?«

»Nicht daß ich wüßte, Herr Oberst, wieso?«

»Die Person hat ausdrücklich darauf bestanden, mit Ihnen zu fahren. Sie wissen, daß ich da nichts machen kann. Ich schicke Ihnen den Regierungsspion in die Garage, er zieht sich gerade um.« Sein Vorgesetzter sah ihn mit merkwürdigem Grinsen an: »Viel Glück, also. Und daß Sie uns keine Schande machen, Hauptmann . . .«

Boon schlenderte über den Kasernenhof und ließ die Einsätze der letzten Wochen vor seinem geistigen Auge Revue passieren. Es war nichts Spektakuläres dabei, außer vielleicht die Razzia in den Dörfern rund um das stillgelegte Atomkraftwerk, wo zwei Kilo Plutonium abhanden gekommen waren. An der Fahndung hatten sich mehrere Hundertschaften beteiligt. Es war eine der wenigen erfolgreichen Aktionen dieses Kalibers. Man fand das Zeugs schließlich im Garten eines Wachmannes. Seine Hintermänner kamen aus dem ehemaligen Betreiberstab des Meilers. Ansonsten erinnerte er sich nur an die üblichen Routineübungen wie die Aushebung versteckter Schlachträume, das Stürmen satanischer Messen oder illegaler Bauplätze, die Verhaftung von Waffenbesitzern, Jägern und Fischern, Brandstiftern, Müllverbrennern, Gewässerverschmutzern und dergleichen. Was, um Gottes willen, wollte das Informationsministerium von ihm?

Die Jungs salutierten lässig, als er in die Halle kam. Wer war das auf dem Rücksitz?
»Guten Morgen, Hauptmann.«
Eine Frau! Iris! Er hatte sie unter dem Käppi und in dem Tarnanzug nicht gleich erkannt. »Das ist nicht wahr ...«, sagte er fast resignierend und setzte sich auf den Beifahrersitz. »Haben Sie eine kugelsichere Weste angelegt, Mylady?«
»Hab ich, Mylord«
»Los geht's.«
Sie verließen die Kaserne Richtung Westen. Er hatte sie im Rückspiegel, aber er vermied es, hinzuschauen. Da er nicht redete, blieben auch die Gefreiten Giese, Lamprecht und Kühl ruhig. Auch Iris schwieg, was unter ihren männlichen Begleitern eine gewisse Spannung erzeugte. Absurd, dachte er, während sie gemächlich durch die trostlose, flache Winterlandschaft schaukelten, hier ein Dorf anliefen und dort ein Staatsdepot mit Lebensmitteln überprüften.
»Ist die Reise aufschlußreich?« fragte Boon spöttisch, als sie in einen Waldweg bogen.
Sie bedeutete ihm, den Mund zu halten.
»Stopp!« rief er. Der Fahrer hielt an und schaltete den Motor aus. Jetzt hörten es alle. Sie kannten das Geräusch, wenn Baumstämme zu Boden gingen. Ihrer Karte nach befanden sie sich in einem aufgeforstetem Mischwald, der unter strengstem Schutz stand. Boon gab den Baumfrevelcode in den Computer sowie seine Koordinaten. Nach wenigen Sekunden leuchtete der Einsatzbefehl auf: GO!
Die Männer spritzten aus dem Jeep, als hätte man ihnen eine Injektion verabreicht. Iris hatte Mühe, ihnen zu folgen. Nach wenigen Minuten verlor sie die Soldaten aus den Augen. Sie lief den Sägegeräuschen nach, die jetzt allerdings verstummten. Erst die folgende Maschinengewehrsalve machte ihr den Ernst der Lage bewußt. An der Lichtung wurde sie Zeugin, wie die Solda-

ten einen Mann aus der Baumkrone schossen. Sein Körper prallte wenige Meter von ihr entfernt zu Boden. Die Säge, die er zuvor in der Hand gehalten hatte, pendelte noch im Geäst. Boon inspizierte einen alten Leiterwagen, der bis oben mit frisch gefällten Stämmen bestückt war.
»Eingraben!« befahl er knapp.
Giese lief zum Jeep und kam mit mehreren Spaten zurück. Iris zitterte am ganzen Körper. »Das können Sie doch nicht tun ...«, preßte sie hervor.
Boon spießte sie mit seinem Blick förmlich auf. Sie zog es vor zu schweigen. Die Soldaten hoben ein Loch aus, das groß genug war, um zwei Leichen zu bergen. Sie warfen die eine hinein und schleppten eine andere wenige Minuten später aus dem Dickicht heran. Sie mochte immer noch nicht glauben, mit welcher Gefühlskälte hier operiert wurde. Ich bin unter Zombies geraten, dachte sie. Nachdem die Opfer verscharrt waren, tippte Boon die Vollzugsmeldung in den Bordcomputer und lehnte sich im Beifahrersitz zurück. Den Rest der Kontrollfahrt verbrachten sie schweigend.
»Sie sind allesamt verrückt«, ereiferte Iris sich am Abend, »sie knallen Leute ab wie Jahrmarktpuppen. Du hast recht, da ist nicht die Spur von Persönlichkeit, sie wirken wie ferngesteuert, verstehst du ...« Sie strich Marinella über den Kopf: »Das ist nicht der Mann, den du liebst. Ich mach mir Sorgen um dich ...

Philip Baro blickte von der Uferböschung aufs Meer, das sich nach wenigen Metern ohne erkennbaren Übergang im grauen Himmel auflöste. Der feine Sprühregen hatte sich in seinen Brauen zu glitzernden Perlen verdichtet, Stirn und Wangen fühlten sich kühl und straff an. Er setzte sich auf eine verrottete Holzbank. Es mochten etwa fünfzehn Grad sein an diesem trostlosen Dezembertag. Wann hatten sie das letzte Mal einen richtigen Winter erlebt? Er wußte es nicht, wenngleich ihm die Bilder von Schnee und Frost so gegenwärtig waren, als wäre es gestern gewesen. Wir haben es versaut, dachte er. Winter, Frühling, Sommer und Herbst lösten einander ab wie eine kraftlose Staffel ohne Ziel. Die Erde war müde, und ihre Müdigkeit hatte sich in die Köpfe und Herzen der Menschen geschlichen. Er erinnerte sich an den gesunden Atem der Jahreszeiten und lächelte gequält. Der alte Rationalist, der er zeitlebens zu sein geglaubt hatte, machte auf seinen langen und regelmäßigen Wanderungen Gedanken Platz, deren schlichtes Pathos ihn überraschte. Das Seltsame daran war, daß er nicht Urheber sondern Empfänger war. Etwas schien zu ihm zu sprechen, etwas, das zugleich allem und jedem offenstand.

Der Nebel hatte Strand und Wasser verschluckt. Auch das Brachland in seinem Rücken war den Blicken inzwischen entzogen. Er schien mit seiner Bank im Raum zu schweben. Es fühlte sich an, als hätte die Zeit ihr Tempo beschleunigt. Vielleicht wähnte sie sich bald am Ziel ...

Baro sprang auf und stapfte den lehmigen Pfad zurück. So gerne er mit sich alleine war, so sehr brauchte er nach seinen Spaziergängen am Abend die Gesellschaft von Menschen. Die Altensiedlung Weißenhaus an der Ostsee war ein großzügiges Ensemble alter Bauernhäuser, in dem jeder der zweihundert Bewohner ausreichend Freiraum vorfand. Er konnte von Glück sagen, daß er hier gelandet war. Offensichtlich legten die Behörden bei der Belegung Wert darauf, daß die Mischung stimmte. Die meisten seiner neuen Nachbarn kamen aus Berufen, die es nicht mehr gab: Journalisten, Manager, Filmemacher, Designer, Werber, Schauspieler. Es waren aber auch Wissenschaftler dabei und Pädagogen. Sogar eine namhafte Politikerin fand sich in ihren Reihen.

Er schritt an den Gewächshäusern vorbei, in denen das Gemüse für die Siedlung gezogen wurde, und bog auf die breite, von toten Eichen gesäumte Allee, an deren Ende das beleuchtete Portal des ehemaligen Herrenhauses auftauchte, in dem sich neben dem Speisesaal auch die Bibliothek, mehrere Salons sowie ein kleiner Konzertsaal befanden. Das Schloß, wie es von den Bewohnern liebevoll genannt wurde, war der soziale Nabel dieser kleinen Kunstwelt, in der niemand mehr gebraucht wurde. Die einen verkrafteten das, die anderen nicht. Und so gestalteten sich die Begegnungen in den Salons zu amüsanten Demonstrationen eines absurden Behauptungswillens, dem längst jede Grundlage fehlte. Für einen passionierten Kulturpessimisten wie ihn, dem schon im alten System jeglicher Ehrgeiz abhanden gekommen war, war es immerhin eine Sache von beträchtlichem Unterhaltungswert, zumal es einige Herrschaften gab, mit denen es sich prächtig und in Freundschaft palavern ließ. An der tragikomischen Situation, daß hier eine vergessene Generation im geduldeten Vakuum an ihren Werten festhalten durfte, während draußen gar nicht radikal genug damit aufgeräumt werden konnte, änderte das alles nichts.

Baro wechselte seine nassen Kleider und bereitete sich eine Suppe. Er aß nicht gerne im Gemeinschaftssaal, das erinnerte ihn zu sehr an Altenspeisung. Gegen sieben ging er hinüber ins Herrenhaus. Der Tannenbaum in der Halle war so reichlich mit Lametta, Kugeln und Kerzen beladen, daß es kaum ins Gewicht fiel, daß er keine Nadeln besaß. Es war seltsam ruhig auf den Fluren. Natürlich, sie schrieben den vierten Advent! Zwei ehemalige Sänger der Hamburger Staatsoper gaben den lang angekündigten Liederabend. Schubert, wenn er sich recht erinnerte. Diese altersschwache Reminiszenz an stimmliche Höhenflüge würde er sich ersparen. Er konnte Peinlichkeiten nicht ertragen. Aber für Weihnachten hatte eine Theatergruppe aus der benachbarten Meditationskommune ihr Kommen zugesagt. »Faust«, darauf freute er sich.

Er schlenderte in den grünen Salon, der seinen Namen den Samtbezügen der Sessel verdankte. Wie fast jeden Abend saß

auch heute die Bridgerunde um Peter Bachmann zusammen. Der letzte Chefredakteur der linksliberalen Wochenzeitung »Die Meinung« dominierte diesen Kreis, dessen Mitglieder sich gerne in verbalen Schlachten gegen die ökologische Wende ergingen, die bisweilen von so kaltem Zynismus geprägt waren, daß sie selbst Baro, der dem Öko-Staat weiß Gott kritisch gegenüberstand, zu lästerlich erschienen. Neben Bachmann gehörte der Biochemiker Professor Ernst Willich dazu, ehemals Leiter des Gen-Zentrums der Universität München, dann Eberhard Demski, Ex-Vorstand der Futurologischen Gesellschaft, sowie Meinolf Otis, Pressesprecher des liquidierten Rüstungsmultis Daimler-Benz.
Baro überlegte gerade, ob er umkehren und sich den erquickenden Schriften von Henri Michaux widmen sollte, die er zu seiner Überraschung in der Bibliothek gefunden hatte, als sein Blick auf einen kleinen, weißhaarigen Mann fiel, der mit gekreuzten Armen, aber in respektierlich aufrechter Haltung abseits auf der Couch saß und ihn durch seine dicken Brillengläser mit kaum merklichem Lächeln beobachtete. Wie unter Zwang ging er zu ihm. »Darf ich mich setzen?« fragte er höflich.
»Bitte, junger Mann.«
Baro mußte lachen, er war zweiundsiebzig. »Ich habe Sie noch nie bei uns gesehen«, begann er die Unterhaltung.
»Günther Stern, Gelegenheitsphilosoph, neunzig Jahre. Sie können mich nicht gesehen haben, ich bin erst gestern angekommen.«
»Philip Baro. Herzlich willkommen im Tollhaus.«
»Danke. Spielen Sie Schach?«
»Sehr gern.«
»Na, dann los.«
Baro fischte das Brett vom Kaminsims und baute die Figuren auf. Am Kartentisch nebenan geißelte Bachmann gerade die herrschende Clique: »Wer die Medien, die einzig wirksame Kon-

trollinstanz einer Gesellschaft, ausschaltet, schafft ein Klima, in dem nichts Vernünftiges gedeihen kann.«
Stern eröffnete mit dem Königsbauern. »Das Klima, in dem nichts mehr gedeiht«, sagte er mit erhobener Stimme und blickte Baro dabei schelmisch an, »wurde geschaffen, als die sogenannten Kontrollinstanzen sich als Erfüllungsgehilfen der Katastrophe betätigten. Die Medien waren die schlimmsten der vier apokalyptischen Reiter.«
»Und wer waren die anderen drei?« fragte Baro und setzte seinen Bauern dagegen.
»Überbevölkerung, Technowahn und religiöse Entwurzelung.«
Sein Gegenüber kam mit dem Springer aus der Deckung.
»Die Macht hätte in den Händen der Mächtigen bleiben müssen«, schwadronierte Otis in Richtung ihres Tisches. »Sie wußten am besten, was die Stunde geschlagen hatte.«
Stern ließ seine Hand über den Figuren kreisen und rückte schließlich den Randbauern zwei Felder vor. »Man hätte die Mächtigen terrorisieren müssen, man hätte ihnen pausenlos mitteilen müssen, daß sie Freiwild sind«, entgegnete er mit sichtlichem Vergnügen. »Aber daran haben uns die Moralwächter in den Medien ja erfolgreich gehindert.«
Baro deckte seinen Königsbauern ab.
»Mein lieber Herr«, warf Professor Willich ein, während er sein Blatt sortierte, »Sie wollen doch nicht im Ernst behaupten, daß der gewaltsame Rückschritt einer hochzivilisierten Welt auf besseres Steinzeitniveau ausgerechnet jene Probleme lösen wird, die an der Spitze der Zivilisation entstanden sind.«
Stern dachte lange nach. Baro war nicht klar, ob seine Gedanken dem nächsten Zug oder der Replik galten. Sie galten dem Zug, denn ohne auf die Bemerkung einzugehen, griff der alte Mann seine Dame mit dem Läufer an.
»Dieser Staat«, fuhr Willich gereizt fort, »hat die Wissenschaft entmündigt und die Resttechnologien auf dem Stand von vorge-

stern eingefroren. Mit Hilfe der Gentechnik wären wir heute in der Lage, ein gesundes ökonomisches und ökologisches Wachstum herzustellen.«

»Man schlägt, schneidet und beleidigt einen Fluß nicht, man umsorgt ihn wie ein lebendiges Wesen«, kicherte Stern laut genug, daß ihn alle Anwesenden verstehen konnten. »Ein Spruch der Maori, der Ureinwohner Neuseelands«, flüsterte er Baro zu. Dann drehte er sich energisch in Richtung der Kartenspieler, die allesamt seine Söhne sein konnten: »Sie haben nie die Scham des Individuums vor der hohen Qualität der Technik empfunden, meine Herren.* Ich wette, daß niemand von Ihnen mir erklären kann, wie ein Telefon funktioniert. Und doch haben Sie alle einer Entwicklung das Wort geredet, in der wir der Technik schließlich als defizitäre Wesen gegenüberstanden. Unfähig, die von uns gestaltete Welt zu verstehen, und unfähig, auch nur einen Tag unter Bedingungen zu leben, wie wir sie jahrhundertelang vorgefunden haben. Das Weichteil Demokratie, einzig dazu da, die Menschen zu willfährigen Duldern legalisierter Schweinereien zu erziehen, funktionierte vor allem durch die Verdrängung von Angst, durch die Verdrängung der Tatsache, daß es im Zeitalter der Massenindustrie möglich geworden war, die Schöpfung aus den Angeln zu heben, daß es möglich geworden war, auch Leichen in Millionenzahlen industriell herzustellen. Sie, meine Herren, sind genauso entwurzelt wie die unzähligen manipulierten Verbraucher ihrer Generation, die sich in idiotischer Angstlosigkeit von den Medien den alltäglichen Horrorcocktail zum Abendessen haben servieren lassen. Ihr Empfindungsvermögen ist getrübt, es setzt erst ein, wenn man Ihnen den kleinen Finger ritzt, und nicht etwa, wenn ganze Völker unter den Folgen Ihrer Gewinn- und Verlustrechnung an gebrochenem Herzen sterben.«

»Wovon reden Sie?« fragte Eberhard Demski aggressiv.

»Ich rede von Ihrem Unverständnis, um nicht zu sagen von Ihrer Ignoranz und Dummheit.« Er rieb sich amüsiert die Hände und deutete auf das Brett: »Sie sind dran, Baro.« Nach einer kleinen Pause, in der die Versammlung am Nebentisch sichtlich irritiert nach einer Möglichkeit suchte, den alten Mann auszuhebeln, ohne unflätig zu erscheinen, wandte er sich ihnen erneut zu: »Kaum eine Fiktion hat mehr dazu beigetragen, die wahre Natur der Zivilisation zu verschleiern, als der vehement propagierte Irrglauben, bei der modernen Technologie handele es sich um ein bloßes Hilfsmittel zum Wohle der Menschheit. Nehmen wir einen ganz normalen elektrischen Mixer, wie er fast in jedem Haushalt zu finden war. Ein Blick auf die Steckdose hätte klarmachen müssen, daß es sich bei diesem Gerät lediglich um eine Außenstelle eines weltumspannenden Systems handelte. Der Strom kam über ein Netz von Kabeln und Überlandleitungen, die wiederum von Kraftwerken gespeist wurden, welche von Wasserdruck, Pipelines oder Tankerladungen abhingen, die nun ihrerseits Staudämme, Bohrinseln oder Atomkraftwerke voraussetzten. Die gesamte Kette, die nur durch immense Eingriffe in den Naturhaushalt möglich war, garantierte eine ausreichende und prompte Belieferung aber nur dann, wenn an allen Abschnitten Heerscharen von Ingenieuren, Planern und Finanziers bereitstanden, die wiederum auf Verwaltungen, Universitäten, ja ganze Industrien zurückgreifen konnten. Bedenkt man, daß wir einen Orangensaft ohne großen Aufwand auch von Hand pressen können, wird klar, daß die Menschheit ihre Kraft und Intelligenz praktisch für nichts vergeudete.* So etwas nenne ich Wahnsinn. Wir haben uns wissentlich und wissenschaftlich aus dem Verbund des Lebens katapultiert und sind zu emotionalen Krüppeln verkommen. Die Frage am Ende des künstlich erzeugten Regenbogens mußte daher zwangsläufig lauten: Wie lange darf die Technokultur ihr Monopol behalten? Sie ist vor zwanzig Jahren ein für allemal beantwortet worden. Und die Antwort lautete: keinen Tag länger. Tja, wer hätte das noch zu hoffen gewagt . . .«

Stern schmunzelte vergnügt vor sich hin. Der rhetorische Rundumschlag schien ihn mit einem Schlag verjüngt zu haben. »Was ist?« mahnte er Baro, »wir stabilisieren doch erst unsere Deckung.«

Peter Bachmann legte zornig sein Blatt beiseite: »Lieber Herr . . .«, begann er süffisant.

»Stern. Ich heiße Stern.«

»Sie scheinen tatsächlich von einem anderen Stern zu kommen. Wie können Sie erwarten, daß die Menschheit, die unter dem Diktat dieses Staates in ihrer historischen Entwicklung quasi auf dem Absatz kehrtmachen mußte, eine Überlebenschance besitzt? Nichts in der Evolution verläuft gradlinig. Wer sich jetzt der Möglichkeiten beraubt, die positiven Ergebnisse des wissenschaftlichen Fortschritts korrigierend gegen Umweltzerstörung, Klimakollaps, Hunger und Krankheit einzusetzen, nimmt das Ableben der gesamten Spezies in Kauf.«

»Lieber Herr . . ., wie war der werte Name?«

»Bachmann.«

»Lieber Herr Flachmann, im Einverständnis mit der Natur, die den Menschen kraft seiner verschrobenen Intelligenz als Vernichter dieses irdischen Lebenstraumes eingesetzt hat, haben Sie wacker Ihre historische Pflicht getan. Daraus ist Ihnen kein Vorwurf zu machen. Ihre Generation war dazu da, die Schraube zu überdrehen. Ihr Problem ist nun, daß Sie ihre geistige Leere nicht länger durch den Habitus des Erfolgreichen vertuschen können. Ganz ehrlich, Sie tun mir leid. Sie fühlen sich betrogen, so wie sich jeder betrogen fühlt, der seiner Privilegien aus der Zeit des kapitalistischen Ränkespiels verlustig gegangen ist. In Wirklichkeit hat man sich Ihrer zu Recht entledigt. Sie haben den idiotischsten Konsens mitgetragen, den sich eine Gesellschaft jemals auferlegt hat: wirtschaftliches Wachstum.«

»Ohne Wachstum keine Arbeitskräfte«, erwiderte der ehemalige

Daimler-Benz-Sprecher Otis, »es sei denn, man hält sich wie die heutigen Herren einige Millionen unbezahlter Sklaven.«
»Das ist Ihre Version. Ich muß zugeben, daß diese Propagandalüge ihre Wirkung damals nicht verfehlte. Aber betrachten wir die Fakten: In den USA hatte die Stahlindustrie die Zahl der Arbeitsplätze in zehn Jahren um 75 Prozent abgebaut. In der gleichen Zeit stieg die Produktion um 45 Prozent an. Das ist nur ein Beispiel. Aber kommen wir zum Kern Ihrer Mobilmachung gegen das Leben. Ein knappes Jahrhundert lang hat die Automobilindustrie dafür geworben und gesorgt, daß Menschen ihre nichtsnutzigen Ärsche möglichst schnell und umfassend über den Planeten bewegen konnten. Als der Wahnsinn gegen Ende des letzten Jahrhunderts offenkundig wurde, steckten die Konzerne gerade zwei Prozent ihrer Profite in die Entwicklung abgasarmer Motoren. Achtmal soviel floß in die Werbung und das Fünfzehnfache in stilistische Veränderungen.* Für die Herstellung einer einzigen dieser Milliarden Blechkisten, die in hundert Jahren vom Band liefen, waren 20 Tonnen Wasser nötig. Dabei haben Sie gewußt, daß gerade 0,000004 Prozent allen Wassers auf diesem Planeten der Menschheit als Trinkwasser zur Verfügung steht. Der Straßenbau war eine gigantische Landnahme, jede Trasse war ein Beilhieb in funktionierende Lebensräume. Und wofür das alles? Für die größte Vergasungsaktion aller Zeiten! Der Atem aber ist mir heilig, meine Herren. Ich befand mich also in Notwehr, wenn Sie verstehen, was ich meine. Hoch lebe die Revolution ...«
Baro war mindestens so verblüfft wie die Bridgerunde. Nur der Daimler-Benz-Sprecher meldete sich noch einmal hämisch zu Wort: »Wer so alt geworden ist wie Sie, für den kann die Luft ja nicht allzu schlecht gewesen sein ...«
Die Bemerkung blieb, wie man so schön sagt, im Raum stehen. Man konnte förmlich spüren, wie sich die Gedanken der Anwe-

senden an dieser Taktlosigkeit scheuerten. Niemand wagte es mehr, den alten Mann herauszufordern.
»Spielen Sie gut, Doktor?« fragte Stern und rückte mit dem Pferd in eine angreifende Position.
»So gut, wie es der Gegner zuläßt«, antwortete Baro augenzwinkernd und unterband den Angriff mit seinem Läufer. »Woher wissen Sie, daß ich einen akademischen Grad besitze?«
»Ich erinnere mich an einige Ihrer Veröffentlichungen. Haben mir gefallen.«
»Ist Ihnen bekannt, daß mich diese Veröffentlichungen kürzlich in Schwierigkeiten gebracht haben?«
»Ein Mißverständnis, mein Lieber. Mißverständnisse sind das Faszinierendste, was das Leben zu bieten hat.« Stern beugte sich zu ihm: »Ich bin davon überzeugt«, sagte er leise, »daß wir es auch in diesem Staat mit einer Bande von Strolchen zu tun haben. Strolche lassen sich aus der Politik nie ganz raushalten.« Er hob den Kopf: »Was ist das für ein Lärm?«
»Was meinen Sie?«
Der alte Mann saß kerzengerade, sein Gesicht wirkte wie eingefroren.
»Das ist die Zukunft der Menschheit«, höhnte Bachmann
Jetzt hörte es auch Baro. Es klang, als würden Sprechchöre skandiert.
»Sie kommen immer wieder«, fuhr Bachmann süffisant fort, »es ist wie in jeder revolutionären Schmierenkomödie: Die Kinder gebärden sich als Rächer. Erinnern Sie sich noch an Maos Kulturrevolution? Here we go again ...«
Baro öffnete das Fenster. Fackeln erleuchteten den Hof. Etwa zwanzig Jugendliche hatten sich brüllend um das Rosenbeet versammelt: »ÜBERFLUSS ÜBERFLÜSSIG! ÜBERFLUSS ÜBERFLÜSSIG!« schallte es ihm entgegen. Und: »AUTOFAHRER! AUTOFAHRER! AUTOFAHRER!«
»Ein äußerst primitives Synonym für unsere Sünden«, lachte

Bachmann gequält, »hätte ihnen das Informationsministerium nicht eine griffigere Formel an die Hand geben können?« Jemand rüttelte am Fenster. Bachmann zuckte zusammen. »Donnerwetter, das ist neu ...«, versuchte er Haltung zu bewahren.
Seine Tischnachbarn strömten dem Ausgang zu, wo sie wie angewurzelt stehenblieben. Aus der Halle drangen Schreie, man hörte Scheiben bersten, Tritte gegen Türen, Stiefelgeprassel. Baro nahm die anrollende Flut der Gewalt wie im Traum wahr. Ähnlich schien es Stern zu ergehen, der auf der Couch fast ehrfürchtig abwartete. Die Flure hatten sich inzwischen mit Konzertbesuchern aus dem ersten Stock gefüllt, ihr hysterisches Gejammer wurde durch einen Befehl aus dem Megaphon unterbrochen: »SCHNAUZE!«
Für einige Sekunden war es ruhig. Baro dachte daran, die explosive Situation mit einigen Worten zu entschärfen, aber dazu hätte er Blickkontakt gebraucht. Als er ihn bekam, war es zu spät. Ein junger Mann, nein, ein Kind steckte seinen Kopf durch die Tür und befahl Bachmann, Stern und ihm, herauszukommen. Sie stellten sich zu den anderen auf den Gang. Es war eine gespenstische Konfrontation: auf der einen Seite die grimmig dreinblickenden Jugendlichen in ihrem üblichen Einheitsdreß aus Leinenhemden und Jeans, auf der anderen Seite die festlich herausgeputzte Abendgesellschaft der Alten, auf deren Gesichtern sich Schrecken und Scham abzuzeichnen begannen. Beide Parteien schienen in eine Art Lähmungszustand zu geraten. Eine junge Frau löste sich schließlich aus der Gruppe der Eindringlinge und stolzierte provozierend langsam zwischen den Heiminsassen herum. Sie inspizierte ihre Opfer wie ein Musterungsarzt. »Lächerlich«, sagte sie nach einer Weile und ging an ihren Leuten vorbei nach draußen. Lächerlich. Mehr nicht. Baro hätte sich kein vernichtenderes Urteil vorstellen können. Immerhin wähnte er die Angelegenheit damit für erledigt, als aus dem Megaphon die Aufforderung erging, sich hinzuknien.

»LOS, IHR RATTEN, AUF DIE KNIE! ALLE! SOFORT!«
Nach und nach gehorchten die Bewohner. Wer nicht schnell genug Folge leistete, wurde an den Schultern unsanft zu Boden gedrückt. Eine jämmerliche Situation, die durch das Schluchzen einiger Damen nicht an Würde gewann. Einzig Stern stand noch, niemand traute sich, ihn anzufassen.
»WIR MÖCHTEN, DASS IHR EUCH BEI UNS ENTSCHULDIGT«, krächzte die Stimme aus dem Megaphon. »ALSO, WAS IST, WIR WARTEN . . .«
Baro erschrak, als Stern einige Schritte auf die jungen Menschen zuging. Auf halber Strecke zwischen den Fronten machte er halt: »Ich entschuldige mich im Namen meiner Generation bei allen Lebewesen für die Bedingungen, die wir ihnen aus purer Habsucht hinterlassen haben«, sagte er mit fester Stimme. Dabei blickte er dem Anführer in die Augen. Sein Blick ruhte noch auf dem Jungen, als dieser die verblüffend einfachen Worte auf einen eventuellen ironischen Hinterhalt prüfte. Es war totenstill, selbst die Frauen hatten aufgehört zu flennen. Ganz plötzlich, wie um einer tödlichen Erstarrung zu entgehen, gab Sterns Widerpart das Zeichen zum Abmarsch. Der Spuk war vorbei.
Peter Bachmann war einer der ersten, die wieder auf den Beinen waren. Er klopfte sich die Anzughose ab. »Die aufrechten Kriecher sind mir die schlimmsten . . .«, sagte er laut genug, daß ihn jeder hören konnte.
Stern hakte sich bei Baro ein: »Spielen wir die Partie zu Ende, oder geben Sie sich freiwillig geschlagen, junger Mann?« fragte er. Gemeinsam schritten sie zurück an den Schachtisch. Sie wollten sich gerade setzen, als ein Stein durch die Scheibe flog. Baro ging in Deckung, aber es folgte nichts mehr. Als er sich umdrehte, lag der alte Mann mit blutendem Schädel zu seinen Füßen. Er bückte sich über ihn, nahm den kleinen Kopf in seine Hände, rief seinen Namen. Ein letztes Mal streiften diese Augen über sein Gesicht, bis sie brachen und stumpf an der Welt vorbeistarrten . . .

Tagelang hatten Marinella und Iris zusammengesessen und die möglichen Ursachen von Paul Boons Persönlichkeitsspaltung diskutiert. Für beide stand schließlich außer Frage, daß sie das Ergebnis einer großangelegten Manipulation war, die innerhalb der Armee vorgenommen wurde. Iris hatte nach dem Schockerlebnis in der Schonung noch andere Streifen begleitet. Bei diesen Einsätzen hatte es zwar keine Toten gegeben, aber die Brutalität im Umgang mit Gesetzesbrechern war im höchsten Maße abstoßend, sie machte auch vor Kindern nicht halt. Die Soldaten funktionierten wie Roboter, ohne Unterschied. Nicht ein einziges Mal hatte sie den Eindruck, daß sich jemand im Dienst persönlich berührt fühlte durch die Unverhältnismäßigkeit der Mittel, beispielsweise bei Verhaftungen, wenn Menschen wie Vieh zusammengetrieben, getreten und abtransportiert wurden. Dies war keine Berufsarmee. Die Soldaten waren Wehrpflichtige, und es mußte unter ihnen doch welche geben, die zumindest mit erkennbarem Widerwillen gehorchten. Noch seltsamer war die Tatsache, daß die Männer nach ihren Einsätzen kein Wort über ihre legalen Massaker verloren. Sie verwandelten sich wie auf Knopfdruck in die lässigen, schüchternen oder komplexbeladenen Typen zurück, die sie nun einmal waren. Iris erinnerte sich, daß Martin Heiland ihr gegenüber vor kurzem von einem erfolgreich abgeschlossenen Modellversuch innerhalb der Armee gesprochen hatte. Damals dachte sie an Umstrukturierungen, an logistische Neuerungen. Sie wußte, welche Bedeutung er den Schutztruppen als Kontrollorgan beimaß, und bis zu einem gewissen Grade hatte sie Verständnis. Aber seine Überlegungen die Armee betreffend wuchsen sich allmählich zur Manie aus.
»Wie wäre es denn, wenn wir unsere Soldaten im Labor züchteten?« hatte sie ihn unlängst ironisch gefragt.
»Es würde mindestens achtzehn Jahre dauern, bis sie ein Gewehr halten können«, gab er ernst zurück.

Sie liebte die Art, wie er Witze riß, ohne mit der Wimper zu zucken. Merkwürdig war nur, daß ihr Lachen ihn diesmal eher zu irritieren schien ...

»Wenn es sich tatsächlich um eine Droge handelt«, sagte Marinella, »dann wird man sie vermutlich im Blut nachweisen können. Wenn wir allerdings Pech haben, handelt es sich um ein Mittel, das sich schnell abbaut. Auf jeden Fall muß ich Paul für eine Untersuchung ins Krankenhaus kriegen.«

»Was ist so schwer daran?«

»Du weißt es nicht?!«

»Nein, sag es mir.«

»Seit dem 1. Januar müssen Soldaten wieder in Armeehospitälern untersucht und behandelt werden. Das gilt für jedes Wehwehchen, ohne Ausnahme.«

Iris wurde blaß. Bisher hatte sie insgeheim noch immer gehofft, daß es sich bei ihren Spekulationen um Hirngespinste handelte, daß die Männer einfach unter zu starkem Leistungsdruck standen, um Skrupel zu entwickeln, daß in der Truppe ein geschicktes Psychotraining veranstaltet wurde oder dergleichen. Mit dieser Information aber verdichtete sich der ungeheure Verdacht zur Gewißheit: Sie hatten es mit einer großen Manipulation zu tun.

»Wir müssen der Angelegenheit auf die Spur kommen«, sagte sie, »ich will es wissen. Ich kann es dir im einzelnen nicht erklären«, fuhr sie fort, indem sie nach der Hand ihrer Freundin griff, »aber glaub mir, ich bin nicht ohne Einfluß. Ich werde dich noch heute verlassen und in ein Hotel ziehen. Paul wird sehr schnell wieder hier sein, wenn er erfährt, daß ich fort bin. Bei nächstbester Gelegenheit setzt du ihn außer Gefecht und zapfst ihm Blut ab. Ich warte, bis das Ergebnis feststeht.«

Das Atmen unter der Gasmaske fiel Eszra von Tag zu Tag schwerer. Jetzt, da er auch noch erkältet war, glaubte er ersticken zu müssen. Er hätte sich das monströse

Gebilde am liebsten vom Leib gerissen, ebenso den olivfarbenen Gummianzug, in dem er schwitzend über die Halde stapfte. Die Vorstellung, daß er weitere zehn Monate unter diesem Schutzanzug zubringen mußte, machte ihn krank. Warum war er nicht mit Percy ins Stadtlager gegangen, anstatt sich in einer giftigen Mondlandschaft Depressionen einzuhandeln? Was war mit Laura? Der Doc hatte geschrieben, daß sie in einer Meditationskommune bei Heringsdorf auf Usedom untergekommen war. Aber was nutzte diese Information? Meditationskommunen ließen sich von außen nicht anwählen. Er war also ganz auf die Gnade des werten Fräuleins angewiesen, das sehr wohl die Möglichkeit hatte, per Computerbrief mit ihm in Kontakt zu treten.
Der Vorarbeiter winkte ihn hinüber ans Förderband. Wahrscheinlich war die Hälfte der Scheiße wieder daneben gekleckert, und sie durften den Dreck mit der Schippe auf die Lastwagen schaufeln. Achtzig Mann arbeiteten auf der Deponie, davon zwölf Verurteilte, ihn eingeschlossen. Für die Jungs vom »Strafbataillon«, wie man sie hier scherzhaft nannte, gab's kein Pardon. Wenn es sein mußte, ließ man sie sogar mit den Händen im Giftschlamm wühlen. Obwohl er sie abends regelmäßig in lauwarmer Seifenlauge badete, juckte es penetrant zwischen den Fingern. Dreimal hatte er innerhalb dieser acht Wochen neue Handschuhe bestellt, die alten waren schlicht zerfressen.
Eszra hatte die Geste des Vorarbeiters mißverstanden, der Mann wollte ihm lediglich zu verstehen geben, daß Mittagspause war. Er ging hinüber zur Feldküche und nahm den üblichen Gemüseeintopf in Empfang. In der Baubude rückten sie ein Stück, nicht für ihn, sondern für den Vorarbeiter, in dessen Schatten er noch ein Plätzchen ergatterte.
»Wo geht das Zeugs eigentlich hin?« fragte der Typ, mit dem Eszra gestern wegen einer Zwischenbemerkung aneinandergeraten war.
»Nach Bebra.«

»Das weiß ich selbst, du Arsch«, konterte der Fragesteller aggressiv. »Das werden mindestens hundert Züge voll. Wo lassen die das?«
»Was weiß ich? In Sibirien, hab ich gehört.«
»Auf jeden Fall muß es ein großes, leeres Land sein ... Sag mal, was machen die Schwatten eigentlich hier?«
»Welche Schwatten?«
»Ich hab sie doch gesehen unter der Maske. Zwei Schwatte.«
»Sind uns zugeteilt worden.«
»Schwatte?«
»Du solltest mal was für deine Bildung tun, Ferdi. Eine Million wollen sie durchlassen, das steht seit zwei Wochen im Computer.«
»Die bringen doch nur Aids!«
»Jag sie doch zurück ...«
»Sollte man wirklich machen.«
»Die Zeiten der faschistischen Liga sind aber nun mal vorbei, Ferdi.«
Ferdi war fünfzig. Jeder hier vermutete, daß er bei den Nazis mitgemacht hatte, obwohl die Gerichte ihn bis heute in Ruhe ließen.
Es gibt Pausen, die sind nicht angenehm. Dies war so eine. Eszra löffelte in dem Kochgeschirr.
Raus hier. Was? Du mußt raus. Ganz einfach. Wie denn? So etwas fragt sich ein Krieger nicht, wenn er die Zeit für gekommen hält.
Er sah sich vorsichtig um, ob der innere Dialog eventuell Aufsehen erregt hätte, aber seine Kollegen waren mit dem Essen beschäftigt.
»Vor zwanzig Jahren«, hörte er den Vorarbeiter neben sich sagen, »da haben sie den Schweinkram immer nachts angekarrt. Ich hab das morgens schon am Geruch gemerkt. Das roch wie Mottenpulver. Sie behaupteten, die Chemikalien fressen sich ge-

genseitig auf. Aber wenn die Sonne schien, hat die ganze Grube gebrodelt. Manchmal blieben die Lieferungen aus, dann war irgendwo auf der Welt 'ne Heuschreckenplage. Wenn ich einen Fahrer erwischt habe, da hab ich gesagt, komm her damit, wir haben Ratten. Dann hab ich den Schlauch genommen und in den Bau gesteckt. Da kamen sie aber rausgehetzt. Geschrien und gequiekt haben die . . .«*

Eszra legte den Löffel beiseite. »Was soll ich heute nachmittag machen, Chef?«

»Du arbeitest beim Bagger.«

Den danebengefallenen Dreck aufklauben, wie vermutet. Er ging hinaus. Bevor er in die Klamotten stieg, atmete er tief durch. Raus hier. Gute Idee. Denken wir drüber nach. Ein Fluchtplan hat immerhin den Vorteil, daß er beflügeln kann.

Am Abend kramte er im Staatsarchiv. Faschistische Liga. Er wußte nicht mehr über sie, als daß England, Frankreich, Spanien, Italien, Deutschland, Österreich und Ungarn sich von 2013 bis zur Revolution 2020 zu einem europäischen Staatenbund zusammengeschlossen hatten. In der Schule erzählten sie ja nichts. Statt dessen brachte man ihnen am Computer den Zugriff aufs Staatsarchiv bei, in dem angeblich alle Fakten gespeichert waren. Eszra las sich einige Stunden fest. Die Liga hatte die kleine europäische Lösung verwirklicht, mit einheitlicher Währung, gemeinsamen Streitkräften und gleicher Staatsangehörigkeit.

Menschen, deren Familien nicht seit mindestens drei Generationen in einem der Mitgliedsländer lebten, wurden ausgewiesen. Die Rede war von über zwanzig Millionen sogenannten Rückführungen. In der Wirtschaftspolitik wurden die wenigen ökologischen Ansätze radikal beschnitten. Allein vierundachtzig neue Kernkraftwerke und fünf Wiederaufarbeitungsanlagen stampfte man in sieben Jahren aus dem Boden. Nordsee und Mittelmeer waren als Ölförderungsparks ausgewiesen. Der

enormen Arbeitslosigkeit begegnete man in erster Linie durch Straßenbau, hauptsächlich in Ungarn, das heute einer Kunstlandschaft auf Stelzen glich.
»Die Euphorie der Dumpfen«, las Eszra im abschließenden Kommentar des Informationsminsteriums, »dieser kraftvolle faschistische Schwung, war von den nach Mehrheiten schielenden demokratischen Parteien vorbereitet worden. Haß, wenn er von der Politik geadelt wird, verfehlt die Wirkung auf die Menschen nicht. Unter dem Eindruck einer massenhaften Zuwanderung aus den riesigen Elendsgebieten außerhalb Europas wuchs die Bereitschaft zur Gewalttätigkeit. Faschistische Rattenfänger hatten leichtes Spiel. Allerdings stieß dieses Ausbeutungssystem bald an natürliche Grenzen: Der Planet war geplündert, er gab nichts mehr her.«
Eszra wählte die aktuellen Infos an. Da stand es: »Die europäischen GO!-Staaten haben sich auf den Zuzug von vier Millionen Afrikanern im Alter zwischen zwanzig und dreißig Jahren geeinigt, von denen Deutschland eine Million in den Arbeitsprozeß integrieren wird. Es gibt enorme Engpässe. Dies gilt vor allem für die Landwirtschaft sowie für fast alle größeren Renaturalisierungsprojekte. Der Zuzug wird innerhalb der nächsten beiden Jahre erfolgen. Alle Einwanderer sprechen englisch und wurden vorher einem Aidstest unterzogen.«
Er schaltete den Computer ab und ging zu Bett. Seltsamerweise hatte er erwartet, daß sich seine innere Stimme noch einmal melden würde. Sie tat es nicht. So betrachtete er den Gedanken abzuhauen wie eine Verlockung, die sich selbst genügte. Trotzdem raubte sie ihm den Schlaf.

Ich weiß nicht, was du an der Alten findest. Sie ist arrogant, zickig, ungehobelt . . .«
». . . schleimig, hinterfotzig . . .«
». . . ja, genau. Wenn die im Informationsministerium alle so

sind, muß einem ja angst und bange werden. Ich fand diese Sorte Frauen schon immer zum Kotzen.«

Boon mußte plötzlich würgen.

»So war das auch wieder nicht gemeint«, stieß er hervor. Der Krampf legte sich.

»Sie ist 'ne Hexe, ich sag's dir . . ., aber ehrlich, Schatz, mir ist kotzübel.«

Er rollte auf den Teppich, wo er sich vor Schmerzen wand. Nach wenigen Sekunden war der Anfall vorüber.

»Verdammt, Marinella, was ist das?«

Es würde nicht mehr lange dauern, das wußte sie, bald würden die Krämpfe abebben, die das Brechmittel verursachten, das sie ihm in den Joghurt gemischt hatte. Jetzt kam es darauf an, ihn in den schmerzfreien Intervallen davon zu überzeugen, daß er dringend ins Hospital transportiert werden mußte, und zwar illegal.

»Tu doch was!« wimmerte Paul.

»Soll ich einen Lazarettwagen kommen lassen?« fragte sie scheinheilig.

»Das dauert doch viel zu lange! Bring mich in dein verdammtes Hospital.«

»Du weißt doch, daß das nicht gestattet ist.«

»Marinella, bitte! Fahr mich sofort hin!«

Interessant. Da hätte sie ein wenig mehr Widerstand erwartet. Da war Max anders. Fürwahr.

Sie kamen um 21 Uhr im Krankenhaus an. Sämtliche Personen, die Paul hätten identifizieren können, waren bereits außer Haus. Die Nachtschwestern kannten ihn nicht, und der diensthabende Arzt war jung und neu. Er hatte Respekt vor ihr und würde sie gewähren lassen. Sie schloß das Behandlungszimmer und gab ihm ein Beruhigungsmittel.

»Ich hab gedacht, ich sterbe«, sagte er erleichtert und atmete dann tief durch, als ihn ein Nachbeben der Übelkeit erwischte.

»Ich werde dich jetzt einer gründlichen Untersuchung unterziehen.« Marinella schlüpfte in ihren Kittel. »Blut, Laktat, Röntgen, alles. Zieh dich aus.«
Boon gehorchte und legte sich rücklings auf die Pritsche. Sie nahm eine Blutprobe, prüfte seine Reflexe, leuchtete in den Rachen und in die Augen, schnitt eine Locke ab, maß Fieber und war nach einer Stunde so schlau wie zuvor. Ihre einzige Hoffnung blieb das Haar, wo sich Drogenrückstände länger nachweisen ließen. Zwischendurch keimte in ihr der Verdacht, daß sie einer Wahnvorstellung aufsaß, daß Paul genau der Typ Mann war, den er in den letzten Wochen so unvermutet herausgekehrt hatte. »Jetzt noch den Röntgendurchgang, dann sind wir fertig.«
Er hatte zu schnaufen aufgehört, auch die ängstliche Erwartung der nächsten Attacke war aus seinem Gesicht gewichen. Als sie ihn hinter dem Schirm entließ, faßte er ihr schon wieder an den Hintern. Während er sich anzog, prüfte sie die Aufnahmen. Auf den ersten Blick war alles okay, etwas anderes hatte sie auch nicht erwartet.
»Wann können wir hier endlich verschwinden, Frau Doktor?« rief Paul. »Ich hab noch etwas mit Ihnen vor, heute nacht!«
Sie stutzte. Was war das für ein Fleck auf seinem Oberarm? Er hatte eine quadratische Form und war sicher kein Blutgerinnsel. Sie mußte sich gewaltsam zusammennehmen. Ich muß an dieses Ding ran! Das bedeutet schneiden, das bedeutet Anästhesie.
»Paul!« rief sie übertrieben laut. »Ich werde dir jetzt noch einen Drink mixen, damit du heute nacht deine Ruhe hast. Vermutlich ist es ein Virus, wir hatten diese Symptome des öfteren in der letzten Zeit, damit spaßt man nicht. Morgen meldest du dich bei euren Grobschlächtern im Lazarett.«
»Ich fühl mich gut«, sagte er, als sie den Tropfen von der Kanüle tupfte.
»Du wirst dich gleich viel besser fühlen. Hosen runter!« Er gehorchte.

Innerhalb weniger Sekunden dämmerte er weg. Sie hielt die Röntgenaufnahme noch einmal gegen das Licht und schnitt mit dem Skalpell einen Kreis um die Impfnarben. Danach stellte sie die Blutung ruhig und verband die Wunde. Mit zittrigen Fingern tastete sie unter fließendem Wasser in dem herausoperierten Hautlappen nach dem eingepflanzten Fremdkörper. Schließlich hielt sie ihn in der Hand, er war keine zwei Millimeter groß und sah aus wie ein Chip.

24. Dezember. Martin Heiland hatte bis gestern auf ihren Besuch gehofft. Insgeheim erwartete er immer noch, daß Iris plötzlich in der Tür stehen würde. Wie brachte sie es fertig, daß er sich nach jedem Streit automatisch schuldig fühlte? Immerhin hatte ihre Abwesenheit in den letzten zwei Wochen dazu geführt, daß er sich wieder seinem Manuskript widmete. »GO for it!« Das Buch sollte sein Vermächtnis werden, er war sich diese philosophische Rechtfertigung schuldig. Die neuerlichen Versuche genügten seinen Ansprüchen zwar nicht, aber er verspürte Lust, seine Trägheit zu kitzeln, er glaubte wieder an die Macht der Quantität, an die endlosen Gedankenspiele, an die Bereitschaft zu protokollieren, sich einfach in Sprache zu üben. Nur aus diesem Material erwuchsen die Angebote, die letztlich zu überzeugender Qualität führten. Schon die pure Beschäftigung mit dem Schreibgerät brachte ihn in angenehme Distanz zur Realität. Der ökologische und geistige Umbau würde noch Generationen benötigen. Selbst unter der Voraussetzung, daß sie sich weiterhin gegen die Befürworter einer allumfassenden Gentechnik würden durchsetzen können, was angesichts der schlechter werdenden Ernährungslage schon jetzt schwierig genug war, konnte niemand garantieren, daß die Erde zu alter Lebenskraft zurückfand. Der Aufstand der Zauberlehrlinge war also programmiert. Es sei denn, man liquidierte sie rechtzeitig . . .

Er überlegte, ob er Iris mit einem Dringlichkeitsruf zur Meldung zwingen sollte, verwarf den Gedanken aber sofort.
Auf dem Bildschirm leuchteten die Worte, die seine Streichwut bisher überstanden hatten: »Wenn die Idee der Wiedergeburt einen Sinn hat, dann den, daß sie uns nacheinander in jede denkbare materielle Existenz bringt, um so zu einem übergreifenden Verständnis zu gelangen, das letztlich aus dem Leid erlöst, welches unabdingbar mit jeder Inkarnation verbunden ist. Wir werden also sowohl der Baum gewesen sein, den wir vergiftet haben, als auch die Fliege, die unter unseren Händen zerquetscht wurde. Wir werden die Erfahrungen der Tiere ebenso gemacht haben wie die der Pflanzen und Steine. Wir werden in uns Herrscher und Besiegte vereinigen, wir werden so lange umverteilt, bis uns jede Freude, jeder Schmerz, jeder Wahnsinn zu eigen ist, wir werden sowohl schuldig als auch unschuldig gewesen sein und den Autoreifen so wenig entkommen wie damals die Kröten auf ihren Wanderungen zu eben jenem Ziel, das uns allen gemeinsam ist.« Die Vorstellung, daß uns nichts erspart bleibt, tröstete Heiland. Sie besagte, daß wir uns nur an uns selbst vergreifen können.
Er löschte auch diesen Unsinn und blickte auf die Uhr. Einmal im Jahr gönnte er seiner Sentimentalität ein Bad. Er stellte die Beschallung ein und hockte sich aufs Fensterbrett. Sie würden es spielen, sie spielten es jeden Heiligabend um diese Zeit. Stille Nacht, heilige Nacht ...

Gegen Morgen stand Eszras Entschluß fest. Er würde sich noch heute davonmachen. Bis sie seine Greencard sperrten, hatte er vier Tage Zeit. Eine solche Gelegenheit kam nicht wieder. Sein Name tauchte frühestens nach den Feiertagen im Fahndungscomputer auf. Bis dahin konnte er ganz legal mit der Bahn fahren und die Grundbedarfsläden benutzen. Laura fand sicher eine Möglichkeit, ihn in der Kommune unterzubringen. Er wählte die Fahrplan-Info. Es fuhr nur ein Zug am heutigen Tag, sechzehn Uhr Richtung Hamburg. In vier Stunden also. Nach Bebra waren es zwanzig Kilometer. Selbst wenn sich keine Mitfahrgelegenheit fand, konnte er es zu Fuß schaffen.

Eszra zählte die Baumstümpfe entlang der Straße. Das hartgefrorene Land sah aus, als hätte man auf ihm die Zeugnisse der Zivilisation zu Trümmern zerschlagen. Ihre Splitter lagen weit verstreut: eingestürzte Lagerhallen, Tankstellenruinen, aufgeworfene Parkplätze, verwehte Hinweisschilder und verwitterte Ställe. Er hoffte immer noch auf einen Militärlastwagen, die meisten nahmen Fußgänger mit. Aber bis auf einige Fahrradfahrer traf er niemanden auf seinem Marsch in die Freiheit. Der viertägige Fluchtbonus beruhigte ihn. Zur Not ließ sich die Entscheidung bis Sonntag rückgängig machen. Aber er glaubte nicht daran, daß er umkehren würde. Selbst wenn sie ihn faßten: Schlimmer als auf der Deponie konnte es nicht kommen.

Die Thermosflasche drückte zwischen seinen Schulterblättern. Er hockte sich ins Gras und ordnete die Klamotten im Rucksack neu. Ein Elektroauto hielt neben ihm, der Fahrer fragte, ob er mitwolle. Eszra stieg ein. Sie redeten nicht viel, was angenehm war. Nach einer halben Stunde setzte ihn der Mann in Bebra ab, diesem Häuserhaufen mit Gleisanschluß.

Er hatte noch zwei Stunden Zeit. In der Nähe des Bahnhofs fand er ein Café mit dem seltsamen Namen SHIT-IN. Er bestellte einen Malzkaffee, nahm drei Stücke Gebäck vom Tresen und verdrückte sich in eine Ecke ans Fenster. Ein ziemlich düsterer Laden mit groben Holztischen und merkwürdiger Wand- und Deckenbemalung. Bei näherem Hinsehen erkannte er ein fliegendes Pferd, Sterne und einen Sonnenaufgang. Die Plätzchen schmeckten merkwürdig, aber nicht uninteressant. Aus den Lautsprecherboxen ergoß sich ein diffuser, theatralischer Klangbrei. Nebenan saß eine Gruppe von Leuten seines Alters. Drei

Jungs, ein Mädchen. Sie schaute herüber. Ein schönes Mädchen.

Früher gab es Bars und tausend regenbogenfarbige Drinks, es gab in Satin gewickelte Frauen, die ihre langstieligen Gläser lasziv zwischen den Fingern drehten, es gab Pianisten, die Klänge wie Goldstaub aus den Tasten zauberten. Manchmal kam es Eszra vor, als hätte er sich mit den Bildern der Vergangenheit vollgesogen. Er konnte mit ihnen eine die allgegenwärtige Tristesse besiegende Realität herbeizaubern. Den Zugriff aufs Staatsarchiv würde er vermissen, es gab zwar öffentliche Anlaufstellen, Bibliotheken und Info-Terminals. Aber die waren ihm zu exponiert, es stand immer schon einer hinter einem und wartete. Um die richtigen Pfade einzuschlagen, um die wahren Schätze des Archivs zu bergen, brauchte man Zeit und eine angenehme Umgebung.

Am Nachbartisch bogen sich die Jungs vor Lachen: »Die Schweizer konnten gar nicht so quer denken, wie es in diesem Fall nötig gewesen wäre«, brüllte der Knabe mit dem Mädchen im Arm.

»Wie quer denken ...?« stutzte sein Kumpel.

»Charly! Du machst mich wahnsinnig ..., also noch mal: Die Türken hatten der Schweiz einige Tonnen Haselnüsse für die Schokoladenproduktion verkauft. Die Schweizer stellten fest, daß die Nüsse radioaktiv verstrahlt waren, und schickten die Dinger zurück. Die Türken schickten neue Nüsse. Die gingen dann brav in die Produktion. Bei der Qualitätskontrolle ihrer Schokolade stellten die Schweizer durch Zufall fest, daß die Tafeln strahlten. Die Türken hatten die radioaktiven Nüsse mit einem Haufen nichtstrahlender Nüsse vermischt, versteht du? Sie haben die Ware einfach gestreckt!«

»Echt ...? Wann war das?«

»1992. Und dann ... jetzt wird's erst richtig lustig: Die Schweizer Regierung überließ den verstrahlten Dreck einem Privat-

mann, und der verkaufte die Schokolade an die UNICEF, so eine Art Kinderhilfswerk damals. Und die beschenkte damit zu Weihnachten notleidende Bälger in Afrika . . . Mahlzeit . . .«
Eszra wollte sich noch einige Plätzchen holen, als ihm auf dem Weg zum Tresen schwindlig wurde. Die Musik war wie ein Gängelband, das man ihm gewaltsam durch die Ohren gezogen hatte und an dem er hilflos im Raum baumelte. Er steuerte auf den Ausgang zu, atmete draußen tief durch und drückte sich an der Wand so lange nach rechts, bis er die Vibrationen der Bässe nicht mehr im Rücken spürte.
Eine Mutter kam mit ihrem Jungen vorbei, er hatte nur ein Auge. Dort, wo das andere hätte sitzen sollen, spannte sich glatte Haut. Die Frau wehrte die gaffenden Blicke der Entgegenkommenden souverän ab, bog sie um, machte sie klein, registrierte dankbar seinen Gleichmut. Er versuchte in den Gesichtern der Passanten den kindlichen Ausdruck zu entdecken, den sie dort mit den Jahren verschüttet hatten. Manchmal gelang es ihm. Bei der Fahrradfahrerin zum Beispiel, die mit den Augenlidern flatterte wie ein Schmetterling. Die Menschen ließen sich mühelos in Physiognomiefamilien ordnen. Jeder dieser Familien lag ein Originalgesicht zugrunde, eine Art Mutterpflanze. Irgendwie hatte er sie alle schon einmal gesehen. Auch den schiefmäuligen Fettwanst, der verlegen beiseite schaute, als sich ihre Blicke trafen. Seine Gesichtshaut klebte wie ein Lappen an seinem Kopf, großporig, rosa und alles unter sich begrabend, was ein Antlitz hätte formen können. Warum waren die Bewegungen der Menschen so träge? Sie schleppten sich wie beladene Unterwasserwesen vorwärts.
Sogar die Luft fühlte sich klebrig an, alles hier schien verleimt und verkittet, jedes Haus, jede Geste, selbst der Wind. Dies war die Stadt der Müde-Geborenen! Ein kleiner Mann mit eingefallenen Wangen und einer kalten Zigarette im Mund hing am Arm einer stämmigen Frau. Im Vorübergehen hörte er ihn sagen:

»Versetz dich doch mal in meine Lage ...« Warum rührte ihn das?
Er schnupperte mit geschlossenen Augen an dem Keks, den er die ganze Zeit in der Hand gehalten hatte. Der Duft ist für diejenigen, die den Anblick nicht ertragen ...
Eszra ertappte sich dabei, wie er die Fingerspitzen zwischen die Rippen preßte, um sein Herz zu spüren. Es schlug einen aberwitzigen Rhythmus zwischen Stillstand und Raserei, als wollte es mit aller Gewalt seinen angestammten Platz verlassen. Er bekam Angst. Die Bewegungen in der Straße gerannen zu statischen Linien. Jeder vorbeifliegende Satzfetzen, den er ins Schlepptau seines Bewußtseins nahm, kündigte vom Elend der Welt. Die Menschen beschränkten sich auf einen abgegriffenen Bodensatz von Vokabeln, der jeden Gedanken trübte. Er wäre gerne ein Resonanzboden inmitten des großen Schweigens ...
Ein junger Mann, dessen Gesicht von Brandnarben entstellt war, nuschelte auf ihn ein.
»Sprich doch deutlicher«, stieß Eszra mühsam hervor.
»Ich kann nicht, sonst fällt mir alles auseinander«, antwortete der Junge leise. »Ich hab mich gerade operieren lassen. Mit meiner alten Fresse bin ich ständig verhaftet worden.«
»Verpiß dich, Bruno«, herrschte das schöne Mädchen von vorhin den Jungen an, der sich hysterisch kichernd davonmachte. Sie trug einen viel zu großen Mantel.
»Ist alles okay?« fragte sie.
Er nickte.
»Laß uns gehen«, schlug sie vor und hakte sich bei ihm ein. Er spürte ihr Gewicht an seinem Arm, sie war leicht. Als sie die letzten Häuser hinter sich gelassen hatten, schmiegte sie sich an ihn. Er wollte sie fragen, wohin sie ihn führte, aber die Situation ertrug keine Worte. Es wurde bereits dunkel, der Mond hing über dem Abendstern. Sie gelangten auf ein verrottetes Fabrikgelände. Seine Begleiterin schien sich hier auszukennen, jeden-

falls kletterte sie so behende und zielstrebig zwischen den herabhängenden Rohren und eingestürzten Mauern herum, daß er Mühe hatte, ihr zu folgen. Am Ende einer mit Schutt gefüllten Halle stand ein Brennofen, dessen wuchtiger Schornstein durch das abgedeckte Dach in den Himmel ragte.

»Faß mit an«, sagte sie und bückte sich. Gemeinsam hoben sie ein Bodenblech zur Seite, unter dem eine schmale Holzstiege zum Vorschein kam. Nebenan flatterte ein Krähe mit schwerem Flügelschlag davon. Das Mädchen stieg die Stufen hinab und reichte ihm die Hand: »Komm, es ist gemütlich.«

Es war stockdunkel da unten, aber warm. Er hörte sie mit Streichhölzern hantieren, bis ihr Schatten auf der Wand flackerte. Sekunden später lud sich ein roter, neonbeleuchteter Schriftzug auf: COCA COLA. Eszra befand sich in einem quadratischen, mit alten Teppichen ausgelegten Raum. In der Ecke stand ein Ölofen, daneben lag eine Matratze auf dem Boden. Über ihr klebte ein Werbeplakat aus der Jahrhundertwende an der Wand. Es zeigte einen laufenden Hahn, darunter standen die Worte: »Fast Food.«

»Setz dich doch«, sagte das Mädchen und deutete auf die Matratze. Er gehorchte. Sie brachte ihm ein handliches, mit Kabeln versehenes Holzbrett. »Unsere Lichtorgel. Probier mal.« Eszra drückte einen der zahlreichen Kippschalter. Unter der Decke flammte der blaue MERCEDES-Stern auf.

»Weiter«, drängelte sie.

Er ließ seine Finger über das Brett tanzen und beobachtete beeindruckt das künstliche Wetterleuchten an den Wänden. Am Ende hatten die strahlenden Markenzeichen den Raum in ein wahres Farbbad getaucht. LUFTHANSA-Gelb konkurrierte mit SONY-Weiß, LAVAZZA-Violett mit CANON-Rot, ARAL-Blau mit EPSON-Pink, TUBORG-Grün mit DUNHILL-Rosa.

»Wie findest du es?«

»Es ist wunderschön ...«

»Die Installation hat Mark gemacht. Er ist ein Genie.«
»Mark?«
»Du hast ihn vorhin im SHIT-IN gesehen.« Sie blickte sich stolz um. »Es ist die beste Sammlung weit und breit. Wir haben sogar ein eigenes Windrad im Hof. Es speist die Dynamos.«
»Und der Ofen? Wo habt ihr das Öl her?«
»Aus dem Tank nebenan. Er ist noch fast voll. Gut, daß du mich erinnerst.« Sie verschwand mit einem Kanister durch die Tür. Eszra entdeckte einen Stapel vergilbter Zeitschriften und Zeitungen an der Wand. Außer den zerfallenen »Spiegel«-Jahrgängen beim Doc hatte er etwas derartiges noch nie in der Hand gehabt. Er schlug ein Exemplar der »tageszeitung« auf und las: »Kaum Lust, aber jede Menge Frust – diese Erfahrung mußten Sex-Touristen in Bangkok machen, die von Transvestiten betäubt und ausgeraubt wurden. Die vermeintlichen Ladys hatten männliche Touristen in Hotelzimmer gelockt und sie aufgefordert, an ihren mit Betäubungsmitteln eingeriebenen Brustwarzen zu nuckeln. Für die Opfer gab es ein böses Erwachen: Bargeld, Schmuck und Uhren waren mit den falschen Damen verschwunden.«
Das Mädchen kam zurück und füllte den Ofen auf. Dann fischte sie einen alten Kassettenrecorder zwischen den am Boden liegenden Klamotten hervor. Die Dinger wurden seit vierzig Jahren nicht mehr hergestellt. Der Raum füllte sich mit weichen Saxophonklängen, die wie auf einem Luftkissen dahinschwebten.
»Wer ist das?«
»Stan Getz.« Sie hockte sich zu ihm auf die Matratze: »Ich bin Tamara. Und du?«
»Eszra.«
Sie schaltete die Leuchtzeichen der Reihe nach aus, bis sie einen warmen orangefarbenen Ton herbeigezaubert hatte. »Lucoca«, lächelte sie, »die Illumination für romantische Stunden . . .« Lufthansa und Coca Cola. Er mußte lachen. Das Licht stand ihr gut, es legte sich wie ein seidener Abglanz auf ihre hohe Stirn,

unter der sie ihn aus dunklen Augen musterte. Mein Gott, war sie schön. Zwar war die Nase etwas kurz, auch ein wenig zu breit, die Brauen zu buschig und die Wangenknochen zu ausgeprägt, aber dieser schlanke Hals, die vollen Lippen und vor allem der melancholische Ausdruck ihrer Augen, von denen das linke sich in eine Welt hinter die sichtbaren Bilder zu träumen schien, während das rechte hellwach und glanzvoll auf ihm ruhte, gaben dem Gesicht das verspielte Temperament eines jungen Panthers.

»Geht es dir gut?« fragte Tamara leise.

»Ja«, hauchte Eszra und zeichnete die Linien ihres Mundes nach. Sie umschlangen einander wie feingliedrige Flußpflanzen, die souverän in den Turbulenzen ihrer leidenschaftlichen Strömung tanzten und nicht daran glauben mochten, daß Leben jemals etwas anderes bedeuten könnte als pures Glück unter den Insignien der längst vergangenen Plastik-Kultur.

Er hatte Mühe, sich an das Dunkel zu gewöhnen, das durch den grauen Lichteinfall oberhalb einer Holzstiege etwas gemildert wurde. Langsam dämmerte ihm, wo er sich befand. Er tastete neben sich, aber das Mädchen war verschwunden. Das Brett, es mußte hier irgendwo liegen. Als er es gefunden hatte, drückte er wahllos drauf. Ein giftgrüner Schriftzug flackerte auf. Zu seiner Überraschung stellte er fest, daß er nackt war. Er blickte auf die Uhr: fünf nach elf. Fünf nach elf? Scheiße! Er hatte den verdammten Zug verpennt. Und ob heute einer ging, wußte er nicht. Der Rucksack ... Du hast ihn im Café gelassen! Toll, großartig! Während er in seine Klamotten schlüpfte, die rund um die Matratze verstreut lagen, stauchte er sich in Gedanken dermaßen zusammen, daß er Tamaras Rückkehr gar nicht bemerkte. »Guten Morgen«, sagte sie schüchtern und stellte seinen Rucksack ab.

Da war es wieder, dieses verhaltene Lächeln, das ihn heute nacht

durch die Träume begleitet hatte. Sein Zorn verrauchte unter ihren Blicken wie Nebel unter der Sonne. Er nahm sie in den Arm.
»Ich muß weiter«, flüsterte Eszra.
Sie hing sich nur noch fester an seinen Hals.
»Weißt du, ob heute ein Zug Richtung Norden fährt?«
»In zwei Stunden fährt einer nach Hamburg.« Tamara sah ihn an, als schulde er ihr eine Erklärung.
»Ich bin von meiner Arbeitsstelle abgehauen.«
»Und wohin willst du?«
»Nach Usedom in eine Meditationskommune.«
»Zu einer Frau . . .«
»Nein.«
»Doch.«
Eszra nahm ihre Hand: »Sie kann mich verstecken.«
»Das kann ich auch.«
»Es ist zu gefährlich für dich.«
Einen Augenblick glaubte er in ihrem Gesicht einen spöttischen Zug zu lesen, aber sie sah ihn nur traurig an.
»Paß auf, daß du unterwegs nicht zu viele Plätzchen ißt«, sagte sie, um ein Lächeln bemüht. »Sonst kommst du nie zu ihr . . .«
»Was heißt das . . .?«
»Sie haben drei Cannabis-Plätzchen gegessen, mein Herr. Eine stolze Leistung, mir ist schon ein halbes zuviel.«
Eszra fiel es wie Schuppen von den Augen. Nur gut, daß sie es ihm nicht schon gestern gesagt hatte, er wäre gestorben vor Angst. Einmal hatte er miterlebt, wie Percy nach einer Überdosis Gras fast kollabierte. Damals hatte er sich geschworen, das Zeug nie anzurühren. Er nahm ihren Kopf in seine Hände und spürte, wie sie sich versteifte. »Danke für die kleine Lebensrettung.«
»Bitte«, gab sie schnippisch zurück.
Plötzlich hatte er den Wunsch, so schnell wie möglich zu verschwinden. Er band seine Schnürsenkel und griff nach dem

Rucksack. Als er Tamara einen Kuß geben wollte, wich sie aus. Er stolperte die Treppe hinauf. »Ich liebe dich!« schrie er.
»Das tust du nicht!« schrie sie zurück.
»Ich liebe dich! Ich brauch dein Einverständnis nicht!«
Mit jedem Schritt Richtung Bahnhof wurden seine Zweifel über seine Entscheidung stärker, er glaubte gegen eine Gummiwand anzurennen, die ihn augenblicklich in den Keller zurückkatapultieren konnte. Über eine Stunde wartete er auf dem Bahnsteig. Wenn sie gekommen wäre, um ihn zu holen, er wäre mit ihr gegangen. Es kam aber nur der Zug.

Geh'n wir heute in die Treibhäuser?«
Laura zog dem fünfjährigen Manuel das Hemd über: »Ich weiß nicht, möchtest du denn gern?«
»Zu den Kürbissen . . .«
»Willst du denn nicht mit in den Wald?«
»Nö . . .«
»Aber vorher gucken wir im Medienhaus nach, ob Philine geschrieben hat, okay?«
»Okay.«
Seit vier Wochen, seit ihrer Ankunft, wohnte der kleine Manuel bei ihr. Sie mochte ihn, aber manchmal wäre sie doch gerne mal allein gewesen. Die Eindrücke in der Meditationskommune waren überwältigend, sie war nicht einmal dazu gekommen, Eszra einen Brief zu schreiben.
»Was sind denn Indianer eigentlich, Laura?«
»Das sind Menschen, die ihre Kinder ganz liebhaben.«
»Haben das nicht alle Menschen?«
»Doch, schon, aber die Indianer . . ., weißt du, die Indianer zeigen ihren Kindern, wie Pflanzen sprechen und Tiere.«
»Und warum zeigst du mir das nicht?«
»Wenn du nachher mit in den Wald kommst, zeige ich es dir.«
»Die sprechen, die Pflanzen? Kann König auch sprechen?«

»Natürlich. Kannst du ihn denn nicht verstehen?«
»Doch, ich weiß immer, was er hat. Auch wenn er bellt.«
Sie mußte lachen. »Möchtest du ein Ei zum Frühstück?«
»Gar nichts.«
»Nicht mal ein Brot? Komm, eins mit Honig, okay?«
»Okay«, sagte eine tiefe Stimme.
Sie zuckte erschrocken zusammen.
»Na, das ist aber eine Begrüßung ...« lachte Peer. Peer war ihr Nachbar, er konnte sich einfach nicht daran gewöhnen, wie schreckhaft sie war. »Ich hab geklopft«, sagte er entschuldigend. »Manuel, du bist ja immer noch hier! Philine hat geschrieben, sie kommt zurück! Was sagst du dazu?«
Der Junge hielt sich an Lauras Pullover fest.
»Deine Mutter kommt, freust du dich denn nicht?«
Manuel versteckte sich hinter Lauras Rücken. »Erst mal gehen wir in den Wald«, sagte sie und streichelte den Kopf des Kindes.
»Sie bringt eine Hopi-Frau mit«, sagte Peer.
»Was ist eine Hopi-Frau?« fragte Manuel und blickte zu Laura hoch.
»Eine Indianerin.«
»Dann können wir doch zu den Kürbissen gehen. Dann kann die Frau mir doch zeigen, wie die Pflanzen reden.«
»Kommst du mit zu den Kürbissen?« fragte Laura Peer.
»Ich kann nicht. Ich übernehme eine Baum-Patenschaft. Manuel, alle Kinder gehen heute in den Wald. Warum kommst du nicht einfach mit?«
»Laß ihn«, sagte sie, »wir kommen nach. Erst gehen wir zu den Kürbissen, okay?«
»Okay«, pflichtete Manuel bei.
»Also dann, ihr beiden, bis nachher.« Peer verabschiedete sich, und Laura war dankbar dafür. Er verhielt sich, wie sich bestimmte Männer immer verhalten, wenn weiblicher Nachschub eintrifft. Man durfte ihnen nur nicht auf den Leim gehen. In den

Meditationskommunen war die Situation besonders verfänglich, aber sie hatte einen Instinkt für diese Sorte Casanovas, die charmant plaudernd und virtuos argumentierend ihr gescheitertes Leben als Offenbarung verhökerten. Oh, wie gemein sie sein konnte!

Manuel sah sie fragend an: »Peer ist komisch, nich?«

Laura nahm ihn in den Arm: »Peer ist Peer«, sagte sie und knöpfte ihm die Hose zu.

Eszra wunderte sich, daß sie so langsam fuhren. Vielleicht lag es an den orkanartigen Böen, die an den Wagen rüttelten. Die wenigen Bäume an der Strecke wichen den Windschlägen aus wie trainierte Boxer. Kurz hinter Göttingen meldete sich der Zugführer über Bordlautsprecher:

»Meine Damen und Herren, ich muß Ihnen leider mitteilen, daß wir unsere Reise nicht wie geplant nach Hamburg fortsetzen können. Wie das Informationsministerium soeben mitteilt, hat die anhaltende Sturmflut der letzten Tage an mehreren Stellen entlang der Elbe die Deiche durchbrochen. Die Hamburger Innenstadt droht vollständig unter Wasser zu laufen. Wir beenden unsere Fahrt in Hannover. Eine Verbindung nach Hamburg ist aus südlicher Richtung zur Zeit nicht möglich.«

Eszra versuchte auf den überfüllten Gängen zum Computer-Terminal vorzudringen. Er kam nicht weit, also setzte er sich wieder ins Abteil und wartete ab. Die Nachricht hatte die Menschen in Aufregung versetzt, jeder wollte Näheres wissen.

Wieder meldete sich die Stimme aus dem Cockpit: »Bitte bewahren Sie Ruhe, meine Damen und Herren. Es besteht kein Grund zur Panik. Wir werden Sie laufend über die Ereignisse in Hamburg unterrichten. Gehen Sie bitte zurück auf Ihre Plätze. Wir informieren Sie, sobald neue Nachrichten eintreffen.«

»Die Süderelbe . . .«, sagte sein Gegenüber, ein rothaariger Mittvierziger. Eszra verstand nicht.

»Sie hätten sie nicht abtrennen dürfen.«
»Wie, abtrennen ...?«
»Sie haben sie an der Mündung zugeschüttet. Für Airbus-Industries, wenn du verstehst, was ich meine. Damit haben sie dem Wasser seine Ablaufmöglichkeit genommen. Jetzt staut es sich im Hafen und dringt über die Fleete in die Stadt. Ein simples physikalisches Gesetz.«
»Wenn die Sache so klar ist, warum hat man dann die Mündung nicht längst wieder geöffnet?«
»Gute Frage, nur, wem willst du sie heute stellen?«
»Wem habt ihr sie denn damals gestellt?«
»Dem Parlament, der Bürgerschaft, den Ausschüssen. Ich war im Parlament. Für die Grünen, weißt du. Wir haben ihnen ganz schön die Hölle heiß gemacht ...«
»Und das hat es dann gebracht, oder was?« Eszra entzog sich dem Gespräch, indem er sein Buch aufschlug. Im Grunde war es nicht schlimm, daß er nicht nach Hamburg kam, er hatte sich von dort lediglich bessere Verbindungen versprochen. Warum sollte Rostock nicht auch von Hannover aus erreichbar sein? Wenn er Glück hatte, schaffte er es sogar bis nach Stralsund. Scheißverbindungen waren das. Dabei war das ehemalige Autobahnnetz inzwischen zum großen Teil mit Schienen belegt. Aber neunzig Prozent der Züge transportierten Güter oder Gerätschaften. Früher gab es richtige Fahrpläne, man konnte eine Reise bis zu einem Jahr im voraus planen. Heute war man auf kurzfristige Computer-Informationen angewiesen.
»Meine Damen und Herren, hier spricht der Zugführer. Wie wir soeben erfahren haben, ist die Flut in Hamburg auf neun Meter über normal gestiegen. Betroffen ist die gesamte Innenstadt, das Hafengebiet sowie die Stadtteile Harburg, Wilhelmsburg und Altona. Die Regierung hat den Notstand ausgerufen. Inzwischen sind starke Armee-Einheiten in Marsch gesetzt worden, um die Evakuierung einzuleiten. Bisher gibt es keine Anzeichen

dafür, daß es Tote gegeben hat. Wir werden in etwa einer halben Stunde in Hannover eintreffen. Es stehen genügend Unterkünfte zur Verfügung. Bitte melden Sie sich nach unserer Ankunft im Polizeipräsidium unweit des Bahnhofs.«
»Altona ...«, sagte der Rothaarige verwirrt, »da wohn ich ...«
Eszra ging hinaus auf den Gang. Die aufgeregten Gespräche seiner Mitreisenden ließen ihn kalt. Polizeipräsidium! Da konnte er sich ja gleich stellen. Er mußte noch heute irgendwohin, wo er in Sicherheit war, morgen stand er auf der Fahndungsliste.

Malins tägliche Wanderungen wurden immer ausgedehnter. All die Jahre hatte sich sein Leben mehr oder weniger um die Arbeit gerankt. Er mochte seinen Job. Man ließ ihm in der Regel freie Hand. Das Gefühl, dazu beizutragen, die an der Natur begangenen Sünden wieder gutzumachen, befriedigte ihn mehr, als er sich im Alltagsstreß manchmal eingestehen wollte. Jetzt aber war die Situation unerträglich geworden, sie hatten ihn weder wissen lassen, was in Beelitz geschehen sollte, noch gab es Anzeichen dafür, daß die Arbeit auf der Baustelle wieder aufgenommen werden konnte. Im Gegenteil, einige seiner Leute waren bereits zu anderen Projekten abgerufen worden. Vielleicht legten sie in der Verwaltung eine Pause ein zwischen Weihnachten und Neujahr. Sah ihnen aber überhaupt nicht ähnlich. Das Menschensortierungssystem in diesem Staat funktionierte für gewöhnlich mit digitaler Präzision. Um so mehr wunderte er sich, daß sie einen Fachmann wie ihn untätig herumsitzen ließen. Ein unerträglicher Zustand. Es gab keine Abwechslung außerhalb der größeren Städte, keine Unterhaltung, nichts. Freundschaften zu schließen war so gut wie unmöglich. Er befand sich ja alle halbe Jahr in einem anderen Kaff. Und die wenigen Beziehungen, die man hatte, ließen sich aufgrund der extremen Reisebeschränkungen kaum pflegen.

Er verließ den Weg und stapfte durch das Unterholz. Die Sache mit Iris hatte er sich abgeschminkt. Im nachhinein war er froh, der Versuchung widerstanden zu haben, sich bei Marinella nach ihr zu erkundigen. Selbst wenn sie jetzt da wäre, hätte er Schwierigkeiten, sich auf sie einzustellen. Sein Kopf war wie mit Watte gefüllt, er mochte weder lesen noch sich im Staatsarchiv den Geistern der Vergangenheit stellen. Er kannte einen Haufen Leute, die das Archiv als Nervenkitzel, als Droge benutzten. Ein Bericht über den Handel mit menschlichen Organen, ein paar Aktfotos, ein Nazi-Pamphlet oder eine Meldung über Penisprothesen (»Wie muß dieser Mann mich lieben, daß er für meine Befriedigung zu so etwas bereit ist . . .«). Jeder hatte seine Vorlieben, und alles war erreichbar, weil gespeichert. Wer den Computer beherrschte, konnte sich jede Zeitungsseite bis zurück ins Jahr 1990 auf den Bildschirm holen. Besonders die jungen Leute machten sich einen Sport daraus, sie wußten vermutlich mehr über die Vergangenheit als über die Gegenwart. Dabei reichte schon ein Blick auf dieses Land, um eine Vorstellung von dem Wahnsinn zu bekommen, der hier bis vor zwanzig Jahren gewütet hatte.
Der Boden unter seinen Füßen gab plötzlich nach. Er bekam die Hände nicht rechtzeitig aus den Taschen und plumpste wie ein Sack zwei Meter tief in den Abgrund. Beim Aufprall verrenkte er sich die Schulter. Mühsam drehte er sich zur Seite und erkannte, daß er in der Falle saß. Er befand sich in einer quadratisch ausgeschachteten Grube mit steil aufragenden Wänden. Verzweifelt krallte er sich in die Erde, aber die modrige Masse zerbröckelte zwischen seinen Fingern. Er begann um Hilfe zu schreien, kam sich aber sehr schnell lächerlich vor. Wer sollte ihn finden? Der Wald war zwar als Altholzreserve ausgewiesen, dennoch konnte es Jahre dauern, bis die Holzfäller kamen. Jeder Gedanke, wie er es anstellen könnte, hier heil herauszukommen, steigerte seine Panik. Jetzt hatte es auch noch zu

regnen begonnen. Er kauerte im Matsch. In einer Stunde würde es dunkel werden.
Der Regen hatte aufgehört. Die Tropfen, die sich von den Ästen der Bäume lösten, trafen seinen Schädel mit Wucht. Bei jedem Aufprall wirbelten sie einen Bodensatz von Bildern auf. Er sah lauter Augen, konische Augen, behaarte Augen, Augen aus Gelee, Pfefferminzaugen, Augen, prall wie Trommeln, zierlich gedrehte wie Minarette, Augen voll Schaum, Augengerippe, ausgelutscht und weggespuckt . . . Er hörte ein Pferd schnauben.
Ein Pferd! Reiß dich zusammen, Malin! Sein Blick fiel auf die zarte Spitze einer Baumwurzel, sie streckte sich ihm aus der Höhe entgegen wie eine Hand. Das könnte es sein, das könnte klappen! Er legte sie frei und fand andere Wurzeln, stärkere. Das Erdreich war weich genug, und so bereitete es ihm wenig Mühe, sich mit den Händen in die Wand zu wühlen, bis ein kräftiger Strunk zum Vorschein kam, der nicht gleich unter seinem Gewicht reißen würde. Er prüfte die Belastbarkeit, mußte jedoch feststellen, daß das Holz zu glitschig war, um sich daran festzuhalten. Also zog er den Pullover aus und rieb den Stamm trocken. Dann hangelte er sich an ihm Zentimeter für Zentimeter in die Höhe. Mit der Linken griff er nach einem Grasbüschel, mit der Rechten hielt er weiterhin die Wurzel umklammert. Nicht nachlassen, komm . . . Er bewegte sich wie ein Pendel an der Wand, bis er mit einem Bein auf der Kante Halt fand.
Als er auf dem Waldboden lag, wurde ihm schwindlig angesichts des schwarzen Loches, aus dem er gerade gekrochen kam. Erschrocken rollte er zur Seite. Er hätte ewig weiterrollen können, doch stieß er an etwas, das sich seltsamerweise zurückzog. Über ihm bäumte sich ein weißes Pferd, riß an den Zügeln und trippelte mit den Vorderhufen auf der Stelle. Auf dem Gaul saß ein bärtiger Kerl mit Schlapphut, eingewickelt in eine schmutzige Wolldecke. Durch die Pferdebeine hindurch erblickte Malin einige zerlumpte Gestalten, die langsam näherkamen. Auch

Frauen waren dabei. Jemand trug eine Maschinenpistole im Anschlag, russischer Bauart. Er wunderte sich, wie kühl sein Gehirn derartige Dinge registrierte.
»Steh auf!« befahl der Bärtige.
Er hörte das Klicken der Waffen.
»Was tust du hier?«
»Ich gehe spazieren«, antwortete Malin und hätte am liebsten in das Gelächter der Umstehenden eingestimmt, so albern klang seine Erklärung.
»Was ist dein Job?« fragte der Mann auf dem Pferd, das weiterhin unruhig vor ihm auf und ab tänzelte.
»Was quatschen wir hier rum«, kreischte eine weibliche Stimme, »mach ihn fertig!«
Malin fühlte sich seltsam leer, fast unbeteiligt. Seine Ängste hatte er in dem Schlammloch gelassen. Er klopfte seinen Mantel ab.
»Was ist dein Job?« wiederholte der Mann.
»Renaturisierungsingenieur.«
»Wo?«
»An der Autobahn.«
»Was wollt ihr denn renaturisieren, ihr Witzbolde?« rief eine kleine Frau in einem viel zu großen Armeemantel.
»Alles«, sagte Malin ruhig.
»Alles, hä ...? Autobahn, Schweinestaat, Militärdiktatur, einfach alles, hä?«
»Laß ihn, Paula«, mahnte der Anführer. Dann riß er das Pferd herum und ritt auf Malin zu, der vor der breiten Brust des Gauls durch den Wald stolperte wie ein Blatt vor dem Besen. Als er endlich keuchend und kriechend den Weg erreichte, ließ der Reiter von ihm ab.
»Verpiß dich«, zischte er, »sonst garantiere ich für nichts.«
Ein kurzes Schnalzen mit der Zunge, Hufgetrappel, und der Spuk hatte ein Ende.

Durchnäßt und mit schmerzenden Knochen schleppte Malin sich den langen Weg nach Hause. Es gab sie also doch, die Waldmenschen, von denen gelegentlich gemunkelt wurde. Bisher hatte er nicht daran glauben wollen. Wie konnte man in einem Staat, in dem der Zentralcomputer jede Bahnfahrt, jeden Einkauf und jeden Wohnungswechsel registrierte, ohne persönlichen Code überleben? In den Nachrichten des Informationsministeriums war jedenfalls keine Rede von Outlaws, Partisanen oder dergleichen. Das Problem existierte offiziell nicht. Aber irgendwie mußten diese Leute doch über die Runden kommen. Er fragte sich nur, wie. Sollte es in der Bevölkerung genügend Sympathisanten geben, die sie mit Lebensmitteln und Kleidung versorgten? Und wenn ja, wozu? Wenn es wirklich Partisanen waren, warum hatten sie ihn dann laufen lassen? Er dachte nicht weiter darüber nach, er war zu müde.
Als er in seiner Bude ankam, schälte er sich erst mal aus den verdreckten Klamotten und nahm eine Dusche. Er verbrauchte fast die gesamte Wochenration an Wasser. Anschließend versuchte er Marinella anzurufen, aber das Telefon war tot. Telefone wurden nicht repariert, man ließ das Netz einfach vergammeln. Er könnte ihr einen Computerbrief schreiben. Genau das sollte er tun nach so einem Tag. Um so mehr, als er in der Computer-Mailbox einen neuen Marschbefehl vorfand: Grünwald bei München. Sie wollten, daß er als verantwortlicher Ingenieur der einbetonierten Isar wieder in ihr natürliches Bett verhelfe. Ein hervorragender Job. Und endlich eine richtige Stadt in der Nähe.

Würdest du das bitte lassen? Mir ist nicht danach.« Iris wand sich aus der Umarmung.
»Wonach ist dir denn?« fragte Martin Heiland und biß ihr ins Ohrläppchen.
»Nach der Wahrheit.« Sie sprang auf.

»Welche Wahrheit darf es sein?«
»Du verstehst mich sehr gut.«
Heiland ließ sich rückwärts auf die Couch plumpsen. »Du hast vielleicht Nerven! Drei Wochen läßt du dich nicht blicken, kein Lebenszeichen, gar nichts. Und jetzt führst du dich auf wie eine Xanthippe. Findest du das nicht selbst ein bißchen merkwürdig?«
Sie musterte ihn kühl. »Was ist das?« fragte sie und warf ihm eine Streichholzschachtel vor die Füße.
Er öffnete die Schachtel und wurde blaß.
»Ich höre, Martin ...«
»Woher hast du das?«
»Aus dem Körper eines Soldaten.«
Heiland erhob sich und schaute aus dem Fenster. Das tat er immer, wenn er in Bedrängnis geriet. »Weißt du überhaupt, auf was du dich da eingelassen hast?« stieß er hervor. »Ich müßte dich auf der Stelle verhaften lassen!«
»Das beantwortet meine Frage nicht. Was ist das in der Schachtel?«
»Na gut, du hast es so gewollt. Aber von heute an haben wir beide ein verdammtes Problem. Es kann uns den Kopf kosten, wenn wir nicht vernünftig damit umgehen. Überleg dir, ob es das wert ist, überleg es dir genau.«
»Martin, bitte ...«
»Bei dem Chip handelt es sich um den sogenannten Aggressor. Entwickelt wurde er in Amerika, wo man ihn zehn Jahre erfolgreich getestet hat. Ein simpler Empfänger, der auf einen bestimmten elektronischen Impuls aus der Zentrale reagiert. Sobald über die Bordcomputer der Fahrzeuge der Befehl zum Einsatz ergeht, wird das Teil aktiviert.«
»Was heißt das?«
»Das heißt, daß die Soldaten für die Dauer ihres Einsatzes bestimmten Verhaltensregeln unterliegen. Ihr Psychogramm

wird kurzfristig umgeschrieben, sie werden gleichgeschaltet, sie funktionieren. Man könnte auch sagen, sie kommen ihrer Plicht in vollem Umfang nach.«

»Willst du damit sagen, daß unsere Soldaten nicht wissen, was sie tun?«

»Im Gegenteil: Sie wissen jetzt viel besser, was zu tun ist.«

Iris mußte sich setzen. »Das hast du unterschrieben?« fragte sie fassungslos.

»Die Entscheidung hat der Rat gefällt. Einstimmig. In einem halben Jahr ist die gesamte Armee damit ausgerüstet, alle eine Million Mann.« Heiland schenkte sich einen Cognac ein: »Du machst dir völlig falsche Vorstellungen von dem Chip. Ich könnte ihn mir einpflanzen und jahrelang mit ihm herumspazieren, ohne daß irgend etwas mit mir passierte. Betroffen sind lediglich Soldaten im Einsatz. Wenn eine Aktion beendet ist, also quasi bei der Vollzugsmeldung, wird der Aggressor über einen zweiten Impuls ruhiggestellt. Jeder findet zu sich zurück, niemand ist in seinem Privatleben beeinträchtigt.« Er stellte sich hinter sie und massierte ihren Hals.

»Faß mich nicht an!« fauchte sie. »Faß mich nie wieder an ...«

»Herrgottnochmal, Iris! Du hast keine Ahnung, was in diesem Land los ist!«

»So, meinst du? Ich hab sie gesehen, deine manipulierten Helden, sie schießen und morden, sie führen Krieg gegen die eigene Bevölkerung!«

Heiland ging wieder ans Fenster. Er vermochte seine Pausen meisterlich zu setzen, er spürte genau, wieviel Spielraum er der Empörung eines Widersachers geben mußte. Pausen vermittelten zudem den Eindruck, als denke man in Reue über die Vorwürfe des anderen nach. »Wir sind nicht freiwillig in diese Situation geraten«, begann er vorsichtig, »wir sind Verwalter eines schrecklichen Erbes. Wenn unsere Maßnahmen Erfolg haben sollen, dann müssen sie in wenigen Jahrzehnten greifen. Tun sie

das nicht, können sich Menschen, Tiere und Pflanzen für immer verabschieden.«
Er drehte sich um. Iris lag auf dem Sofa und hatte den Unterarm übers Gesicht gelegt.
»Unsere Ansätze sind richtig«, fuhr er behutsam fort, »wir haben die Konzerne zerschlagen und damit die wirtschaftlichen Interessen den ökologischen Interessen rigoros untergeordnet. Wir haben die Landwirtschaft revolutioniert und damit der totalen Verwüstung des Bodens und des Grundwassers vorgebeugt. Wir haben einen gigantischen wirtschaftlichen Zusammenbruch inszeniert, um das Rad der Vernichtung aufzuhalten. Die Schlüsselindustrien sind tot, die Metastasen des sogenannten Fortschritts gebremst. Du selbst hast doch davon gesprochen, daß wir die Menschen kleinhalten müssen. Niemand in diesem Lande leidet Hunger, ist wohnungs- oder arbeitslos.«
Iris Lippen zitterten. »Du predigst und predigst und predigst«, schluchzte sie.
Heiland schenkte sich noch einen Cognac ein, den er sich aufgrund seiner guten Beziehungen regelmäßig aus Frankreich kommen ließ.
»Was wir brauchen, ist ein neues Bewußtsein«, sagte er ungerührt, »dabei leistest du hervorragende Arbeit. Man könnte fast sagen, daß du selbst so eine Art Aggressor-Chip bist . . .«
Sie sprang auf und schlug ihm ins Gesicht.
»Was glaubst du eigentlich, was da draußen los ist?« fuhr er sie an. »Ich will es dir sagen: Dort draußen treibt sich eine Armee von hunderttausend schwerbewaffneten Guerilleros herum, die von Millionen Leuten unterstützt und beschützt werden, als handele es sich um Heilsbringer. Wenn wir nicht den Deckel draufhalten, fliegt uns die ganze Scheiße um die Ohren. Weiß der Geier, wie viele Tonnen Plutonium in den Kellern dieses Landes lagern. Sie fackeln die Wälder ab, töten das Vieh und lassen unsere Benzinvorräte hochgehen.« Er kniete sich neben

sie. »Es gibt weiß Gott andere Probleme als die Armee. Die Entwicklung des Weltklimas, die atomare Verseuchung der Meere, das Müllproblem, die Rohstofflage. Die Frage ist, ob wir uns eine Politik leisten können, die unter der trotzigen Reaktion einer um ihren Komfort betrogenen Generation versagt. Die Armee ist unsere Waffe, zwanzig Jahre noch, dann dürften wir die Menschen bekehrt haben ...« Er nahm ihr Haar zwischen seine Finger. »Was ist das für ein Mann?« fragte er.

»Was für ein Mann?«

»Der Soldat, von dem du den Chip hast.«

»Oh, nein, Martin, diesen Namen bekommst du nie.« Sie hielt ihn auf Distanz, erhob sich und schlüpfte in den Mantel. »Nie ...«, wiederholte sie energisch und schlug die Tür hinter sich zu.

Eine komfortable Hütte, fürwahr. Das Haus sollte vor hundert Jahren einmal Hitlers Schatzminister Hilmar Schacht gehört haben und diente später einige Jahrzehnte als Schwesternheim des Deutschen Roten Kreuzes. Malin blickte vom Seitenflügel in den Innenhof mit seinen verwitterten Skulpturen, den verwilderten Hecken und der prächtigen Rotbuche. Dahinter lagen mit Sonnenkollektoren bestückte Gewächshäuser und hauseigene Äcker. Gleich nach seiner Ankunft hatte er im rustikalen Speisesaal gegessen. Die Leute in der Küche verstanden sich auf gute vegetarische Kost. Sogar einen Bierkeller gab es, man war eben in Bayern. Die großzügigen, frischrenovierten Räume waren das genaue Gegenteil von der muffigen Normwohnung, die man ihm in Tübingen zugewiesen hatte. Zwei Zimmer und ein Medienraum standen zur Verfügung. Die anderen Einheiten waren zwar etwas kleiner, aber niemand der vierzig Bewohner, von denen die meisten seinem Bautrupp zugeteilt waren, konnte sich über mangelnden Komfort beklagen.

Er setzte sich an den Computer und schob die Greencard in den Schlitz. Augenblicklich erschienen seine Daten auf dem Bildschirm, dazu eine genaue Definition seiner Arbeitsaufgabe sowie der Code für den Arbeitsspeicher, über den er Zugang zu sämtlichen Informationen hatte, die mit dem Projekt in Zusammenhang standen. Von jetzt an war er wieder im Netz. Bevor er sich jedoch einarbeitete, wollte er seine Patientin persönlich in Augenschein nehmen.

Die Isar floß nur wenige hundert Meter vom Haus entfernt durchs Tal. Noch heute abend würde er mit dem scheidenden Abschnittsleiter zum Briefing zusammentreffen. Sicher gab es auch hier eine Menge Imponderabilien, über die er sich besser gleich unterrichtete. In der Regel waren es Versorgungsengpässe bei den Gerätschaften.

Er kletterte den steilen Hang hinab, der auf halber Strecke in schnurgerader Linie gerodet worden war. Unterhalb der mit Stümpfen übersäten Fläche säumten Strommasten den einbetonierten Uferdamm. Ein geknebelter Industriekanal lag zu seinen Füßen, im Rückstau der ehemaligen Kraftwerke waren sämtliche Eigenschaften eines Fließgewässers verlorengegangen. Der Energiehunger vorheriger Generationen hatte den Fluß zu einer in Kilowatt berechenbaren Größe verkommen lassen. Gegenüber erinnerten tiefe Krater an die Zeiten des industriellen Kiesabbaus.

Malin rutschte auf dem Hosenboden die Betonböschung hinunter und stippte seine Hand wie zur Begrüßung in das trübe, stehende Wasser. Anstelle der artenreichen Flußbewohner hatten sich andere Organismen breitgemacht, wie man sie von veralgten Dorftümpeln kannte. Der Job an diesem Abschnitt konnte Jahre dauern. Die Vorstellung war ihm nicht unangenehm. Er hatte die Möglichkeit, ein kleines Kunstwerk zu schaffen. Wenn sie hier fertig sein würden, sollten zumindest die Voraussetzungen für die alte Vielfalt gegeben sein. Er stellte sich ein dichtes

Ufergehölz aus Weiden und Erlen vor. In ihrem Schatten blieb das Wasser kühl und sauerstoffreich, ihr zähes Wurzelwerk schützte die Böschung bei Hochwasser vor Erosionen. Im Wasser selbst würden Flußkrebse und kleine Fische zwischen Wurzeln und Steinen genügend Ruheplätze finden, um sich zu vermehren.

Er fischte nach einer leeren Muschelschale, die an der Betonwand dümpelte. Vielleicht würden wieder Perlmuscheln auf dem Grund liegen, wie sie einst die Bäche und Flüsse zu Zehntausenden bevölkerten. Industrieabfälle und saurer Regen aber hatten diesen Tieren fast überall die Lebensgrundlage entzogen. Am Ende nahmen sie mit dem Atemwasser mehr Schadstoffe als Nahrung auf. Er betrachtete die Muschel in seiner Hand. Manche dieser Tiere wurden bis zu 120 Jahre alt. Ein perfektes Umweltarchiv. Im Labor hätte man die Sünden der Menschen ohne weiteres aus den Jahresringen ihrer Kalkschalen ablesen können. Selbst Tschernobyl und Ignalina waren in ihnen gespeichert.

Er machte sich auf den Rückweg und träumte von Wassermühlen am Ufer anstelle der Strommasten, von hölzernen Schaufeln, die den rauschenden Fluß auf die Hörner nahmen und ihn kräftig lüfteten. Aber erst einmal mußten Preßlufthämmer tätig werden, Bagger und Abrißbirnen. Zurück zur Natur: Für ihn bedeutete das zunächst einen Höllenlärm.

Sechzehn Uhr. Wingert mußte jeden Augenblick hier sein. Der Energieminister hatte auf dem Gespräch bestanden, obwohl Heiland der Meinung war, daß die Angelegenheit ebensogut bis nächste Woche hätte warten können, wenn sich der Rat zur monatlichen Routinesitzung traf. Aber Erdmann war sein Freund, und die Gesellschaft von Freunden konnte er jetzt gut gebrauchen, da ihm die Sache mit Iris mehr zusetzte, als er sich eingestehen wollte. Natürlich würde er ihm von dem Vorfall nichts erzählen. Andererseits hatte er nicht die geringste Idee, wie er mit ihrer brisanten Entdeckung verfahren sollte, ohne sie direkt ans Messer zu liefern. Er konnte nur hoffen, daß sie sich einsichtig zeigte. Bei dem Temperament der Dame und ihrem moralischen Anspruch war das ein erhebliches Risiko.

»Ich wollte zunächst mit dir persönlich reden, Martin«, sagte Wingert, als er sich seines Mantels entledigt hatte, »es soll nicht so aussehen, als würde ich dir vor den anderen in den Rücken fallen. Du weißt ja, wie sie darüber denken.«

»Worüber?«

»Na ja, über das Denunziantensystem. Es ist dein Baby, und ich hab dir bisher immer den Rücken gestärkt . . .«

»Heißt das, du tust es jetzt nicht mehr?«

»Hast du einen Drink?«

Heiland blickte überrascht auf, Erdmann trank für gewöhnlich nicht. Er ging an die Bar. »Cognac, Whisky . . .?«

»Egal . . .«

Wingert knetete seine Hände, um das leichte Zittern zu verbergen.

»Prost, mein Lieber«, grinste Heiland, »dann reite mal zur Attacke.«

Sein Gast kippte den Cognac mit einem Schluck hinunter und schüttelte sich. »Auch ich habe meine Bedenken gegen das System, das weißt du. Ich habe sie immer zurückgestellt, weil mir deine Argumente in gewissem Sinne einleuchteten. Aber was ich dir jetzt sage, hat nichts mit Ethik zu tun. Ich berufe mich lediglich auf Fakten. Wir sind an die Grenzen unserer Kapazitäten gestoßen. Die ganze verdammte Reserve ist futsch.«

»Entschuldige, Erdmann, aber das ist Unsinn. In diesem Land wird heute knapp ein Zehntel der Strom- und Wassermenge von vor zwanzig Jahren verbraucht. Unsere Städte und Dörfer gleichen nachts dunklen Wagenburgen. Firmenschilder, Werbeflächen, der ganze Neonzauber: Es gibt ihn nicht mehr. Neunzig Prozent aller Elektrogeräte sind aus dem Verkehr gezogen, jeder Haushalt ist im Verbrauch limitiert, wenn er nicht über Sonnenkollektoren verfügt. Der Industrieverbrauch ist um achtzig Prozent geschrumpft und wird aus eigenen Windparks gespeist. Weißt du, was ich glaube? Ich glaube, daß du der Panikmacherfraktion aufgesessen bist. Diese Leute gibt es in jedem Ministerium.«

»Die Rechnung geht so nicht auf. Durch den totalen Verzicht auf Kohle- und Atomkraft, auf Öl und Gas relativiert sich die Sache ungemein. Bisher konnten Sonnen-, Wind- und Wasserkraft den extrem reduzierten Bedarf gerade decken. Aber seit deine Denunzianten am Werk sind, eben nicht mehr. Letztes Jahr waren es vier Millionen, die mit einem ungeheuren Mehraufwand an Kilowattstunden oder Wasser für ihre Schnüffelei belohnt wurden, dieses Jahr schon sechs Millionen. Im nächsten Jahr, das garantiere ich dir, werden es zehn Millionen sein.«

»Ein Scheißvolk, Erdmann, sag selbst.«

»Weißt du warum? Weil die Leute darin ihre einzige Chance sehen, der staatlich verordneten Dunkelhaft zu entfliehen und sich einigermaßen menschenwürdig einzurichten in ihrem Elend. Die verraten ihre Großmutter, wenn nur anschließend die Nachttischlampe länger brennt. Gib mir noch einen Drink.«

Heiland schenkte nach.

»Unsere Möglichkeiten sind begrenzt«, sagte Wingert, »wir sind in diesem Land nicht gerade mit Sonnenschein gesegnet. Biogas wurde infolge der Abgasvorschriften zu Recht aus dem Verkehr gezogen. Geothermale Energiegewinnung wie in Amerika scheidet ebenso aus wie hydroelektrische Einrichtungen an Staudämmen oder eine größere Anzahl an Meereskraftwerken, wenn die wenigen Küsten nicht zum Energiepark verkommen sollen. Das einzige, was helfen könnte, also die Erforschung der Fotosynthese und damit der Energiegewinnung aus Pflanzen, steckt

noch in den Anfängen. Es wird mindestens zehn Jahre dauern, bis wir soweit sind.«
Heiland hörte seinem Freund lächelnd zu.
»Einsparungsmöglichkeiten haben wir nicht mehr, Martin, mach dir da nichts vor, das gibt einen Aufstand. In dieser Situation ist es völlig absurd, einem Heer von Denunzianten Strom in den Rachen zu schmeißen, nur weil diese dem Computer anvertrauen, daß irgendwo jemand ein Huhn schlachtet, sich illegal Brennholz besorgt oder 'ne Runde auf einem alten Motorrad dreht. Schau sie dir an, die gemeldeten Delikte: alles Peanuts. Jemand fällt einen Baum: Pflanzenschändung. Ein anderer zimmert sich einen Bretterverschlag: Verstoß gegen den Baustopp, ein dritter wäscht seine Hemden mit einem alten Waschmittel: chemische Verschmutzung. Und so weiter und so fort.« Er roch an seinem leeren Glas. »Ich war letzte Woche in Paris, die lachen sich schlapp über dein System. In Frankreich würde so etwas nicht funktionieren, mein Lieber.«
»In Deutschland funktioniert es hervorragend«, antwortete Heiland, »hier funktioniert alles über Angst, das weißt du doch.«
Wingert sah ihn ernst an: »Ich werde meine Daten nächste Woche vor den anderen wiederholen, Martin. Als Freund gebe ich dir einen guten Rat: Sei kompromißbereit, schraube deinen Sündenkatalog auf die kapitalen Verbrechen wie Waffenschmuggel, Urandiebstahl oder Müllverbrennung zurück. An den Gesetzen ändert sich ja nichts, wenn du den Denunzianten weniger Zucker gibst. Denk drüber nach, es könnte gefährlich werden für dich. Im Rat warten sie nur darauf, dich auszuhebeln. Ihnen schmeckt die ganze Richtung nicht. Schon gar nicht seit der Geschichte mit der Armee. Sie würden den Chip am liebsten rückgängig machen.«
Erdmann hatte recht. Er würde die Belohnungen für billige Hinweise streichen. Die Armee war ihm wichtiger. Der Virus des Mißtrauens saß nach zwei Jahren ausgelobten Denunziantentums ohnehin fest genug im Volk.

Ich kenne mich zwar nicht aus mit diesem technischen Kram, aber warum sollte Iris lügen? Was glaubst denn du, warum sie euch die Dinger unter die Haut pflanzen. Zur Steigerung eures Liebeslebens?«

Boon blickte Marinella mißbilligend an.

Sie zupfte an seinem Brusthaar. »Für diesen Fall hätten sie dir noch eins in den Bauch implantieren müssen . . .«

»Warum kommt Iris jetzt damit, warum hat sie es dir nicht erzählt, als sie hier war?«

»Das hab ich dir doch gesagt: weil sie es erst jetzt erfahren hat.«

»Angenommen, es stimmt. Nur mal angenommen. Glaubst du im Ernst, daß sie es jeder kleinen Angestellten aus dem Informationsministerium auf die Nase binden würden? Das wäre ein Staatsgeheimnis ersten Ranges, top secret, tabu, verstehst du . . .?«

»Vielleicht hat sie Beziehungen.«

»Zu wem? Zu Gott?« Er zog sie zu sich heran. »Zuzutrauen wäre es ihnen . . .«, sagte er nach einer Weile. »Ist dir eigentlich klar, daß ich ganz schön in der Scheiße sitze?«

Sie nickte.

»Bei der nächsten Routineuntersuchung bin ich dran. Was soll ich ihnen sagen, wenn sie die Wunde sehen?«

»Du mußt untertauchen«, hörte er Marinella in seinen Pullover brummeln.

»Unmöglich! Ich komm aus dem Laden, und ich sag dir, sie kriegen dich. Garantiert.«

»Iris besorgt dir eine neue Identität«, sagte sie leise.

»Und was wird aus uns?« fragte er. Ihr Körper vibrierte wie vor einem Beben.

Boon nahm ihren Kopf in seine Hände: »Sie werden dich observieren . . .«

Je feuchter ihre Augen wurden, desto energischer versuchte sie sich aus der Umklammerung zu winden, aber er hielt sie fest. Sie

sahen einander an, als könnten sie nicht glauben, was ihnen gerade zustieß.
»Was findest du eigentlich an mir?« fragte er schließlich in gespielter Heiterkeit.
Marinella krallte sich so fest an ihn, daß ihr Weinkrampf ihn durch und durch erschütterte.

Laura hatte Philine nur kurz gesehen, als diese den kleinen Manuel bei ihr abholte. Sie vermochte also nicht zu beurteilen, ob Philine »leuchtete«, wie Peer in seiner überschwenglichen Art nicht müde wurde zu betonen. Auf jeden Fall war ihre Mission erfolgreich gewesen, die achttausend Mitglieder zählende Meditationskommune auf Usedom hatte endlich ihren Hopi. Daß es sich dabei um eine Frau handelte, werteten die meisten als besonderen Coup. Frauen waren als spirituelle Lehrer noch immer eine Seltenheit. Tausend Auserwählte sollten heute in Heringsdorf die Gelegenheit erhalten, die Indianerin kennenzulernen. Laura schätzte sich glücklich, dabeizusein. Philine hatte sie eingeladen, vermutlich auf Intervention ihres Sohnes.
Das zum Kommunikationszentrum umgebaute alte Kurhaus in dem ehemaligen Seebad an der Ostsee war festlich geschmückt. Auf der einen Seite des Vorplatzes knatterten die rotweißen Standarten mit dem Sonnenrad im Wind, dem offiziellen Staatswappen der GO!-Staaten, ihnen gegenüber flatterten gleichfarbige Fahnen mit einem konischen Kreuz. Beide Symbole stammten aus der Hopi-Mythologie. Das Sonnenrad war das Zeichen für Reinheit und Männlichkeit, das Kreuz symbolisierte Reinheit und Weiblichkeit. In der gläsernen Vorhalle hingen überdimensionale Tücher mit den Nachbildungen von vier heiligen Steintafeln von der Decke, deren Botschaften nach Hopi-Überzeugung vom großen Geist Massau'u am Beginn dieser Welt dort eingehaucht worden waren.

Laura verzichtete darauf, ihre Bedeutungen auf den Hinweisschildern nachzulesen, das Gedränge war einfach zu groß. Stattdessen ließ sie sich im Strom der Besucher in die Aula treiben. Die Stirnwand war mit einem Transparent geschmückt, auf dem die Botschaft prangte: *»Ich war das freie Land, das klare Wasser, der reine Wind, fruchtbar im Überfluß. Ich war ein Volk von Millionen lebendiger Ebenbilder des lebendigen Gottes. Mein Dorf war rundherum Freundschaft. Ich pflanzte die Kinder und die Worte. Ich war die Kultur. Das Leben war mein Kult, die Erde war mein Kult, der Tod war mein Kult. Meine Zeit war die Zeit ohne Stunden.«*

Laura hatte einen Platz in der siebten Reihe ergattert. Sie blickte sich um. Der Saal war nun fast gefüllt. Unter den Wartenden herrschte eine gespannte, feierliche Erwartung, die sich erst löste, als Philine und die Indianerin das Podium durch einen Seiteneingang betraten. Dhyani legte einen Bergkristall vor sich auf den Tisch. Das Auditorium trampelte mit den Füßen. Laura konnte ihre Blicke nicht von der Indianerin lassen, die schüchtern lächelnd dem ungewohnten Toben lauschte, während ihre Augen über das Publikum schweiften wie über eine Blumenwiese. Sie trug ein schlichtes Leinenkleid, ihr langes schwarzes Haar war zu Zöpfen geflochten. Die Ovationen wollten kein Ende nehmen. Erst die beschwichtigenden Gesten Philines ließen die Begeisterung langsam abebben.

»Liebe Freunde«, sagte Philine bewegt, »ich möchte euch Dhyani vorstellen.« Sie wurde erneut von Beifall unterbrochen.

»Wenn ihr so weitermacht«, kommentierte sie auf englisch, »gehen wir ohne Unterweisung in die ewigen Jagdgründe ein ...«

Das folgende Gelächter, in das auch die Indianerin an ihrer Seite einstimmte, war noch schwerer zu bändigen als das Begrüßungsspektakel. Auch Laura mußte lachen, sie lachte so herzhaft, daß sie das Gefühl hatte, sich in den anderen aufzulösen. Jeder hier schien das zu fühlen, der ganze Raum war von einer rätselhaften Energie erfüllt.

»Dhyani wird ein Jahr bei uns leben«, begann Philine von neuem, »sie wird unsere Dörfer besuchen und Vorträge halten. Dafür danken wir ihr. Wir danken aber auch dem Volk der Hopis, das sich angesichts des katastrophalen Zustandes unserer Erde verpflichtet hat, sein jahrtausendealtes Wissen um den Einklang aller Lebewesen der Menschenfamilie zur Verfügung zu stellen.«

Die Zuschauer standen auf und klatschten frenetisch. Dhyani ließ sie eine Zeit gewähren, dann hob sie kaum merklich die Hand. Innerhalb weniger Sekunden war es still.

»Ich bin die Wahrheit«, sagte sie mit fester Stimme. Während sie um den Tisch ging, streiften ihre Finger wie zufällig den Bergkristall. »Ich bin die Wahrheit«, wiederholte sie an der Rampe des Podiums. Ihre Augen schweiften durch die Reihen, die Leute hatten Mühe, ihrem Blick standzuhalten. Auch Laura schaute zur Seite, als sie Gefahr lief, fixiert zu werden. »Ich hoffe«, sagte Dhyani sanft, »es ist niemand unter euch ist, der diese Aussage in Zweifel stellt oder gar als Anmaßung empfindet. Der Satz gehört mir nicht, jeder hat das Recht, ihn zu benutzen. Tiere, Pflanzen, Steine, sie kennen ihn längst, sie verhalten sich danach. Auch die Menschen sollten ihn endlich akzeptieren. Ich möchte, daß ihr ihn in den Mund nehmt. Sprecht mir nach: Ich bin die Wahrheit.«

Ein undeutliches Gemurmel war die Antwort.

Dhyani lachte: »Glaubt ihr wirklich, daß das die Wahrheit ist? Also bitte: Ich bin die Wahrheit.«

Das Gemurmel bekam Konturen.

»Schon besser. Wir probieren es noch einmal.« Sie gab das Zeichen zum Einsatz.

»ICH BIN DIE WAHRHEIT«, schallte es ihr nun laut und deutlich entgegen.

»Gut. Warum braucht ihr Weißen nur immer so lange, um die einfachsten Dinge zu begreifen.? Ich will es euch sagen: Ihr denkt zuviel.«
Das Publikum lachte verlegen. Laura fand die Situation beschämend, jetzt war sie schon in einer Meditationskommune, und die Leute reagierten noch immer so verklemmt wie draußen. Sie selbst nahm sich da nicht aus. Plötzlich entdeckte sie den kleinen Manuel, wie er aus der zweiten Reihe tanzte und die Bühne erklomm.
»Ich bin auch die Wahrheit!« sagte er laut und bestimmt.
Mit einem Schlag war die Spannung verflogen und die heitere Atmosphäre von vorhin in den Saal zurückgekehrt.
Dhyani setzte sich wieder an den Tisch und nahm den Jungen auf den Schoß.
»Bleiben wir noch einen Augenblick bei der rationalistischen Denkweise, die von Europa aus in den letzten Jahrhunderten wie ein schleichendes Gift um die Welt ging. Nach euren eigenen Kriterien, nach den Kriterien eurer sogenannten Vernunft müßte man den Menschen ehrlicherweise als abgehobenes, abstraktes Wesen definieren. Ihr müßtet ihn eigentlich in Zweifel ziehen. Denn nichts, was eine Persönlichkeit letztlich ausmacht, ist greifbar oder meßbar. Keine Freude, kein Leid, kein Gedanke, und mag er noch so logisch sein. Stolz, Eifersucht, Liebe, Demut, Zorn, Habgier, Langeweile, Machtgelüste – nicht zu sehen, nicht zu riechen, nicht zu hören, nicht zu schmecken. Jeder gute oder schlechte Vorsatz kommt körperlos daher. Der gesamte Emotionalkörper, über den wir unsere Persönlichkeit definieren, bleibt Zeit unseres Lebens unsichtbar, dennoch bestimmt er alle unsere Handlungen. Wir sagen, unser Herz blutet, wenn wir verletzt werden, und wenn wir glücklich sind, sagen wir, es fließt über. Nichts davon ist in den Laboren der Wissenschaft nachprüfbar. Und doch findet die seelische Verfassung jedes einzelnen ihren körperlichen Ausdruck. Am deut-

lichsten ist dies an den Krankheiten auszumachen, die von den Naturvölkern als Warnzeichen verstanden wurden. Aber darüber reden wir bei anderer Gelegenheit. Nur soviel sei gesagt: Mit Chemiebomben sind die Symptome einer falschen Lebensführung nicht zu korrigieren.
Habt ihr mich also verstanden? Ich nehme an, daß niemand unter euch ist, der allen Ernstes behaupten möchte, er beziehe seine Kraft aus der Steckdose. Deshalb empfehle ich jedem, der die Sicherheit des Kindes verloren hat, eine einfache Frage: Was ist es denn für eine Energie, die mein Herz schlagen läßt, woher kommt sie, und auf welche Weise bin ich mit ihr verbunden? Die Antwort ist einfach: Wir alle sind Teil eines gigantischen Netzwerkes, wir alle speisen unsere Existenz aus derselben Quelle. Nichts, was wir erleben, gehört uns allein, jedes Gefühl ist eine Leihgabe aus dem unerschöpflichen, zeitlosem Meer der Energie, aus dem wir gekommen sind und in das wir nach dem Tode zurückkehren. Jede materielle Form verdient also den gleichen Respekt, den wir für uns selbst reklamieren.
Dies ist im Prinzip die ganze Weisheit meines Stammes und auch die anderer Naturvölker. Wenn die Verschmutzung unserer Erde rückgängig gemacht werden soll, gilt es als erstes, die Verschmutzung in unseren Herzen und Köpfen zu beseitigen.«
Der kleine Manuel bewegte die ganze Zeit fasziniert den Bergkristall in seinen Händen, dessen Reflexe im Scheinwerferlicht über die Gesichter der Zuhörer tanzten, als wollten sie sie aufladen. Auch Laura wurde mehrmals getroffen.
»Wir müssen lernen, als planetarische Familie zu arbeiten«, hörte sie Dhyani sagen, »als Freunde, die durch ein heiliges Gesetz miteinander verbunden sind. Trotz aller Unreinheit: Die kreativen Elemente in uns haben keinen Schaden genommen, sie sind nur verdunkelt worden durch unser Denken. Jeder, ausnahmslos jeder muß sich heute fragen, ob er sich eins weiß mit der Schöpfung. Ja oder nein. Ein Vielleicht gibt es nicht. Die

Erde ist von einem Raster überzogen, über das die Blitzenergie der Inspiration fließt. Jeder Gedanke, den jemand denkt, geht in dieses Netzwerk ein, aus dem dann letztlich das materielle Wachstum entsteht. Damit sind wir mitverantwortlich für die Zustände, die wir vorfinden.
Unsere Gedanken zu uns selbst und anderen gegenüber bestimmen den Fluß des Lebens. Bemühen wir uns daher um einen liebevollen Umgang, geben wir der Erde endlich etwas zurück. Wir haben nicht mehr viel Zeit. Wenn wir diesem geschundenen Wesen weiterhin unsere Liebe, unser richtiges Handeln und unsere Achtung vorenthalten, wird sie sich vollends ausgetrocknet fühlen und unfähig sein, uns zu ernähren. Sobald wir aber lernen, in Dankbarkeit zu geben und zu nehmen, dehnt sich ihre biophysikalische Energie aus und kehrt zu uns zurück. Dieses Phänomen ist inzwischen auch wissenschaftlich meßbar. Überall würden Menschen der positiven Schwingung teilhaftig werden, sie würden begreifen, daß es sich lohnt, verantwortungsbewußt zu handeln. Unser Feind steht nicht irgendwo da draußen, unser Feind, das sind wir selbst ...«
Inzwischen hatte Manuel Laura entdeckt. Er rutschte von Dhyanis Knien, griff sich den Kristall und steuerte direkt auf sie zu.
»Der ist schön, nicht?« sagte er und drückte sich zu ihr auf den Sitz.
»Ja, sehr«, antwortete sie leise. Sie fühlte sich unbehaglich unter all den Blicken, die jetzt auf ihr ruhten.
»Findest du das gut, was die Frau erzählt?« flüsterte Manuel ihr ins Ohr.
»Ja«, flüsterte sie zurück.
»Ich find es Quatsch ...«
Sie drückte seine Hand: »Psst ...«
Dhyani war wieder aufgestanden. »Wir sind verpflichtet, unseren Geist zum Wohle aller Wesen klar zu halten. Wenn wir handeln, ohne uns über die Folgen bewußt zu sein, schaden wir den

anderen. Unmittelbar oder in späteren Generationen. Wir Indianer sagen: Laßt uns bereits bei der Art und Weise, in der wir uns begrüßen, überlegen, was unsere Worte und Handlungen in sieben Generationen bedeuten werden. In der weißen Kultur dachte man, daß Kraft dazu da sei, für oder gegen etwas angewendet zu werden. Das ist falsch. Kraft zu haben bedeutet, voll und ganz gegenwärtig zu sein. Wir müssen lernen, die simple Wahrheit der Zusammengehörigkeit allen Lebens so zu verdichten, daß sie in jedem Augenblick wirksam werden kann. Was immer euch zum Aufwachen bringt, ist Medizin. Die wirksamste Medizin ist Meditation. Ich bin gekommen, euch zu zeigen, daß die Wahrheit jederzeit verfügbar ist. ICH BIN DIE WAHRHEIT. Vergeßt das nicht. Und vergeßt nicht, daß dieser Satz uns allen gehört. Ich freue mich auf euch.«
Philine umarmte ihre Freundin und gab die Termine bekannt, an denen Dhyani demnächst zwischen Peenemünde und Ahlbeck zu hören sein würde. Manuel brachte den Kristall auf die Bühne zurück, dann nahm er Lauras Hand. »Ich komm mit dir«, sagte er augenzwinkernd, »gut, nä ...?«

Das SHIT-IN hatte geschlossen. Da Eszra auf dem Fabrikgelände nicht gesehen werden wollte, vertrieb er sich die zwei Stunden bis zum Einbruch der Dunkelheit mit einem Spaziergang außerhalb der Stadt. Auf den Äckern hatten sich nach den Regenfällen große Pfützen gebildet, die vom Wind gepeitscht wurden. Er passierte eine verlassene Scheune mit aufgeplatzten Regenrinnen, aus denen die Reste des letzten Schauers tropften. Krähen kreisten am tiefverhangenen Himmel, herabhängende Stromleitungen rieben sich an einem stählernen Mast, als hielten sie Klage. Er dachte an seine Kollegen, die jetzt auf der Halde durch glitschige Chemiepampe stapften. Weit war er ja nicht gekommen. Sie hatten sicher schon in seiner Wohnung nachgesehen und ihn als flüchtig gemeldet. Vielleicht hätte er Laura auch nur in Schwierigkeiten gebracht, wenn er bei ihr aufgetaucht wäre. Auf jeden Fall war er jetzt ganz auf Tamaras Hilfe angewiesen.

Es dämmerte, und so näherte er sich dem Gelände von der Rückseite. In der Halle war niemand. Er tastete sich zum Schornstein und schob die Bodenplatte beiseite. Unten brannte Licht, aralblau. Es war niemand anwesend. Also setzte er sich, griff zum Schaltbrett und stellte die Beleuchtung auf das orangerote »Lucoca« ein.

»Darf man fragen, was du willst?«

Eszra erschrak. Er hatte den schlaksigen Typ, der in der Tür zum Ölcontainer lehnte, nicht bemerkt, aber er kannte ihn von irgendwoher. »Tut mir leid, ich wußte nicht, daß jemand da ist. Ich suche Tamara.«

»Sie ist nicht hier.«

»Kommt sie noch? Es wäre wichtig.«

Der Junge nahm ihm das Brett aus der Hand. »Du bist der mit den Plätzchen, stimmt's?«

Eszra grinste verlegen.

»Abgehauen, stimmt's?«

Sie hatte es also nicht für sich behalten können.

»Tamara muß jeden Moment zurück sein«, sagte sein Gegenüber und klopfte sich die Hose ab. Er hatte ein schmales Gesicht mit einer fein gebogenen Nase und lustigen, flinken Augen. »Ich heiße übrigens Mark.«

»Dann hast du das hier gebaut?«

»Gefällt's dir?«

»Es ist witzig.«

»Witzig ...? Na ja. Wenn sie kommt, sag ihr, ich bin hinten.«

Das war alles andere als eine gelungene Begegnung. Wie sollte es funktionieren, wenn Tamara ihn hier versteckte? Der Typ war jetzt schon eifersüchtig. Das Beste wäre, wenn er sich morgen früh mit einer faulen Ausrede auf der Arbeitsstelle zurückmelde-

te und den Rest der Zeit dort mit Anstand abriß. Selig sind die Bekloppten ... Er wollte sich gerade auf den Weg machen, als Tamara die Treppe herunterstieg. Sie betrachtete ihn wie eine Trophäe. Eszra zuckte verlegen mit den Schultern: »Mark läßt dir bestellen, daß er hinten ist ...«
Sie gab ihm einen Kuß. »Hast du mit ihm geredet?«
»Eigentlich nicht ...«
»Willst du bleiben?«
»Ich weiß nicht, ich meine, geht das überhaupt? Ich denke, es wird ihm nicht recht sein.«
»Das laß meine Sorge sein. Willst du?«
»Ja.«
»Komm.«
Sie führte ihn an dem Öltank vorbei durch einen langen unterirdischen Gang. In ihrem Gefolge kam es ihm vor, als sei er in einen unwiderstehlichen Sog geraten, als würde in diesem Keller beiläufig über sein Leben entschieden. Aber entschieden sie nicht draußen viel brutaler über das, was er zu tun und zu lassen hatte? Warum setzte sich Tamara diesem Risiko aus? Er gefährdete sie weit mehr, als er Laura hätte gefährden können. In den Meditationskommunen schnüffelte der Staat einem nicht hinterher. Sie schob ihn in einen dürftig beleuchteten Raum, in dem Mark vor einem Bildschirm saß.
»Wie gut bist du?« fragte er, ohne sich umzusehen.
»Er meint das Staatsarchiv«, ergänzte Tamara.
Eszra sah sich den Computer an, es war das Standardmodell und nicht, wie er befürchtete, eine abgedriftete persönliche Kreation. »Ich kann es ja mal probieren«, sagte er und machte seine Finger geschmeidig.
Mark räumte den Stuhl. »Vor zwanzig Jahren wurden vor dem Bahnhof sechs Pappeln gefällt. Begründung: Sie könnten vom Sturm entwurzelt und dadurch eine Gefahr für Menschen und Autos werden. Such mir den Verantwortlichen.«

Ezra suchte die Lokalzeitung, gab neben dem ungefähren Datum die Wörtchen Bebra und Bahnhof ein, wählte den Baumfrevelcode und bekam die Geschichte in vollem Umfang geliefert. Verantwortlich war der Bürgermeister persönlich, er wollte auf dem Vorplatz bauen lassen.

»Heinrich Berenkamp.«

Tamara klatschte verhalten Beifall.

»Stufe zwei: Von wem stammt der Satz: ›Gerade die naturwissenschaftlichen und ethischen Aspekte der Ökologie sind für Juristen äußerst ungewohnt‹?«

Klang wie eine Betrachtung aus den Neunzigern. Justiz war auch dabei. Justiz und Ökologie. Allzuviel war es nicht. Der Weg zum ökologischen Rechtsstaat, da würde er reingehen. Er ließ sich die Frage im Wortlaut wiederholen und speicherte sie ein. Sekunden später kam die Bestätigung: Klaus Bosselmann: Im Namen der Natur, Jahrgang 1992, Seite 356.

Diesmal klatschte Tamara schon etwas enthusiastischer.

»Stufe drei«, sagte Mark nüchtern: »Wer ist Herman? Mit einem n.«

»Herman?«

»Ganz recht. Es ist kein Vorname und kein Nachnahme.«

Das konnte viel bedeuten, ein Orkan etwa oder eine militärische Operation, eine Kultfigur, ein medizinisches Projekt. Oder Objekt.

Nach den bisherigen Fragen zu urteilen, mußte es sich um eine große Sauerei handeln. Er hatte es offensichtlich mit engagierten Leuten zu tun. Herman. Rein in die Gentechnik. Pflanzen-Hermans gab es nicht. Tiere? Als hätte er den Rinderbraten gerochen! Jetzt ging es ruckzuck durchs Alphabet.

»Herman war der erste deutsche transgene Bulle, geklont bei Gene Pharming Europe.« Er mußte lachen: »Ist es das, was ihr wissen wolltet . . .?«

»Ja!« rief Tamara und hüpfte einmal lachend um sich selbst.

»Instinkt hat er . . .«, nickte Mark zustimmend. »Okay, weih ihn ein.«
Sie kniete sich neben Eszra: »Mark und ich, weißt du, wir haben uns entschieden, die Schweine nicht einfach so davonkommen zu lassen. Sie sind alle gespeichert, man muß sie nur herausfinden. Das wirst du für uns tun.«
»Was macht ihr mit denen?«
»Wir brennen ihnen ihr Kainszeichen auf.« Sie lachte, als gäbe es nichts Schöneres auf der Welt zu tun. Wie sie Mark dabei ansah, gefiel ihm nicht. Sie waren verschworen. »Wir nennen uns Die Weiße Rose«, sagte Tamara, »in Anlehnung an eine studentische Widerstandsbewegung gegen die Hitler-Nazis.« Ihre Augen wanderten ernst von einem zum anderen: »Eine Bitte hätte ich aber noch, Gentlemen: Benehmt euch. Wir gehören jetzt zusammen . . .«

Die Kuh lag mit ängstlich geweiteten Augen an Deck. Das Vorderbein knickte vor dem Kopf im rechten Winkel zur Seite. Zwei Männer zerrten den gesunden Lauf unter dem Bauch hervor und schlangen ein Seil um die Fessel. Dann gaben sie dem Kranführer ein Zeichen. Mit einem Ruck wurde der massige Körper vom Boden gerissen und in luftiger Höhe über die Bordwand geschwenkt. Das Tier baumelte an seinem Bein wie an einem seidenen Faden, bis es am Pier klatschend zu Boden ging. Es zitterte auf dem Asphalt, zum Brüllen war es zu schwach. Ein Matrose kappte das Tau. Aus dem nahegelegenen Schuppen näherte sich ein Schaufelbagger der Hafengesellschaft. Er rammte seine Stahlzähne unter das Tier und warf es zurück aufs Schiff, wo es verzweifelt mit den Hufen zuckte.
»Heute, lieber Freund, reden wir über die Würde der Tiere. Über jene Wesen also, die wir fast vollständig von diesem Planeten vertrieben haben. Dies war übrigens, um im Jargon unserer

Vorväter zu bleiben, eine rauhfutterverzehrende Großvieheinheit aus der Tierproduktion Nordfleisch.«
Xenia trug einen schlichten weißen Hosenanzug. Ihr Gesichtsausdruck ließ befürchten, daß die Lesson in diesem Stil weiterging. Malin war nicht sicher, ob er sich das Programm heute antun sollte, andererseits wußte er, daß es für ihre derben Demonstrationen nie so etwas wie den richtigen Zeitpunkt gab, also harrte er aus. Sie schob ihm eine Tasse Tee zu.
»Es gibt einen einfachen Trick, die Würde der Tiere wieder herzustellen«, sagte sie, *»man vergleiche sie nur mit den Menschen. Nehmen wir das simpelste Beispiel: die Fortbewegung. Retuschiere im Geiste unsere Transportmittel weg, und du wirst mir recht geben. Entkleiden wir den Homo sapiens einmal seines ehemaligen Lieblingsspielzeugs, des Autos. Übrig bliebe eine seltsam verkrümmte Gestalt, die mit erhobenen Händen und breitem Arsch über die Straße schrammt. Oder streichen wir die U-Bahn: Was bleibt, ist ein fünfzig Meter langer Pulk von in sich versunkenen, mißmutigen Leibern, der durch unterirdische Röhren geschossen wird. Auch die Reisegesellschaften, die sich ohne festgefügten sichtbaren Aluminiumrahmen in die Lüfte erhoben, entbehrten nicht einer gewissen Lächerlichkeit, wenn man sie an den Flugkünsten der Vögel mißt.«*
Er wunderte sich, daß Xenia in ihrer Rede auf begleitende Bilder verzichtete, das tat sie eigentlich nie. Vielleicht waren die beschriebenen Szenen technisch nicht machbar.
»Die Menschen sind fremdbestimmt«, fuhr sie fort, *»sie benutzen, was sie nicht persönlich ersonnen haben. Kein Tier, ob Kakerlake oder Königstiger, hat wie der Mensch seine Eigenverantwortung an der Garderobe des Lebens abgegeben. Jeder von uns ist für sich genommen ein mieser kleiner Feigling, der keine drei Tage mehr unter natürlichen Bedingungen überleben würde. Das wissen wir, das macht Angst. Nur deshalb haben wir uns dem Wahn verschrieben, das zu zerstören, was uns zer-*

stören könnte: das Leben! Man kann nur etwas beherrschen wollen, von dem man sich grundsätzlich getrennt weiß.«
Malin zuckte zusammen, er war in einen gekachelten Kellerraum gebeamt worden, der von dem erbärmlichen Gewinsel eines Hundes widerhallte. Das Tier, ein etwa vier Jahre alter Rottweiler, kauerte mit eingezogenem Schwanz, aufgestellten Nackenhaaren und angelegten Ohren auf dem Steinfußboden. Aus Nase und Ohren sickerte Blut. Sein Peiniger mit dem Tirolerhut band sich eine Gummischürze um. Er befestigte eine Schlinge um den kräftigen Hals und hängte sein Opfer an einem Fleischerhaken auf, der in der Decke installiert war. Anschließend prügelte er auf den zappelnden Körper ein, wobei er einmal die Runde machte, damit sich die Schläge schön gleichmäßig verteilten. Das sah nicht nach Bestrafung aus, sondern nach eingefleischter Routine. Nachdem er geendet hatte, griff der Mann in aller Ruhe zu einem handlichen Bunsenbrenner, prüfte die Schraubverschlüsse und stellte die Flamme ein. Der Hund hing inzwischen wie ein Sandsack von der Decke, nur die Hinterfüße traten panisch ins Leere. Als der Feuerstoß in langgezogenen Bahnen sein Fell versenkte und sich die Haut zu schwarzen Blasen aufwarf, reichte die Kraft nicht mehr zu hektischen Reflexen. Die Augen aber bewegten sich noch immer entlang der Decke, als suchten sie die Pforte zum Himmel.*
»Nicht nur in Korea wußte man diese Gaumenfreuden zu schätzen«, sagte Xenia, *»auch in der Schweiz waren die Gourmets ganz verrückt danach. Die Tatsache, daß es sich dabei um eine verbotene Delikatesse handelte, steigerte den Reiz um so mehr. Weltweit landeten jedes Jahr zwei Millionen Hunde in den Kochtöpfen der Feinschmecker. Die koreanische Art der Zubereitung galt als unübertroffen. Man war sicher, daß erst das Streßhormon Adrenalin dem Fleisch seine besondere Würze verlieh.«*

Malins Hände schwitzten. Er fühlte sich total überfordert. Warum gab es keine Inhaltsangabe vorweg, dann hätte man zumindest die Chance gehabt, sich auf die seelische Folter einzustellen, die sie einem frei Haus lieferte. Xenia schaute ihn nachdenklich an. Wenn sie doch nur einmal lächeln würde, war das denn zuviel verlangt? Schließlich hatte nicht er die Viecher umgebracht, oder? *»Wir sind es den Tieren schuldig...«* mahnte sie, als könnte sie Gedanken lesen.
Arbeiter in verschmierten Gummischürzen schmissen zappelnde Rinderföten in eine Betonwanne, wo ihnen mit Kanülen bestückte Plastikschläuche in die Leiber gerammt wurden. Die kleinen Wesen mit den großen Köpfen und den geschlossenen, kaum ausgeprägten Augen rotierten auf dem Boden, während ihr rasendes Herz das eigene Blut durch die Schläuche in gläserne Behälter pumpte.
»Dies ist der erste und der letzte Eindruck, den sich diese Geschöpfe von unserer Welt machen durften«, sagte Xenia. *»Wir befinden uns in einem ganz normalen Schlachthof. Zwei Millionen Föten wurden auf diese Weise jährlich ausgesaugt. Endverbraucher waren die großen Pharmakonzerne, die mit dem Blut der Ungeborenen ihre Bioreaktoren auffüllten. Das Kälberserum diente zur Herstellung von Hightech-Medikamenten sowie als Nährlösung für Spenderorgane.«*
Malin mußte würgen. Vor ihm wand sich ein weißes Kaninchen im Käfig, immer wieder wischte es mit den Vorderpfoten über die aufgequollenen, blutenden Augen. *»Noch vor fünfzig Jahren stritten die Wissenschaftler um die Frage, ob Tiere überhaupt Schmerz empfinden. Dreihundert Millionen Kreaturen wurden Jahr für Jahr im Namen der Wissenschaft ans Messer geliefert. Hat man sie gesehen, die Affen, deren Köpfe in den Schraubstöcken saßen, während ihre Schädeldecken bereits im Abfall gelandet waren? Kennt man sie, die Hunde, deren Augen bei lebendigem Leibe herausgeschnitten wurden? Fühlt man den*

Schrei der Katzen, die mit dosierten Hammerschlägen auf den Kopf zu zerstückelten, zuckenden Reflexgebern degradiert wurden? Überall auf der Welt rasten die offenen Herzen der in Reih und Glied auf den Rücken genagelten Mäuse auf und ab wie die Tasten einer Blutorgel, vor denen die Herren in Weiß in getreuer Pflichterfüllung auf und ab flanierten. In den Versuchslabors, in den Zoologischen Gärten und in der Massentierhaltung hatten die Menschen endgültig das Recht verwirkt, sich als Teil der Natur zu begreifen.«

Er stand vor einem Baum, über den sich ein feines Netz spannte, in dem sich Hunderte von Zug- und Singvögeln verheddert hatten. Etwas abseits lag ein ebensolches Netz am Boden. Es bewegte sich, als dümpelte es auf stürmischer See. Lachende Kinder griffen mit flinken Bewegungen durch die Maschen und zerrten die piepsenden Tiere hervor. Sie brachen ihnen die Flügel, als würden sie Bohnen brechen, und warfen sie anschließend in ein verrostetes Ölfaß, wo sie bei fünfzig Grad zuckend auf ihre Schlächter warteten, die ihnen mit einem kleinen Messer die Kehle durchschnitten, nicht immer professionell, wie man den nach Luft japsenden Halbkadavern im rotgefärbten Sand ansehen konnte.

»Fünfhunderttausend pro Jahr allein in Ägypten. Besonders begehrt von den Restaurants: Nachtigallen, Pirole, Wiedehopfe.«

Xenia schenkte Tee nach, sie schien allmählich Mitleid mit ihm zu bekommen.

Es folgte ein Potpourri aberwitziger Bilder: Elefanten flogen an Hubschraubern hängend über die Savanne, Menschenhände rissen Affenbabys aus den Armen der Muttertiere, Känguruhs hüpften im Scheinwerferlicht panisch vor Stoßstangen herum, Papageien wiegten sich an Ketten gefesselt auf einer Holzschaukel im Hotelfoyer, Adler schlurften mit hängenden Schwingen durch Drahtkäfige, Schildkröten hingen wie Wäschestücke an Bambusrohren, Bären tanzten vor klatschenden Touristen auf glühenden Kohlen, Fische trieben Wasser kauend auf der Seite in Plastikschüsseln, ein Panda wurde unter Blitzlichtgewitter auf einer Trage davongeschleppt, Seehunde mit Sonnenbrillen wagten den Drahtseilakt, Hühner stolperten über Fließbänder und wurden kopfüber in Halterungen gesteckt, wo sie sich wie Bierflaschen bei der Abfüllung im Kreis drehten, nur das hier keine Kronkorken draufgesetzt, sondern Köpfe abgeschnitten wurden.

Während die Demütigungen der Tiere sich in immer schnelleren Einstellungen ins Unerträgliche steigerten, dozierte Xenia im Stil einer Nachrichtensprecherin ihren Text: »*Natürliche Personen sind nach geltendem Recht die Menschen. Tragender Grund dafür, daß die Rechtsordnung die Befähigung, Träger von Rechten zu sein, nur dem Menschen zuordnet, liegt in der Erkenntnis, daß nur ihm die besondere Personenwürde zu eigen ist, kraft seines Geistes, die ihn aus eigener Entscheidung dazu befähigt, seiner selbst bewußt zu werden, sich selbst zu bestimmen und sich und die Umwelt zu gestalten, die ihn von allen anderen Lebewesen der Natur abhebt. Tiere werden als Sache behandelt.*« Die schöne Quälerin klappte das Buch zu, aus dem sie zitiert hatte: »*Verwaltungsgericht Hamburg, 1988. Tierbefreier wurden damals als Terroristen gejagt.*«

Es folgten Standfotos ehemaliger Werbeplakate: Tiger an Tankstelle, Elefant am Kopierer, Greifvogel mit Schnapsflasche, Affe mit Telefon, Puma im Hochhaus, Kamel an der Bar.

»*Kein Tier hat jemals gemordet, gequält oder ein anderes Tier als Geisel genommen*«, sagte Xenia. »*Das war allein dem Menschen vorbehalten. Jede Perversion war erlaubt. Verstehst du jetzt, warum wir euch fernhalten müssen?*«

Malin saß zwischen aufgeregten Zuschauern auf der Tribüne eines Delphinariums. Nach den hektischen Reaktionen der Trainer zu urteilen, stimmte etwas nicht. Der kleinste der sechs Delphine trieb bereits minutenlang auf dem Rücken, seine

Gefährten versuchten ihn umzudrehen, damit er das Atemloch freibekam. Zunächst hatten die Leute diese vermeintliche Show-Darbietung noch beklatscht, aber als einer der Betreuer in voller Montur ins Wasser sprang, verstummten die Besucher. Die Tiere hielten den Mann geschickt fern, auch der zweite Trainer hatte keine Chance heranzukommen. Schließlich gelang es sechs Männern aus dem Publikum, den jungen Delphin über den Beckenrand zu ziehen.

Nach einer vergeblichen Herzmassage teilte ein Herr der Direktion mit, daß die Vorstellung leider ausfallen müsse, da Sindbad an Herzversagen gestorben sei.

»Er wollte nicht mehr leben«, kommentierte Xenia, *»er hat einfach aufgehört zu atmen ...«*

Nach den Klängen ruhiger Sphärenmusik kreiste ein Adler über schneebedeckte Berge. Malin selbst wurde dieser Adler, er glitt über üppige Ebenen, über Flüsse und Wälder, über Steppen und Seenplatten. Unter ihm grasten Büffelherden, rosa Flamingos stakten durch flirrendes Wasser, Springböcke hüpften in praller Lebensfreude durchs Gras, ein Steinbock hob den Kopf, Löwen dösten im Schatten eines Baumes. Die Eindrücke waren überwältigend. Dies war der eigentliche Reiz der Holo-Lessons, nur in den Holo-Lessons arbeitete der Staat mit authentischen Filmaufnahmen aus der Vergangenheit, ansonsten beschränkte sich das Staatsarchiv auf Informationen und Standbilder. Ein Rudel Wildpferde galoppierte durch das von feuerroten Felsen umstandene Tal. Über die leiser werdende Musik legte sich das unverwechselbare Geräusch zwitschernder Rotorblätter. Jetzt saß er in der gläsernen Kanzel eines Hubschaubers. In der Verlängerung eines Gewehrlaufs dicht unter ihm die fliehenden Tiere. War er es, der geschossen hatte? Ganze Salven ergossen sich nun aus den stählernen Läufen, die Pferde wurden regelrecht umgemäht. »Nein!« schrie er. Es war das erste Mal, daß er bei den Lessons eine solche Reaktion zeigte.

Xenia sah ihn liebevoll an: »*Zur gleichen Zeit, als in Australien die letzten Wildbestände zum Abschuß freigegeben wurden, stand in Amerika ein arbeitsloser Cherokee-Indianer vor Gericht. Er hatte auf dem von der weißen Regierung vereinnahmten Land seines Stammes ohne Erlaubnis einen Hasen gejagt, um seiner Familie etwas zu essen zu geben. Seine Erklärung, er habe die Seele des Tieres doch vorher um Verzeihung gebeten, wurde von dem Richter mit Gelächter quittiert. Zwei Jahre Gefängnis für den Mann. Auf bald, mein Freund.*«
Sie löste sich auf wie ein Geist, das tat sie gern. Malin blieb noch eine Weile unterm Helm sitzen, er mußte die Geschichte erst einmal verdauen, die er sich gerade auf nüchternen Magen zu Gemüte geführt hatte.

Sie saßen in der Falle, und es war seine Schuld. Man betrat nicht einfach ein stillgelegtes Werksgelände, ohne zuvor Verstärkung angefordert zu haben. Schon gar nicht ein so undurchschaubares Labyrinth wie diese ehemalige Raffinerie. Boon wußte nicht, warum auf sie geschossen wurde, aber er war erfahren genug, um beurteilen zu können, daß sie hier nicht heil herauskommen würden. Der Jeep stand hundert Meter entfernt hinter dem nächsten Tank, während sie zwischen gebrochenen Rohren auf morschen Gitterrosten dürftig in Deckung lagen. Jeder Ausbruchversuch war zum Scheitern verurteilt. Nur gut, daß sie in der Halle jeden Schritt ihrer Gegner akustisch orten konnten, so daß sie jedenfalls sicher waren, daß ihnen nicht unversehens jemand die Kehle durchschnitt.
Er blickte zu seinen Leuten, die ohne Anzeichen von Nervosität auf der Lauer lagen. Wenn Iris recht hatte, waren sie durch den GO!-Befehl auf Kampf konditioniert worden. Er konnte es nicht beurteilen, er kannte sie nicht, sie waren ihm erst heute zugeteilt worden. Jedenfalls schien er der einzige zu sein, der Schiß hatte. Irgendwo fiel etwas um. Fast im selben Moment eröffneten seine

Jungs das Feuer. Einige Kugeln hatten die Stahltür getroffen, die unter den Einschüssen vibrierte. Die Banditen huschten im Schutz der gestapelten Fässer näher an sie heran. Boon hatte bisher sieben ausgemacht. Im Gegensatz zu ihnen kannten die sich hier aus, sie hatten sozusagen ein Heimspiel. Die einzige Chance bestand darin, die Stellung so lange zu halten, bis man sich in der Zentrale darüber zu wundern begann, daß die Vollzugsmeldung ausblieb. Es war das erste Mal, daß er auf so massiven bewaffneten Widerstand stieß. Er überlegte, ob es in dieser Situation nicht tatsächlich besser gewesen wäre, unter dem Einfluß einer mentalen Injektion zu stehen, anstatt sich vor Angst fast in die Hosen zu machen. Alkoholiker hatten Schutzengel, warum nicht auch manipulierte Soldaten? He, was machte denn der?! Einer seiner Leute balancierte über den schmalen Steg, um sich einen besseren Schußwinkel zu suchen.

»Menschenskind, kommen Sie zurück!« brüllte Boon.

Sein Befehl blieb ohne Wirkung. Im Gegenteil, jetzt machten sich auch die anderen beiden auf den Weg.

»Verdammte Scheiße, ihr sollt zurückkommen!«

Keine Reaktion. Die Typen marschierten drauflos, als hätte man sie aufgezogen. Es kam, wie es kommen mußte. Boon barg den Kopf in seinen Armen und ließ die Schießerei über sich ergehen wie ein Gewitter.

Einer seiner Männer lag wenige Meter entfernt wimmernd auf dem Bauch, sein Körper krümmte sich unter der Wucht der Einschüsse wie eine gebeutelte Stoffpuppe. Eine Kugel riß den leblosen Arm in die Höhe, als flehte er noch im Tode um Gnade. Boon tastete nach der Handgranate in seinem Gürtel. Er zog die Lasche mit den Zähnen ab und schleuderte sie in Richtung Ausgang, wo sie wirkungslos zwischen den Ölfässern hin und her eierte. Ein Blindgänger! Kein Wunder bei dem veralteten Material. Das war's denn wohl . . .

Er konnte kaum glauben, wie ruhig er plötzlich wurde, es mußte

der Schock sein. Machtlos und fasziniert zugleich beobachtete er die Kletterkünste der ihm anvertrauten Soldaten, die sich in ihrem ungestümen Vorwärtsdrang unter der Hallendecke praktisch selbst zum Abschuß freigaben. Als der erste aus zehn Meter Höhe auf den Betonboden klatschte, glaubte er im freien Fall des Mannes eine Ewigkeit auszumachen. Dies ist die Zeit, in der wir unser Leben in Ordnung bringen.
Er faßte sich ans Bein. Ein Querschläger hatte ihm die Wade zerfetzt. Es blutete zwar, aber es tat nicht weh. Nun hing auch der letzte seiner Männer im Gestänge der stählernen Plattform. Boon hielt die Angreifer mit gezielten Schüssen auf Distanz. Lange würde die Munition nicht mehr reichen, und sie wußten es. Also versuchten sie ihn zu irritieren, indem sie Steine durch die Gegend warfen, damit er sein Magazin möglichst schnell leer ballerte. Allmählich kehrte die Angst zurück. Sie strich über seinen Körper und glasierte jede Pore mit kaltem Schweiß. Auch das Bein begann zu schmerzen, als würde es in Flammen stehen. Motorengeräusche drangen an sein Ohr, er hörte Stiefelgetrappel und das Stakkato militärischer Befehle. Welchen Schabernack das Unterbewußte einem doch manchmal spielte. Erst als die Halle unter einer gewaltigen Detonation erbebte, die ihn fast vom Rost gefegt hätte, wurde ihm klar, daß er gerettet war. Aus seinem Versteck beobachtete er, wie die heranrückenden Soldaten die Leichen der Banditen ins Freie zerrten. Einer hatte den Angriff überlebt, er wurde mit einem Kopfschuß hingerichtet. Boon griff zur Pistole und schoß sich in den linken Oberarm. Sie brachten ihn ohnehin ins Lazarett. Es war die einzige Möglichkeit, ihnen Marinellas Operationswunde vorzuenthalten.
»Gratuliere, Hauptmann«, sagte der Stabsarzt beim Krankenbesuch, »Sie haben ein Waffenlager entdeckt. Man spricht sogar von einer Beförderung. Was machen Arm und Bein?«
Boon hob müde die Augenbrauen.
»Wird schon«, beschwichtigte der Doktor und krempelte den

rechten Ärmel hoch. »Ich muß Sie gegen Wundbrand impfen.« Er nahm einen kleinen Tucker zur Hand. »Das war's schon«, sagte er zufrieden. Boon rieb sich die Einstichstelle. Er hatte seinen Chip zurück. Er gehörte ihnen wieder.

GO!-Minister Uwe Wandrey begrüßte seine Gäste mit einem trockenen Weißwein und bat sie anschließend an den Konferenztisch. Es war üblich, daß die monatlichen Routinesitzungen des Öko-Rats im Hause jenes Ministers stattfanden, der turnusmäßig den Vorsitz führte. Zur Überraschung aller Anwesenden hatte Martin Heiland Iris Blume mitgebracht. Er befürchtete zunächst, daß man ihm diese Eigenwilligkeit verübeln würde. Das Gegenteil war der Fall. Die Kollegen reagierten hocherfreut über den unerwarteten Damenbesuch, einige ergingen sich sogar in überschwenglichen Komplimenten für ihre Arbeit. Iris schien die Aufmerksamkeit, die man ihr allenthalben schenkte, zu genießen, jedenfalls zeigte sie sich gelöst wie lange nicht. Um dem Eindruck entgegenzuwirken, daß sie lediglich als Heilands Anhängsel fungierte, nahm sie wie selbstverständlich neben Wandrey Platz.
Erster Tagungsordnungspunkt waren die Kurzreferate aus den einzelnen Ministerien. In der Regel eine ermüdende Angelegenheit, da es sich um Bestandsaufnahmen aktueller Problemfelder handelte, die man fast unverändert von Sitzung zu Sitzung schleppte. Am deprimierendsten waren dabei die Ausführungen des Klimaministers Meyrink. Nirgends wurde die Ohnmacht der Politik deutlicher.
Meyrink führte aus, daß sich die Ozonschicht trotz des radikalen Emissionsstopps von Kohlenwasserstoffen inzwischen weltweit auf fünfzig Prozent ausgedünnt habe, was auch in mittleren Breiten eine enorme Zunahme von Hautkrebs zur Folge habe. Er wies darauf hin, daß die intensive UV-Strahlung das Immunsystem der Europäer derart zu schwächen begann, daß neben

der ohnehin schon hohen Aids-Rate demnächst mit einer wahren Aids-Epidemie zu rechnen sei. »Bei der begrenzten Menge an Impfstoffen eine kaum zu bewältigende Aufgabe.«
Dann kam er, wie nicht anders zu erwarten war, zu seinem Lieblingsthema, der globalen Erwärmung. »Die acht Milliarden Tonnen Kohlenstoffe«, rezitierte er in seiner anklagenden Art, »die bis weit über die Jahrtausendwende hinaus Jahr für Jahr in die Atmosphäre abgegeben wurden, zeigen Langzeitwirkungen, mit denen so niemand gerechnet hatte. In den letzten dreißig Jahren sind sechzig Prozent der Landfläche auf der Erde unbewohnbar geworden. Vor allem, aber nicht ausschließlich, in Afrika und Asien. Auf die GO!-Staaten als die klimatisch gemäßigten Zonen hat ein unübersehbarer Run von Umweltflüchtlingen eingesetzt, die wir mit den vorhandenen Grenztruppen in den nächsten Jahren nur schwer unter Kontrolle bringen werden. Wir werden es noch erleben, meine Herren, daß die Dämme brechen . . .«
»Wir haben auch eine Dame unter uns«, unterbrach Wandrey charmant. »Die Entscheidung, was an den Grenzen passiert, ist Sache des internationalen GO!-Rates, es hat also wenig Sinn, sie hier zu diskutieren. Apropos Dämme: Das Wort hat Kollege Strohm.«
Strohm war nach Heilands Meinung einer der fähigsten Köpfe im Kabinett. Schon lange vor der Revolution hatte er sich als kompetenter Streiter gegen die Atomwirtschaft einen Namen gemacht. Sämtliche von ihm prognostizierten Horrorszenarien waren inzwischen Wirklichkeit geworden. Der Mann verfügte nicht nur über visionäre Fähigkeiten, er besaß darüber hinaus ein außerordentliches Organisationstalent, was er als Katastrophenminister (welch ein Wort!) immer wieder unter Beweis stellte.
»Bevor ich auf die Ereignisse in Hamburg eingehe«, begann Strohm mit seiner etwas nöligen Stimme, »erlaubt mir noch eine

Bemerkung zu den Flüchtlingsströmen. Ich halte die Situation, zumindest was Deutschland betrifft, für weit weniger dramatisch, als immer behauptet wird. Vom Norden her haben wir nichts zu befürchten, vom Westen, also über den Atlantik, kommt so gut wie nichts. Rund um das Mittelmeer sind dank unserer Hilfe genügend Grünhelme stationiert, um den Ansturm aus Afrika auch weiterhin erfolgreich abzuwehren. Kommen wir zur eigentlichen Achillesferse, dem Landweg im Osten. Soweit ich informiert bin, ist die elektronische Mauer bereits auf zweitausend Kilometern installiert. Die Installierung des Minengürtels macht ebenfalls Fortschritte. In ein bis zwei Jahren ist die gesamte Strecke zwischen dem Libanon und der Ostsee gesichert. Jede Bewegung im Lasernetz wird den Grenzcomputern sofort gemeldet. Die Grünhelme wissen dann nicht nur auf den Meter genau, wo ein Durchbruch stattgefunden hat, sondern auch, um wie viele Personen es sich handelt.«

Heiland blickte zu Iris hinüber, die den Ausführungen bisher ohne sichtbare Erregung gefolgt war. Dabei wußte er, wie verhaßt ihr die Diktion politischer Sachverwalter war. Sie wollte zumindest Betroffenheit spüren. Vielleicht war es gut, daß sie sich einmal davon überzeugen konnte, daß nicht er allein unter der Last der anstehenden Probleme zur Nüchternheit neigte.

Strohm zog nun Bilanz der verheerenden Flutkatastrophe, die nach ersten Erkenntnissen fünftausend Menschenleben gekostet hatte, die meisten davon in Hamburg. Er stellte die provozierende Frage, ob es angesichts der in den nächsten Jahren zu erwartenden Sturmfluten, die an Wucht eher zunehmen würden, überhaupt noch sinnvoll sei, Zehntausende von Arbeitskräften im Küstenschutz zu binden, die an anderer Stelle schmerzlich vermißt würden, beispielsweise beim Aufforstungsprogramm, das zur Zeit nur schleppend vorankomme. Pflanzenminister Joachim Frebel und sein Kollege für Luft-, Wasser-, Boden, Thomas Struck, nickten zustimmend.

»Dann könnt ihr Hamburg gleich aufgeben«, kommentierte Arnd Kaestner spöttisch. In seiner Eigenschaft als Minister für Stadterneuerung kam es ihm gar nicht in den Sinn, in Strohms Bemerkung etwas anderes zu sehen als einen unangebrachten Scherz. Erst ein Blick in die Gesichter seiner Kabinettskollegen machte ihm schlagartig klar, daß der ungeheuerliche Vorschlag ernsthaft ins Kalkül gezogen wurde. Die Entdeckung verschlug ihm die Sprache.

»Du weißt so gut wie wir«, sagte Wandrey, »daß die Niederlande und die norddeutsche Tiefebene keine zwanzig Jahre mehr zu halten sind. Es ist wie beim Schach: Wir spielen mit den schwarzen Figuren, ohne Dame, ohne Springer und mit stark dezimierten Bauern. In einer solchen Situation verpulvert man keine Kraft auf Nebenschauplätzen.«

Der Nebenschauplatz, von dem hier die Rede war, war für Kaestner das Paradebeispiel einer funktionierenden Stadtkommune. Einen Großteil seiner bisherigen Arbeit hatte er in das Hamburger Pilotprojekt gesteckt, einfach deshalb, weil die Menschen dort einer grundlegenden Umstrukturierung gegenüber am aufgeschlossensten waren. Die Stadt zeigte im Kern kaum noch Narben, sie war von einer autogerechten Steinwüste unter größtem Einsatz ihrer fünfhunderttausend Bewohner in einen liebenswerten Lebensraum verwandelt worden. Aus der Hochburg der Pfeffersäcke war eine urbane Kulturlandschaft geworden, die keine Staatstheater nötig hatte. Aus ganz Deutschland waren die Menschen in den letzten Jahren nach Hamburg gekommen, um an dem Modellversuch mitzuarbeiten. Wer sich in Hamburg zur Arbeit meldete, war automatisch vom Arbeitsdienst im Rest der Republik befreit. Das würde jetzt wohl aufhören.

Die Elbmetropole verfügte über das beste Radwegenetz Europas. Die ehemaligen Hauptverkehrsadern waren Elektrobussen vorbehalten. Neben U- und S-Bahnen komplettierten schienen-

gebundene Kabinentaxis auf Stelzen rund um den Erlebnisbereich Hafen ein Nahverkehrssystem, das seinesgleichen suchte. Die Versorgung der Standardläden funktionierte über unterirdische Lieferwege, die mit ausdrücklicher Unterstützung seines Ministeriums gebaut worden waren, um den Warenverkehr von der Straße zu halten. Ein riskantes Projekt, wie sich jetzt herausstellte. Sie wurden als erstes vom Wasser zerstört. Damit waren die Lebensadern der Stadt außer Kraft gesetzt.
Kaestner nahm die Brille ab und massierte seine Nasenwurzel. Er hörte kaum hin, als der Schutztruppenminister seinen Notstandsplan für den Nahrungsmittelnachschub erläuterte. Hamburg galt ihm bis dato als beweiskräftiges Synonym für den gesellschaftlichen Neuanfang. Jetzt warf man es einfach wie lästigen Ballast über Bord. Aus eigener Kraft war die Stadt nicht in der Lage, die Deiche zu stabilisieren. Nicht innerhalb eines Jahres.
Er entschuldigte sich und verließ das Zimmer. Nie zuvor war ihm die Entfremdung im Kabinett deutlicher vor Augen geführt worden als heute. Sie waren als Idealisten angetreten, als Erneuerer mit grandiosen Visionen. Jeder von ihnen war eine Kapazität auf seinem Gebiet. Er selbst galt als Papst einer neuen Stadtentwicklung, die den Bedürfnissen der Menschen Rechnung trug, ohne die Natur über Gebühr zu belasten. Aber mit den Jahren hatten sich die meisten von ihnen zu eiskalten politischen Strategen gewandelt, die nichts als Rückzugsgefechte organisierten. Wenn es wirklich so aussichtslos um den Planeten stand, warum ging man dann nicht in Ehren unter? Hatte nicht Sokrates kurz vor dem Schierlingsbecher nach einer Geige verlangt, um sich im Spiel zu üben? »Wenn nicht jetzt, wann denn sonst?« soll er seinem verblüfften Wärter geantwortet haben. Hätte man die »Idee Hamburg« nicht nach Kräften schützen müssen? Statt dessen warf man die Stadt den ganz gewöhnlichen Stürmen zum Fraß vor.

Professor Arnd Kaestner wischte sich mit dem Handrücken über die Augen, als er plötzlich das Fräulein aus dem Informationsministerium neben sich bemerkte. Er hatte sie nicht kommen hören, aber sie sah ihn an, als wüßte sie, wie ihm zumute war. Kurzentschlossen nahm sie ihn in die Arme. Die Umarmung tat ihm gut, er wurde nicht einmal verlegen dabei.
Ohne ein Wort zu wechseln, kehrten die beiden wenig später an den Konferenztisch zurück. Martin Heiland berichtete gerade von den sich häufenden Anschlägen auf staatliche Benzindepots. »Um unsere Schutztruppen zu entlasten und sie auf das zu konzentrieren, was absolute Priorität hat, müssen wir als erstes unser Denunziationssystem überdenken. Ich schlage vor, daß Belohnungen nur noch für Hinweise auf Verbrechen der Kategorie I gewährt werden.«
Damit war das System praktisch außer Kraft gesetzt. Verbrechen der Kategorie I, das waren Anschläge auf Benzindepots, Solarkraftwerke, Züge und Fabriken, das waren Plutoniumdiebstähle und Computermanipulationen, der ganze Horrorkatalog der Guerilla.
Heiland genoß die Überraschung seiner Kollegen, die ihm zum Abschluß der Konferenz nur zu gerne die Leviten gelesen hätten, was sich nach der beeindruckenden Kostprobe seiner Kompromißbereitschaft nun allerdings erübrigte. Die Männer benötigten einige Sekunden, bis sie die plötzliche Kehrtwendung ihres so talentierten, machtbesessenen Benjamins zu würdigen wußten. Nur Iris und Erdmann lächelten befreit. Allerdings aus unterschiedlichen Gründen.

Das Leben in der Meditationskommune war organisierter und arbeitsreicher, als Laura es sich vorgestellt hatte. Aber im Gegensatz zu draußen, wo der Alltag wie unter Zwang ablief, begleitet von den schwer durchschaubaren Direktiven einer unsichtbaren Macht, herrschte in der Kommune eine grundlegend heitere Atmosphäre. Egal, was jemand gerade tat, er tat es mit Engagement und im Bewußtsein, einer gemeinsamen Sache zu dienen. Anfangs hatte sie noch Schwierigkeiten mit der Diskussionsfreudigkeit der Kommunarden und der latenten Euphorie, die in jedem Gespräch mitschwang. Sie glaubte sich in eine Kunstwelt versetzt, in der die Realitäten außerhalb der Kommune perfekt verdrängt wurden. Überdies hatten ihre neuen Mitbürger eine sentimentale Vorliebe für alte Kulturen, insbesondere für die Indianerkultur, die fast zum Mythos wurde. Immer wieder fragten sie sich, was wohl die Indianer in einer bestimmten Situation tun würden. Indianische Weisheiten wurden wie Kochrezepte gehandelt. Wenn zum Beispiel Peer davon sprach, daß man die Probleme der Welt nur überwinden könne, indem man mit der Welt in Berührung komme, anstatt sie zu unterwerfen, dann vermochte sie den Sinn der Worte zwar nachzuvollziehen, aber sie schienen ihr nicht aus berufenem Munde zu kommen. Ihr Mißtrauen schwand erst, als Philine sie auf eine ausgedehnte Rundreise mitnahm.

Das Credo der Meditationskommunen lautete, daß der Mensch Teil eines übergeordneten organischen Systems ist. Die Harmonie mit der Natur wurde zu einem beinahe religiösen Ziel erhoben. Immer wieder war von Kreisläufen die Rede, die es zu schließen galt. So ordnete jedes Haus seine Abfälle nach Kompostierbarkeit und Recyclingfähigkeit. Sämtliche Lebensmittelabfälle, Abwässer oder sonstiger Müll wurden in organischen Dünger umgewandelt und dem Boden wieder zugeführt.

Die Tatsache, daß der Staat den Meditationskommunen alle Freiheiten ließ, daß er sie als Keimzellen einer neuen Gesellschaft betrachtete, versöhnte Laura mit manchen Ungereimtheiten, denen man immer wieder begegnete. Vieles, was in den Kommunen erfolgreich ausprobiert worden war, wurde einfach übernommen. So waren die Meditationskommunen die eigentlichen Vorreiter der fleischlosen Ernährung. Geschah dies in den

Kommunen eher aus ethischen Gründen, so spielten draußen sicherlich andere Motive eine Rolle.
Sie befanden sich auf dem Weg zu einer Schule in Zinnowitz. Auf den Weiden grasten Kühe. Zäune gab es nicht.
»Sehen sie nicht glücklich aus?« bemerkte Philine scherzhaft. Laura wußte, daß die Tiere nichts zu befürchten hatten, sie starben an Altersschwäche und nicht im Schlachthaus.
»Der Fleischkonsum war zu einem Umweltproblem ersten Ranges geworden«, erläuterte Philine. »Um die Jahrtausendwende überstieg die Zahl der domestizierten Tiere die der Menschen um das Vierfache. Das muß man sich mal vorstellen! Fast vierzig Prozent allen Getreides wurden damals ans Vieh verfüttert. Die Mastanlagen verbrauchten Unmengen an Energie, Wasser und Chemikalien, die zum Anbau der Futtermittel nötig waren. Um ein Kilo Rindfleisch zu produzieren, waren dreitausend Liter Wasser nötig. Verstehst du so was? Hinzu kam, daß die Millionen Tonnen tierischer Exkremente soviel Nitrat und Phosphat freisetzten, daß die Böden gesättigt und das Grundwasser flächendeckend verseucht wurden. Außerdem verflüchtigte sich der Stickstoff aus Tiermist als gasförmiges Ammoniak in der Luft und war somit Mitverursacher des sauren Regens. Von den weltweiten Brandrodungen zugunsten billigen Weidelands wollen wir gar nicht sprechen.«* Sie legte Laura den Arm auf die Schulter: »Ich werde ganz verrückt im Kopf, wenn ich daran denke ...«
Sie hatten das Dörfchen Koserow passiert und juckelten in dem kleinen Solarmobil auf der schmalen Landstraße nach Norden. Die Menschen auf den Feldern winkten, und entgegenkommende Fahrradfahrer gaben zur Begrüßung kleine Klingelkonzerte.
»Wo sind die Leute hin, die hier vorher gelebt haben?« wollte Laura wissen.
»Sie sind umgesiedelt worden. Wer bleiben wollte, durfte blei-

ben. Voraussetzung war, daß er der Enteignung seines Grundbesitzes zustimmte, wozu die wenigsten bereit waren. So doll kann das mit den Heimatgefühlen also nicht gewesen sein . . .« Philine fixierte Laura aus den Augenwinkeln. »Keiner von denen, die hiergeblieben sind, hat es bereut. Im übrigen können wir unser Gebiet jederzeit vergrößern. Sobald eine Meditationskommune der Meinung ist, daß sie aus den Nähten platzt, wird erweitert. Der Staat ist an unserem Wachstum interessiert. Du wirst sehen, irgendwann haben wir das ganze Land erschlossen, und niemand wird mehr etwas vermissen.«

Sie kamen nach Zinnowitz, einem ehemaligen Fischerdörfchen an der Pommerschen Bucht, dessen reetgedeckte Häuser sich in den Schatten bröckelnder Hotelmonster duckten, die ihnen die Tourismusindustrie nach der deutschen Wiedervereinigung vor die Nase gesetzt hatte.

Die Schule lag etwas außerhalb am Strand. Sie ähnelte eher einem Abenteuerdorf als einer Lehranstalt. Ein Halbkreis aus derb gezimmerten Blockhütten und gläsernen Containern umschloß eine künstliche Felslandschaft, die zum Meer hin offen war. Die Wellen wurden durch ein unterirdisches Rohrleitungssystem hinaufgespült und ergossen sich als künstliche Wasserfälle über die blanken Gesteinsbrocken zurück in die See. Inmitten dieser Idylle hockte ein Dutzend Kinder. Einige blätterten in Büchern, andere malten. Laura war von ihrem Anblick fasziniert. Sie waren so ernsthaft und erinnerten in ihrer Konzentration an Schutzengel beim Aktenstudium ihrer Klienten. Philine winkte jemandem in einem der gläsernen Klassenzimmer.

»Komm«, sagte sie, »ich stell dir Kafka vor.«

Sie wurden von einem freundlichen Mann mittleren Alters empfangen. Seine grauen Stoppelhaare standen wie elektrisiert über der wuchtigen Stirn, das ganze Gesicht war vom Schädel bis zum Kinn wie ein sauber gehauener Quader geformt, in dem die unter breiten Brauen funkelnden Augen, die kräftige Nase und der volle feste Mund ein Antlitz zeichneten, das Entschlossenheit und Zuversicht vereinte. Um den kräftigen Hals baumelte eine Trillerpfeife.

»Hi«, sagte er zu Laura, nachdem er Philine begrüßt hatte, »ich bin der Teamchef.«

Die Kinder registrierten den Besuch zwar, ließen sich aber nicht ablenken. Nur ein etwa sechsjähriges Mädchen eilte herbei und flüsterte dem Mann etwas ins Ohr. Der mußte lachen.

»Du bist der Lachmann«, sagte das Mädchen und kniff ihm ins Bein. »Du lachst immer. Immer wenn du mich siehst ...«

Jetzt mußte auch Philine lachen.

»Und du bist der Lachmann!«

Laura konnte ebenfalls nicht mehr an sich halten.

»Noch ein Lachmann«, bemerkte das Mädchen belustigt. »Drei Lachmann. Komisch ...« Sie ging zurück an den Tisch und vertiefte sich wieder in ihre Arbeit.

»Sola!« sagte Kafka, als stelle er den Star seiner Truppe vor.

»Was tun die Kinder?« fragte Laura.

»Ich weiß es nicht«, antwortete Kafka. »Manchmal kommen sie und wollen etwas wissen, dann steh ich zur Verfügung.«

»Sie haben keine bestimmte Aufgabe?«

»Sie tun, was sie wollen. Es kommt schon vor, daß ich Vorschläge unterbreite, aber sie können dann selbst entscheiden, ob sie dazu Lust haben. Alle Kinder hier in diesem Raum können lesen, sie haben es sich selbst beigebracht, ich gebe ihnen lediglich das entsprechende Unterrichtsmaterial an die Hand und helfe hier und da mit Tips aus. In der Regel sitze ich in der Ecke und arbeite an meinen eigenen Projekten.« Er deutete auf den Computer.

»Und das klappt?«

»Natürlich. Die Kinder arbeiten miteinander und nicht gegeneinander. Am liebsten haben sie das Chefspiel. Jeder denkt sich eine Aufgabe für seine Mitschüler aus. Diese Aufgabe ist Chef-

sache, nur der Aufgabensteller darf die einlaufenden Ergebnisse benoten. Da der Chef aber gleichzeitig der Schüler anderer Chefs ist, fallen die Zeugnisse in der Regel sehr fair aus. Die Schule selbst verteilt keine Noten.«
Sie gingen hinaus auf den rückwärtigen Hof. An den Ästen der Bäume flatterten bunte Tücher im Wind, zwischen den bemalten Stämmen spannten sich Planen und Hängematten. »Hier bitten wir die Waldgeister um Verzeihung«, schmunzelte Kafka. »Wie gefällt Ihnen unsere Universität?«
»Schön . . .«, sagte Laura.
»Mein Gott, wenn ich daran denke, in was für einer Gefängnisatmosphäre man uns auf das Leben vorbereitet hat . . . Das alte Schulwesen war auf Leistung aus, deshalb konnten sie es sich nicht leisten, die Dinge wachsen zu lassen.« Er zögerte einen Moment. »Was halten Sie davon? Hätten Sie Lust?«
Sie schaute ihn verständnislos an.
»Hat Philine Ihnen denn nichts gesagt?«
»Nein, was?«
»Ich brauche einen Co-Trainer.«
Laura deutete fragend auf sich. »Sie meinen, ich könnte hier arbeiten?«
»Arbeiten und leben. Es ist ein guter Platz zum Leben. Die Kinder fühlen sich wie zu Hause. Obwohl sie sich ihre Gesellschaft aussuchen können, ziehen es viele vor, bei uns zu übernachten. Es stehen genügend Schlafplätze zur Verfügung. Sie bekommen natürlich eine eigene Blockhütte.«
Sie blickte Philine an, die ihr aufmunternd zunickte.
»Unsere kleinen Freunde sind uns von draußen anvertraut worden«, sagte Kafka, »es sind Waisen. Ihre Eltern sind an Aids oder Krebs gestorben.«
Das kleine Mädchen von vorhin tippte Laura in die Seite: »Du siehst aus wie der weiße Himmel und so Sterne . . .« Dann schloß sie die Augen: »Die Sonne ist ganz Licht, ganz, ganz Licht . . .«

Kafka legte dem Mädchen die Hand auf den Kopf und entblößte seine blitzblanken Zähne:
»Was ist? Sind wir Partner?«
Was sollte sie sagen?
»Ja«, sagte sie, »gerne ...«

Eszra hatte inzwischen die Daten von über hundert Personen aus dem Computer gefischt. Alle lebten in oder um Bebra und erfüllten weitgehend die von Tamara und Mark vorgegebenen Kriterien. Die Kurzbiographien ihrer »Targets«, wie Tamara sie nannte, füllten einen ganzen Aktenordner. Jeder Biographie war die Kopie des Computerbriefes beigefügt, den sie den Betreffenden im Namen der Weißen Rose geschickt hatten. Ein Großteil der zumeist männlichen Personen gehörte vor der Revolution der Faschistischen Liga an. Aber es waren auch andere dabei. Ein Werbetexter zum Beispiel. Er zeichnete für eine Zeitungsanzeige der deutschen Agrarwirtschaft verantwortlich, in der die Qual der Schweine bei der Ferkelmast als tierisches Vergnügen dargestellt wurde. Oder ein Autojournalist, der in seinem Testbericht davon gesprochen hatte, was für ein beruhigendes Gefühl es sei, zweihundert PS zuviel unterm Hintern zu haben. Ein Prunkstück in der Sammlung war jener Kommunalpolitiker, der noch im Jahre 2012 mit dem Slogan auf Stimmenfang ging: »Der Wald ist wichtig. Aber wichtiger ist das Recht des einzelnen!« Gut war auch der Arzt, der in einer Talkshow dafür plädiert hatte, krankheitvorbeugende Meditationen zu verbieten, da Meditationen das Bewußtsein veränderten und mithin einen unkalkulierbaren Eingriff in die Persönlichkeitsstruktur des Patienten darstellten.
Eszra betrachtete die Ausbeute der letzten zwei Tage. Es war nicht viel Aufregendes dabei, bis auf den ehemaligen Sachverständigen aus Göttingen. Der Mann hatte im Jahre 2007 in einem Gutachten über die Gesundheitsgefahren der Müllver-

brennung den maroden Anlagen ein »extrem niedriges Risikopotential« attestiert.
Sollten die beiden anderen entscheiden, was sie damit anfingen. Eigentlich hatten sie längst zurück sein wollen. Es ärgerte ihn, daß sie immer wieder für einige Tage verschwanden, ohne ihn in ihre Aktionen einzuweihen. Mag sein, daß dieses Mißtrauen in erster Linie auf Mark zurückzuführen war, der es auf keinen Fall dulden konnte, daß er auch noch seiner letzten Bastion bei Tamara verlustig ging, nachdem er schon ihr Bett zugunsten des Autofahrers, wie er Eszra in Anspielung auf seine Vorstrafe scherzhaft nannte, hatte räumen müssen. Der Autofahrer aber hatte sich inzwischen schlau gemacht über die Weiße Rose, er wußte von Hans und Sophie Scholl, von dieser romantischen Geschwisterliebe im Widerstand. Nur indem Mark Tamara weiterhin an diesen Rächertraum band, hatte er eine Chance, ihr auf exklusive Weise nahe zu sein. Sein Großmut ihm gegenüber speiste sich allein aus dem Geheimnis, das er mit ihr teilte. Manchmal ging er Eszra auf den Geist. So verstand er es hervorragend, ihn spüren zu lassen, daß die ihm gönnerhaft überlassene Liebhaberrolle natürlich nicht darüber hinwegtäuschen durfte, wer von beiden in Wahrheit Tamaras Vertrauen besaß. Scheißspiel. Was fand sie eigentlich daran? Na ja, sie verteilte ihre Gunst gut, jeder durfte sich ihrer großen Zuneigung sicher sein. Das machte sie perfekt. Er hatte Sehnsucht nach ihr. Sechs Uhr. Draußen war es dunkel geworden. Er würde nach Hause gehen. Wenn es nicht unbedingt sein mußte, vermied er die Straßen tagsüber. Erst recht, seit er seinen ehemaligen Vorarbeiter in einem der Deponielaster entdeckt hatte, die ihren Dreck hier auf die Züge luden.
Eszra verließ den Computerraum, als er plötzlich Stimmen hörte. Er vergewisserte sich, daß er keiner Täuschung erlegen war. Sie waren da, allerdings schienen sie jedesmal aus einer anderen Richtung zu kommen. Daran war dieses unterirdische

Labyrinth aus endlosen, verwinkelten Gängen schuld, das man schon gut kennen mußte, wenn man sich nicht verirren wollte. Die Stimmen wurden deutlicher. Am Ende des Ganges bemerkte er einen Lichtschein am Boden. Er schlich näher und spähte durch einen schmalen Schlitz in der Brettertür. Ein Mann stand mit verbundenen Augen an der Wand, seine Handgelenke waren mit Manschetten umwickelt, die in Haken hingen. Er sah aus, als hätte man ihn gekreuzigt.

»Ich zitiere«, hörte er eine Frau sagen, »rechtskräftig verurteilte Ausländer dürfen nicht länger in die Lage versetzt werden, in unseren Wohlstandsgefängnissen ihr gewohntes Gammel- und Lotterleben weiterzuführen. Statt dessen sollen sie harte Arbeit zum Wohle der deutschen Volksgemeinschaft leisten.«

Das war Tamaras Stimme! Er selbst hatte dieses Zitat gefunden und die Adresse des Mannes ausfindig gemacht. Gauleiter Hessen-Ost, Erfinder des AA, des »Asozialen Arbeitsdienstes«, wie die Brigaden der zwangsverpflichteten Asylbewerber damals hießen, die man vorzugsweise in Atomkraftwerke steckte, wo sie zu Aufräumungsarbeiten in verseuchte Schleusen getrieben wurden.

»Dr. Rudolf Karl Krause, Jahrgang 1982, wohnhaft in Herzberg. Sie sind angeklagt der Volksverhetzung und damit der Mittäterschaft an unzähligen Morden, die während der Schrekkensherrschaft der Faschistischen Liga in diesem Land an Ausländern begangen wurden. Die Weiße Rose richtet Sie im Namen der Opfer.«

»Sie verwechseln mich«, schrie der Mann, »ich bin unschuldig, es gibt Millionen von Krauses in Deutschland!«

»Wohl wahr . . .«, erwiderte Tamara zynisch.

Eszra rückte näher an die Tür.

»Sie können mich doch nicht einfach umbringen«, wimmerte der Mann und schlug mit den Füßen aus.

Mark drückte Krauses glattgescheitelten Kopf an die Wand.

»Und ob wir das können«, zischte er ihm aus wenigen Zentimetern ins Gesicht. Fehlte nur noch, daß er ihm die Kehle durchbiß. Er streckte den rechten Arm aus wie ein Chirurg, der nach den Instrumenten verlangt. Tamara legte ihm ein Brenneisen in die Hand, es war eine Bewegung aus zwei Körpern heraus, ein intimes Ritual.

Eszra stockte der Atem, er begann allmählich zu verstehen, daß die beiden etwas verband, das er nie würde teilen können. Er nahm die makabre Zeremonie kaum noch wahr. Erst als Krause in den Lappen brüllte, den ihm Mark auf den Mund preßte, wurde ihm bewußt, was dort passierte. Sie brannten ihrem Gefangenen das Hakenkreuz in die Stirn!

Er versteckte sich. Nach wenigen Minuten hörte er, wie sich seine Freunde mit ihrem Opfer entfernten. Sie führten den verwundeten Krause aus der Halle und begleiteten ihn über die Felder in die Dunkelheit. Eszra schleppte die Matratze aus dem Lichtzimmer in den Computerraum. Er konnte Tamara heute unmöglich in die Augen sehen. Er mußte seinen Abgang ins Auge fassen, das war Arbeit genug.

Tamara saß im Schneidersitz vor ihm.

»Warum bist du nicht nach Hause gekommen?« fragte sie.

Er schlüpfte in die Hose.

»Du hast nicht zufällig vor, mit mir zu sprechen?« hakte sie nach und neigte den Kopf um einige Millimeter nach vorn, so daß ihre Augen in den Schatten gezogen wurden, wo sie dunkel schimmernd auf der Lauer lagen, was ihn normalerweise wehrlos machte. Diesmal nicht. Er war selbst erschrocken über seine Gefühlskälte.

»He, was soll das Theater?« rief sie.

»Nichts. Ich hau ab hier.«

Sie stutzte. »Du hast uns beobachtet ...«

Er schwieg.

»Das Arschloch hat meinen Vater getötet.«
»Das hat er nicht, Tamara. Jedenfalls nicht persönlich.«
»Wo ist der Unterschied?«
»Willst du sie auf diese Weise strafen? Willst du das wirklich? Gute Nacht, Marie, dann hast du ja gut zu tun für den Rest deines Lebens! Dann seid ihr ja prima beschäftigt.«
»Krause hat ihn getötet. Es stand seine Unterschrift unter dem Arbeitsbefehl. Sie haben meinen Vater in Gorleben in die Endlagerungsstollen geschickt. Ohne Schutzanzug, denn er war ja nur Iraner.«
Eszra rollte die Matratze zusammen: »Warum fickt ihr nicht wieder, du und Mark? Das wäre viel einfacher, aber vermutlich steht ihr mehr auf dieser sadistischen Kinderkacke ...«
Sie rannte davon. Eszra war unendlich müde. Er kauerte sich in die Ecke und vergrub den Kopf in den Armen. Wie lange er so dagesessen hatte, wußte er nicht. Plötzlich spürte er, wie ihm jemand sanft über die Haare strich. Lippen betupften seine Schläfe, sie huschten in warmer Spur übers Ohr die Wangen hinunter, wo sie nach seinem Mund suchten, den er krampfhaft geschlossen hielt. Tamara legte ihre Stirn gegen seine, es war wie ein Ankoppelungsmanöver. Gemeinsam zwangen sie ihren nervösen Atem zur Ruhe. In der Schwerelosigkeit ihrer Träume trudelten sie durch den Raum, und so begann schließlich auch dieser Tag mit einer typischen Bißwunde.

Baro folgte seiner Begleiterin die glitschigen Steintreppen hinunter in die Höhle. Colette ritzte ein Zündholz an.
»Was hast du gesehen?« fragte sie, als das Licht erlosch.
»Ich bin nicht sicher«, antwortete er.
Sie zündete ein weiteres Streichholz an und hielt es über den Kopf. Die bizarren Bilder kehrten zurück. Gliedmaßen ragten aus der Decke, höhnische Fratzen, Tiere im Sprung, Dolden vol-

ler exotischer Früchte. Nichts blieb statisch, alles war permanent in Auflösung begriffen. Die Figuren bewegten sich elastisch von einer Form in die nächste. Aus Pferdehufen wurden Libellenköpfe, in ausgehöhlten Mädchenprofilen wuchsen Blumen. Münder formten Liebesschwüre, Kronen schmolzen auf Königshäuptern, schweigend schwitzten Fische im Kalk.
Sie riß nun ein Streichholz nach dem anderen an. Baro ließ die optischen Täuschungen wie in Trance über sich ergehen. Am Ende wankte er benommen ins Freie.
Colette hakte sich bei ihm ein: »Früher lebten die Erdgeister mitten unter uns, jetzt verstecken sie sich. Wer sie besucht, kriegt genau das zu sehen, was er verdient.«
Er drückte ihren Arm.
»Außer mir weiß niemand von dieser Tropfsteinhöhle«, sagte sie. »Du bist der erste, dem ich sie zeige.«
Baro war Colette vor zwei Wochen auf dem Weg zum Speisesaal begegnet. Beide hatten sich spontan nach einander umgedreht, und so fanden sie sich Auge in Auge wieder, was sie mit einem herzlichen Gelächter quittierten. Seit dem waren sie fast täglich zusammen. Meist war es Colette, die ihn auf ihre Spaziergänge mitnahm. »Man muß das physische Leben immer wieder aufnehmen«, pflegte sie zu sagen, »auch dann, wenn es kaum noch etwas gibt, mit dem es sich zu kommunizieren lohnt.«
Er liebte ihren hintergründigen Humor. Nie gab sie ihm das Gefühl, daß sie etwas von ihm erwartete, es schien ihr einfach Spaß zu machen, ihn an ihren »vor-heiligen« Zuständen teilnehmen zu lassen, wie sie es nannte. Man konnte sich wunderbar mit ihr unterhalten, aber es ließ sich auch wunderbar schweigen in ihrer Gegenwart. Zudem war sie eine attraktive Frau, die sich jede ihrer vielen Falten redlich verdient hatte.
An diesem Tag erzählte sie ihm erstmals von ihrer Vergangenheit.
Sie war Solistin in einer berühmten Ballett-Company gewesen.

Vermutlich erwartete sie, daß er sich an ihren Namen erinnerte, aber er hatte sich nie für den Tanz interessiert.

»Ich war dreizehn Jahre alt, als ich beschloß, berühmt zu werden«, sagte sie. »Ich hatte zwar keine Ahnung, auf welchem Gebiet dies geschehen sollte, aber es gab überhaupt keinen Zweifel, daß es mir gelingen würde. Im folgenden Jahr sagte mir meine innere Stimme, daß ich Tänzerin werden sollte. Also schrieb ich meiner Mutter, sie möge mich aus dem Internat holen, ich würde Ballerini werden. Ich hatte keine Ahnung, wie das wirklich heißt und wie es geschrieben wurde. Trotzdem hatte ich beschlossen: Das wird der Bereich, in dem ich gut werde. Tanzen hatte für mich damals etwas mit springen zu tun, ich hatte das Bedürfnis, mich in die Luft zu schwingen. Es war das Beste von allem, was ich entdeckt hatte. Besonders auch deshalb, weil ich meinen Mund nicht aufmachen mußte. Meine Mutter hat gerne geredet und Dinge diskutiert, ich hatte nun etwas gefunden, wo ich mich ausdrücken konnte, ohne mich preiszugeben. Wir gingen also ins Theater: Schwanensee. Ich war sehr wütend, ich konnte das nicht ausstehen. Was immer ich im Kopf gehabt hatte – was ich da sah, hatte damit jedenfalls nichts zu tun Heute liebe ich das Stück, damals ganz und gar nicht. Interessiert dich das überhaupt?«

Baro nickte ihr aufmunternd zu.

»Meine Mutter brachte mich nach New York, zur School of American Ballett. Mit fünfzehn wurde ich als Elevin beim New York City Ballett angenommen. Da lernte ich ihn kennen. Man hatte uns morgens gesagt, daß er unterrichten würde. Wir alle waren zu Tode erschrocken, einfach starr vor Angst. Er kam herein und sah uns nur an. Schließlich sagte er: Erste Position! Wir wollten gerade anfangen, da hat er in die Hände geklatscht: »Mädels, wißt ihr denn nicht, wie man aufrecht steht?« Dann kam er zu mir: »Diese Hand sieht aus wie ein totes Hühnchen! Dabei müßt ihr dastehen wie ein Truthahn.« Er hat sich auf die

Brust getrommelt: »So müßt ihr dastehen.« Und ist weitergegangen, hat hier und da einen Klaps verteilt, hier was durchgedrückt und da was angehoben.«

»Von wem sprichst du?«

»Von George! George Mankind.«

»Du warst bei Mankind?«

»Wir haben sogar geheiratet. Aber ich war zu jung, weißt du, ich war einfach zu jung, um mit ihm verheiratet zu sein. Aber er wollte junge Mädchen. Später hat er sogar eine noch jüngere geheiratet.« Sie nahm einen Stein zur Hand und drehte ihn versonnen in der Hand. »Ohne ihn wäre ich nichts. Ich habe ihm einmal zugeschaut, wie er einen Pas de deux in Straßenschuhen vorgemacht hat. Es war die größte Entdeckung, die mir zuteil geworden ist. Das hat Tore geöffnet. Er hatte damals seinen eigenen Stil gefunden, und er hatte Leute, denen er mehr abfordern konnte, als er sich erträumte. Er besaß Tänzer, die höher abspringen konnten, als er je gedacht hatte. Es gab in seinen Choreographien nichts Kompliziertes, keine Tricks. Einfachheit war das Schlüsselwort. Rede ich dir zuviel?«

»Nein.«

»Diese Einfachheit bedeutete nicht, daß er in der Arbeit leicht zu verstehen gewesen wäre. Ich habe ihn einmal gefragt: Worum geht es in diesem Ballett? Da hat er gesagt: Es geht um Zeit. Es dauert fünfzehn Minuten, dieses Ballett zu tanzen ... Solche Antworten hatte er auf Lager. Er hat etwas offenbart, aber nie erklärt, verstehst du?«

Colette stieg beim Gehen auf die Zehenspitzen und wippte anmutig neben ihm her. Diese Frau konnte unmöglich siebzig sein!

»Der Abschied war hart«, lächelte sie. »Ich bin nur sehr schwer damit fertig geworden. George war Ende sechzig und er war abhängig von seinem Jungbrunnen. Der Jungbrunnen waren die nachwachsenden Tänzerinnen. Er brauchte sie nur zu schleifen, und schon hatte er Brillanten. Das hat ihn völlig sprachlos

gemacht. Diese Masse von Talent. Da war es: Lehm, um geformt zu werden. Es war schwer für mich. Auf einmal befand ich mich im Ruhestand. Es wurden dennoch wunderbare Jahre ...* Ich habe sehr viel geschrieben. Lyrik. Es gibt sogar einen Gedichtband von mir.«
»Schreibst du immer noch?«
»Nein, ich habe es lange aufgegeben. Weißt du, warum? Weil ich nicht ständig zwischen Leben und Tod stehenbleiben wollte ... Erst danach bin ich ein wahrer Anwärter auf die Ruhe geworden.«
Baro zuckte unwillkürlich zusammen. Es mochte Zufall sein, daß sie diese Formulierung benutzte, aber Anwärter auf die Ruhe war die Bezeichnung, die der Staat den Sterbewilligen gab. Er wußte von den Kliniken, in denen man sich freiwillig melden konnte, um seinem Leben ein Ende zu setzen. Bisher war ihm allerdings noch kein Fall bekannt geworden.
Colette hing jetzt mit ihrem ganzen Gewicht an seinem Arm, während sie doch für gewöhnlich leicht wie eine Feder dahinschritt.
Sie löste sich, als hätte sie seine Irritation bemerkt, als wollte sie den Bann ihrer düsteren Gedanken von ihm nehmen. Wenige Meter vom Weg entfernt erklomm sie einen verwitterten Baumstamm, hob das Gesicht zum Himmel und breitete die Arme aus. »Wer hat das Kreuz erhoben / Zum Schutz für jedes Herz?« deklamierte sie mit fester Stimme, »Wer wohnt im Himmel droben / Und hilft in Angst und Schmerz? Geh zu dem Wunderstamme / Gib stiller Sehnsucht Raum / Aus ihm geht eine Flamme / Und zehrt den schweren Traum.«* Sie ließ die Arme langsam sinken und blickte Baro aus feuchten Augen an: »Wo sind unsere Freunde geblieben, Philip? Wo sind die stolzen Bäume mit ihren glänzenden Blättern, wo die Elefanten und Wale, wo die Schmetterlinge? Wie können wir nur ohne sie leben ...?«
Bevor er etwas sagen konnte, hüpfte sie wie ein kleines Kind

zurück auf die Erde. »Erinnerst du dich noch an die Schnuller-Revolution? Oder gab es so etwas in Deutschland nicht?«
»Was für ein Ding?«
»Schnuller-Revolution. Die Studenten in Amerika haben sich wie Kleinkinder angezogen: bunte, übergroße Klamotten und Schnuller im Mund. So sind sie in die Vorlesungen gegangen. In der einen Hand die Bücher, in der anderen ihre Stofftiere. Zum Repertoire gehörten außerdem übergroße Plastikuhren, Beißringe, bunte Kinderbrillen, Spielzeugsaxophone, Jo-Jos in Leuchtfarben, Lutscher und die Erde als Gummiball zum Kneten ...* Aber wie das so ist mit der Jugend: Sie wächst heran und läßt sich bezahlen. Heute sind die Schnuller-Revolutionäre verdienstvolle Invaliden des Lebens.« Colette nahm eine Handvoll Erde auf. »Wovor haben die Menschen bloß Angst?« fragte sie leise.
Im Gegensatz zu sonst schien sie ihn nicht wirklich in einen Dialog verwickeln zu wollen. Sie sprang von einer Gemütsverfassung in die nächste, sie hing wie ein Saugnapf an seiner Seele.
»Hörst du in Farbe, Philip?«
Wieder so eine Frage, die es nur darauf anlegte, seine Sprachlosigkeit zu offenbaren.
»Für mich haben die Vokale Farben. E ist weiß, I gold, O grau, U weinrot, Y silber. Und A ist schwarz. Angst ist schwarz. Und Augen sind bordeauxschwarz ...«
»Laß uns nach Hause gehen, Colette, laß uns etwas essen.«
»Ja, gehen wir nach Hause ...«
Warum begann sie ihn zu nerven? Warum hätte er sich von ihrer Hand am liebsten freigemacht? Er gab den Druck ihrer Finger nur widerwillig zurück.
»Es ist schön, daß du da bist«, sagte sie und rieb die Stirn an seiner Schulter. »Bevor ich schweige, rezitiere ich noch ein Gedicht, eines noch, okay? Es ist von mir: Ihr, die ihr im Nacken der Worte die Lügen versiegelt / Die ihr im Blut watet / Den seidenen

Schal gegen die Schreie gewickelt / Die ihr zusammengekommen seid, um uns zu holen: Wir sind bereit / Unsere Spezialität werden die Augen sein.«
Baro wartete, ob noch etwas nachkommen würde, aber Colette hatte ihr Mitteilungsbedürfnis gestillt, er merkte es an der Art, wie sie ging. Zügig und ausgewogen. Es war leicht für ihn, ihren Rhythmus aufzunehmen. Und angenehm dazu.
Sie erreichten die Anlage von Weißenhaus, begegneten im Park einigen Mitbewohnern und enthielten sich gegen alle Gepflogenheiten jeglicher Lästerei. Baro war Colette während dieser letzten Etappe ihres ausgedehnten Spazierganges sehr nahe gewesen, und so fragte er, ob er heute abend für sie kochen dürfe. Sie bedankte sich, gab ihm aber zu verstehen, daß sie verhindert sei.
»Ein andermal?« fragte er.
Sie küßte ihn und verschwand. Er blieb verwirrt zurück. Sie hatte ihm noch nie die Ehre eines Kusses zuteil werden lassen.

Am nächsten Morgen wartete Baro im Speisesaal vergeblich auf sie. Nachdem er das Frühstück über Gebühr ausgedehnt hatte, entschied er sich, nach ihr zu sehen. Die Vorhänge ihrer Wohnung waren zugezogen, auf sein Klingeln reagierte niemand. Er suchte die Verwaltung auf und bat darum, daß jemand bei ihr vorbeischauen möge, da er sich Sorgen mache. Der junge Mann, dem er sein Anliegen vortrug, gab ihre Daten in den Computer.
»Das brauchen wir nicht«, sagte er mit Blick auf den Bildschirm, »Colette Rosenbladt hat sich als Anwärter auf die Ruhe beworben. Sie ist gestern abend abgereist.«
Baro klammerte sich an den Holztresen, der ihn und den Sachverwalter voneinander trennte. »Abgereist?« fragte er. »Wohin?«
»Das darf ich Ihnen nicht sagen.«
»Ist sie tot?«

»Sie wollte um Mitternacht sterben. Ich hab hier übrigens eine Nachricht für Sie.«
Er nahm das Kuvert und verließ das Gebäude. Im Garten blieb er stehen, er wußte nicht, wohin er sich wenden sollte. Er öffnete den Umschlag und blickte auf ein paar handgeschriebene Zeilen: »Kein Einhalt ist den Tränen geboten, sprachlos stürzen sie ab, von Grund zu Grund, und es verweigert der letzte, in den sie vergehen, sich immer unserem Gehör. O Stummheit der Liebe! Colette«*
Er wanderte oberhalb der Steilküste bis zu jener Bank, die wie ein Raumschiff über dem Meer schwebte. »Hier also wartest du auf das rettende Ufer«, hatte sie einmal gescherzt. Baro wunderte sich, daß seine Trauer ihn nicht fassungslos machte, sie setzte sich nur wie ein melancholischer Bodensatz auf den Grund seines Herzens. Er wartete nicht auf das rettende Ufer, das hatte sie falsch gesehen. Er war zu Hause, wo denn sonst? Es galt jetzt nur noch, das Gefühl dafür zu entwickeln ...
Die Kälte kroch unter den Mantel. Steifgefroren und mit vom Wind geröteten Augen wurde er eine Stunde später wieder im Büro vorstellig.
»Ich hätte gerne den Katalog«, nuschelte er durch die unterkühlten Lippen.
»Den Anwärter-Katalog?« fragte der junge Mann von heute vormittag nüchtern.
Baro nickte.
»Kabine drei.«
Er schloß die Tür hinter sich, hängte den Mantel an den Haken und wartete, bis das Programm im Computer aufgerufen wurde. Es gab Leute in der Siedlung, die sich das Sterbeangebot regelmäßig servieren ließen. Er selbst machte zum erstenmal davon Gebrauch. WILLKOMMEN IM GARTEN DER RUHE! Wählen Sie unter den folgenden Menüs: ALL, GESCHICHTE, LIEBE, MACHT, NATUR, TRAUM, TECHNIK.
Das All-Menü enthielt sieben Angebote: Erdsymphonie, Mond-

spaziergang, In den Ringen des Saturn, Sonnenstaub, Tanz des Universums, Stern der Ungeborenen, Ellipsen im Raum. Er öffnete die Datei Erdsymphonie. Unter der aufgehenden Erde stand: Start in eine Umlaufbahn von dreißig Kilometer Höhe. Blick auf Nordamerika, Afrika, Indien, Australien, Alaska. Nachtgewitter, Hurricanes, Vulkanausbrüche, Nordlicht. Dauer: zwei Stunden. Geruchlos. Musik: nach Wahl. Baro betrachtete die schimmernde Murmel mit den Wolkenspiralen und dem verletzlichen, blaßblauen Häutchen. Möglich, daß Colette sich auf dieser schwebenden Rundreise verabschiedet hatte.
Er folgte dem GESCHICHTE-Pfad. Wieder standen sieben Angebote zur Auswahl: Alt-Ägypten, Das Reich der Inka, Altertum, Mittelalter, Rokoko, Romantik, Zivilisation. Eine merkwürdige Auswahl. Diesen Ausgang hatte sie mit Sicherheit nicht gewählt. TECHNIK und MACHT wohl ebenfalls nicht. Blieben die Träume, die Liebe und die Natur.
Er kam sich lächerlich vor. Keine vierundzwanzig Stunden nach Colettes Tod saß er als Schnüffler im Info-Terminal und selektierte die elektronischen Konserven, die der Staat den Todessüchtigen offerierte wie vergiftete Pralinés. Er leistete sich einen letzten Blick in das NATUR-Register: Sommerwiese, Wald, Schneeberge, tropische Insel, Watt, Prärie, Moor. Doppelklick auf »Wald«: Mischwald im Frühling, bizarre Lichtreflektionen, leises Windspiel in den Blättern. Tiere: Hasen, Rehe und Vögel. Dauer: 47 Minuten. Geruch: erdig, moosig, honigsüße Maiglöckchen. Musik: nach Wahl. Nein, so würde er nicht enden wollen. Nicht von Menschenhand . . .
Er schloß die Kabinentür. Der junge Mann blickte kurz auf, ob eine Bestellung zu erwarten war, und vertiefte sich wieder in sein Buch.
»Hören Sie«, unterbrach Baro verlegen, »ich weiß, Sie dürfen es mir eigentlich nicht sagen . . .«
»Vergessen Sie es, Doktor. Datenschutz.«

Er nickte müde. »Wenn ich es rate, sagen Sie es mir dann? Wald . . .«
»Falsch.«
»Sommerwiese?«
Der Verwaltungssekretär senkte die Stimme: »Ich darf es Ihnen wirklich nicht verraten, Doktor«, sagte er, um flüsternd hinzuzufügen: »Sommerwiese, ja . . .«
»Welche Musik . . .?«
»Gustav Mahler, Kindertotenlieder.«
Baro atmete tief durch. »Kennen Sie die Kindertotenlieder?« fragte er.
»Ich kann schließlich nicht alles kennen, was wir führen. Sie haben ja selbst gesehen, wie groß die Auswahl ist.«
»Jaja. Danke vielmals.« Er strich mit der Hand über den Tresen und strebte dem Ausgang zu.
»He, Doktor«, rief der Mann ihm hinterher, »bringen Sie mich nur nicht in Schwulitäten!«
Draußen inhalierte Baro die frische, kühle Winterluft. Sie mochte verstrahlt sein, aber sie war auf jeden Fall nicht mit honigsüßen Maiglöckchenessenzen aus dem Chemielabor durchsetzt.

Der Mann auf dem Sitz gegenüber wühlte mit gesenktem Kopf in einem schäbigen Aktenkoffer. Malin lehnte den Kopf gegen die Scheibe und lauschte mit geschlossenen Augen dem Fahrgeräusch der S-Bahn. Was wollte er eigentlich in München? Vielleicht hätte er sich für seinen Stadtbummel einen freundlicheren Tag aussuchen sollen als diesen klammen Märzsonntag. Er erinnerte sich an einen Film über das Warschauer Ghetto, den er als Jugendlicher gesehen hatte. Unvermittelt tauchten die Bilder wieder auf: Kinder, die zwischen Scherbenhaufen spielten, verwehte Müllberge, Menschen, die stumm ihre Handwagen zogen. Plötzlich spritzten die Leute von der Straße, verschwanden in Hauseingängen, hinter Trümmern oder in der Kanalisation. Zwei großgewachsene Kerle in schwarzen Uniformen stolzierten über das Trottoir, sie scherzten miteinander wie auf einem Sonntagsspaziergang. Ein junges Mädchen stand im Hauseingang. Die Männer schoben ihre Bluse mit Reitgerten beiseite, bis sie die blassen Brüste freigelegt hatten. Gelangweilt marschierten sie weiter. Hinter ihnen hoben sich die Gullideckel.

Er riß die Augen auf. Der Mann mit dem Aktenkoffer war verschwunden. Statt dessen saßen ihm zwei distinguierte Herren gegenüber. »Kunze ist frei«, sagte der eine zum anderen und setzte seine Sonnenbrille auf. Malin stieg aus.

Er hatte die Ludwigstraße noch als stinkende Autoschneise in Erinnerung. Heute lag sie als majestätische Mosaikspur zwischen Siegestor und Feldherrnhalle. Seine Schritte hallten zwischen den frisch getünchten klassizistischen Fassaden wider. Die Häuser der angrenzenden Straßen waren noch vom Bleifraß der Vergangenheit gezeichnet. Sie hatten also als erstes ihre italienisch anmutenden Prunkstücke rund um den Odeonsplatz in Ordnung gebracht. Er drehte sich um und fand seine Vermutung bestätigt: Natürlich waren auch die Türme der Frauenkirche renoviert worden. Aus der Schellingstraße drangen Schreie herüber. Vor dem Eckhaus parkte ein gepanzerter Ambulanzwagen der Gesundheitspolizei. Zwei Sanitäter mit Mundschutz und Gummihandschuhen zerrten einen Mann aus dem Eingang, der sich jedoch nach Kräften wehrte, bis sie ihn schließlich in den offenen Wagen geprügelt hatten.

»Daß die das nicht begreifen!« sagte eine Passantin.

»Wer?« fragte Malin naiv.

»Die Positiven! Man muß sie doch isolieren, da hilft nun mal alles nichts. Wo kämen wir sonst hin . . .«

Er kam an der alten Universität vorbei. Heute diente sie als Führungsakademie. Wer immer ein verantwortungsvolles Amt an-

strebte, mußte diese Schule für Deprogrammierung absolvieren. Hinter dem Siegestor war abrupt Schluß mit der baulichen Pracht und Herrlichkeit, die von den Menschen weitgehend gemieden wurde. Die Leopoldstraße präsentierte sich als löchriges Asphaltband. An den Fassaden prangten noch die hellen Schatten der abmontierten Neonschriften. Von den schlanken Pappeln, die einst die Fahrbahn säumten, waren nur noch Stümpfe übrig. Dennoch war Leben in der Bude. Tausende tummelten sich auf Schwabings Renommiermeile, die ihr Bohème-Image partout nicht loswurde. Die meisten waren zu Fuß, viele kurvten auf Fahrrädern oder Rollschuhen herum. Er wunderte sich, daß kaum jemand den üblichen Einheitsdreß trug. Statt dessen waren abgewetzte Anzüge, schräge Hüte und schrille Kleider en vogue, sogar vor Lederjacken und Pelzmänteln schreckte man nicht zurück, obwohl ihre Herstellung seit langem verboten war. Es schien, als hätten die Münchner zum Festtag die Asservate der Konsumgesellschaft geplündert.
Malin mußte schmunzeln über diesen Jahrmarkt der Eitelkeiten. Die modischen Mißverständnisse wurden gockelhaft und zugleich ernst zur Schau gestellt. In Wirklichkeit war die exaltierte Demonstration persönlicher Freiheit nur komisch. Sie hatte aber auch etwas Rührendes, etwa wenn sich die jungen Mädchen minutenlang vor den Spiegeln der Cafés drehten, während sich draußen Trauben von Schaulustigen bildeten, um die Darbietungen der Musiker und Artisten zu beklatschen.
Er schlenderte zum Englischen Garten, der allerdings gesperrt war. Eine Dame klärte ihn auf, daß man den Garten bereits vor zehn Jahren als Naturpark ausgewiesen hatte. Das bedeutete, daß man ihn ganz der Natur überließ, niemand hatte Zutritt. Es gab keine gärtnerische Pflege, keinen Parkdienst, nichts. Insgesamt gab es fünfzig solcher Naturparks in Deutschland, der größte war zweifellos der »Meerpark«, der sich von der Elbmündung in einem fünfzig Kilometer breiten Streifen die gesamte

Nordseeküste hinauf bis nach Dänemark erstreckte. Malin verstand die Philosophie, die dahinter steckte, sehr gut. In diesen menschenfreien Räumen sollten mit den Jahrhunderten neue Lebensgemeinschaften entstehen, man vertraute darauf, daß sich die Natur schon zu helfen wissen werde. Es wunderte ihn nur, daß sie solche Tabuzonen nun auch in Städten einrichteten.

Ein Wachmann patrouillierte vorbei. Am Eiskanal lagen sich die entwurzelten Bäume in den Armen wie Leichen im Massengrab. Über ihre Äste hinweg grüßte der Monopteros von seinem einsamen Hügel. Der steinerne Tempel schien um die Generationen junger Leute zu trauern, die sich einst an der Aura seiner pseudoantiken Würde berauscht hatten.

Die Dame wartete, bis sich Malin vom Zaun gelöst hatte. »Auf der anderen Seite des Parks ist unser Baummuseum. Sie haben sogar eine vierhundertjährige Eiche da . . .«, sagte sie. Dann empfahl sie ihm noch einen Besuch im Tierpark Hellabrunn. »Die Filme dort sind wunderbar, junger Mann. Ich selbst habe die Tiere noch lebend gesehen, die Elefanten, die Flamingos, die Eisbären . . .«

Er dankte für die Tips. Münchens Zoo war berühmt für seine Cyberspace-Dome. Der Schock, der sich einstellte, wenn man sich nach einer simulierten Reise in die Arktis, den Regenwald oder die afrikanische Steppe unversehens in den engen Käfigen wiederfand, war durchaus beabsichtigt. Aber Besuche in Zoos waren nicht zwingend vorgeschrieben und deshalb eine Attraktion. Anders als die Schlachthofvisiten, die in vielen Kommunen zum Pflichtprogramm gehörten. Ihn selbst hatte es vor Jahren während eines Jobs in Bremen erwischt. Man versammelte die Leute zu Hunderten in den stillgelegten Tötungsfabriken und ließ sie unter den Helmen Zeuge jener tierischen Torturen werden, die eine fleischfressende Gesellschaft über ein Jahrhundert mit Akribie in Szene gesetzt hatte. Die Leute hatten sich reihenweise übergeben, ihm war es nicht anders ergangen.

Im Rücken der Leopoldstraße spazierte er durch das Viertel, dessen großbürgerlicher Charme ihn während seiner Studienzeit so beeindruckt hatte. Etwas davon war auch heute noch zu spüren. Gegenden wie diese waren schon immer frei von Werbeplakaten und Leuchtschriften gewesen, und so erkannte er fast Haus für Haus wieder. Es bestand allerdings ein merkwürdiger Kontrast zwischen den gepflegten Fassaden und den verwilderten Vorgärten, die früher aus gestutzten Rasenflächen und Blumenrabatten bestanden, während sich heute ein dichtes Gestrüpp über die rostigen Zäune und die angrenzenden Aspaltdecken hermachte.
Er erreichte die engen Gassen hinter der Münchner Freiheit, die als das eigentliche Zentrum Schwabings gegolten hatten. Hier reihte sich noch vor zwanzig Jahren ein Restaurant an das nächste, die Mischung aus Gourmet-Tempeln, Musikclubs, Puffs und Cabarets war einzigartig in Deutschland. Von der mit Videodomen und Fast-food-Läden vollgestopften Leopoldstraße sprach man damals nur als der Zombie-Meile.
Es dämmerte. Dies war einst die Stunde der Metamorphose. Die Mädchen schoben die roten Vorhänge beiseite und gingen auf fellbeschlagenen Barhockern in Positur. Diebe und Dealer formierten sich an strategisch wichtigen Stellen. Es dauerte nicht lange, bis die Touristen kamen, sie bildeten kleine Pulks, als suchten sie den Schutz der Herde gegen die Trickbetrüger, die ständig um sie herumtänzelten. Wer sich auf dem buckeligen Pflaster an die besondere Gangart des Viertels gewöhnt hatte, dem klang bald ein gläsernes Klicken im Ohr. Es war das Geräusch, das die Ringe der Mädchen auf den Fensterscheiben machten, wenn man vorüberging.
Er hörte dieses Klicken noch heute.
Da waren die Familienväter, die mit vergrabenen Händen umherirrten, die Spanner, welche von weitem die »Auslagen« genüßlich mit den Augen verschlangen, die jungen streunenden

Hupfer, die zu zweit kamen und sich nicht scheuten, in unnütze Verhandlungen zu treten. Schließlich die Träger der schweren Traurigkeit: Männer, die ihre Liebsten verloren hatten, Künstler, Reisende. Sie zelebrierten ihren Puffbesuch wie eine Messe und konnten notfalls auch verzichten, wenn die »Girls in the Windows«, wie sie ausländischen Besuchern in städtischen Prospekten ans Herz gelegt wurden, nicht ihrem Geschmack entsprachen. Glücksspiel, Drogen und Prostitution waren bis zur Revolution in staatlicher Hand. Die Huren bezogen festes Gehalt. Einer der größten Erfolge der ehemaligen Frauenbewegung ... Aber seit man das Geld aus dem Verkehr gezogen hatte, erging es dem ehemaligen Amüsierviertel nicht anders als einem verlassenen Tanzboden oder einer stillgelegten Mastanlage. Es faulte ganz einfach aus der Welt.
Malin sah einen Mann auf sich zukommen. Er jonglierte einen weißen Spazierstock mit goldenem Knauf. Die gepflegten Locken fielen auf den Samtkragen seines schwarzen Mantels, und unter der hohen Stirn blitzten Augen von solcher Klarheit, daß man glauben mochte, der Erlöser selbst hätte im Sündenpfuhl Einzug gehalten. Der Mann zückte ein Stilett und bat höflich um eine Zigarette.
»Ich habe keine«, antwortete Malin, den die blitzende Klinge in keiner Weise irritierte. Sein Gegenüber legte ihm die Hand auf die Schulter und verschwand. Aus einer offenen Tür plätscherten Pianoklänge auf die Straße. Er ging der Musik nach und landete in einer primitiven Bar, in der außer dem Klavierspieler niemand anwesend war. Der alte Mann hatte ihn nicht bemerkt, jedenfalls hörte er nicht auf zu spielen. Seine knochigen Hände bewegten sich über die Tasten, als wären sie mit ihnen verwachsen. Seine Stimme sprang gebrochen um eine Melodie, ohne sie jedoch gänzlich zu verraten: »Kommt ein Vogel geflogen / setzt sich nieder auf meinen Fuß / hat einen Zettel im Schnabel / von der Mutter einen Gruß / Lieber Vogel, fliege weiter / nimm

einen Gruß mit und einen Kuß / denn ich kann dich nicht begleiten / weil ich hierbleiben muß . . .«*
Malin trat behutsam nach draußen. Es war dunkel geworden. Er tastete sich an den Hauswänden entlang Richtung Leopoldstraße, auf der das sonntägliche Straßenfest allmählich zu Ende ging. Selbst die Tauschbörsen machten dicht, da der Wind den Händlern die Kerzen ein ums andere Mal ausblies. Er passierte das Siegestor nun aus der anderen Richtung und spazierte die spärlich beleuchtete Ludwigstraße hinunter Richtung Marienplatz. Es hatte zu schneien begonnen. Die Flocken stürzten sich in breiter Front aus dem Schattenreich in die Lichtkegel. In der Höhe des Nationaltheaters kehrten sie von einer launischen Böe getragen plötzlich um, als wären sie der Flucht überdrüssig. Ihre Gegenattacke traf Malin in die unvereiste Gesichtshälfte, und so war er schließlich froh, als er mit all den anderen Ausflüglern auf dem zugigen Bahnsteig die Ankunft der nächsten S-Bahn erwarten durfte, die in vierzig Minuten eintrudeln sollte.

Malin hatte den Blick auf die Tür geheftet. In seinem Kopf wanderten banale Gedanken umher und vertrauten darauf, daß sich das Oberhirn im Palast der Vernunft um ihre Angelegenheiten schon kümmern werde, wenn man nur brav in Sichtweite blieb. Aber das Oberhirn dachte nicht daran, es stahl sich in das Reich der Träume: Es ließ die Tür aufgehen und Iris eintreten.
»Ich bin's«, sagte sie fast entschuldigend, nachdem sie sich lange genug über sein ungläubiges Gesicht gewundert hatte. Er bedeutete ihr, stehenzubleiben: »Warum ist ein weibliches Känguruh mit ihrem Jungen im Beutel schneller als ein männliches Känguruh?« fragte er schmunzelnd.
Sie zuckte mit den Schultern.
»Nur die richtige Antwort ist die Eintrittskarte . . .«

»Eintrittskarte in was?« fragte sie im Ton eines Menschen, der nur die aufregenden Spiele spielt.
»In mein Leben.«
»Was ist so interessant an deinem Leben?«
»Ich bin eine gespaltene Person. Du bekommst also zwei für einen: den Pessimisten und den Optimisten, den Clown und den Büßer, den Suchenden und den Resignierenden ...«
»Ist zufällig auch ein Liebender dabei?«
»Sicher, ich hab ihn neulich erst gesehen.« Sie hatte Liebender und nicht Liebhaber gesagt! »Also was ist: warum ist ein weibliches Känguruh mit Nachwuchs schneller als der Gatte?«
»Weil sie zu zweit sind.«
»Tritt ein.« Malin blieb liegen, und Iris blieb stehen. Schließlich sprang er vom Bett und umarmte sie. Als er sich mit ihrem Duft vollgesogen hatten, half er ihr aus dem Mantel.
»Schön, daß du da bist«, sagte er und setzte Wasser auf, »ich wäre fast vertrocknet ohne dich ...«
Sie griff ihm zart in den Schritt: »Das können wir auf keinen Fall zulassen, Herr Ingenieur ...«
Malin genoß den flinken Lauf ihrer Finger auf seiner Hose, die sich schnell straffte.
Sie ließ von ihm ab. »Hast du schon mal jemandem gesagt, daß du ihn liebst?« fragte sie.
»Ja, einmal.«
»War das nicht schrecklich? Als würde man eine Seifenblase anstechen ...«
»Nicht ganz, es war eher wie ein Versprechen auf die feinere Form der Erotik, wenn du verstehst, was ich meine.«
»Gib nur nicht an, davon habt ihr Kerle doch nicht die geringste Ahnung!«
Er drehte sich erstaunt um: »Kummer, Iris?«
Sie errötete und rettete sich in ihre übliche Kasperei. »Ich?« rief sie empört und verzog das Gesicht.

Obwohl sich zu bestätigen schien, was er insgeheim befürchtet hatte, mußte er lachen: »Du hast also einen Lover ... Und es steht nicht zum besten mit ihm ...«
»Wer? Ich?«
»Tee ist fertig, Madame. Nehmen Sie Platz.«
»Ich mag es, wenn du mich Madame nennst. Es ist so intim distanziert ...«
»Die feinere Art der Erotik eben ... Ich hab Honig im Haus, magst du?«
»Selbstverständlich, Honey.«
»Das ist die gröbere Art der Erotik, wenn du verstehst, was ich meine ...« Er biß ihr in den Hals. »Was ist das für ein Typ, der dich so unglücklich macht, daß du sogar zu mir kommst?«
Iris war mit der Wendung des Gesprächs nicht einverstanden, ganz und gar nicht. Sie rührte lange im Tee. »Ich würde es dir gerne sagen«, begann sie vorsichtig, »aber es geht nicht. Es geht wirklich nicht«, lachte sie verzweifelt.
Malins Augen schweiften über die Holzmasern des Tisches, die Antworten nur für Fragen zu bergen schienen, die noch gar nicht gestellt waren. »Hast du eine Zigarette?«
Sie kramte ihre Schachtel hervor, steckte sich zwei in den Mund, zündete sie an und reichte ihm eine. »Marinella läßt dich herzlich grüßen, kümmer dich mal um sie, es geht ihr nicht gut.«
»Was ist mit ihr?«
»Es ist wegen Paul. Er ist desertiert. Ich habe ihm eine neue Identität verschafft, aber sie können sich natürlich nicht mehr sehen. Paul ist hier. Er ist deiner Brigade zugeteilt. Er heißt jetzt Thomas Niemann.«
»Thomas Niemann ...« Das also war der Grund ihres Erscheinens.
»Bist du sicher, daß ich mit ihm zurechtkomme ...? Immerhin hat er meine Ex-Frau gevögelt.«
»Sei nicht albern, Max.«

»Unter normalen Umständen . . . ich meine, ohne diese Geschichte, hätte ich dich je wiedergesehen?«
»Viel früher«, flüsterte sie und nestelte an seinem Hemd. Seine Hände glitten in ihren Nacken, wo sich ihr Kopf am wärmsten anfühlte.
Er drückte sie an sich und leckte ihr in einer breiten Spur übers Haar, während sie selbstvergessen an seiner Brust nuckelte. Es war ihm nicht unangenehm, ganz im Gegenteil, aber es überraschte ihn ein wenig . . .

Während Iris duschte, bereitete Malin das Frühstück. »Wie lange bleibst du?« fragte er, als sie sich ankleidete.
»Ich weiß nicht. Wie lange möchtest du, daß ich bleibe?«
»Ist das von Belang?«
»Nein.«
»Er ist ein hohes Tier, dein Lover, stimmt's?«
»Ja«, sagte sie und rubbelte ihre Haare, um sie kurz darauf mit einem kräftigen Ruck des Kopfes in den Nacken zu werfen.
Er hakte nicht weiter nach, sie würde nur sauer werden. »Warum tust du das für Paul?« fragte er. Als sie nicht antwortete, fügte er hinzu: »Weiß denn der hohe Herr, daß er eine Jeanne d'Arc in seinen Reihen hat?«
Sie blieb stumm.
»Was ist Ihr Job im Informationsministerium, Madame?«
»Ich rechne ab . . .«, antwortete sie und stippte den Finger in die Marmelade.
Wie eine Buchhalterin sah sie nicht aus.
»Wieviel Wahrheit verteilt ihr? Ich meine, wieviel von dem, was draußen los ist, erfahren wir armen Würstchen wirklich?«
»Kommt drauf an, was man wissen will. Sagen wir mal so: In Sachen umweltpolitischer Altlasten ist das Staatsarchiv perfekt. Es wird von unseren Bibliothekaren ständig aktualisiert. Der

Zugriff auf die alten Printmedien ist ebenfalls unbeschränkt möglich, eine Zensur findet nicht statt. Das gleiche gilt für belletristische Bücher. Mit den wissenschaftlichen Werken verhält es sich anders. Es sind nur theoretische Abhandlungen verfügbar, keine chemischen Formeln, keine physikalischen Gesetze, keine Bauanleitungen. Was den Wetterdienst betrifft: Er ist der Stolz des Ministeriums. Das Meßsystem erfaßt jeden Quadratkilometer unseres Landes, es ist äußerst sensibel und reagiert auf die geringste radioaktive Strahlung ebenso wie auf Ozonwerte, Elektrosmog, Chemieschwaden oder seismographische Erschütterungen. Der Haken ist nur, daß die Informationen meist zurückgehalten werden.«

»Verständlich, man kann die Leute schließlich nicht ständig von einer Scheiße in die nächste evakuieren«, kommentierte Malin ironisch.

»Man kann sich keine Panik leisten«, korrigierte Iris.

»Was denn?« fragte er mit vollem Mund. »Ist es so schlimm?«

»Ich werde es herausfinden. Aus dem Staatsarchiv geht es jedenfalls nicht hervor. Es gibt keine öffentlichen Statistiken über Strahlen- und Chemieverseuchte, niemand erfährt, wie viele Menschen an Aids, Krebs oder Genschäden krepieren. Wir haben den Tod aus dem Sack gelassen, und jetzt weigern wir uns, die Zahl der Opfer preiszugeben. Es könnte den Mördern ja aufs Gemüt schlagen . . .«

»Du redest wie Xenia.«

»Wirklich?« Sie wurde verlegen.

»Wie ist Xenia? Du müßtest sie doch kennen«, fragte er.

»Sie ist in Ordnung.«

»Warum konnte dein hoher Herr nicht mit ihr anbandeln? Sie ist doch auch nicht unflott . . .«

Iris betrachtete genervt ihre Fingernägel. Sie trug ihr Geheimnis wie ein Make-up. Kaum daß man es berührte, wurde nachgeschminkt. Nicht sie hatte zwei Personen bekommen, sondern er.

Es fiel ihm zunehmend schwerer, ihren dienstlichen Tabubereich auszuklammern.
»Wie gedenkst du denn an die Statistiken heranzukommen? Mit den Waffen einer Frau?«
Sie seufzte. »Es wäre nett, wenn du Paul nicht mehr allzu lange warten ließest. Übrigens mag er mich nicht besonders. Das wäre doch mal 'ne Gelegenheit für ein zünftiges Männergespräch.«
»Sind Sie heute abend noch da, Madame?«
»Willst du?«
»Ist das wichtig?«
»Ja.«
Sie küßten sich. Auf dem Weg zur Arbeit gestand er sich endlich ein, daß er eine Frau gefunden hatte. Das verpflichtete. In guten wie in schlechten Zeiten. Er träumte gerne. Träume machten die schönsten Seiten seiner Realität aus.

Laura konnte das Klopfen nicht länger ignorieren. Sie stützte sich auf die Ellenbogen. Es war noch dunkel. »Wer ist da?« krächzte sie verschlafen.
»Ich bin's, Kafka.«
»Komm rein.«
Sie hob den Arm gegen das einfallende Kerzenlicht. »Was ist?«
»Unsere Wetterstation meldet erhöhte Radioaktivität. Die Kinder dürfen heute auf keinen Fall aus dem Haus. Hilf mir die Schutzhülle zu errichten.«
»Wie spät ist es?«
»Fünf.«
»Gibst du mir bitte den Trainingsanzug? Er liegt auf dem Stuhl. Danke... Ist es schlimm?« Sie schlüpfte unter der Decke umständlich in die Hose.
»Nein, nicht so schlimm, als würde ich deine nackten Beine zu sehen bekommen.«
Sie war ganz sicher, daß er ihr auf den Bauch sah, als sie sich das

Sweatshirt überstreifte. Aber als sie hochblickte, war er verschwunden. Laura nahm die Taschenlampe. Kafka mühte sich auf dem Hof an einer Handkurbel.
Aus dem Dachaufsatz stieg eine silberne Folie und senkte sich an filigranen Gelenken wie ein Insekt herab. In die Folie waren Plastikfenster eingelassen, und zwar an genau den Stellen, wo sich auch die Fenster der Blockhütte befanden. Das Haus bekam eine Außenhaut verpaßt, die sich in einen schmalen Graben tief in die Erde senkte. »Geh in den Keller und zerre sie fest«, befahl er, »ich mache inzwischen den Klassencontainer und die restlichen Wohnhütten klar.«
Sie brauchte nur die Lederriemen um die dafür vorgesehenen Haken zu binden. Zwölf auf jeder Längswand, sechs an den Stirnwänden. Haus für Haus.
Nach einer Stunde war die Angelegenheit erledigt. Noch schliefen die Kinder, aber es dauerte nicht mehr lange, dann würden die ersten wach. Bis dahin leistete sie Kafka in der Küche Gesellschaft.
»Hat jedes Haus auf Usedom einen Schutzschild?« fragte sie.
»Nur Schulen und Stallungen.«
»Wie häufig werden sie benutzt?«
»Kommt auf den Wind an.«
Warum war er so einsilbig? »Auf die Gefahr hin, dich zu nerven«, begann sie von neuem, »ich hätte trotzdem gerne gewußt, was die ganze Sache zu bedeuten hat.«
»Angezogen nervst du nicht...«, entgegnete er verschmitzt. »Das Problem stellt sich nur, wenn der Wind länger als eine Woche aus östlicher Richtung bläst, was Gott sei Dank sehr selten vorkommt. Hängt vermutlich mit dem Atommüll zusammen, den sie damals in der Ostsee verklappt haben. Man schätzt, daß zehntausend Kubikmeter von dem Zeugs dort draußen auf Grund liegen.* Erinnere mich daran, daß ich nachher die Ventile zu den Wasserfällen schließe...«

»Warum zieht die Kommune nicht um?«
»Wohin?«
»Na, dahin, wo es ungefährlich ist!«
»Wo soll das sein? Ganz Europa strahlt in atomarem Glanz. 1986 Tschernobyl, 1996 Ignalina, 2001 La Hague. Dazu der Absturz einer deutschen Plutonium-Transportmaschine vor England, die gesunkenen Atom-U-Boote in Mittelmeer, Atlantik und Ostsee. Außerdem weiß niemand so recht, wo der Strahlenschrott aus der Zeit der Faschistischen Liga geblieben ist.« Er zog an seinen Fingern, daß sie knackten. »Sie sagen es uns nicht, sie werden sich hüten, das zuzugeben. Aber zufälligerweise wissen wir von gigantischen Todeszonen auf diesem Kontinent. Zweihundert Kilometer von hier geht's schon los. Ein paar von uns waren illegal im Baltikum. Sie kamen sich vor wie auf dem Mond. Dort lebt kein Mensch mehr. Ebensowenig in der Ukraine. In Südfrankreich und auf Sizilien soll es ähnlich sein. Was hatten die damals bloß? Die Sonne schickt uns an jedem noch so grauen Wintertag zehntausendmal mehr Energie, als die Konsumgesellschaft täglich weltweit verbrauchen konnte. Du hast unser Gezeitenkraftwerk bei Peenemünde gesehen. Zusammen mit den Hauskollektoren deckt es den gesamten Bedarf auf Usedom, inklusive Forschungseinrichtungen und landwirtschaftlicher Glashauszucht.«
Laura wunderte sich, wie jemand eine derart niederschmetternde Rechnung präsentieren konnte, um im gleichen Atemzug von ökologischen Errungenschaften zu sprechen, die bald niemandem mehr nutzten.
Kafka schien ihre Gedanken zu erraten, jedenfalls ergriff er über den Tisch hinweg ihre Hand.
»Wir müssen alle sterben, ob mit oder ohne Weltuntergang«, lächelte er und zog die Finger so langsam zurück, daß sie auf ihrer Handfläche Kitzelspuren hinterließen. »Wichtig ist allein, wie wir leben. Wir haben doch eine spannende Zeit miteinan-

der. Früher wimmelte es in der Gesellschaft von machtgeilen Karrieristen, gerade in den Schlüsselpositionen. Heute lassen wir uns von solchen Typen nicht länger von den Mysterien des Lebens fernhalten.«

»Das Mysterium des Lebens ist der Tod«, entgegnete Laura trocken.

Die Plastikscheibe in der vom Wind bewegten Schutzhülle nahm den Felsen bei den künstlichen Wasserfällen ihre Schärfe, verzerrte sie, als würden sie unter der Strahlung bereits pulverisiert.

»Guten Morgen, Prinzessin!« hörte sie Kafka sagen.

Sola tappte barfuß und nur mit einem Nachthemd bekleidet an den Tisch. »Was macht ihr denn schon . . .?« fragte sie mit belegter Stimme und rieb sich mit den Fäusten die Augen.

»Wir haben auf dich gewartet«, sagte Laura. Sie legte der Kleinen den Arm um die Hüfte: »Du hast heute nacht im Traum gesprochen.«

»Weiß ich. Was denn?«

»WAS? Du hast immer WAS? gesagt.«

»Ja, das war so 'n Traum von Menschen, die immer so reden. Weißt du, ich kann immer solche Träume machen . . .«

Sie kletterte auf Lauras Schoß und zupfte ihr eine Klette aus dem Haar. »Du hast Läuse, hä . . .?«

Laura schüttelte den Kopf.

»Hast du nicht? Woher nicht?«

Kafka prustete los: »Woher hat Laura keine Läuse..? So was nenne ich eine weise Frage . . .«

Sola lehnte den Kopf zurück: »Wenn die anderen Kinders angezogen sind, gehen wir dann zu den Kühs und zu den Pferden?«

»Das geht heute nicht.«

»Warum nicht?«

»Weil wir Besuch bekommen haben.«

»Von wem denn?«

»Von fremden Geistern. Du weißt doch, es gibt tausend verschiedene Geister: Baumgeister, Tiergeister . . .«

»Und Traumgeister!«

»Genau. Die meisten von ihnen sind lieb. Sie haben keine Angst vor uns, und wir haben keine Angst vor ihnen. Die Geister, die heute nacht gekommen sind, sind zwar auch lieb, aber sie sind nicht an Menschen gewöhnt. Wo sie herkommen, gibt es nämlich keine. Deshalb fürchten sie sich vor uns. Aber Kafka und ich haben ihnen versprochen, daß wir alle zusammen so lange im Haus bleiben, bis sie weitergeflogen sind. Sie könnten sonst vor Angst nicht schlafen. Sie schlafen nämlich tagsüber, wenn es hell ist, weißt du, jedenfalls hat das ihr Anführer gesagt. Wenn die anderen Kinder wach werden, dann erklärst du ihnen das, versprochen?«

Sola nickte, rutschte vom Schoß und tippelte vorsichtig ans Fenster. Sie drückte die Nase an der Scheibe platt, die sich unter ihrem Atem beschlug. Kafka hauchte Laura einen Kuß zu und begann in sein Notizbuch zu schreiben.

»Haben sie Vögel und Hunde lieb?« fragte das Mädchen, ohne sich umzusehen.

»Sie haben alle Tiere lieb. Pferde und Kühs auch.«

Sola schien beruhigt. Sie setzte sich wieder auf Lauras Schoß und schnappte sich ein Bilderbuch. Nach einigen Minuten blickte sie auf: »Er schreibt, du kuckst, und ich kuck die Bildern an. Wir ham alle was zu tun. Nur die Hunde, die ham nichts zu tun. Die spielen nur, nä . . .?«

Laura legte das Kinn auf den Kopf der Kleinen und schloß die Augen. Kafka sollte nicht sehen, wie sehr ihr zum Heulen zumute war.

Das müssen wir irgendwie anders formulieren, viel aggressiver. Den Schweinepriestern muß das Wasser im Arsch kochen vor Angst.« Mark überflog noch einmal

den Entwurf für das neue Pamphlet, das die Weiße Rose als nächstes in die Mailboxen ihrer ausgemachten Feinde schicken wollte. Es ging eine merkwürdige Faszination von ihm aus, wenn er in die Rolle des Rächers schlüpfte.
Inzwischen wilderten sie in der ganzen Republik. Mehr als tausend Namen hatte ihr Computer mittlerweile gespeichert, so daß sie dazu übergegangen waren, nach Zielgruppen zu ordnen, was die Sache insofern erleichterte, als sie mit einem Text mehrere Personen bedienen konnten.
Diesmal hatten sie sieben Richter ausfindig gemacht, die zur Zeit der Faschistischen Liga in den sogenannten »Ökotage-Prozessen« eine Reihe von Todesurteilen zu verantworten hatten. Bei den Abgeurteilten handelte es sich ohne Ausnahme um militante Umweltschützer, um Menschen, die Bäume mit Nägeln spickten, damit sich die Sägewerke daran die Zähne ausbissen, die Bombenanschläge auf Überlandleitungen begingen, als Heckenschützen an Autobahnen lauerten, Ölhäfen blockierten, Fleischkonserven vergifteten, Abflußrohre zubetonierten oder dergleichen mehr.
Mark stieß Eszra in die Seite: »Wie wär's denn damit zum Schluß: ›Das letzte Urteil, daß du dir bilden kannst, ist dein Todesurteil. Recht muß nicht rechts bleiben. Die Weiße Rose.‹ Das mit dem Jüngsten Gericht ist mir zu schwülstig.«
»Gut, warum nicht. Was riecht hier so komisch?«
Mark drehte sich um und starrte entgeistert auf die geöffnete Tür, hinter der sich dicke Rauchschwaden über den Flur wälzten.
»Weg hier!« rief er und blieb doch wie gebannt stehen. Ein Schatten schälte sich aus dem Nebel und versperrte ihnen den Weg.
»Wir haben sie!« rief jemand und winkte Verstärkung heran.
Sie kamen zu sechst in den Raum, schön langsam, die Überraschung auskostend. Jeder einzelne rückte breitbeinig in Position,

als habe man den Auftritt tausendmal geprobt. Es hätte schon ein Erdbeben gebraucht, um diese Phalanx zu erschüttern.
Die Inszenierung faszinierte Eszra mehr, als daß sie ihn ängstigte. Als sich die Gasse der Eindringlinge öffnete, um einem älteren Herrn Platz zu machen, entsprach dies ganz seinem dramaturgischen Empfinden. Der Mann trug ein Stirnband unter dem Hut und fixierte sie, wie Henker ihre Opfer mustern und nicht wie es Sieger tun. In der Rechten hielt er ein Paar schwarze Lederhandschuhe umklammert wie einen verwelkten Blumenstrauß. Während sein wässriger Blick auf Mark ruhte, nahm er zunächst den Hut und dann das Tuch ab. Krause! Das Hakenkreuz auf seiner Stirn hatte sich entzündet und quoll schimmernd aus der geröteten Haut.
»Wo ist das Mädchen?« fragte er und klatschte mit den Handschuhen gegen sein Bein. Als keine Antwort kam, schnippte Krause mit den Fingern. Augenblicklich stürzten seine Männer los. Jemand preßte Eszras Kopf auf die Tastatur des Computers. »Ich weiß nicht, wo sie ist!« hörte er Mark wimmern, während auf dem Bildschirm reihenweise fffffffffff ausgeworfen wurden.
»Macht sie fertig«, bellte Krause erregt. Eszra bekam einen Schlag in die Nieren und sackte nach Luft schnappend zu Boden. Mark trudelte unter ihren Tritten schreiend durch den Raum, bis sie ihn aus seiner Schutzhaltung geprügelt hatten. Er blutete aus den Augen.
Krause kniete nieder und ließ sich ein Messer reichen. »Wir machen das ein wenig anders als ihr«, flüsterte er Mark ins Ohr und schnitt die Haut seines zuckenden Opfers genüßlich in sternförmige Streifen. »Ein Sonnenrad bis auf die Knochen ...«, bemerkte er entzückt, als das Blut aus den Wunden sprudelte. Nachdem er sich sattgesehen hatte, gab er unvermittelt das Zeichen zum Abmarsch. »Den Computer noch und dann los. Das Mädchen holen wir uns ein andermal ...«

»Was ist mit ihm hier?« fragte jemand und drehte Eszra mit den Stiefeln auf die Seite. »He, den kenn ich! Der ist von unserer Deponie abgehauen!«

»Wo ist das Problem? Nimm ihn mit und kassier die Belohnung.«

Sie zertrümmerten die Anlage, stellten Eszra auf die Beine und schubsten ihn auf den verräucherten Flur. Mark lag wie geschlachtet in der Ecke. Eszra betete darum, daß Tamara ihnen nicht noch auf den letzten Metern in die Quere kam.

Gerade eine Nacht hatte Eszra in Sicherheitsverwahrung gesessen, bevor er dem örtlichen Schnellrichter vorgeführt wurde. Ordentliche Gerichte gab es nicht mehr.

Der ökologische Rechtsstaat, wie er nach der Revolution vollmundig verkündet wurde, war längst zusammengebrochen. Der Anwaltsstand gehörte zu den ausgestorbenen Berufen, und wer sich heute Richter nannte, war lediglich Vollstrecker. Zwar konnte jede Gemeinde mit Genehmigung des Informationsministeriums öffentliche Schauprozesse veranstalten, aber das waren Propagandaspektakel, die mit der klassischen Rechtsprechung so wenig zu tun hatten wie Vergewaltigung mit Liebe. Das Publikum liebte diese Veranstaltungen, sie besaßen hohen Unterhaltungswert. Zwischen den Verwaltungsdistrikten der Republik war ein regelrechter Wettkampf entbrannt. Es nützte der Reputation außerordentlich, wenn ein Prozeß in das offizielle Holo-Programm des Staates übernommen wurde, was angesichts der starken Konkurrenz allerdings selten vorkam.

Der Raum, in dem gegen ihn verhandelt wurde, wie sie es hartnäckig nannten, glich einem schmucklosen Wartesaal. Schmutzigbraune Gardinen, ein paar Stühle, ein schlichter Tisch unter dem obligaten Sonnenrad, das war's.

Der Richter hatte ihn bisher keines Blickes gewürdigt. Statt dessen starrte er aus kleinen müden Augen auf den Monitor. »Eszra Hinrichsen«, las er gelangweilt, »Jahrgang 2016, Waise. Vorbestraft und zwangsrekrutiert auf der Chemiedeponie Bebra West. Flüchtig seit dem 27.12.40. Gestellt am 1.4.41. Trifft das zu, Angeklagter?«

»Ja, Euer Ehren.«

Der Mann blickte auf, als würde er verarscht. Mit jeder Sekunde aber, die seine Augen über den jugendlichen Körper strichen, den sie ihm so unvermutet in diesen trostlosen Saal geschickt hatten, veränderte sich sein Gesichtsausdruck, bis am Ende ein Lächeln Platz griff, das an Schmierigkeit nicht zu überbieten war.

»Warum haben Sie die Deponie verlassen?« fragte er in versöhnlicherem Ton.

»Ich hatte Angst, mich zu vergiften.«

»Aber, junger Mann, die ganze Gesellschaft ist vergiftet ...«, lachte der Richter und starrte ein letztes Mal fasziniert auf die Hände, die Eszra verlegen vor dem Schoß gefaltet hatte. Dann versagte er sich das kleine Privatvergnügen und kam zur Sache: »Sie kennen unsere Gesetze. Zwei Jahre Stadtlager.« Er tippte das Urteil in den Computer und gab dem Wächter an der Tür das Zeichen zum Abmarsch.

»Ich nehme das Urteil an, Euer Ehren«, bemerkte Eszra eilig und kam sich lächerlich vor für diese Bemerkung, die doch nur zu seinem eigentlichen Anliegen überleiten sollte. Dem Richter war nicht klar, ob sein Proband über eine besonders hinterhältige Ironie verfügte oder einfach nur mit umwerfender Naivität gesegnet war. Er hörte also zu, als Eszra sagte: »Wir sind von Nazis überfallen worden. Mein Freund liegt schwerverletzt in der alten Fabrik. Bitte helfen Sie uns ... Ich wüßte nicht, an wen ich mich sonst wenden sollte.«

Die Augenbrauen des Richters zuckten zusammen. »Keine Angst, wir kriegen sie«, beschied er knapp. »Ihr Zug geht in

einer halben Stunde.« Mit einer energischen Handbewegung wischte er sich den schönen Knaben aus dem Blickfeld.
Er wurde von dem Wächter direkt zum Bahnhof gebracht. Der Mann wich nicht von seiner Seite, er hätte sich auch auf kein Gespräch eingelassen. Aber gerade diese Mentalität war es, die Eszra im Augenblick am meisten zu schätzen wußte.
Was immer das Stadtlager sein mochte, es konnte nichts Gutes bedeuten, wenn sie es einem als Strafe angedeihen ließen. Er sah den Fabrikschornstein am Ende der Gleise, er sah Tamara im Geiste aus dem Gestrüpp auftauchen, sie trug ein schwarzes Kleid und lief ihm barfuß entgegen. Immer wieder zauberte er dieses Trugbild herbei. Als der Zug einlief, hatte sie ihn fast erreicht ...

Der plötzliche Kälteeinbruch nach den milden, fast frühlingshaften Temperaturen der letzten Tage hatte die Bauarbeiten an der Isar mit einem Schlag lahmgelegt. Malin deutete den erzwungenen Stillstand als Zeichen. Offensichtlich sollte er sich Rechenschaft ablegen über seine Beziehung zu Iris. Eigentlich wollte er nach ihrer plötzlichen Abreise jeden Gedanken an sie in Arbeit ersticken. Daraus wurde nun nichts. Er vermißte sie, gleichzeitig aber spürte er, daß sie keine gemeinsame Zukunft hatten.
Sie hatte ein beachtliches Talent, auf Menschen zuzugehen, ihre Offenheit, ihr mit loser Zunge vorgetragener Humor waren der Schlüssel, mit dem sie auch die sprödesten Charaktere für sich einnehmen konnte. Aber nach der Euphorie der ersten Begegnung verabschiedete sie sich in der Regel, ihr Dienst am Nächsten war damit beendet. Er hatte den Eindruck, als fliehe sie die Liebesgeister, die sie so leichtfertig rief, als erschrecke sie jedesmal vor ihrer Fähigkeit, Leuten Vertrauen einzuflößen.
In seinem Fall war das anders, da hatte sie sich schon ein Stück aus der Reserve gewagt. Gerade dieser Umstand aber bereitete

ihr Schwierigkeiten. Sobald sich auch nur der Ansatz von Harmonie zeigte, fegte sie mit ihrer Kugelblitzenergie dazwischen. Selbst im Bett schien sie es nur darauf anzulegen, ihn zu vernichten. Sie gab ihren Körper, damit er sich verausgabte, und nicht, damit er sie liebte. Ein einziges Mal nur hatten sie in zärtlicher Umarmung die Nacht verbracht. Sie nannte das ihre Seelennacht.

Die Folge war, daß sie ihn danach um so härter forderte. Ihre Attacken gipfelten darin, daß sie plötzlich auf seinem Brustkorb stand, als wollte sie ihm die Lebensgeister aus dem Körper trampeln. Erschreckt registrierte er, daß ihr linkes Auge dabei allen Glanz verlor. Es war ihr Teufelsauge, es verriet einen abgrundtiefen Haß auf alles Männliche. Er wußte sich schließlich nicht anders zu helfen, als ihr mit einer kräftigen Ohrfeige Einhalt zu gebieten. Am nächsten Morgen war sie verschwunden. Zu seinem Erstaunen fand er auf dem Fensterbrett einen Zettel mit ihrer Adresse vor.

Am Abend nahm Malin die seit einigen Tagen fällige Holo-Lesson, die er während Iris' Anwesenheit verschoben hatte, obwohl sie ihm mehrmals zu verstehen gab, daß ihn etwas Besonderes erwartete. Sie schien über Xenias Aktivitäten besser Bescheid zu wissen, als sie bereit war zuzugeben ...

Er blickte über eine von Blumenwiesen gesäumte Schlucht. Das Sonnenlicht brach sich in der Biegung eines Flusses, der aus mehreren Wasserfällen gespeist wurde, die sich aus großer Höhe über steilabfallende Felsen ins Tal ergossen. Vögel kreisten in der Tiefe, und in seinem Rücken strich ein stetiger Wind durch die hohen Kronen der Redwoodbäume, die wie Dome in den Himmel ragten. Er wollte die Augen schließen, um sich ganz den Geräuschen und Gerüchen zu überantworten, als er die Stimme eines alten Mannes vernahm, die zwar fest, aber nicht frei von Traurigkeit war.

»Jeder Teil dieser Erde ist meinem Volk heilig, jede glitzernde Tannenadel, jeder sandige Strand, jeder Nebel in den dunklen Wäldern, jedes summende Insekt ist heilig. Die duftenden Blumen sind unsere Schwestern, die Rehe, das Pferd, der große Adler sind unsere Brüder. Die felsigen Höhen, die Körperwärme des Ponys – sie alle gehören zur gleichen Familie.«
Er mochte sich getäuscht haben, aber für einen Augenblick glaubte er sich in eine brodelnde Stadt versetzt. Das Bild stand zu kurz, um Aufschluß zu geben.
»Gott macht euer Volk stärker, Tag für Tag. Bald werdet ihr das Land überfluten wie Flüsse, die die Schluchten hinabstürzen nach einem unerwarteten Regen.«
Wieder tauchte er für Sekundenbruchteile in eine andere Welt. Diesmal glaubte er rauchende Schlote entdeckt zu haben.
»Nein, wir sind verschiedene Rassen. Unsere Kinder spielen nicht zusammen, und unsere Alten erzählen nicht die gleichen Geschichten. Unsere Art ist anders als die eure.«
Malin wartete auf die nächste Einblendung, er wollte wissen, was es mit diesen Signalen auf sich hatte, die sie einem ins Unterbewußtsein schossen.
Statt dessen näherte sich ihm ein gebrechlicher Kojote. Das Tier schaute ihn an, nicht neugierig, auch nicht abschätzend, einfach müde.
»Wir wissen, daß der weiße Mann unsere Art nicht versteht. Er ist ein Fremder, er kommt in der Nacht und nimmt von der Erde, was immer er braucht. Er stiehlt die Erde von seinen Kindern, seiner Kinder Geburtsrecht ist vergessen. Sein Hunger wird die Erde verschlingen und nichts zurücklassen als Wüste.«
Eine breiige, schwarze Flüssigkeit ergoß sich in den Fluß. Malin schreckte hoch, aber an den Ufern hatten sich längst wieder die Rehe versammelt.
Die Bilder der Zerstörung zuckten wie Blitze in das unverdorbene Paradies.

»Der Indianer mag das sanfte Geräusch des Windes, der über den Teich streicht, er mag seinen Geruch, gereinigt vom Mittagsregen oder schwer vom Duft der Kiefern. Der weiße Mann scheint die Luft, die er atmet, nicht zu bemerken; wie ein alter Mann, der seit vielen Tagen stirbt, ist er abgestumpft gegen den Gestank. Das Ansinnen, unser Land zu kaufen, werden wir bedenken, und wenn wir uns entschließen anzunehmen, so nur unter einer Bedingung: Der weiße Mann muß die Tiere des Landes behandeln wie seine Brüder. Was ist der Mensch ohne die Tiere? Wären alle Tiere fort, so stürbe der Mensch an großer Einsamkeit des Geistes. Was immer den Tieren geschieht, geschieht bald auch den Menschen.«

Der Kojote leckte seine Pfoten. Gelegentlich trug der Wind das Tosen der stürzenden Wassermassen an Malins Ohr. Das Tal verwandelte sich unter den Strahlen der tiefstehenden Sonne in eine dampfende Müllhalde. Die Einblendungen trafen ihn wie Nadelstiche.

»Wenn Menschen auf die Erde spucken, bespeien sie sich selbst. Nicht der Mensch schuf das Gewebe des Lebens, er ist darin nur eine Faser. Könnt ihr denn mit der Erde tun, was ihr wollt – nur weil der rote Mann ein Stück Papier unterzeichnet? Könnt ihr die Büffel zurückkaufen, wenn der letzte getötet ist? Es ist unwichtig, wo wir den Rest unserer Tage verbringen. Es sind nicht mehr viele. Aber warum soll ich trauern über den Untergang meines Volkes? Auch die Weißen werden vergehen, eher vielleicht als alle anderen Stämme. Fahret fort, euer Bett zu verseuchen, und eines Nachts werdet ihr im eigenen Abfall ersticken.« Die Stimme blieb trotz aller Bitternis frei von Polemik.

»Eure Bestimmung ist uns ein Rätsel«, fuhr der alte Mann fort, während Malin die konservierte Farbenpracht einer längst vergangenen Epoche wie ein Gegenmittel in sich aufsog. »Vielleicht könnten wir es verstehen, wenn wir wüßten, wovon der weiße Mann träumt – welche Visionen er in die Herzen seiner Kinder brennt, so daß sie sich nach einem Morgen sehnen. Wenn wir euch unser Land verkaufen, dann nur, um das Reservat zu sichern, das ihr uns versprochen habt. Behaltet die Erinnerung an das Land, so wie es ist, wenn ihr es nehmt. Und mit all eurer Stärke, eurem Geist, eurem Herzen, erhaltet es für eure Kinder und liebt es – so wie Gott uns alle liebt. Denn eines wissen wir – unser Gott ist derselbe Gott. Selbst der weiße Mann kann der gemeinsamen Bestimmung nicht entgehen. Vielleicht sind wir doch Brüder. Wir werden sehen.«*

Die Felswände sogen das glutrote Licht der Abendsonne auf, als wollten sie es über die einbrechende Nacht retten. Der Fluß schien stillzustehen. Selbst die silbrigen Espen, deren Blätter sich so leidenschaftlich jedem Windhauch ergaben, standen regungslos. Malin vernahm den klagenden Schrei eines Pumas und das Antwortgebell eines Hundes. Iris hatte recht, der Eindruck war überwältigend. Er trank die Bilder wie ein Verdurstender.

Mit jeder Sekunde, die er hier verweilen durfte, wuchs der Wunsch, sich aufzulösen im Tempel der Natur. Obwohl er etwas so Schönes noch nie gesehen hatte, kam es ihm doch vertraut vor. Konnte es sein, daß die Erinnerung daran in uns noch immer gespeichert war?

Ein schriller, langgezogener Schrei ließ ihn auffahren. Er sah einen Menschen kopfüber vom gegenüberliegenden Felsen in den Abgrund springen.

Das dichte Gras zu seinen Füßen war einem Parkplatz gewichen, und wo eben noch Blumenwiesen standen, wand sich eine Straße den Fluß entlang. Er fand sich inmitten von Campingwagen zwischen Dutzenden kreischender Schaulustiger wieder, die das Spektakel auf der anderen Seite der Schlucht mit Zurufen und Beifall begleiteten. Die Person, die sich dort hinabgestürzt hatte, pendelte vor Wonne brüllend an einem breiten Gummiband, welches nun langsam eingeholt wurde.

»Was ist das für ein Gefühl, wieder festen Boden unter den Füßen zu haben?« fragte ein Fernsehreporter den Mann.
»Irre, es ist wie eine Wiedergeburt, man könnte die ganze Welt umarmen.«
»Das haben sie denn auch getan«, lächelte Xenia amüsiert und hieß ihn willkommen. Sie wirkte entspannt, nicht so kämpferisch wie gewöhnlich. *»Gerade hundertfünfzig Jahre liegen zwischen dem Lebenstraum der Indianer und dem Erlebnistrauma seines weißen Bruders. Zum besseren Verständnis zeige ich dir die Entwicklung aus der himmlischen Perspektive ...«*
Malin schwebte in einer engen Umlaufbahn um die Erde. *»Wir schreiben das Jahr 1850«*, hörte er Xenia sagen, *»bis dahin blieb dort unten weitgehend alles im Lot. Unsere Reise demonstriert in komprimierter Form die dramatischen Veränderungen, die in den letzten zweihundert Jahren durch menschliches Versagen stattgefunden haben. Sobald wir an unseren Ausgangspunkt zurückkommen, sind wir auf dem neuesten Stand.«*
Sie befanden sich über der amerikanischen Westküste. Entlang der Wasserküste bildeten sich mehrere kleine Pusteln, die sich wie Furunkel am Boden festsetzten. An der Ostküste waren sie schon entschieden größer, und nach der Atlantiküberquerung stellte er erschrocken fest, daß sie auch in Europa unaufhaltsam heranwuchsen. Es waren die Städte, die sich wie Metastasen ausbreiteten. Ihr Ausfluß ergoß sich in schmutzigen Schlieren ins Meer. Unterdessen schmolzen die Wälder in sich zusammen und machten braunen Wüsten Platz. Ganze Kontinente verschwanden unter einem immer dichter werdenden Grauschleier. In wenigen Minuten war der blaue Planet vor seinen Augen zu einer häßlichen Geschwulst verfault. Nur die ihn umgebenden Sterne strahlten noch im alten Glanz.
Xenia reichte ihm eine Tasse Tee. *»Vielleicht sind wir doch Brüder, wir werden sehen ...«* zitierte sie den alten Indianer, um spöttisch hinzuzufügen: *»Ich denke, sie hatten genug gesehen.*

Die Ureinwohner Neuseelands haben in ihrer Verzweiflung ihren heiligen Berg an die Regierung verschenkt. Sie hofften, daß die Regierung ihn unter Schutz stellen würde. Fünf Jahre später führten Skilifte hinauf.«

Sie schlang sich ein Tuch um die Hüfte und blickte ihn forschend an. *»Die meisten von euch, und damit meine ich die Dreißig- bis Sechzigjährigen, sehen meine Lesson gern. Das hat natürlich seinen Grund: Cyberspace. Dies ist der einzige euch verbliebene Sendeplatz. Ich bin sicher, daß ihr noch immer in den Simulationen badet, die man euch einst für das Leben verkaufte. Ihr habt die Saurier in den Hochhäusern besiegt, seid von Kirchtürmen gesprungen oder durch Sternennebel gejagt. Ihr habt Atombomben gezündet, eure Familien gemeuchelt und mit Leuchtschwertern fliegenden schwarzen Monstern die Flügel zerfetzt. Eure Lust war der Kampf, den man nicht verlieren konnte, die unglaublichen Fratzen der Feinde, das Todesröcheln und der allgegenwärtige Elektronenblitz. Manche haben Pavianlebern verpflanzt und klinische Städte ins Meer gesenkt. Ihr habt euch ein Erregungsgehirn geschaffen, in dem jeder Gedanke sofort dem Hunger nach Reizen und Superreizen verfiel. Ihr habt euch aus dem Zeitverständnis von Generationen katapultiert. Statt Dichtung nun Verdichtung. Jeder Physiker, jeder Psychoanalytiker wußte, wohin das führt: zur Explosion, nicht wahr? Nichts aber war euch verdächtiger als die Wahrheit, und so hieltet ihr euch in heuchlerischer intellektueller Distanz. Es war die Rede von der Co-Evolution zwischen Technik und Gehirn.«**

Xenia spulte ihren Text herunter wie jemand, der ohnehin nicht verstanden werden will. *»Am Anfang war das Wort. Unter euch ist die Sprache zum Schaufelbagger von Lügen verkommen«*, schloß sie. *»Im übrigen, meine Herren«*, fügte sie süffisant hinzu, *»so schlecht war die Angelegenheit nun auch wieder nicht. Wer von Ihnen hat im Cyberspace nicht leidenschaftlich gerne Frauen geschändet . . .?«*

Sie war aufgestanden und drehte sich kokett auf der Stelle. Dabei ließ sie ihn nicht aus den Augen. Auch nicht, als sie die Schuhe von den Füßen streifte und damit begann, die Knöpfe ihrer Bluse zu öffnen. Malin kam nicht raus aus ihrem Blick, er fühlte sich irgendwie beschämt. Es dauerte einige Sekunden, bis er realisiert hatte, daß dies hier eine Elektronikshow war, und so starrte er schließlich doch auf die festen Brüste, die Xenia ihm stolz entgegenhielt. Während sie ihn musterte, löste sie den Gürtel, streifte den Rock von den Hüften und legte sich rücklings auf den Teppich. Ihre Fingerspitzen umkreisten die dunkelbraunen Brustwarzen, die unter der Berührung sofort aufblühten. Wie ausgebreitete Fächer fuhren ihre Hände den Bauch hinunter bis zur Scham. Ihre Augen waren nun geschlossen, der Mund leicht geöffnet. *»Komm ...«,* hauchte sie und breitete die Arme nach ihm aus, *»komm schnell ...«*

Malin empfing plötzlich nur noch ein unangenehmes Flimmern. Er klopfte gegen den Helm, es war immer dasselbe mit diesen Apparaten! Aber dann keimte in ihm der Verdacht, daß dieses niederschmetternde Ende zur Inszenierung gehörte. Sie hatten wirklich einiges gemeinsam, die beiden Frauen aus dem Informationsministerium.

Geschlagene zwei Stunden stand Eszra nun in der Schlange, um die Papiere zu empfangen, die man hier offenbar benötigte. Was wurde draußen nicht alles gemutmaßt: Von Chaos war die Rede und von Anarchie. Der erste Eindruck, den er vom Stadtlager bekam, ließ auf das genaue Gegenteil schließen. Nur schrittweise bewegten sich die von Soldaten flankierten Neuankömmlinge in langer Reihe auf die am Ende des unterirdischen Bahnsteigs aufgestellten Verwaltungscontainer zu, in denen Bürokratie noch von Hand abgewickelt wurde. Zwar verfügten die Beamten über einige veraltete Personalcomputer, aber für jeden Ankommenden mußten diverse Formulare

ausgefüllt und abgestempelt werden. Am Ende hielt er einen Wohnpaß, ein Arbeitszertifikat, eine Vergnügungskarte, Zigarettenmarken, ein Bündel Geldscheine sowie eine Broschüre in Händen, die über den Umgang mit diesen Dingen informieren sollte. Der Beamte schob ihm noch einen abgegriffenen Karton über den Tresen: »Den geben Sie dem Fahrer. Roter Bus. Treppe hoch und gleich rechts auf dem Parkplatz.«
»Ich habe einen Freund in der Stadt, Percy Baro. Wie kann ich ihn finden?« fragte Eszra.
»Ist er verurteilt oder freiwillig hier?«
»Freiwillig.«
»Positiv?«
»Wie bitte . . .?«
»Ist Ihr Freund HIV-positiv?«
»Nein, ist er nicht . . .«
»Fragen Sie beim Einwohnermeldeamt in der Schloßstraße 17.« Er kritzelte die Adresse auf einen Zettel und winkte dem Nächsten.
Eszra steckte die Unterlagen in seine Reisetasche und folgte den anderen die Treppe hinauf zu den Bussen. Gelb, grün, blau, rot. Er setzte sich gleich neben die Tür und blickte durch das mit Drahtgitter gesicherte Fenster auf eine weite, überwucherte Brachlandschaft.
Die Gebäude am Rande dieses Geländes, das auf einem Straßenschild als »Platz der Ankunft« bezeichnet wurde, waren unbewohnt, auf den Gehsteigen türmte sich heruntergefallener Rauhputz zu mehligen Haufen. Wer hätte in diesen Häusern auch wohnen wollen mit ihren zertrümmerten Fenstern und den gezackten Ausblicken? In der anderen Richtung, in Richtung einer Reklametafel mit dem Slogan »DAFÜR MACHT IHR AUTO DOCH NICHT MAL DIE AUGEN AUF«, entdeckte er ein zusammengebrochenes Hochbahn-Viadukt.
Im Bus herrschte eine beklemmende Atmosphäre. Selbst diejeni-

gen, die im Zug noch faschistische Schlachtgesänge angestimmt hatten, blieben seltsam stumm. Vielleicht lag es auch daran, daß Gruppen bei der Einreise grundsätzlich getrennt wurden. Vor ihm schloß sich die Tür mit einem schmatzenden Geräusch.
»Willkommen in der freien Stadt Berlin«, vernahm er die Stimme des Fahrers aus den Bordlautsprechern. »Wir wünschen Ihnen einen angenehmen Aufenthalt.«
Wer war wir? Langsam setzte sich der Bus in Bewegung. Wie auf Kommando drehten die Insassen ihre Köpfe, auch Eszra. Was sie sahen, war eine gespenstische, mit Autowracks vollgestopfte Steinwüste, in der die wenigen Menschen, die ihnen begegneten, eine aggressive Haltung einnahmen, sobald sie ihrer gewahr wurden. Aus einer Toreinfahrt flogen Steine. Eszra riß die Arme vors Gesicht. Die ganze Strecke über begleitete sie das trockene Geräusch der Wurfgeschosse, die von der gepanzerten Karosserie abprallten. Hinzu kam, daß ihr Gefährt des öfteren in tiefen Schlaglöchern versank. So war er hauptsächlich damit beschäftigt, sich auf dem Sitz zu halten. Nur am Rande registrierte er, wie ihnen ein zerbeultes Auto in die Quere geschoben wurde. Der Fahrer drückte auf einen Knopf im Amaturenbrett. Im selben Moment krachte eine Maschinengewehrsalve in das Hindernis, hinter dem zwei junge Männer in Deckung sprangen. Eszra preßte die Stirn an die Scheibe, um zu sehen, was mit ihnen geschehen war, aber der Winkel war zu steil. Plötzlich entdeckte er sie auf der Fahrerseite, wo sie herumtanzten wie Kobolde.
»Ist wie Stierkampf für sie«, grinste der Mann am Steuer, als er Eszras erstauntes Gesicht im Rückspiegel bemerkte. »Die Gewehrläufe sind nicht zu bewegen, das wissen die natürlich.« Der Bus verfügte über eine Art Schneepflug, mit dem er derartige Barrieren problemlos aus dem Weg räumen konnte. Den Rest der Strecke blieben sie unbehelligt.
»So, Herrschaften, wir sind da. Tucholskystraße.«

Zunächst traute sich niemand hinaus, was beim Anblick des mit Baseballschlägern und Messern bewaffneten Begrüßungskommandos kaum wundernahm.
»Keine Angst«, ließ sich der Fahrer noch einmal über Lautsprecher vernehmen, »die Herren sind von der Bürgerwehr. Sie bringen Sie sicher nach Haus.«
»Die geraden Zahlen nach links, die ungeraden nach rechts!« wiederholte eine feste Stimme in kurzen Abständen. Eszra fummelte seinen Wohnpaß hervor: Tucholskystraße 73. Ein Mann in grünem Tarnanzug blickte ihm kurz über die Schulter und dirigierte ihn zur rechten Gruppe. Nach wenigen Minuten setzten sie sich in Marsch. Ihre Bewacher hatten einen Ring um sie geschlossen und beobachten aufmerksam jede Regung hinter den Fenstern und auf den Hinterhöfen. Sogar die Dachfirste behielten sie im Auge. Wann immer jemand am Ziel war, wurde er von einem Freiwilligen der Bürgerwehr ins Haus begleitet. Auch Eszra erhielt Schutz bis an die Wohnungstür.
»Von jetzt an mußt du sehen, wie du alleine klarkommst«, sagte der Mann und händigte ihm den Schlüssel aus. »An deiner Stelle würde ich nicht gleich nachts auf die Straße gehen. Dieses Viertel ist relativ sicher, aber denk dran: Nicht überall ist die Bürgerwehr so gut organisiert wie bei uns.«
Der Flur sah genauso muffig aus, wie er roch. Gleich gegenüber der Eingangstür befand sich die Toilette: gebrochene Kloschüssel, keine Brille, kleines Handwaschbecken, Kaltwasser. Die Küche war in ähnlich schlechtem Zustand, verfügte allerdings über einen Kühlschrank. Am Ende des schmalen Flurs befand sich ein fünfeckiger Raum, von dem man ins Schlafzimmer gelangte. Das Bett war okay. Er öffnete den Schrank. Ein paar zerrissene, aber saubere Laken, vier Wolldecken, das war's. Die Wohnung lag im Parterre und außerdem im Hinterhof. Entsprechend düster waren die Aussichten. Es hätte schlimmer kommen können, dachte er nach allem, was er auf der Busfahrt zu sehen

bekommen hatte. Das fünfeckige Wohnzimmer gefiel ihm, nicht nur wegen seiner eigentümlichen Form. Die Bohlen waren vom Linoleum befreit, dadurch atmete der Raum. Außerdem gefiel ihm das frische Wandgemälde, das einen durch die Mauer preschenden Pegasus zeigte, der sich dabei die Flügel brach. Unter dem Fenster entdeckte er einen alten Fernseher, wie sie um die Jahrtausendwende benutzt wurden. Was der hier sollte, war ihm allerdings ein Rätsel.
Er legte sich aufs Bett und warf einen Blick in die Unterlagen. In seinem Arbeitszertifikat war die Stadtentwässerung als Arbeitgeber genannt. Sie hatten ihn also zur Kanalratte degradiert. Etwas anderes war auch nicht zu erwarten gewesen.

Seit dem tödlichen Steinwurf auf Günther Stern und erst recht nach dem Freitod Colettes hatte Philip Baro die Gesellschaft seiner Mitbewohner gemieden. Bei ihnen wie beim Personal galt er inzwischen als Sonderling, ein Image, mit dem sich leben ließ. Um so erstaunter war man allerseits, als er an diesem Abend in dem kleinen Konzertsaal zum angekündigten Kolloquium erschien. Ex-Chefredakteur Bachmann und seine Bridgerunde sparten denn auch nicht mit spitzen Bemerkungen. Baro setzte sich in die letzte Reihe. Der Grund seines Kommens war einfach. Sie hatten seinen Freund Wilken Armerding eingeladen, an der Diskussionsrunde teilzunehmen. Wilken wußte nichts über seinen Verbleib, Baro hatte ihn seit ihrem letzten Treffen auf dem Pfingstberg nicht mehr kontaktiert.
Das Thema des Abends interessierte ihn weniger: »Wissenschaft – Irrtum oder Chance?« Titel und Teilnehmer implizierten bereits, daß wieder einmal alles auf einen Rechtfertigungsversuch hinauslief. Professor Willich gehörte dazu, mit dem Stern auf so köstliche Weise während ihrer Schachpartie aneinandergeraten war, des weiteren Dr. Paul Spätwald, ehemals Präsident der Deutschen Forschungsgemeinschaft, sowie der Kernphysi-

ker Karl Franke, der im Jahre 2011 für die Entdeckung der sogenannten »friedlich-instabilen Isotope« mit dem Nobelpreis ausgezeichnet worden war. Nach Franke absorbierten diese Isotope die radioaktive Strahlung, die bei der Kernspaltung anfiel, vorausgesetzt, man programmierte sie vorher entsprechend. Durch diese Entdeckung war der Traum von der Beherrschbarkeit des atomaren Feuers urplötzlich wieder aufgelebt. Obwohl der Physiker vor eiligen Schlüssen gewarnt hatte, weil die Technik den Ansprüchen noch lange nicht genüge, ließ sich die Atomlobby das gefundene Fressen nicht entgehen. Unter der Herrschaft der Faschistischen Liga legte sie ein gigantisches Kernkraftwerksprogramm auf, das erst durch die Öko-Revolution beendet werden konnte.

Der Mann, der dies in seiner wissenschaftlichen Unschuld zu verantworten hatte, betrat unter starkem Beifall mit den anderen Diskussionsteilnehmern das Podium. Wilken setzte sich nach außen, er trug eine Baskenmütze, wie sie Baro noch nie zuvor an ihm bemerkt hatte.

Ihm war nicht klar, wieso sie seinen Freund in diese Runde gebeten hatten. Vermutlich hielten sie ihn noch immer für den starrköpfigen Klimaforscher von einst, der wie sie der wissenschaftlichen Problemlösung das Wort geredet hatte. Er war sicher, daß niemand von ihnen jemals in Armerdings Glaspyramide zu Gast war. Peter Bachmann kam als letzter hinzu, er fungierte als Gesprächsleiter.

»Bevor wir in medias res gehen«, sagte Bachmann, als das letzte Wort im Saal verstummte, »gestatten Sie mir eine Bemerkung. Neben mir sitzen vier der fähigsten Köpfe, über die dieses Land je verfügt hat. Auch Sie, meine Damen und Herren, gehörten einst zur kulturellen und geistigen Elite unserer Gesellschaft. Was ist passiert, daß man plötzlich von Staats wegen glaubte auf uns verzichten zu können? Es scheint, als wären die Götter selbst herabgestiegen, um die Geschicke der Welt zu leiten. Wäre

dies so, niemand könnte sich beklagen. Denn wer wollte allen Ernstes behaupten, ihnen das Wasser reichen zu können . . .?«
Die Leute lachten wie über einen guten Witz. Bachmann war ein geschickter Demagoge, er verstand es, die Empörung unter jenen zu schüren, die in der Öko-Diktatur mit harter Hand aus dem gesellschaftlichen Prozeß aussortiert worden waren, wobei das Schuldverständnis der Betroffenen derartige Maßnahmen in keiner Weise rechtfertigte.
Baro hatte genug gehört, er verdrückte sich in die Bibliothek, wo er in Ruhe abwarten würde, bis der Disput vorüber war. Die Akustik aus dem Konzertsaal gab ihm über den Flur hinweg Aufschluß über den jeweiligen Grad der Empörung, sie würde ihm sicher auch das Ende der Veranstaltung verraten.
Er war allein in der Bibliothek. Wahllos griff er ein Buch aus dem Regal, schlug es auf und las: »Das höchste Gut ist das Wissen von der Vereinigung des Geistes mit der Natur.« Spinoza. Er konnte sich nicht beklagen, er fand zur rechten Zeit die richtigen Hinweise.
Mit dem Buch in der Hand nahm er in einem dieser wunderbaren schweren Ledersessel Platz. Er wußte nicht, wie lange er so dagesessen hatte, als er plötzlich zusammenzuckte. Jemand hatte ihm von hinten die Hände über die Augen gelegt. Der Druck ließ ein wenig nach, er spürte, wie sich ein warmer Kopf an seiner Wange rieb. Langsam, als würde ein Vorhang beiseite geschoben, glitten die Hände zur Seite.
»Hallo, Doc . . .«, flüsterte Laura.
In Baros Augen spiegelte sich die Angst, einem Hirngespinst aufgesessen zu sein. Er tastete nach der Hand seiner Enkelin und spielte versonnen mit ihren Fingern, während ihr schönes Gesicht verschwommen durch seine Tränen schimmerte.
»Geht es dir gut?« fragte sie und umschlang seinen Hals.
Er streichelte ihren Rücken: »Es könnte mir nicht besser gehen. Laß dich ansehen.«

Sie richtete sich auf.
»Du bist ja verliebt!« stellte er überrascht fest. »Leugnen ist zwecklos, für so etwas habe ich einen Blick. Wer ist der Glückliche?«
»Ich glaub, er weiß noch gar nichts davon. Er heißt Kafka.«
»Donnerwetter, was für ein Name. Erzähl mir mehr.«
Sie schüttelte den Kopf wie ein Kind, das klarzumachen versucht, daß nichts mehr aus ihm herauszuholen ist.
Baro aber wollte das Thema nicht so einfach verlassen, immerhin bot es ihm die Chance, noch eine Weile von sich abzulenken.
»Ich hoffe, er ist kein Wüstling ...«, lächelte er.
Sie küßte ihn auf die Stirn: »Ein Wüstling? Was verstehst du darunter?«
»Wie der Name schon sagt: Ein Wüstling kommt aus der Wüste. Seine einzige Quelle ist die Lustquelle. Je mehr er trinkt, desto durstiger wird er. Wüstlinge sind Gift für schöne Frauen, ich spreche aus Erfahrung ...«
Sie sprang auf und sah sich um: »Was macht man in einer Bibliothek, wenn man nicht gerade liest?«
»Man gibt sich dem kollektiven Gewissen anheim, das in diesen Büchern gespeichert ist. Man muß sie nicht lesen, um ihnen nahe zu sein, manchmal reicht es, ihre Körperlichkeit zu spüren. Als Kind wähnte ich übrigens lauter Scharlatane unter den Schriftstellern am Werk und wäre doch zu gerne selber einer gewesen. Die Tatsache, daß man nur sechsundzwanzig Buchstaben in eine bestimmte Reihenfolge zu bringen hatte, um Menschen zu beeindrucken, faszinierte mich außerordentlich ... Hast du etwas von Percy und Eszra gehört?«
»Ich dachte, das könntest du mir sagen!«
Baro sackte in sich zusammen, sein Kopf schien mit einem Schlag wie leergefegt. Sie würden es einem nicht sagen, wenn jemand in ihren Strafbataillonen oder Stadtlagern zu Tode kam. Er dachte an den Porsche, den er zwanzig Jahre in der Garage

versteckt gehalten hatte und der dort zu einer Mumie der »Auto-Kratie« verkommen war. Plötzlich aber mußten die Jungs mit dem Benzin daherkommen ...

»Sie sind okay, das spüre ich«, sagte Laura leise, nachdem sie ihn erneut in den Arm genommen hatte. Sie war diskret genug, sein Schuldgefühl nicht durch Nachfragen zu schüren.

Baro faßte sich. »Wie ist das Leben in der Kommune? Macht er Fortschritte, der neue Mensch?«

»Es ist anders als draußen. Man geht liebevoller miteinander um, das mag ich. Wir arbeiten viel und sind außerordentlich kreativ dabei. Ob in der Landwirtschaft, der Energiegewinnung, dem Schulwesen oder bei gesellschaftlichen Anlässen: Alles geschieht in dem Bewußtsein, daß es allen nützt. Das einzige, was mir gelegentlich auf den Geist geht, ist dieser unerschütterliche Optimismus. Manchmal habe ich das Gefühl, unter einem rosa Schleier zu ersticken.«

»Aber Kind, es braucht heute nun mal eine Menge Optimismus, um Menschen zu motivieren.«

»Ich beklage mich ja nicht wirklich. Im Ernst, ich bin zufrieden. Die meiste Zeit arbeite ich sowieso mit Kindern.«

»Und mit Kafka, nehme ich an.«

»Ja, sie lieben ihn.«

»Willst du mir nicht doch sagen, wie er ist?« ermunterte er sie augenzwinkernd.

Sie suchte nach einer Beschreibung. »Souverän«, sagte sie schließlich. Dann tippte sie ihm den Finger auf die Nasenspitze: »Versprich mir, Philip, daß wir Spaß haben werden, solange ich hier bin, okay?«

»Aber selbstverständlich werden wir das. Ich möchte dir meinen Freund Wilken Armerding vorstellen, er diskutiert da draußen. Du wirst sehen, er ist lustig.« Er machte sich von ihr frei und stand übertrieben ächzend auf. »Hören wir also mal rein in die Verbalerotik von Weißenhaus ...«

Sie verließen die Bibliothek und stellten sich in die Tür des Konzertsaals. Dem hämischen Gelächter nach zu urteilen, war das Publikum bester Laune.

»Es sind Leute wie Sie«, deklamierte Professor Willich und deutete mit dem Finger auf Wilken, »die die irrationale Wissenschaftsangst der Jahrtausendwende zu verantworten haben. Wer den Pfad der Logik verläßt, um sich in Begegnungen der dritten Art zu suhlen, hat jedes Recht verwirkt, über wissenschaftliche Ethik herzuziehen.«

Das saß. Frenetischer Applaus war die Folge. Was war das hier, ein umgedrehter Schauprozeß? Wilken rückte die Baskenmütze zurecht und wartete lächelnd ab, bis sich der Sturm gelegt hatte.

»Nun gut, ich nehme Sie beim Wort«, hob er mit leiser Stimme an, »die Logik gebietet es, daß wir einige Tatsachen zur Kenntnis nehmen. Trotz des erreichten, einzigartigen Wohlstands in den ehemaligen Industrieländern war das Heer der Besitzlosen auf diesem Planeten zum Schluß auf eine Zahl angewachsen, die weit größer war als die der gesamten Weltbevölkerung vor hundert Jahren. Nein, meine Herren, mit allem, was wir angefangen haben, sind wir in die Absurdität des Gegenteils geraten. Mit dem Versuch, die Äcker fruchtbarer zu machen, haben wir sie zu Tode gefoltert. Mit dem Versuch, uns vor Feinden zu schützen, sind wir so nahe wie möglich an den großen Weltbrand geraten. Selbst der Versuch zu heilen und zu helfen geriet immer mehr an die Grenzen der Unmenschlichkeit.* Die Seele unserer Kultur hatte uns einfach satt, wie es Oswald Spengler einmal in weiser Voraussicht formulierte.« Armerding nippte an seinem Wasserglas. »Die Meinung einiger Scheißkerle wie Sie und ich ist dabei völlig unerheblich«, fügte er genüßlich hinzu.

Laura und Baro applaudierten, aber ihr spontaner Beifall zerbarst an einer Mauer aus Schweigen. »Bravo!« setzte Laura provozierend nach und stieß ihrem Großvater in die Seite. »Bravo!« rief nun auch Baro und klatschte mit ihr wie wild um die Wette.

Wilken rückte seine Brille zurecht und blickte in ihre Richtung. Als er seinen Freund erkannte, räumte er den Platz und verließ ohne weitere Entschuldigung das Podium. Unter den Augen des entsetzten Auditoriums fielen sich Baro und Armerding in die Arme.

»Moment noch!« mahnte Baro seine beiden Begleiter, als sie an der Kommandantur vorbeikamen, wie die Verwaltungsräume in Weißenhaus ironisch genannt wurden. »Ihr mögt es glauben oder nicht, aber ich lebe seit Monaten enthaltsam. Wenn ich richtig informiert bin, habe ich noch einige Flaschen Wein gut.« Er orderte die ihm zustehende Alkoholration beim diensthabenden Beamten und bat darum, ihm die Flaschen ins Haus zu bringen.

»Wie kommst du zu diesem Partisanenschmuck?« fragte er Wilken, der sich angeregt mit Laura unterhielt.

»Meinst du die hier?« Armerding deutete auf seine Baskenmütze und lüftete das Geheimnis. Auf seinem Schädel prangte eine Narbe wie eine aufgeworfene Geschwulst. »Ich hatte Besuch«, meinte er, »erst haben sie die Pyramide zertrümmert und als Zugabe dann mich ein wenig ... Es passierte übrigens kurz nach deinem Besuch, du erinnerst dich, ich hatte dich noch vor ihnen gewarnt.« Er lachte. »Na ja, hinterher blieb eben nur noch die Altensiedlung. Wenn ich gewußt hätte, daß du in Weißenhaus herumgeisterst, wäre ich natürlich hierher gekommen.« Amüsiert beobachtete er, wie Laura die Wunde in Augenschein nahm. »Sie waren ungefähr in deinem Alter, jung, ehrfürchtig und respektvoll«, sagte er und kniff ihr prüfend in die Wange: »Tatsächlich, die gleiche Konsistenz ...«

»Er ist wirklich lustig«, raunte Laura ihrem Großvater zu und hakte sich bei ihnen unter. Dann schob sie die beiden einer weinseligen Bruderschaft entgegen, die ihr vermutlich noch heute nacht die Ehrenmitgliedschaft antragen würde.

Malin grübelte in der Baubude über ein nicht unerhebliches Problem nach. Der Versuch, die Betonwände am Flußufer mit Erdmassen zuzuschütten, um sie dann hinter diesem künstlichen Wall abzutragen, hatte sich als Flop erwiesen. Der Wasserdruck war zu stark für die Humusschicht. An drei Stellen war es bereits zum Durchbruch gekommen. Es würde wohl nichts anderes übrigbleiben, als eine Lehmschicht zu legen und darauf zu warten, daß der Fluß selbst sie zu einer undurchdringlichen Schutzschicht kittete. Neben der Tatsache, daß dies eine gehörige Portion Zeit in Anspruch nehmen konnte, blieb ein beträchtliches Restrisiko. Um ganz sicher zu gehen, mußte man wohl mit Stahlgittern arbeiten, die später allerdings kaum zu entfernen sein würden. Ob dies der anzusiedelnden Flora dienlich war, wagte er zu bezweifeln. Außerdem waren die Lieferzeiten für jede Art von Stahl extrem lang. Also blieb ihnen vorläufig nichts anderes übrig, als ihre Kräfte auf die Rodungsarbeiten zu konzentrieren und Zufahrtstraßen für die Baufahrzeuge anzulegen. Wenn nötig, bis nach München.
Die Tür flog auf, und ein junger Arbeiter rief ihm keuchend zu, in die Sektion drei zu kommen, dort habe sich ein Unfall ereignet. Er warf den Mantel über und sprang in den bereitstehenden Jeep. Das Fahrzeug quälte sich am Rande der Isar über eine notdürftig angelegte Piste, die durch den Regen der letzten Tage arg gelitten hatte, was zur Folge hatte, daß er immer wieder aussteigen und schieben mußte. Schließlich erkannte er einen auf die Seite gefallenen Kipplaster.
»Was ist passiert?« fragte er den Vorarbeiter, der ihm beim Aussteigen behilflich war.
»Der Neue liegt drunter, und wir schaffen es nicht, dieses Scheißding auch nur zehn Zentimeter anzuheben!«
»Dann holt die Raupe.«
»Schon unterwegs.«
»Und die Ambulanz?«

»Ebenfalls.«
Malin bahnte sich einen Weg durch den Pulk der Umstehenden und sah Boon mit schmerzverzerrtem Gesicht im Schlamm liegen. Sein rechtes Bein war unter den Zwillingsreifen eingeklemmt. »Halt durch, Paul«, murmelte er und strich ihm die feuchten Strähnen aus der Stirn, »in ein paar Minuten holen wir dich da raus.«
Boon kniff die Augen zusammen und blähte die Backen. Als sie das quietschende Geräusch des herannahenden Kettenfahrzeuges vernahmen, hellten sich die Mienen der Umstehenden auf.
»Wie lange liegt er schon so?« fragte Malin seinen Vorarbeiter und dirigierte den Bagger an die Unfallstelle.
»Halbe Stunde etwa.«
Er kletterte zum Führerhaus hinauf: »Am besten, du gehst mit der Schaufel direkt unter die Ladefläche. Zehn Sekunden würden reichen, um ihn rauszuziehen. Wird das gehen?«
Der Fahrer nickte und ließ die gezackte Wanne auf den Boden sinken.
»Los, Leute, faßt mit an!«
Sie stellten sich zu viert um den Verletzten. Als sich der LKW unter dem Gebrüll des Baggermotors zitternd und ruckelnd ein gutes Stück in die Luft erhoben hatte, zerrten sie den schreienden Boon aus seinem tonnenschweren Gefängnis. Mein Gott, sein Unterschenkel war platt wie ein Brett und der Fuß zeigte nach hinten. Er röchelte, auf seinen Lippen bildeten sich Speichelbläschen.
»Sie flicken dich schon wieder zusammen«, versuchte Malin unbeholfen zu trösten. Den anderen gab er ein Zeichen, sich zu entfernen.
Boon bewegte die Lippen, als wollte er ihm etwas sagen. »Keine Ambulanz . . .«, preßte er hervor. »Bring mich nach Haus. Bitte . . .«
Natürlich, der Chip! Es bedurfte keiner großen Phantasie, um

sich vorzustellen, was sie mit ihm anstellten, wenn sie das Teil entdeckten. Liquidieren würden sie ihn.
Boon war ohnmächtig geworden. Malin kniete hilflos im Dreck. Er hatte das Gefühl, zum Herr über Leben und Tod bestellt worden zu sein, und das behagte ihm gar nicht. Jeden Moment würde der Krankenwagen eintreffen. Aber was konnte er tun? Ihn in der Wohnung verstecken? Lächerlich, dort schauten sie zuerst nach, denn es gab eine Menge Leute, die bezeugen konnten, daß ärztliche Hilfe nötig war. Sie würden der Sache nachgehen, da war er sicher. Außerdem kannte er niemanden, der sich mit dem notwendigen Fachwissen und mit entsprechender Diskretion um die Verletzung kümmern konnte.
Je mehr Zweifel ihm kamen, ob er Pauls Bitte entsprechen sollte, desto stärker wuchs in ihm die Bereitschaft, ihm zu helfen. Weiß der Teufel, warum. Vermutlich ertrug er es einfach nicht, diesen Mann seinem Schicksal zu überlassen, er würde sich schuldig fühlen.
»Bernsdorf!« schrie er. »Den Jeep!«
Sie legten Boon auf die Rückbank.
»Wenn die Sanis kommen, sag ihnen, daß ich ihn ins Krankenhaus gebracht habe.«
»In welches Krankenhaus?«
»Mein Gott, daß weiß ich noch nicht. Pullach, rechts der Isar . . ., wo eben Platz ist.«
Er gab vorsichtig Gas. Boons Körper rollte beim Anstieg gegen die Rückenlehnen der Sitze. Als erstes würde er ihm Morphium geben, ein gewisses Kontingent stand den Bautrupps zu. Als sie auf die Asphaltstraße kamen, hielt Malin auf den Garten zu anstatt auf den Haupteingang. Er würde ihn in den Geräteschuppen legen. Alleine hätte er ihn ohnehin nicht die Treppen hochbekommen, abgesehen davon, daß man sie sehen könnte.
Er griff dem Verletzten unter die Achseln und schleppte ihn in die Holzbaracke. Der Anblick des verdrehten Fußes bereitete

ihm Übelkeit, zumal der bei jeder Unebenheit des Bodens in eine andere Stellung geschleudert wurde.
Boon schlug die Augen auf. »Meine Tasche . . .«, flüsterte er, um gleich darauf erneut in Ohnmacht zu fallen.
Malin lief ins Haus und kam mit mehreren Wolldecken, einer Leinentasche und zwei Morphiumtabletten zurück.
»Schluck sie runter«, sagte er, nachdem er ihn zugedeckt und aus den restlichen Wolldecken ein Kopfkissen gestapelt hatte.
Boon gehorchte wimmernd.
»Du wirst bald keine Schmerzen mehr haben. Ich schau mal, ob ich jemanden finde, dem wir vertrauen können.«
Als er gehen wollte, zupfte Paul Boon ihn an der Hose.
»Danke, Max . . .«
Für einen Augenblick glaubte Malin in einen Spiegel zu sehen. Als er den Schuppen hinter sich abschloß, verstand er zum erstenmal, was Marinella an dem Kerl fand. Als der Schuß fiel, verstand er gar nichts mehr. Es tat nur weh, denn er fing gerade an, den Hauptmann zu mögen.

Eszras Arbeit bei der Stadtentwässerung begann erst in einer Woche. Es blieb also noch Zeit, um sich an die neue Umgebung zu gewöhnen. Die drei Tage, die er bisher im Stadtlager verbracht hatte, waren von vorsichtigen Erkundungen geprägt, die aber alle in der näheren Umgebung stattfanden. Die größten Schwierigkeiten bereitete ihm der Umgang mit Geld. Bereits die Hälfte des Kredits, den man Neuankömmlingen bei der Einreise gewährte, war verbraucht. Ansonsten schreckte ihn die Stadt weniger, als er erwartet hatte. Zwar waren die Häuser in einem erbärmlichen Zustand, glichen die Straßen mit dem aufgeworfenen Pflaster eher einem Hindernisparcours, aber die Tristesse der herabhängenden Balkone, der verwilderten Hinterhöfe und versprengten Autowracks hatte auch Charme, zumal es genügend Platz in dieser Steinwüste gab, in der vor fünfzig Jahren noch vier Millionen Menschen gewohnt hatten, während es heute nach offiziellen Angaben gerade noch achthunderttausend waren. Berlin wirkte auf ihn wie ein vergessenes Bühnenbild eines längst gespielten Stückes, wie ein in Stein gehauenes Monument der Vergänglichkeit. Die allgegenwärtigen Werbetafeln mit ihren obskuren Botschaften verstärkten diesen Eindruck noch. Die anfängliche Paranoia war einer gesunden Neugier gewichen. Seit er außerdem in den Besitz von Percys Adresse gelangt war, fühlte er sogar so etwas wie Freude in sich aufsteigen.

Percy wohnte nicht weit entfernt in Moabit. Eine halbe Stunde zu Fuß, vorbei an den Kulissen des Reichstags und des Lehrter Bahnhofs. In der Turmstraße entdeckte er einen dieser Staus, wie sie an mehreren Stellen der Stadt aufgebaut waren. Um die noch relativ intakten Autos vor Vandalismus zu schützen, hatte man sie an markanten Kreuzungen einfach zusammengeschoben. Dieser hier war hundert Meter lang. Staus wurden rund um die Uhr bewacht, die Batterien der Fahrzeuge regelmäßig aufgeladen. Die Menschen benutzten sie als Abenteuerspielplätze. Wer Lust hatte, setzte sich in einen Wagen seiner Wahl, hörte Musikkassetten, die in den Handschuhfächern lagen, oder hupte einfach fröhlich drauflos. Besonders begehrt waren die Nobelkarossen, von denen es allerdings nur wenige gab. Eszra entdeckte gerade drei Daimler und einen Jaguar. Ein Wahnsinnsteil: silbermetallic, rote Ledersitze. Das Seltsame war, daß die Leute hinter den Lenkrädern ganz dem Image der jeweiligen Wagen entsprachen, die sie gerade besaßen. Der Typ im Jaguar zum Beispiel, obschon von kleinbürgerlicher Ausstrahlung, verwandelte sich prompt in die Karikatur eines geschäftigen Unternehmers auf dem Wege zu einem Millionenabschluß, während der Alfa-Fahrer nebenan wild schaltend die aberwitzigsten Überholmanöver simulierte. Am Wochenende, so hatte er sich sagen lassen, war im Stau kaum mehr Platz zu kriegen. Völlig aussichtslos sollte es Samstag nachts sein, wenn die Scheinwerfer angeschaltet werden durften. Bis in den frühen Morgen badeten dann die düsteren Straßen im Licht, erzitterten die bröckelnden Fassaden unter den Rhythmen der Musik, die sich aus den Blechkisten ins Freie ergossen.

Oldenburger Straße 21. Hier mußte es sein. Eszra stieg die ausgetretenen Treppen hinauf. Auf einem vergilbten Zettel las er den Namen Baro. Er klingelte. Bei dem Gedanken, daß er Percy gleich gegenüberstehen würde, bekam er Herzklopfen. Niemand rührte sich. Vermutlich war sein Freund gerade einkaufen, arbeiten würde er wohl kaum. Freiwillige brauchten im Stadtlager nicht zu arbeiten, sie bekamen den Einheitslohn ohne Gegenleistung.

»Zu wem willst du?« sprach ihn jemand hinter seinem Rücken an, als er gerade im Begriff war, einen Zettel an die Tür zu heften. Der Mann war einen Kopf größer als er, sein hageres Gesicht wurde von einer schmalen, herausragenden Nase dominiert, auf der eine verspiegelte Sonnenbrille saß. Im Mund bewegte er einen Zahnstocher.

»Geht Sie das was an?« fragte er tapfer.

»Nicht doch, Freundchen, so nicht«, sagte der Fremde barsch. »Also: zu wem?«

Die Tatsache, daß Eszra sich in den großen Gläsern nur selbst begegnete, bereitete ihm Unbehagen. Sein Instinkt riet ihm, daß er die Situation besser nicht ausreizte. »Percy Baro. Ich bin ein Freund.«

»Ein Freund, hä ...? Wie heißt du denn, Freundchen?«

»Eszra.«

Der Mann entblößte seine gelben Zähne und schmatzte anschließend, wie es Frauen tun, wenn sie frisch aufgetragenen Lippenstift schmecken. Dann nahm er provozierend langsam die Brille ab und starrte ihn einige Sekunden ungläubig an. Schließlich drückte er Eszra die Hand, als wollte er sie zermal-

men. »Ich bin Willy«, brummte er, »Percy wird sich freuen. Ich sag ihm, daß du da bist.«
Der Fremde schloß die Tür auf und ließ ihn allein zurück. Er wußte nicht, wie lange er auf den Stufen gewartet hatte, als Willy ihn hereinwinkte. Er führte ihn in einen gelbgestrichenen Raum, der nur mit einer Matratze ausgestattet war.
»Warte hier. Er ist gleich soweit.«
Den sich entfernenden Schritten nach zu urteilen, handelte es sich um eine größere Wohnung. Durch die schmutzigen Scheiben fielen Streifen milchigen Sonnenlichts ein, in denen feinste Staubpartikel wirbelten. Er ging auf den Balkon und schaute über die Straße hinweg auf eine rotgeklinkerte Kirche, die ihm vorhin gar nicht aufgefallen war. Die schwere Holztür hing in den Angeln, die bunten Mosaike in den hohen Bogenfenstern waren bis auf wenige Versatzstücke herausgebrochen. Er sah das geneigte Gesicht Marias, die nun mit leeren Händen dastand, wo sie früher den Heiland gewogen hatte.
»Alles Lug und Trug«, nuschelte Percy und preßte Eszra so eng und ausdauernd an sich, als wollte er ihm seinen Anblick mit Gewalt ersparen. Er sah erbärmlich aus: abgemagert, hohlwangig und von gespenstischer Blässe.
Sie setzten sich in die Küche. Percy vermied jeden Blickkontakt, statt dessen kratzte er sich unentwegt an Armen und Beinen, als hätte sich eine Termitenriege unter seiner Haut in Bewegung gesetzt. Gelegentlich kicherte er vor sich hin, wobei seine Augen nervös über Eszras Gesicht huschten. Willy schenkte Kaffee ein, die Ringe an seinen knochigen Fingern klapperten gegen die Tassen.
»Schön, dich zu sehen«, sagte Percy und wischte das klebrige Haar aus der feuchten Stirn.
Eszra brachte noch immer kein Wort hervor. Von seinem Freund war nur noch eine kranke, zerstörte Hülle übriggeblieben, die ihn erschreckte. Willy zog ein leeres Blatt Papier aus der alten

Reiseschreibmaschine am Boden und deutete auf die Pappe im Fenster: »Du bist kein Dichter«, grinste er zu Percy hinüber, »du bist ein Abdichter!«

Percy ignorierte den gutgemeinten Scherz. »Wie geht es Laura?« fragte er und zupfte an seiner Nase.

»Weiß nicht.«

»Und dem Doc?«

»Keine Ahnung.«

»Dir . . .?«

»Ich bin okay.«

Die Sache schien damit erschöpfend beantwortet. Percy schlürfte seinen Kaffee und beobachtete gleichgültig, wie Willy sein Feuerzeug unter einem rußgeschwärzten Teelöffel entzündete, bis das braune Pulver darauf zu einer schmutzigen Flüssigkeit geschmolzen war. Anschließend zog er die Soße auf eine Plastikspritze und band den Arm mit einem Gürtel ab. Seine Faust pumpte wie ein freigelegtes Herz. Er rieb ein wenig Spucke auf die violett schimmernde Narbe in der Armbeuge und setzte die Nadel an.

Eszra schloß die Augen. Er wünschte, es möchte sich um einen bösen Traum handeln, aber als er wieder aufblickte, hing auch Willy von Apathie befallen im Stuhl und kratzte sich.

»Berliner Tinke«, kommentierte Percy ironisch, »das Zeugs frißt dich auf.«

»Warum nimmst du es dann?

»Aus Selbstschutz.« Seine Antwort amüsierte ihn. »Wie lange bist du schon hier, Esz?«

»Drei Tage.«

»Weißt du überhaupt, wo du dich befindest?«

»In der Hölle. Das wolltest du doch sagen . . .«

»Ich zeig dir, wo du bist.« Er stellte den Fernseher an. Eszra wußte gar nicht, daß die Dinger funktionierten. Sie wurden Zeuge einer Talkshow. Ein bärtiger Mittvierziger redete sich

gerade in Rage: »Der Grund, warum Sie daran festhalten, ist folgender: Sie betreiben diese Anlagen so lange, bis sie auseinanderfallen.«
Percy schaltete den Ton ab: »Sie werden doch nicht bestreiten«, übernahm er den Part des Kontrahenten, »daß man für Pharmazeutika die Chlorchemie benötigt . . .«
Willy fiel ihm ins Wort: »Das ist doch ausgemachter Blödsinn, damit wollen Sie doch nur die Öffentlichkeit erpressen!«
»Sie sagen doch gerade, Sie wollen die Chlorchemie plattmachen«, entgegnete Percy.
»Sie hören wohl schlecht!« empörte sich Willy. »Fakt ist, daß niemand die Chlorchemie . . .«
»Fakt ist«, sagte Percy lippensynchron und dirigierte belustigt seinen Bildschirmprotagonisten, »daß für eine Reihe lebenswichtiger Produkte im Bereich der pharmazeutischen Industrie die Chlorchemie benötigt wird. Ihr Horrorszenario kann ich nicht akzeptieren. Ich weiß, daß der Hunger in Mitteleuropa mit modernem Pflanzenschutz beseitigt worden ist, und ich weiß, daß die Naturmedizin die großen Volksseuchen nicht beseitigen konnte, daß das aber mit moderner pharmazeutischer Industrie möglich war.«
»Was hat das alles mit Schwanheim zu tun?« übernahm Willy die Rolle einer weiblichen Diskussionsteilnehmerin, »wie geht's denn jetzt in Schwanheim weiter?«*
Beide klatschten begeistert in die Hände, sie benahmen sich genauso wie das Studiopublikum.
Percy schaltete den Apparat ab. »Es gibt vier Sendungen auf der Endlosschleife: diese Talkshow, eine halbe Stunde Volksmusik, das Gewinnspiel und den Schauplatz Natur. Titel: Mit den Störchen nach Afrika. Dazu jeden Abend zehn Minuten Stadtnachrichten live.«
»Du hast die Werbung vergessen«, sagte Willy und senkte die Stimme: »Genieß ein Stück Erinnerung. Denn Qualität ist das

beste Rezept. Jetzt neu: saftiger Mohn- und versunkener Beerenkuchen.«
»Was denn?« fragte Eszra verblüfft, »die senden immer dasselbe?«
»Ohne Ende. In den Kinos auch: Zehn Kinos gibt es und zehn Filme.«
»Ist aber ein scharfer Sexstreifen dabei, das mußt du zugeben«, gab Willy lachend zu bedenken, »kann man sich ruhig zwölfmal angucken . . . Na ja, du nicht«, winkte er ab. »Du hast die Bude ja seit vier Monaten nicht mehr verlassen. Ob das nun gerade gesund ist . . .«
»Was sind das für Filme?«
»Vergiß es.« Percy reinigte das Spritzbesteck. »Das Stadtlager ist ein Fake, Esz, eine schäbige Kulisse aus den Neunzigern. Sie halten uns wie Versuchstiere. Das einzige, was wir an geistiger Nahrung zu uns nehmen dürfen, ist der Bewußtseinsschrott der ehemaligen Freizeitgesellschaft. Sie flößen einem den Schwachsinn bis zum Erbrechen ein. Irgendwann fühlt es sich an, als würde auf deiner Stirn alle zehn Sekunden ein Wassertropfen zerplatzen.« Er krempelte den Ärmel hoch und nahm den Teelöffel zur Hand. »Falls es denn noch eines Beweises bedurft hätte, daß man durch Indoktrination aus Menschen Zombies machen kann: hier wäre er erbracht.« Percy drückte einen Tropfen aus der Spritze, um sicherzugehen, daß keine Luftbläschen in die Blutbahn gelangten. »Schön, dich zu sehen, Esz«, murmelte er und stach sich die Kanüle in den Arm.
Eszra beobachtete, wie sein Freund schwer atmend auf den Wogen der Droge dahinglitt. Schließlich erhob er sich und ging.
»Im Moment ist es schlimm mit ihm«, sagte Willy, der ihn an die Tür begleitete, »er will nichts mehr sehen und hören. Vielleicht berappelt er sich, jetzt wo du da bist . . .«
Eszra schrieb seine Adresse auf und torkelte wie betäubt die Treppen hinunter. Zum erstenmal in seinem Leben fühlte er sich

von allen verlassen. Laura, Tamara, der Doc, Percy – er hatte alles verloren, außer sich selbst. Ein Mann schaukelte ungelenk auf ihn zu. »Hast du keine Augen im Kopf?« schnauzte er, als Eszra ihn an der Schulter streifte.
»Halt's Maul, du Arsch!«
Der Mann zuckte zusammen und schlurfte hastig davon.

Der Puget Sound lag wie ein wächsernes Laken in der Mittagssonne. Heiland lauschte dem monotonen Klicken der Kiesel, die sich unter den plätschernden Wellen rekelten. Er lehnte an einem blankgewaschenen Baumstamm, den der Sturm entweder von der Steilküste geweht oder von weit her angeschwemmt hatte. Uwe Wandrey musterte die Steine aus, die er auf dem Weg gesammelt hatte. Auf den flachen weißen mit dem blauen Streifen mochte er nicht verzichten. Er zeigte ihn Heiland, der ihn so lange in den Händen preßte, bis er sich seiner Körpertemperatur angepaßt hatte.
»Ich habe das Gefühl, als müßten sie mit ihren Kanus jeden Moment um die Ecke paddeln«, sagte er und reichte den Stein zurück. »Merkwürdig, wie lange sich dieses alte Indianerland seine Magie bewahrt...« Er zögerte: »Mal ehrlich, Uwe, glaubst du langfristig an unseren Erfolg?«
Wandrey blickte überrascht auf: »Aber sicher. Du nicht?« Er war jetzt ganz der GO!-Minister, als der er in Seattle weilte.
»Kannst du dir wirklich vorstellen, daß wir noch eine Chance kriegen auf diesem Planeten? «
»Ich bin kein Prophet, Martin, ich bin Pragmatiker.«
»Saubere Meere, klare, unverdorbene Luft, Tiere und Pflanzen in Hülle und Fülle, keine Kriege... Siehst du das auf uns zukommen? Nur dann macht doch die ganze Sache Sinn. Oder siehst du das anders?«
»Ich sehe, was jetzt ist, Ökotopia interessiert mich nicht. Was willst du? Die Ergebnisse der Konferenz können sich sehen las-

sen. Sibirien ist als Endlagerungsstätte für Atom- und Giftmüllvorkommen endgültig bestätigt worden, die biotechnischen Eingriffe ins Trinkwasser haben die Bevölkerungsexplosion in Asien zum Stillstand gebracht, und die Geschichte mit China kriegen wir auch in den Griff, da wette ich.«
»Wir unterschreiben auf dieser verdammten Konferenz gerade das Todesurteil für eine Milliarde Menschen ...«
»Täten wir das nicht, hätten wir bald vier Milliarden Opfer zu beklagen, das weißt du. Dann können wir uns die Träume endgültig abschminken.«
Heiland streckte sich: »Warum lassen wir den Dingen nicht einfach ihren Lauf?« sagte er. »Das ist es doch, was wir immer predigen. Wieso stemmen wir uns so vehement dagegen, daß der Mensch seiner vernichtenden Bestimmung nachkommt? Wer weiß denn, ob nicht ein höherer Sinn dahintersteckt, ob nicht erst die Wüste, die wir hinterlassen, das Terrain für eine höher entwickelte Spezies bereitet.«
Wandrey tippte mahnend auf die Uhr: »Wir müssen.«
Auf dem Weg zurück zum Tagungsort der internationalen GO!-Konferenz verzichteten sie auf jede weitere Unterhaltung. Die Abstimmung war um drei, das Ergebnis zu aller Überraschung auf Anhieb einstimmig. Kanada, die Niederlande und auch Schweden hatten ihre Bedenken fallenlassen, Deutschland, vertreten durch Heiland und Wandrey, hatte Bedenken nicht einmal angemeldet. Der Virusattacke gegen China und Nordkorea stand nun nichts mehr im Wege.
Ausschlaggebend für den Sinneswandel der Kritiker war ein Bericht des japanischen Vertreters Kitami, der Beweise seines Geheimdienstes vorlegen konnte, nach denen sowohl China als auch Korea atomar aufrüsteten. Damit waren sie die einzigen Atommächte der Welt. Alle anderen, selbst Nicht-GO!-Staaten wie der Irak oder Pakistan, hatten den Abrüstungsvertrag von 2024 erfüllt. Außerdem gab es Indizien dafür, daß China und

Korea einen ausgeklügelten Vernichtungsschlag gegen die GO!-Staaten planten, so zum Beispiel die erst kürzlich geschlossene Allianz zwischen Peking und Pjöngjang.
Heiland beobachtete die Grüppchen schwatzender Delegierter, von denen sich viele noch aus ihrer früheren wissenschaftlichen Tätigkeit her kannten. Damals war er zu jung, um zu ihnen zu gehören. Aber es waren diese Frauen und Männer, die in einem einzigartigen internationalen Konsens die Revolution ermöglicht hatten. Heute trugen sie politische Verantwortung, für viele sicher keine leichte Aufgabe. Um so erstaunlicher, daß selbst bei schwierigsten Fragen wie dieser immer eine Lösung gefunden wurde. Er selbst war mit dem Ausgang hochzufrieden, gehörte er doch seit Jahren zu jenen, die darauf drangen, der industriellen Dreckschleuder China den Hahn zuzudrehen. Solange sich das Reich der Mitte in einer spätkapitalistischen Orgie erging, waren alle Bemühungen um den Erhalt der letzten Ressourcen, um die Verbesserung der Luft- und Wasserqualität und um das Eindämmen des Ozonlochs zum Scheitern verurteilt.
»Was ist mit Ihnen?« fragte Kitami. »Kommen Sie nicht zum Abschlußdiner?«
»Später«, entschuldigte er sich und schlenderte durch die Lobby nach draußen, wo die Abendsonne die steil abfallende University Street wie ein Scheinwerfer ausleuchtete. Soviel kosmische Aufmerksamkeit für jemanden, dessen einziges Verdienst darin bestand, daß er das von ihm abgesegnete Massenmorden nicht mit einem feierlichen Essen beging!

Unmittelbar nach Lauras Abreise, noch während Wilkens Anwesenheit in Weißenhaus, fiel Philip Baro in einen sonderbaren Zustand. Er kramte in langen Tagträumen die Juwelen seines Lebens aus der Erinnerung. Schlagartig wurde ihm klar, welche Ereignisse und Begegnungen von Bedeutung gewesen waren und welche nicht. Jeden Tag schränkte er die Auswahl ein wenig ein, und am Ende fand er sich in einer einzigen Situation bestätigt. Sie verdeutlichte am besten, was er suchte. Er war zwölf damals, das Mädchen Lilo fünfzehn. »Die schöne Lilofee.« Angestachelt und berauscht von diesem alten Lied, das seine Mutter gelegentlich sang, strich er abends um das Mietshaus, in dem sie wohnte. Er trank ihre Gegenwart wie ein Lebenselexier, er trat sogar dem Turnverein bei, obwohl er die Geräte haßte, und überwand sich zum Kastensprung, weil sie es war, die ihn am anderen Ende auffing. Dabei vergaß er, die Hände vom Gerät zu nehmen: Bänderriß an allen Fingern. Als er anderntags total bandagiert zum Unterricht erschien, wartete sie bereits auf ihn. »Wie geht es dir?« hatte sie gefragt und seine Mullbinden gestreichelt. Es ging ihm noch nie so gut, und wenn er es recht bedachte, war es ihm die siebzig Jahre danach auch nie besser gegangen. Die Dinge wiederholten sich zwangsläufig im Laufe eines Lebens, am Ende zählte doch nur die erste Erfahrung, in der man sich der Liebe zuneigt wie eine Blume der Sonne.

Als sich nach Laura auch Wilken verabschiedet hatte, gestand Baro sich ein, daß er eine Entscheidung zu fällen hatte. Es war der erste warme Frühlingstag, die Verwaltung bestand darauf, daß sie ihre Gazeschleier benutzten, wenn sie spazierengingen. Er wählte das Watt im Natur-Menü. Sie versprachen, ihn zu holen, sobald er den Musikwunsch nachreichte.

Iris ließ sich im Cyber-Center des Informationsministeriums die Filme zeigen, die das Archiv auf Anfrage zusammengestellt hatte.

Die Suche nach verwertbaren Motiven gestaltete sich immer schwieriger. Je länger sie das Material sichtete, desto klarer wurde ihr dessen makabre Ästhetik. Selbst die lehmverschmierten Fischer, die ihr Boot durch den Schlamm eines ausgetrockne-

ten Staudamms zogen, wirkten in ihrer Qual geadelt. Das Lachen des kleinen Jungen, der einen toten Fisch aus dem Matsch zieht, strahlte sogar unverdorbene Freude aus.
Die Widerstandsfähigkeit der menschlichen Gattung, die Fähigkeit, sich in der Unwirtlichkeit einzurichten, sich anzupassen wie kaum ein anderes Lebewesen, dieses energische seelische Kopfschütteln, wenn es darum ging, nun endlich von diesem Planeten zu verschwinden, das faszinierte sie. Wer von der Natur mit solchen Talenten ausgestattet war, der mußte sich unschuldig fühlen . . .
Sie gab dem Vorführer das Zeichen zum Abbruch. Es war nichts dabei für ihr nächstes Thema.

Das Zeugs, das die Köchin Obstler nannte und das sie Malin aufs Zimmer gestellt hatte, machte ihn zwar besoffen, aber es vermochte seine aufgewühlten Gefühle nicht zu trüben. Er lenkte seinen Blick durch das schmale Fenster auf die Kastanie, die an einigen Stellen wie zum Trotz fette, klebrige Knospen trieb. Noch vor zwei Wochen hatte sie wie ein entseeltes Gerippe herumgestanden. Woher nahmen die Pflanzen ihren Mut?
Er kippte den Rest des Schnapses ins Waschbecken. Urlaub hatte er nicht mehr zu kriegen. Das bedeutete, daß er Marinella die Nachricht per Computerbrief überbringen mußte. Über eine Stunde saß er vor dem Bildschirm, dann schrieb er ihr, daß Paul tot sei und daß sie jederzeit auf ihn rechnen könne.

Eszra war todmüde, als er an diesem Freitagabend von der Arbeit nach Hause kam. Es war seine erste Woche bei der Stadtentwässerung, und er wünschte, es wäre auch seine letzte gewesen. Auf der Deponie war er immerhin im Freien beschäftigt gewesen, was im nachhinein wie ein Göttergeschenk anmutete. Das unterirdische Kanalsystem in Berlin hatte eine Gesamtlänge von 8400 Kilometern. Es gab viel zu tun in diesem faulenden Labyrinth mit seinen glitschiggrünen Mauern. Irgendwo kam es immer zu Verstopfungen, brach immer eine Decke zusammen. Seit Tagen watete er buchstäblich in der Scheiße.

Er stellte den Fernseher an, füllte eine Schüssel mit Wasser und schrubbte den Gestank aus den Poren.

Tusch.

»Da steht es, das freche Sondermodell von Skoda, der Pickup FUN, ein praktischer Kleintransporter mit fabelhaften Extras wie Frontschutzbügel, Flankenschutz, Überrollbügel und Heckstoßstange. Bitte kommen Sie, ganz dicht ran, so ist es gut. Nun hab ich doch Ihren Namen vergessen.«

»Maria.«

»Maria. Hilf, Maria. Es geht los. Sie merken sich bitte nur die Produkte. Der Alex stellt Ihnen jetzt alles noch einmal vor. Bitte Alex!«

Tusch.

»Diese Produkte müssen Sie sich merken: APRO, das zehnteilige Thermoset, für innere Wärme bei äußerer Kälte. Schuhe von GABOR, damit sind Sie modisch immer auf dem laufenden. PRIME TIME POP, die CD mit den erfolgreichsten Pop-Hits aus der TV-Werbung. BOSS NUMBER ONE, ein Ausdruck von Erfolg. LONAX Polish and Wax, der perfekte Autolackpfleger, schonend und umweltfreundlich, damit der Glanz dauerhafter bleibt.«

»Frontschutzbügel, Flankenschutz, Überrollbügel . . .«

Eszra fuhr herum. Es war Willy, der da grinsend im Türrahmen lehnte.

»Was wollten die den Leuten eigentlich andrehen? Eine rollende Festung? – Maria, Sie brauchen nur noch die Produkte rauszupicken, von denen eben die Rede war . . .«, äffte er den Moderator nach und trat mit der Stiefelspitze gegen den Abstellknopf.

»Wie bist du reingekommen?« fragte Eszra verblüfft.

»Durch die Tür.«
»Die Tür war abgeschlossen . . .«
Willy zeigte ihm sein Messer: »Jeder Arsch kann sie knacken. Ich würde mir was einfallen lassen an deiner Stelle. Schönen Gruß von Percy. Ob du sauer bist, will er wissen.«
»Wie geht's ihm?«
»Schlecht. Er entzieht gerade. Sobald er fit ist, meldet er sich. Das tut er für dich, mein Lieber. Echt, wenn du nicht aufgekreuzt wärst, hätte er sich den Gnadenschuß gegeben.« Er sah sich gelangweilt um. »Bist du auch so ein Sensibelchen? Klar, arbeiten ist Scheiße. Wer arbeitet, ist selber schuld.«
»Womit verdienst denn du dein Geld?«
»Ich bin Spieler.«
»Zocken, oder was?«
»Nicht doch, Kleiner. Ich bin Spieler. Dafür tun sie ganz schön raus hier.« Er zeigte ihm seinen Ausweis. Quer über Willys Foto prangte ein Prägestempel: SPIELER.
»Sieht gut aus«, sagte Eszra und lächelte unbeholfen.
Willy knetete ein Stück Haschisch. Er bröselte die Krümel in sein silbernes Pfeifchen und inhalierte mit Inbrunst. »Die meisten im Stadtlager haben Schiß«, krächzte er, »Schiß vor Überfällen, Schiß vor Aids, Schiß vor allem und jedem, sogar vor sich selbst. Am liebsten würden sie sterben, wenn sie nicht soviel Schiß davor hätten . . .« Er reichte Eszra die Pfeife, der jedoch dankend ablehnte. »Dies ist die Endzeit, Kleiner, oder nicht? Feiert man so die Endzeit?«
Willys Geier-Gesicht hatte die Züge eines alten Weisen angenommen, der dem Betrachter jede Pore seines Wesens öffnete, damit dieser eine Idee von der Liebe bekommen möge, die der Schöpfung nun mal zugrunde lag. Eszra wurde verlegen. Er verstand plötzlich, weshalb Percy diesen kantigen Kobold in seiner Nähe duldete.
»Was ist, Kleiner? Geh'n wir raus? Ich zeig dir mein Reich.«

Eszra gefiel die Idee. Wenn einer in der Lage war, ihm das Stadtlager schmackhaft zu machen, dann war es Willy. Er zog sich an und folgte ihm in das alte Judenviertel hinter dem Dom, dessen Kuppel sich kaum gegen den verhangenen Himmel abhob. Das raumgreifende Tempo seines Begleiters bereitete ihm auf dem unebenen Pflaster erhebliche Mühe, aber dann fand auch er seinen Rhythmus, der jedoch ein wenig lächerlich wirkte an der Seite dieses drahtigen Zeitgenossen.

Sie schlenderten in der Oranienburger Straße von Lichtkegel zu Lichtkegel, während sich die Nebenstraßen in diffuser Finsternis verloren. Die wenigen Gestalten, die ihnen begegneten, wichen instinktiv beiseite. Es schien, als triebe Willy einen energetischen Keil in die Nacht, in dessen Fahrwasser man vor Angriffen aller Art sicher war. Am Alexanderplatz lösten sie sich aus der Umklammerung der muffigen Mauern, sie hatten das Gefühl, aufs offene Meer zu treiben, so schnell entfernten sich die Häuserufer. Irgendwo schrie jemand um Hilfe, aber Willy schritt unbeirrt weiter. Eszra versuchte erst gar nicht, ihn anzusprechen. Wer den Kopf beim Gehen so hoch trug, dem warf man keine Worte in den Weg, schon gar nicht, wenn man nichts zu sagen hatte.

Nachdem sie eine Weile zwischen den Viadukten einer stillgelegten Hochbahntrasse entlanggelaufen waren, lenkten sie ihre Schritte durch eine Toreinfahrt auf eine mit dichtem Gestrüpp bewachsene Fläche, in deren Mitte eine Steintreppe zu einer verrosteten Eisentür hinunterführte. Willy schloß auf. Sie traten in eine verqualmte, spärlich beleuchtete Bar, an deren Tresen ein Dutzend Typen herumlungerten, während sich in den zerschlissenen, zu Sitzgruppen zusammengeschobenen Polstersesseln einige spärlich bekleidete Frauen rekelten.

Eszra blieb verunsichert stehen. Am liebsten hätte er sich weiterhin an Willy gehalten, aber der war damit beschäftigt, seine Kumpels zu begrüßen. Zum Glück nahmen die Anwesenden kaum Notiz von dem schüchternen Jungen dort am Eingang, nur ein Mädchen klopfte auf den freien Sitz neben sich. Er ignorierte die Einladung, was nicht schwerfiel, da sie nicht weiter insistierte.

Statt dessen zupfte sie ihren BH zurecht und begutachtete ihre Fingernägel. Trotz der zur Schau gestellten Langeweile wirkte sie irgendwie anmutig. Er wünschte, sie würde noch einmal hochschauen. Sie tat es nicht. Also nahm er seinen Mut zusammen und setzte sich zu ihr.

Das Mädchen taxierte ihn von oben bis unten: »Ich hab dich noch nie gesehen . . .«

»Ich bin das erste Mal hier.«

»Bist du ein neuer Spieler?«

»Wie meinst du das?«

»Fünfhundert«, sagte sie und hielt die Hand auf.

»Fünfhundert? Wofür?«

Sie schlug lasziv die Beine übereinander und drehte ihm den Rücken zu. Willy, der die Szene beobachtet hatte, löste sich vom Tresen und stopfte ihr ein Bündel Geldscheine unter den Träger ihres Oberteils.

»Ich möchte, daß meine Freunde zuvorkommend behandelt werden, Rosa.« Und zu Eszra gewandt sagte er: »Amüsier dich, Kleiner, sie ist in Ordnung.«

Rosa ließ den Zeige- und Mittelfinger ihrer rechten Hand mit festem Druck über seinen Oberschenkel schreiten, wie einen Boten, der eine Friedensnachricht überbringen soll.

»Warum hast du mir nicht gleich gesagt, daß du ein Freund von Willy bist?« gurrte sie und zog ihn aus dem Sitz. Unter den gleichgültigen Blicken ihrer Kolleginnen folgte er ihr nach nebenan, wo sich mehrere Kammern aneinanderreihten. Die Türen waren mit schmutzigen Tüchern verhangen, und die Wände verströmten einen modrigen Geruch. Rosa führte ihn in einen schmalen Raum, der rundherum mit Folterwerkzeugen ausgestattet war. Von der Decke baumelten Ketten und Knebel. Neben einem Strafbock waren Klistiere, Dildos und chirurgische Instrumente drapiert. Er kannte diese Dinge nur aus dem Katalog eines Versandhauses, der im Staatsarchiv gespeichert war.

»Wünsch dir was«, sagte Rosa belustigt, als sie Eszras Verwirrung bemerkte. »Willy war großzügig, wir haben genügend Zeit.« Sie streifte den Rock von den Hüften: »Hättest du mich lieber in Leder oder Gummi?«

Ihre Haut schlackerte um die Knochen und rieselte in kleinen Wellen über den Bauch, der eher einer großen Mulde glich.

»Hast du etwas dagegen, wenn wir uns ein wenig unterhalten?« fragte Eszra.

»Ich wußte, daß du nicht ganz dicht bist«, spottete sie und zog sich wieder an.

»Was bedeutet es, ein Spieler zu sein?« fragte er.

Sie starrte ihn entgeistert an: »Sag mal, Herzchen, willst du mich verarschen? Du bist mit einem der größten Spieler unterwegs und fragst mich so was?«

»Ich kenne ihn kaum.«

Sie schüttelte den Kopf: »Was ist bloß dran an dir? Er ist doch sonst so wählerisch ...«

»Von wem redest du?«

»Von Willy natürlich. Macht euch keine Sorgen, hat er immer gesagt, ich hab neun Leben. Recht hatte er, aber jetzt sind sie weg. Neun Spiele, das haben bisher nur wenige geschafft.« Sie stierte auf den Boden. »Du solltest für ihn beten«, fügte sie leise hinzu, »wir alle tun das hier ...«

»Rosa, bitte, würdest du mir endlich erklären, wovon du sprichst?«

Sie ließ die Glieder einer herabhängenden Kette durch ihre Finger gleiten. »Spieler sind Leute, die ihr Leben für Geld verpfänden. Für viel Geld: zehntausend im Monat. Dafür müssen sie

zehnmal ins Labyrinth. Du hast doch eine Vergnügungskarte, oder?«
Eszra nickte.
»Sie berechtigt auch zum Eintritt ins Olympiastadion, dort nämlich finden die Spektakel statt. Vierzigtausend gehen rein, und es ist immer brechend voll. Pro Veranstaltung sind hundert Spieler am Start. Jeder von ihnen bekommt eine Pistole, aber nur zehn Pistolen sind geladen. Niemand weiß, ob er im Besitz einer Attrappe oder einer wirksamen Waffe ist – bis er auf einen Mitspieler geschossen hat. Ein paar bleiben immer auf der Strecke, aber es gibt genug Verrückte, die beim nächsten Mal für sie einspringen. Hauptsächlich Lebenslängliche. Nur wer alle zehn Kämpfe überlebt, wird begnadigt. Er kann auch im Stadtlager bleiben, dann bekommt er eben eine hochdotierte Rente.« Sie rückte die Peitschen zurecht. »Solange das Spiel existiert, hat es erst zwei Gewinner gegeben. Willy könnte der dritte sein. Er ist der Stärkste. Mental kann ihm niemand das Wasser reichen. Die meisten drehen schon nach dem dritten Spiel durch. Sie bringen sich entweder um oder lassen sich bei uns die Seele aus dem Leib prügeln. Was meinst du, warum wir den ganzen Schrott hier hängen haben?«
»Sind das alles Spieler in der Bar?«
»Normale Laufkundschaft kommt hier nicht rein. Spieler haben nun mal das meiste Geld. Und solange sie spielen, sind sie äußerst spendabel. Sparen lohnt sich nicht, wenn man davon ausgehen muß, daß man bald tot ist...«
»Wann findet das nächste Spiel statt?«
»Morgen abend. Unter Flutlicht.« Sie blickte auf die Uhr. »Willst du Sex? Noch wäre Zeit.«
Eszra nahm sie bei der Hand und führte sie in die schummrige Kneipe zurück. Willy stand am Tresen und stopfte sein silbernes Pfeifchen.
»Was hat Rosa dir beigebracht?« fragte er grinsend.

»Nichts, ich hatte nichts mit ihr«, antwortete Eszra verlegen lächelnd und nahm einen Zug. Er inhalierte so tief, daß die Bronchien brannten.
»Kann ich heute nacht bei dir schlafen, Kleiner? Ich muß mal auspennen. Bei Percy geht das nicht, der ist mir zu unruhig zur Zeit . . .«
Sie verließen den Club und wanderten so schweigend nach Hause, wie sie gekommen waren.

Eszra hatte geschlafen wie ein Stein. Als er wach wurde, war Willy schon fort. Seine Wolldecke lag säuberlich gefaltet auf dem Boden, eine Nachricht hatte er nicht hinterlassen. Vier Stunden noch bis zum Beginn des Spiels. Er überlegte, ob er zum Olympiastadion fahren sollte. Nicht, daß er scharf darauf gewesen wäre, der Perversion als Zuschauer beizuwohnen, im Gegenteil, aber vielleicht half es Willy, wenn er in seiner Nähe war, als eine Art Schutzengel sozusagen. Einfach darauf zu warten, bis sie in den Nachrichten das Ergebnis bekanntgaben, das war nach der gestrigen Nacht unmöglich geworden.
Bis morgens um vier hatten sie beisammengesessen und geraucht. Und obwohl sie das heutige Ereignis mit keinem Wort erwähnten, war doch von nichts anderem die Rede gewesen. Etwa wenn Willy sagte, daß es keine wirkliche Entdeckung außer dem Tod gebe. Oder seine Bemerkung über die wenigen Menschen, die zu allen Zeiten vorübergehen, immer auf der Suche nach einem neuen Anfang, vorausgesetzt, man würde ihnen ein Ende geben.
Noch vor vierundzwanzig Stunden wären das für ihn leere Floskeln aus einem überdrehten Drogenhirn gewesen. Erst Rosas Aufklärung, das Wissen über das SPIEL, verwandelte diese Worte in Fanale der Furchtlosigkeit. Daß ihm ein solcher Mensch ausgerechnet im Stadtlager begegnete, dem einzigen

Gefängnis, das der Staat sich leistete, in dem Gesetzesbrecher, Aidsinfizierte, Strahlenverseuchte und zivilisationssüchtige Dumpfnasen abseits des gesellschaftlichen Umbruchs miteinander auskommen mußten, wo Angst und Mißtrauen den Alltag bestimmten, das war absurd.

»Es genügt ein bißchen zu schielen«, hatte Willy vor dem Einschlafen gesagt, »um das Auge nach dem Unendlichen auszurichten. Keine Angst, Kleiner, ich schwöre dem Tod ab, seinen Berauschungen, seinem falschen Dünkel . . .«

Vielleicht war Percy wirklich nur ein Abdichter, wie Willy ihn bei seinem Besuch in der Oldenburger Straße scherzhaft genannt hatte, vielleicht war er schreibunfähig geworden angesichts dieser personifizierten Urgewalt Willy, vielleicht hatte er sich deshalb mit Drogen vollgepumpt. Eszra warf sich die Jacke über und eilte zur U-Bahn.

Sie hatten Sonderzüge eingesetzt. Das war auch nötig bei dem Andrang. Er konnte sich kaum rühren in dem Wagen. Es war ein widerliches Gefühl, mit diesen geifernden, aufgepeitschten Massen zu verwachsen. Immerhin gelang es ihm, die Gespräche zu ignorieren, die das Todesspiel auf so billige Weise umkreisten. Sie prallten einfach an ihm ab.

Am Randes des Maifeldes stand eine gigantische Videowand mit den Namen der Spieler. Hinter jedem Namen war eine Zahl vermerkt. Willy Härtel (9). Eszra suchte das nahegelegene Schwimmbad auf und malte Kringel in den Sand. Vor den Wettschaltern hatten sich ebenso lange Schlangen gebildet wie vor den Imbißbuden. Das war kein Fleisch, was sie einem da verkauften, das konnte er sich nicht vorstellen. Die Hamburger zum Beispiel schmeckten wie faserige Tumore in Gelee, wie er gestern abend entsetzt feststellen mußte. Ihm wurde schlecht, wenn er nur daran dachte. Fleischlose Kost, die draußen zur Grundnahrung gehörte, war im Stadtlager selten und teuer. Der Einheitslohn von tausend Mark war so knapp bemessen, daß

man den billigen Fraß schlucken mußte, den sie einem hier vorsetzten. Die Menschen schien es nicht zu kümmern, sie waren süchtig nach dem Zeug, das in ihren Gesichtern deutlich sichtbare Spuren hinterlassen hatte.
Drüben zogen die Schaulustigen in Scharen auf die Katakomben zu. Er war in einem Irrenhaus gelandet, dessen Hausregeln er nicht kannte. Die Leute wollten Tote sehen! Nur das schien ihnen noch so etwas wie ein Lebensgefühl zu versprechen. Eine Stunde bis zum Showdown. Er würde auf keinen Fall ins Stadion gehen, nicht während des Spiels. Vielleicht sollte er kurz einen Blick in den Innenraum werfen, um sich ein Bild davon zu machen, unter welchen Bedingungen Willy um seine Freiheit kämpfte.
Er versuchte es am Marathontor. Das Areal um die bunten Zirkuswagen, in denen die Spieler auf ihren Auftritt warteten, war streng bewacht. So wechselte er hinüber auf die Gegengerade und zückte seinen Vergnügungsausweis. Ein hektischer Klangteppich wehte ihm um die Ohren, der sich aus vierzigtausend Kehlen speiste und unter den Trommelschlägen einer Marschkapelle vibrierte, die auf der Aschenbahn ihre Runden drehte. Der untere Tribünenring war gesperrt, von dort hätte man ohnehin keinen Einblick in das Labyrinth aus mannshohen Hecken gehabt, das sich über die gesamte Rasenfläche ausbreitete. Die oberen Ränge wiesen kaum noch Lücken auf. Als er im Begriff war zu gehen, wurde das Flutlicht eingeschaltet. Ein langgezogenes, erwartungsfrohes Aaah ... schwappte durch die Arena. Eszra wäre am liebsten von hier verschwunden, aber eine innere Stimme sagte ihm, daß er in der Nähe bleiben mußte, wenn er Willy helfen wollte. Er ließ sich darauf ein, als wäre er bereits ein geübter Schutzengel. Dem Geschrei nach zu urteilen, erlebten sie im Stadion gerade den Einmarsch der Gladiatoren. Er legte sich etwa hundert Meter entfernt auf die Wiese und barg den Kopf zwischen den Armen. Wann immer es in der Betonschüssel

zu einer akustischen Eruption kam, schielte er nach der elektronischen Tafel, auf der die Treffer angezeigt wurden. Sobald jemand aus dem Spiel war, blinkte sein Name rot auf. Bisher waren es zwei, Willy war nicht dabei. Eine Viertelstunde blieb es relativ ruhig, bis sich allmählich Unmut bemerkbar machte, der in einem schrillen Pfeifkonzert gipfelte, das aber urplötzlich in tosenden Jubel umschlug. Nummer drei und vier waren fast identisch gefallen.

»Scheiße!« schrie jemand hinter ihm und warf seinen Wettzettel weg.

Eszra preßte die Hände auf die Ohren und begann vor sich hin zu summen. Sein Kopf war nun ein einziger Resonanzboden. »Tamara, Tamara, Tamara . . .«, sang er. Es klang wie eine Geisterbeschwörung. »Laura, Percy, Tamara, Tamara, Tamara, Philip, Tamara . . .« Er wußte nicht, wie lange er so dagelegen hatte, es mußte eine ganze Weile gedauert haben, denn als er wieder auf die Anzeigentafel blickte, waren bereits acht Spieler eliminiert. Willy Härtel (9) war nicht dabei.

Das Namenstableau wurde gelöscht. Statt dessen erhielten die Zuschauer Einblick ins Stadion. Zunächst zeigten sie das Labyrinth in der Aufsicht. Dann zoomte die Kamera hinunter in die Gänge. Dort nahm sie einen Spieler ins Visier, der sich ängstlich in die Hecke preßte, wobei er die Pistole mit ausgebreiteten Armen im Anschlag hielt. Es war Willy! Sie krochen ihm nach bis in die Schweißperlen. Die folgende Einstellung ließ erkennen, daß er in der Falle saß. Offensichtlich hatten sich mehrere Spieler gegen ihn verbündet. Beim Anblick des ersten drückte Willy ab. Die Pistole war nicht geladen! Ein Raunen ging durch das Publikum. Die Angreifer näherten sich zu siebt. Willy warf die Waffe zu Boden und trat aus der Deckung. Er fixierte seine Gegner, als würde er sie nicht für würdig befinden, ihn in den so heiß ersehnten Tod zu schicken. Bisher traute sich niemand, auf ihn zu schießen. Die Menschen vor der Videowand verharr-

ten stumm und regungslos. Auch Eszra kauerte erstarrt im Gras. Plötzlich löste sich ein Schuß, einer der Angreifer brach zusammen. Es war sein Nebenmann, der sich unversehens zur Seite gedreht und auf ihn geschossen hatte. Die angestaute Spannung der Massen explodierte in einem unerhörten Aufschrei.
Eszra sprang auf und umarmte den nächstbesten Gaffer. Dann raste er zur U-Bahn und genoß die Fahrt in dem leeren Zug, der eigens für ihn zu fahren schien. Er setzte sich gar nicht erst, er tanzte zwischen den Sitzen herum, bis in Ruhleben die ersten Fahrgäste zustiegen.
In den Nachrichten gab Willy später zu Protokoll, was er nach der mörderischen Spielshow in zehn Akten als sein größtes Glück begriff: »Ich hatte nie eine geladene Pistole, ich brauchte niemanden zu töten.« Dabei grinste er so breit in die Kamera, daß Eszra die Tränen kamen.

Xenia spielte mit einer alten Fernbedienung, wie es sie vor der Revolution in jedem Haushalt gab. *»Setz dich«,* bemerkte sie knapp, ohne aufzusehen. Die ständig wechselnden Szenen auf dem Bildschirm schienen ihre Aufmerksamkeit ganz und gar in Anspruch zu nehmen. Malin fragte sich, was sie so faszinierend daran fand, diesen absurden Bilderpotpourri aus rauchenden Flugzeugtrümmern, Interviewfetzen, Wetterberichten, Granateinschlägen, Tanzeinlagen, kopulierenden Körpern und billig buhlender Werbung zusammenzuschustern. Eine schwarze Limousine warf den Schatten eines galoppierenden Pferdes auf eine verspiegelte Hochhausfassade, ein ausgemergeltes Kind kauerte im Sand und wischte sich den Schorf aus den Augen, einer Frau im Badeanzug wurde die Krone aufgesetzt, ein Haus wirbelte durch die Luft.
»Nichts macht uns im Grunde mehr zu schaffen als das Phänomen der Gleichzeitigkeit«, sagte Xenia, während die Bilder aus der unerschöpflichen elektronischen Quelle in den Abgrund sei-

nes Bewußtseins stürzten. »*Könnten wir dem Leben nur eine einzige flüchtige Sekunde entreißen und sie auf den Seziertisch der Wissenschaft legen, wir müßten feststellen, daß bereits alles in ihr enthalten ist. Jede Geste, jedes Gefühl, jedes Ereignis. In diesem Augenblick liegt der Schrei Neugeborener in der Luft, ist das Röcheln Sterbender um uns. Habt ihr das nicht gewußt? In diesem wie in jedem Augenblick werden Messer in Körper gerammt, rütteln Gefangene an Gittern, stoßen Zungen in fremde Münder, fällt tonnenweise Dreck auf die Erde. Wartet ihr noch immer auf ein Foto als Beweis? Es wird Beifall geklatscht und auf Vögel geschossen in diesem Augenblick. Man operiert, schnarcht und verzeiht. Frauen bereiten sich auf den Blick in den Spiegel vor, ein Maler tritt in sein Bild. In wie vielen Männerhänden glimmt ein Streichholz, wie viele Menschen sagen 'Ich liebe dich' in diesem Augenblick? Wollt ihr, daß wir sie zählen und die Ergebnisse deponieren? Und wenn ja, unter welchem Stichwort? Die Medienmaschine hat es versucht. Sie legte euch eine Schicht der Wahrheit nach der anderen zu Füßen, ganz wie bei einer Zwiebel, die man schält. Am Ende standet ihr mit leeren Händen da. Verwundbar, verängstigt und unfähig zu leben. Wir haben das Joch der Informationen von euch genommen. Ihr dürft euch jetzt selbst ein Urteil bilden . . .*«

Hatte er bis eben noch die Möglichkeit gehabt, seinen Blick im Raum schweifen zu lassen, so tauchte er jetzt ein in die abstruse Bilderflut, die in seinem Kopf herumschwappte wie die Impressionsbeute eines Ertrinkenden. Zwei verschleierte Frauen schleppten ein Fernsehgerät in eine bröckelige Steinhütte.

»*Es gab mehr Fernseher auf der Welt als Wasserklosetts*«, sagte Xenia und lachte. »*Kein Wunder, daß die Menschen an geistiger Verstopfung litten! Sie glichen amöbenhaften, entkernten Wesen, die nicht mehr wußten, welche Kriege der Unterhaltung dienten und welche nicht. Die Medien hatten sich wie ein Filter vor die Außenwelt geschoben. Man lernte nicht mehr aus per-*

sönlicher Erfahrung, sondern aus den von der Wirklichkeit abgezogenen Bildern. Die Kinder der digitalen Epoche waren außerstande, miteinander zu kommunizieren, sie kopierten die von der Unterhaltungsindustrie vorgegebenen Verhaltensmuster in ihr Leben. Im Fernsehen lernten sie, wie man Haß und Liebe formuliert, wie man stillen Zorn, ernsthaftes Nachdenken und vorsichtiges Zögern ausdrückt. Die virtuelle Welt nahm ihnen jedes Körpergefühl, ihr Wissen bestand aus fremden Meinungen und willkürlichen optischen Eindrücken. Weder in der Tier- noch in der Pflanzenwelt finden sich Beispiele einer ähnlich dramatischen Umstrukturierung. Unsere Revolution hat Schluß gemacht mit dem Informationsterror, schon in der nächsten Generation werden wir wieder mit unverbildeten Menschen arbeiten können.«*

Malin überlegte, ob er die Lesson unterbrechen sollte, die fortlaufenden Filmschnipsel verursachten Schwindelgefühle und einen üblen Druck in der Magengegend. Er versuchte, durch die Bilder hindurchzusehen, jede Anhaftung zu vermeiden.

»Die elektronische Evolution hat euch vollends entwurzelt. Sie brach mit solcher Geschwindigkeit über die Menschheit herein, daß sie alsbald in zwei Teile zerfiel: auf der einen Seite die kleine Kaste der Informations- und Unterhaltungsmanager, auf der anderen Seite das unübersehbare Proletariat derjenigen, die die neuen Techniken nicht beherrschten und passiv dem Orientierungsdruck der Medien ausgesetzt waren.«

Die Sequenzen wechselten nun in so schneller Folge, daß es aussah, als grübe jemand auf dem Grunde der Ereignisse hektisch nach längst verschütteten Weisheiten.

»Der eigentliche Irrtum bestand darin, daß man die Anhäufung von Daten mit Wissen verwechselte. Die Mediengesellschaft ist in das schwarze Loch der Erkenntnis gefallen. Je mehr sie in Erfahrung brachte, desto weniger waren die Ergebnisse wert. Ihre Datenbanken blähten sich ins Ungeheuerliche, allein die

Verwaltung der Informationen nahm soviel Aufmerksamkeit in Anspruch, daß kaum noch Zeit blieb, sie zu nutzen. Wer es dennoch tat, stellte angesichts der Tatsache, daß sich das Weltwissen alle fünf Jahre verdoppelte, lediglich fest, daß er immer dümmer wurde. 800 Billiarden Wörter feuerte die Medienmaschine aus Fernsehen, Radio, Zeitungen, Computernetzwerken und Werbung jährlich auf den durchschnittlichen Konsumenten ab. Dieses Trommelfeuer hat die Gehirnzellen der Menschen derart unter Strom gesetzt, daß sie zu Info-Wesen mutiert sind. Info-Wesen waren nicht interessiert an der Wahrheit, sie wollten das Leben nicht, sie haben sich an ihm gerächt. Die Informationsflut führte zu Zynismus und Gleichgültigkeit. Mitleid war unmöglich geworden bei der Invasion des Elends, das im Wimpernschlag jeder Nachricht lauerte.«*
Malin atmete tief durch. Das irrwitzige Karussell war für einen Moment zum Stillstand gekommen. Er saß vor einer Bildschirmwand, auf deren Monitoren Uhren, Nachrichtensprecher, Landkarten, Spielfilmszenen, Tabellen, Flugverbindungen und Grafiken zu sehen waren.
»Dies war die Schaltzentrale der US-Kabelgesellschaft AT&T. Allein im New Yorker Stadtteil Queens unterhielt dieser Mediengigant 500 Kanäle. Rund um den Planeten spannte sich ein dichtes Netz aus Sendern, Kabeln, Satelliten und Computern. Die Erde war unter der Medienmaschine zu einem globalen Dorf verkommen, in dem die Menschen jeder Mitverantwortung enthoben und auf ein reines Konsumentendasein reduziert waren. Nationalitäten und Kulturen hatten sich zu einem diffusen Einheitsbrei vermischt, in dem ein manipuliertes Milliardenheer sein Leben im Scheinpluralismus weniger Konzerne fristete. Demokratische Zustände nannte man das. Legitimiert wurden sie durch die Medien, die sich dem Publikum als Kontrollinstanz vorstellten. Sie waren am eifrigsten darum bemüht, euch zu einem System zu beglückwünschen, in dem es allein*

darum ging, wer als nächster den Vorsitz bei der globalen Zerstörung führen durfte. Der Trick, um euch gefügig zu machen, war denkbar einfach: Die Medien überrollten die Gesellschaft so lange mit Informationen, bis das kritische Bewußtsein unter der andauernden Flut von Fakten endlich versagte. Als Schmerzmittel verabreichte man euch die elektronische Unterhaltung. Sie allein konnte dem Verbraucher bieten, was er seit Beginn der Werbung verzweifelt gesucht hatte: das Bindeglied zwischen Produkt und Traumwelt, das totale Erlebnis. Das Niveau der Volksbelustigung war derart gesunken, daß es ausreichte, ein paar standardisierte Verhaltensweisen von Gut und Böse in die Computer zu speichern, um daraus ein immer wechselndes, aber im Kern gleichbleibendes Verdummungsfutter zu kochen. Sie haben aus euch einen neuen Zivilisationstypen geschaffen: den entmenschlichten Menschen. Er hat alles gewußt. Wußtet ihr das?«*

Malin hatte Xenia selten so abgehoben polemisieren hören. Fast befürchtete er, daß sie ihn wieder in den Strudel kollabierender Eindrücke stieß, aber sie beamte ihn lediglich zwischen schreiende Broker.

»Dies war die größte Warenbörse der Welt, das Chicago Board of Trade. Hier erzielten Sojabohnen, Kakao und Schweinehälften ihren Preis. Aber es wurden auch Papiere gehandelt, auf denen der Staat seinen Großunternehmen das Recht verbriefte, die Umwelt zu schädigen. Wer die ihm zugestandene Zerstörung nicht im vollen Umfang wahrnahm, konnte seine Giftoption an der Börse verhökern. Es stand in den Medien, jeder hätte es wissen können. Habt ihr das gewußt?«

Er flog über ein überschwemmtes Dorf, aus dem die Palmenspitzen wie Seerosen ragten.

»Sie haben euch vorausgesagt, daß sich die Konzentration der Treibhausgase in der Erdatmosphäre verdoppeln würde, daß bis zum Jahre 2030 ein Fünftel der Erdbevölkerung an Hunger ster-

ben würde. Sie hatten sogar eine öffentliche Kostenrechnung der zu erwartenden Klimaveränderung aufgestellt. Dort stand zu lesen, wie der Verlust von Ackerland und Infrastruktur, wie Katastrophenschäden und Menschenopfer zu Buche schlagen würden. Jeder Strahlenverseuchte wurde mit zwölf Millionen US-Dollar veranschlagt. Basis für die Berechnung war eine Studie über die Prämien, die Arbeiter akzeptierten, wenn ihr Job ein tödliches Gesundheitsrisiko barg. Die Medien haben euch nichts verheimlicht. Ihr ward ein Volk von potentiellen Millionären, habt ihr das gewußt?«

Er sah einer kleinen Ente zu, die mit ihrem Schnabel vorsichtig an einem Pfeil zupfte, der in ihrem Rücken steckte.

»Dieses Tier avancierte in der Medienwelt zum Hauptdarsteller der abendlichen Nachrichtenshows. Millionen Fernsehzuschauer zwischen Wuppertal und Wladiwostok litten mit der geschundenen Kreatur, die sich partout nicht helfen lassen wollte. Ein Medienfest der Gefühle. Schließlich schnappten sie den Vogel und befreiten ihn von aller Pein. Die Menschen waren von ihrem Mitleid entzückt, sie wußten nun, daß sie äußerst sensibel auf die Natur reagierten, wenn wirklich Not am Mann war ...«

Malin betrachtete die Gesichter zweier Frauen: eine Dame mit leuchtenden Augen und eine nichtssagende, stereotyp lächelnde junge Lady.

»Wegen ihrer Äußerung, daß Gentechniker Mörder und Schweine seien, wurde die Schriftstellerin Magaret Fontain zu einer ruinösen Geldstrafe verurteilt, während sich die Werbetexterin Bettina Schulz zur gleichen Zeit mit dem Spruch »Wenn es frischer wäre, würde es Muuh machen« reich dichtete. So stand es in den Zeitungen. Ein besseres Beispiel für die Macht der Worte gibt es nicht im Medienzeitalter ...«

Xenia kauerte noch immer gebannt vor dem Fernseher, auf dem sich die Bilder wieder zu überschlagen begannen. Was versuchte

sie hier zu imitieren? Den High-Tech Couch Potatoe? Malin dachte an Marinella. Wie hatte sie die Nachricht von Pauls Tod aufgenommen? Vor seinen Augen wirbelten die zerhackstückten Konserven ehemaliger Nachrichtensendungen auf, als sollte die Vergangenheit an Ort und Stelle atomisiert werden. Von radioaktiv bestrahlten Masthähnchen war die Rede, von Kinderprostitution in Thailand und Müllsuchern in São Paulo, von Organräubern, Nichtwählern, Attentätern, von Rembrandt, dem F. C. Barcelona und dem beginnenden Frühling.
Als er der optischen Attacke erneut im Cyberspace ausgesetzt wurde, riß er sich den Helm vom Kopf. Ihm war kotzübel. Es war das erstemal, daß er eine Lesson unterbrach. Sie mußten nicht ganz dicht sein im Informationsministerium. Aber vielleicht folterten sie gerne, wer weiß.

Marinella überflog den Laborbericht:
»Sie sind schwanger, Frau Drewer.«
Die Frau nahm den Befund entgegen, als hätte sie soeben von einer tödlichen Krankheit erfahren.
»Wie ich Ihren Unterlagen entnehme, sind Sie kinderlos«, sagte Marinella, »wo ist das Problem?«
»Ich hatte ein Kind, es ist mit drei Jahren gestorben.«
»Ich verstehe . . . So eine Abtreibung ist ein ganz simpler Eingriff, Sie brauchen sich davor nicht zu fürchten.«
»Ich möchte nicht abtreiben, ich will das Kind. Ich wünsche mir seit Jahren nichts sehnlicher . . .«
»Ja, aber dann ist doch alles in Butter. Sie sind kerngesund, es besteht überhaupt keine Veranlassung, um das Leben des Kindes besorgt zu sein.«
»Das ist es nicht. Sie geben mir keinen Gebärgutschein. Ich bin schon von Pontius zu Pilatus gelaufen deshalb.«
»Jede Frau in diesem Staat darf einmal Mutter werden, warum sollte das nicht auch für Sie gelten?«

»Sie sagen, daß der Gebärgutschein nur zum einmaligen Gebären berechtigt...« Die Frau begann zu schluchzen.
Marinella reichte ihr ein Taschentuch und rief das Familienplanungsgesetz im Computer auf. Tatsächlich, dort stand es: »Jede Frau zwischen 18 und 35 hat das Recht auf eine Entbindung. Für diese Entbindung ist ein Gebärgutschein des Familienministeriums nötig, der jedoch erst nach eingehender amtsärztlicher Untersuchung ausgestellt wird. Für den Fall, daß das Kind bei der Geburt oder danach stirbt, erteilt der Staat kein zweites Bewilligungszertifikat. Es ist allerdings zulässig, daß Frauen, die keine Kinder haben wollen, ihren Anspruch auf eine andere Person übertragen.«
Davon hatte sie gehört. Allerdings war ihr bisher kein Fall einer Abtretung bekannt geworden. Seit der Geburtenregelung gehörte der Gebärgutschein zum kostbarsten Gut. Sie selbst wäre nicht im Traum auf die Idee gekommen, auf ihr elementares Frauenrecht zu verzichten, im Gegenteil, sie hätte das Gefühl gehabt, sich ein für allemal von ihrer natürlichen Bestimmung zu verabschieden.
»Vielleicht haben Sie Glück«, versuchte sie zu trösten, »vielleicht finden Sie jemand, der Ihnen den Schein überläßt.« Ihre Patientin reagierte nicht, sie saß nur da, die Augen geschlossen, die Lippen aufeinandergepreßt.
Marinella blickte hinunter auf den Hof. Ihre beste Freundin hatte sich vor Jahren der Guerilla angeschlossen, um ihr Baby auszutragen, daß man ihr aufgrund ihres diagnostizierten Hautkrebses nicht genehmigen wollte. Seitdem hatte sie nichts mehr von ihr gehört.
Sie dachte an Paul. Weihnachten hatte er zum erstenmal erwähnt, daß sie beide mit Kind eine nette kleine Familie abgeben würden. Er hatte es im Scherz gesagt, aber sie war vor Freude ganz benommen gewesen. Paul hatte sich immer verklausuliert ausgedrückt, wenn es um ihre gemeinsame Zukunft ging.

Sie sprachen nicht mehr darüber, aber der Wunsch nach einem eigenen Kind hatte sie nicht mehr verlassen. Bis zu seinem Tod. Mit Paul war auch das Baby gestorben.
Sie drehte sich um. Die Frau saß noch immer mit geschlossenen Augen da, die Gesichtshaut weiß, wie einbalsamiert.
»Sie kriegen Ihr Baby«, hörte sich Marinella sagen, »ich überlasse Ihnen meinen Gutschein.«
Ihre Patientin öffnete die Augen so schüchtern, als dürfte sie das erstemal in einen Spiegel schauen.
»Ich . . .«, . . . ich möchte keine Kinder, wollte Marinella erklärend hinzufügen und stockte. Für einen kurzen Moment verschmolzen die Blicke der beiden Frauen, es war, als passierte etwas Heiliges zwischen ihnen. »Es wird unser Kind sein«, sagte Marinella, ich möchte es sehen dürfen, wann immer ich will.«
Sie geleitete Frau Dewer zur Tür. Weitere Termine standen heute nicht an. Anstatt sich zu Hause den quälenden Erinnerungen an Paul zu stellen, beschloß sie, ein wenig über Land zu fahren.
Der Frühling hatte der verkrüppelten Natur noch einmal Blüten aufgesetzt. Die Bäume trieben in ihrem spärlichen Geäst vereinzelte Knospen. Das Leben war tröpfchenweise zurückgekehrt, als hätte man es mit Gewalt durch ein verstopftes Sieb gedrückt.
Marinella lenkte ihr Elektroauto ziellos durch die flache Landschaft. Die Arbeiter auf den Hanfplantagen nahmen kaum Notiz von ihr, aber das mochte täuschen, denn ihre Gesichter waren gegen die einfallende Sonne mit Gazeschleiern verhüllt. Hanf war in den GO!-Staaten zu einer wichtigen Nutzpflanze geworden, es deckte unter anderem den gesamten Papierbedarf. Ein Hanfacker erbrachte die vierfache Zellulosemenge eines gleich großen Waldes. Das Papier war zudem haltbarer. Die aus Hanfpapier gefertigte Gutenberg-Bibel aus dem 15. Jahrhundert blätterte sich noch heute wie am ersten Tag. Außerdem ersetzte die durch Pyrolosetechnik in Energie umgewandelte Biomasse der Cannabispflanze den gesamten Öl- und Gasbedarf aus den

Zeiten vor der Revolution.* Kaum vorstellbar, daß diese alte Kulturpflanze im Spätkapitalismus systematisch ausgerottet wurde, weil ein Bruchteil der Bevölkerung die Segnungen ihrer halluzinogenen Wirkung zu schätzen wußte, während sich Millionen Alkoholabhängige legal zu Tode soffen.
Marinella steuerte am Rande eines Dorfes auf ein gedrungenes Gotteshaus zu, dessen wuchtiger, quadratischer Turm das Kirchenschiff nur um wenige Meter überragte. Die Mauern des angrenzenden Friedhofs waren an mehreren Stellen eingefallen, und auf den verwitterten Grabsteinen kroch das Moos in die eingemeißelten Namenszüge. Von den Gräbern waren lediglich Verwerfungen übriggeblieben. Die Toten waren gut bedient, sie hatten wahrhaftig ihre Ruhe. Niemand kam mehr, um sie mit der Erkenntnis zu konfrontieren, daß das Leben auch anders hätte verlaufen können, weniger mit Mißverständnissen gespickt, weniger dienstbeflissen, einfach aufnahmebereiter.
Die hölzerne Flügeltür zur Kirche war nur angelehnt. Sie trat ein. Ein kühler Hauch umfing sie. Die Sonne warf schräge Lichtbahnen in den schlichten Innenraum mit seinen blanken Bänken. Auf dem Altar lag eine frischgewaschene Decke. Jesus blickte gequält vom Kreuz.
Sie setzte sich. Zuletzt war sie als Kind in einer Kirche gewesen, in Italien mit ihren Eltern, als man noch reisen durfte. Die Stille vertrieb jeden Gedanken, und wenn sich doch mal einer zeigte, so nahm sie ihn wie eine Wolke wahr, die am Himmel vorbeizog. Sie legte die Hände aneinander und führte die Fingerspitzen zur Stirn. Als hätte sie schon immer gewußt, wie man einen Energieaustausch bewerkstelligt. Denn so fühlte sie sich. Aufgeladen und befriedet aus dem Nichts.
Das Gezänk von Krähen zerrte sie zurück in die Wirklichkeit. Sie setzte sich an die Orgel und machte sich mit den Registern vertraut. Immerhin war sie eine leidlich gute Klavierspielerin. Und Bach beherrschte sie vortrefflich. Es schien, als würde der

Raum die einzelnen Töne bewahren und sie in eigener Regie zu einem besonderen Klangkörper formen. Marinella nahm die Finger von den Tasten und lauschte dem Nachhall, der sich in den Mauern verflüchtigte. Vielleicht waren diese Mauern aus purer Musik und für andere nicht sichtbar ... Vielleicht träumte sie, und Paul war am Leben ...

»Sie spielen wunderbar«, hörte sie eine Männerstimme sagen. Inmitten der Sitzreihen entdeckte sie einen etwa sechzigjährigen Herrn in einem zerschlissenem Sakko.

»Verzeihen Sie«, sagte er lächelnd und erhob sich, »ich bin der Pfarrer.«

»Oh, entschuldigen Sie«, entfuhr es Marinella, »ich wollte nur ein bißchen ..., na ja, ich konnte eben nicht widerstehen.«

»Ich bitte Sie! Ich bin wirklich froh, diese Orgel wiederzuhören.« Sie schaute ihn irritiert an.

»Mit Gott ist heute kein Staat mehr zu machen«, sagte er, »das Christentum ist am Ende, gnädige Frau. Die jungen Leute gehen in die Meditationskommunen, und die älteren ... tja, was ist mit Ihnen ...? Darf ich Sie zu einem Glas Wein einladen?«

»Gerne.«

Sie folgte dem Mann durch die Sakristei in die Wohnung. Alles dort war schwer und erdverbunden, die Mauern, die Möbel, die Leuchter. Selbst die Bibliothek wirkte wie eine Leihgabe aus dem Mittelalter. Im Kamin prasselte ein kräftiges Feuer. Sie nahm daran Platz. Ihr Gastgeber entkorkte eine Flasche, füllte die Gläser und setzte sich ihr gegenüber in den Sessel.

»Sie werden sich fragen, was ich hier überhaupt tue«, sagte er, nachdem sie eine Weile in die Flammen geblickt hatten.

»Erklären Sie es mir.«

»Nun, nachdem mir meine Gemeinde abhanden gekommen ist, bin ich aller Sorgen ledig ... Es ist nicht Gott, der am Ende ist, es ist nur eine seiner Kirchen. Wenn ich es recht bedenke, ist es nicht schade um sie. Sie wissen, daß Pfarrer nicht zum Arbeits-

dienst herangezogen werden dürfen. Einen besseren Platz als diesen gibt es nicht für Drückeberger wie mich.«
Marinella mußte schmunzeln.
»Die Crux mit dem Christentum war«, fuhr der Mann nachdenklich fort, »daß es Gott als etwas Überirdisches betrachtet hat. Das Christentum hat Gott entweltlicht und die Welt entgöttlicht. Wir sind auf Distanz gegangen zu dem Leben um uns herum, unser Gott ging nur noch mit Wort und Weisung, nicht aber mit seinem Wesen in die Dinge ein.* Ganz anders die Naturvölker. Für sie war die Welt heilig, für sie war alles Seiende von einem Geist durchflutet. Wer war nun ärmer dran, sie oder wir? Wie gefällt Ihnen der göttliche Tropfen?«
»Er ist köstlich«, bestätigte Marinella. Tatsächlich fühlte sie sich nach den wenigen Schlucken deutlich wohler.
»Wußten Sie, daß die Pueblo-Indianer kein Wort für Religion hatten? Das ganze Leben war Religion für sie. Ihnen war klar, wer Pflanzen und Tiere nicht achtet, verliert auch die Achtung vor den Menschen. So ist es ja auch gekommen ...«
»Warum sind die Menschen nicht wenigstens heute bereit, diese Dinge zu akzeptieren. Warum steht Ihre Kirche leer?«
»Sie täuschen sich, die Menschen sind durchaus bereit. Ich erwähnte die Meditationskommunen. Ich denke, daß sie dort gut aufgehoben sind.«
»Was hält Sie dann noch auf diesem Posten? Abgesehen davon, daß Sie arbeitsscheu sind ...«
»Eine schwierige Frage ... Vermutlich ist es die Liebe, die Jesus predigte. Falls jemand meinen Rat braucht, möchte ich zur Stelle sein. Ansonsten bin ich der Meinung, daß die Kirche gut daran tut, sich zurückzunehmen. Sie ist ein Baum, der keine Früchte mehr trägt. Aber es ist noch Samen da, um etwas Neues entstehen zu lassen.«*
»Wie konnte das passieren?« fragte Marinella und ließ sich ein weiteres Glas Wein kredenzen. »Ich meine, wie konnte eine Kul-

tur, in der sich die Menschen als Gegenteil der Natur begriffen, derart die Oberhand gewinnen?«

»Weil es an Demut fehlte. Wer Gott ins Jenseits befördert, der wird ihn auf Erden schwerlich finden. Vielleicht lechzten die Menschen insgeheim nach Bestrafung ... Das materielle Denken, der ganze technische Fortschritt hat uns zu körperlichen und seelischen Schwächlingen gemacht. Und je mehr Schwächlinge beieinander sind, desto eher sehen sie die Starken als Schädlinge, die zum Wohle der Schwächlinge ausgerottet werden müssen.* Solche Gedanken sind Gift. Und Gift ist bekanntlich tödlich. Für die abendländische Kultur gab es nur einen Gottesbeweis: den Tod.«

Das Wort Tod versetzte ihr einen Stich. Im selben Moment klopfte es heftig an die Tür. Ehe sie sich versah, standen zwei Soldaten im Raum, die Maschinenpistolen im Anschlag. Sie hatten diesen ausdruckslosen Blick, von dem Iris erzählte, nachdem sie mit Paul Streife gefahren war. Marinella krallte ihre Hände um die Sessellehne, um ihr Zittern in den Griff zu kriegen. Einer der beiden hielt sie in Schach, während der andere die angrenzenden Zimmern inspizierte.

»Kann ich irgendwie behilflich sein?« fragte der Pfarrer höflich. Er erhielt keine Antwort, bis auch die letzte Kammer vor den Augen des Hauptmanns Gnade gefunden hatte. Er war Hauptmann, wie Paul. Sein Blick fiel auf den Kamin.

»Ihre Feuergenehmigung«, sagte er und streckte die Hand aus. Ihr Gastgeber kramte eine Plastikkarte aus dem Jackett und reichte sie dem Soldaten, der sie nach kurzer Prüfung kommentarlos zurückgab.

»Darf ich nach dem Grund Ihres Besuches fragen?« beharrte der Pfarrer.

Der Hauptmann gab seinem Kollegen mit dem Kopf ein Zeichen, worauf dieser verschwand.

»Sie sind denunziert worden, Sie sollen in ihrer Kirche schwarze Messen abhalten.«

»Ooh . . ., das ist mir neu . . .«
»Wir müssen jedem Hinweis nachgehen«, sagte der Soldat und führte die Hand zum Gruß an den Stahlhelm.
»Da haben Sie es«, lachte der Kirchenmann, als sie wieder alleine waren, »sie halten unseren Herrn für einen Schwarzmagier.«
Marinella wischte ihren Rock glatt und stand auf. »Sagen Sie, Pater, wäre es wohl möglich, daß ich ab und zu vorbeikomme, um Orgel zu spielen?«
»Aber mit Vergnügen, gnädige Frau. Jederzeit. Ich würde mich freuen. Der Pater war übrigens katholisch, und das bin ich nun weiß Gott nicht . . .«
Sie mußte lachen, drückte seinen Arm und verschwand.

Iris ließ sich auf der Terrasse den frischen Wind um die Nase wehen, der von einem herannahenden Gewitter kündigte. Innerhalb weniger Minuten hatte sich der blaue Himmel schmutziggrau verfärbt. Fünfunddreißig Grad waren es heute, der wärmste 13. April, der je in Deutschland gemessen wurde. Im Garten kräuselte sich das Gras, und in der Ferne bissen Blitze in die bedrohliche Wolkenfront, die einen breiten Schleier über die Landschaft zog. Als die ersten Tropfen fielen, hielt sie ihr Gesicht in den Regen und rieb sich die Arme, auf denen sich eine Gänsehaut gebildet hatte. Es dauerte nicht lange, bis sich wahre Sturzbäche über sie ergossen. Die Wucht des Wassers nahm ihr fast den Atem. Schon als Kind war sie lustvoll schaudernd in die Gewitter gelaufen, immer damit rechnend, daß ihr auf der Stelle der Schädel platzte.
Ein mächtiger Knall ließ das Haus erzittern. Der Regen rann in Wellen ihren Hals hinunter, und das Kleid klebte auf der Haut. Jemand preßte sie gegen die Scheibe der Veranda und schob den nassen Stoff die Schenkel hinauf bis über den bloßen Hintern. Sie spürte das Glas auf ihrer Wange und sah, wie eine Stiefelspitze

zwischen ihre Füße fuhr und ihr die Knöchel auseinanderschob, bis sie breitbeinig stand. Iris rührte sich nicht, sie zuckte erst zusammen, als sie das Geräusch eines Reißverschlusses vernahm. Der Mann drang so ungestüm in sie ein, daß sie vor Schmerz aufbrüllte. Seine Stöße waren wie Meereswogen, die sie emporhoben und wieder fallenließen. Ein Gemälde fiel ihr ein, auf dem Matrosen über der tobenden Gischt auf der Fock liegend die Segel bargen. Sie mußte lachen, und in ihr Lachen mischten sich Schreie des Entzückens. Als sie vor Lust zu bersten drohte, biß sie sich so kräftig in die Hand, daß sie blutete. Sie sank zusammen und wurde auf kräftigen Armen ins Haus getragen.

»Das war schön, Herr Minister«, seufzte sie und zupfte ihren Lebensgefährten, der sie mit einem Handtuch frottierte, zärtlich am Ohr.

»Du wirst meine Stellvertreterin«, sagte Martin Heiland. »Stellvertretende Informationsministerin. Wie findest du das?«

Sie sah ihn ungläubig an.

»Der Rat ist einverstanden. Du hast auf die Herren einen gewaltigen Eindruck gemacht. Professor Kaestner ist ein richtiger Fan von dir.« Er küßte sie auf den Bauch: »Für mich bist du ohnehin die beste Lösung, das weißt du ...«

Iris war nicht sicher, was sie davon halten sollte. Martin machte manchmal eigenartige Scherze.

»Wirst du den Job machen?« fragte er sachlich.

Sie schlüpfte in ihren Bademantel. Irgendwas war faul an der Offerte, das spürte sie. Vielleicht war sie zu unbequem geworden, und er versuchte, sie aus ihrer Funktion wegzuloben. Zuzutrauen wäre es ihm. »Wo ist der Haken, Martin? Bist du mit meiner Arbeit nicht zufrieden, ist es das?«

Heiland schüttelte amüsiert den Kopf: »Kein Haken, ich schwör's ...«

»Welche Kompetenzen billigst du mir zu?«

»Die Kompetenzen des Amtes. Du würdest in den erlauchten

Kreis der Eingeweihten treten, keine Entscheidung bliebe dir verborgen, du hättest Zugang zu sämtlichen Geheiminformationen. Reicht dir das?«

»Ja.«

»Fein. Ich werde in den nächsten Monaten kaum in Deutschland sein. Die GO!-Staaten wollen ihre Zusammenarbeit effektiver koordinieren. Das betrifft vor allem den Technologietransfer für alternative Energien. Zu diesem Zweck werde ich mit Wandrey nach San Francisco, Paris und Tokio fahren müssen. Das würde bedeuten, daß du die Geschäfte hier alleine führst. Ich verlasse mich auf dich. Wie gesagt, mit dem Rat wirst du keine Schwierigkeiten haben, die alten Knaben sind schon ganz aufgeregt bei dem Gedanken, daß sie demnächst eine schöne Frau in ihrer Mitte haben werden.«

Er nahm sie in den Arm. »Treib es nicht zu bunt«, hauchte er ihr ins Ohr. Sie liebten sich erneut, zärtlicher, vertrauensvoller. Zum erstenmal war die animalische Gier, die sie auf so verhängnisvolle Weise miteinander verband, vergessen.

»Kennst du einen gewissen Paul Boon alias Thomas Niemann?« fragte er unvermittelt, als sie zu Abend aßen.

Iris zuckte zusammen wie unter einem Stromschlag. Sie wußte doch, daß etwas im Busch war!

»Er hat sich erschossen«, fuhr Heiland fort, ohne ihre Antwort abzuwarten. »Aber keine Sorge, die Sache ist unter Kontrolle. Ich habe dafür gesorgt, daß deinen Freunden nichts passieren wird. Du weißt schon, die Frau Doktor und der Renaturisierungsingenieur. Wie waren doch gleich ihre Namen?«

»Marinella und Max Malin«, sagte sie und strengte sich an, seinem Blick standzuhalten.

»Richtig. Es passiert ihnen nichts. Du hast mein Wort.«

Am liebsten wäre sie aufgesprungen und hätte den Tisch mitsamt den Speisen in die Ecke gepfeffert. Oh, wie verschlagen er war!

Er hatte sie in der Hand, und er wußte es. Er schien es sogar zu genießen. Allerdings täuschte er sich, wenn er glaubte, sie auf diese Weise gefügig machen zu können.
»Danke, Martin«, sagte sie betont sanft. Es war der Augenblick, in dem sie ihm den Kampf ansagte. Er küßte ihr die Hand.

Der Kurfürstendamm galt den Bewohnern des Stadtlagers als Inbegriff des pulsierenden Lebens. Eszra, der letzte Woche bei Kanalarbeiten in der Uhlandstraße beschäftigt gewesen war, hatte nach der Arbeit die Gelegenheit wahrgenommen, sich in der Gegend ein wenig umzusehen, und war herbe enttäuscht worden. Die Cafés, von denen sie alle schwärmten, hatten geschlossen, ebenso die Kinos. Die ganze Meile zwischen Gedächtniskirche und Olivaer Platz glich einer verlassenen Filmkulisse.
Um so erstaunter war er nun, als er sich in einem endlosen Pulk flanierender Menschen wiederfand, welche die drangvolle Enge auf den Fußwegen geradezu suchten. Schwierig wurde es vor den Schaufenstern der Juweliere und Autogeschäfte, überhaupt kein Durchkommen mehr gab es vor den Kinos, wo sich Trauben von Wartenden gebildet hatten. Man wich also in den Stau aus, der gestern noch wie ein krepierter Blechwurm zwischen den Häusern lag, während er heute vibrierte und hupte, als wäre allein am Lärm die Lebensfreude festzumachen. Auch vor den zahlreichen Eisständen hatten sich lange Schlangen formiert, jeder zweite um ihn herum leckte an einer merkwürdig grünen, kleckernden Masse.
Willy hatte ihn für um acht ins »Möhring« bestellt, das aber bis auf den letzten Platz besetzt war. Also wartete er draußen. Plötzlich ging ein Geraune durch die Reihen, manche Gäste klatschten sogar Beifall: Über dem Cinema Paris war die Neonschrift aufgeflackert! Die Reaktion wiederholte sich an anderen Stellen, überall dort, wo nach einem ausgeklügelten Schaltplan dem

Boulevard die Leuchtzeichen aufgesetzt wurden. Martini und Mercedes, Christian Dior und Trans World Airlines, Schultheiß und Lehmann. Die Dächer färbten sich blau, grün, orange und violett, der Widerschein der bunten Logos tauchte sogar die Plastikbäume auf dem Mittelstreifen in ein Farbbad und ließ fast vergessen, daß die Vögel sie mieden wie die Pest. Unbestrittene Attraktion der Lightshow war die Coca-Cola-Wand an der Joachimstaler Straße, auf der sich der Schriftzug der bekanntesten Kapitalismus-Ikone beständig schwungvoll auf- und abbaute. Eszra war beeindruckt. Im Freien wirkten die Installationen ganz anders als in Tamaras Fabrikkeller. Hier waren sie wirklich an ihrem Platz, hier waren sie Teil der Architektur.

»Hallo, Kleiner.«

»He, Willy!« Er konnte seine Freude über das Wiedersehen kaum verbergen, am liebsten wäre er ihm um den Hals gefallen.

»Was wollen wir machen?« fragte Willy und klatschte kräftig in die Hände. »Kino? Du hast die Auswahl: *Jodeln in der Lederhose* oder *Terminator.*«

»Mir ist nicht nach Kino.«

»Okay, willst du bummeln gehen und die Fakes in den Schaufenstern betrachten? Alles garantiert unecht. Oder willst du unter Zombies sitzen und Zombiegesprächen lauschen?«

»Mehr hast du nicht anzubieten?«

»Mehr gibt's nicht auf dem Ku'damm. Ich mach dir einen Vorschlag: Wir fahren raus nach Marzahn oder Spandau. Dort sind wir dieses Gesindel los. Von denen verirrt sich niemand dahin.«

»Das sind die Aids-Siedlungen, oder?«

»Richtig, Kleiner, dort leben nur Positive und Strahlenverseuchte. Wenn einer von denen sich in der Stadt blicken läßt, wird er gelyncht.«

Einige Jugendliche hatten Willy erkannt und baten um Autogramme, die er bereitwillig ausstellte. Als dadurch andere Passanten auf ihn aufmerksam wurden, zog er Eszra durch den Stau in die Knesebeckstraße, in der es erholsam ruhig zuging. Am Savignyplatz stiegen sie in die S-Bahn Richtung Spandau.

»Den Kack, mit dem sie sich hier vergnügen, kannst du vergessen«, sagte Willy und tat ganz Charlottenburg mit einer einzigen Handbewegung ab. »Unsere kleine Stadt hat noch andere Sachen zu bieten. Wo wir jetzt hinfahren, sind wir unter Menschen . . . Was glaubst ihr, was ein Mensch ist?!« rief er an Eszra vorbei in den Wagen. »Etwas wie ihr, das seinen Arsch zum Scheißen trägt und nicht einmal weiß, warum?! Falsch, meine Freunde, ihr seid Rohrpisser oder Spaltpisser, aber keine Menschen. Nicht, daß mir da Verwechslungen kommen!« Die Fahrgäste blickten stumm aus den Fenstern, aber es war zu spüren, wie ihnen das Unbehagen in die Haarspitzen kroch. Selbst die rotbemützten Zugbegleiter von der Bürgerwehr konnten es kaum erwarten, an der nächsten Station auszusteigen. Dabei war Willy längst wieder still. Er hielt die Leute mit seinem Schweigen in Schach, das er nicht grimmig, sondern grinsend vor sich hertrug.

»Man sollte euch alle verhaften!« brüllte er, als die ersten der Mitreisenden ungeduldig den Türen zustrebten, »wegen Feigheit vor dem Feind.«

Der Wagen hatte sich blitzartig geleert, nur ein junges Paar stieg zu, sie im Petticoat, er mit Entenschwanz. Die Rock 'n' Roll-Verkleidung war so aufregend wie ein Rokoko-Kostüm. Willy ließ sie in Ruhe. Am Westkreuz blieben sie endgültig allein im Abteil zurück.

»Was ist ein Mensch?« wiederholte Willy seine Frage.

»Jemand, der lieben kann«, antwortete Eszra unter seinem bohrenden Blick und kam sich lächerlich vor.

»Jemand, der eine Geschichte zu erzählen hat«, korrigierte Willy, »das reicht schon. Auf die anderen kannst du ewig warten . . . Wo wir jetzt hinfahren, hat jeder eine Geschichte zu erzählen. Wir ziehen uns mal eine rein, okay?«

Außer ihnen stieg in Spandau niemand aus dem Zug. Es war stockfinster draußen, nur auf dem Rathausplatz brannte eine Laterne. Sie bogen in die Altstadt. Die Sterne waren das einzige, was hier leuchtete. Irgendwo hinter den zugezogenen Vorhängen hustete jemand gequält. Also waren Menschen in der Nähe.

»Vor einem halben Jahr war alles abgesperrt«, sagte Willy in normalem Tonfall.

Seine Worte erlösten Eszra aus einer beängstigenden Beklemmung. »Abgesperrt?«

»Ganz Spandau war von Soldaten umzingelt, sie haben jeden abgefangen, der sich von außen näherte. Ganz normale Schutztruppen. Die Hunde lassen sich im Stadtlager sonst nie sehen. Es ist irgendeine Schweinerei passiert, da wette ich.«

Sie blieben vor einem schmalen Haus stehen, das sich der Straße zuneigte, als wollte es ihnen etwas flüstern.

»Das sieht doch gut aus«, sagte Willy und klopfte dreimal kräftig an die Tür. »Gesundheitspolizei!« rief er und wiederholte sein Klopfen. Nach einigen Augenblicken hörten sie, wie jemand die Treppen herunterstieg. Ein Mann öffnete, sein Gesicht war nur noch eine dürftige Verpackung für den Tod, der wie ein Schmarotzer in seinem Leben nistete.

»Sie sind nicht von der Polizei«, sagte der Mann mit leiser Stimme, nachdem er die Besucher eindringlich gemustert hatte.

»Wir kommen aus der Stadt«, antwortete Willy. »Wir wollen Sie besuchen.«

»Niemand aus der Stadt kommt hierher!« Der Mann schlug ihnen die Tür vor der Nase zu.

»Wir schon!«

Willy blieb einfach stehen. Nach wenigen Augenblicken ging die Tür wieder auf. Ohne eine Einladung auszusprechen, geleitete sie der Mann in eine enge Dachkammer mit Tisch und Bett.

»Was wollt ihr?« fragte er.

»Einfach reden«, gab Willy zurück und stopfte sein Pfeifchen.

»Gibt nichts zu reden. Ich bin strahlenverseucht, das ist alles.« Willy blies den Rauch am Kopf des Mannes vorbei gegen die Wand. »Wie ist das passiert?«

»Ich war Mitglied einer Feuerbrigade, wir haben AKWs stillgelegt. Von fünfzig Mann hat's vierzig erwischt. Sie behandeln keine Strahlenverseuchten, sie schieben sie einfach ab ... Im Krankenhaus kann man sich Tabletten abholen ...« Er kramte in einer Holzschachtel und zeigte ihnen die Pillen. »Eine davon, und du bist tot. Immerhin sagen sie es einem ... Jeden Morgen kommen sie und sammeln die Leichen ein.«

»Warum fliehen Sie nicht in die Stadt?« wollte Eszra wissen.

Der Mann schaute ihn müde an: »Ich kenne dort niemand. Sie geben uns keine Papiere, kein Geld, keine Arbeit und erst recht keine Wohnung. Sogar die Klamotten haben sie uns abgenommen.« Er fischte eine grüne Leinenjacke vom Bettgestell. Auf der Brust war das gelbe Atomkreuz aufgenäht. »Was würdet ihr wohl sagen, wenn wir euch so besuchen kämen?«

»Erzähl uns eine Geschichte, irgendeine ...«, sagte Willy und klopfte die Pfeife aus.

Eszra war erschrocken, wie unbefangen sein Freund über das Schicksal dieses Mannes hinwegging. Das anschließende Schweigen war kaum auszuhalten.

Der überrumpelte Gastgeber aber schien Vertrauen zu schöpfen, jedenfalls brachte er seinen Oberkörper in eine aufrechte Haltung. »Meine Geschichten liegen alle sehr lange zurück«, sagte er zögernd, »sie scheinen gar nicht mehr zu mir zu gehören ...«

»Irgendeine ...«, wiederholte Willy.

»Irgendeine ..., na gut, ist aber nicht sehr lustig. Es war auf Kreta, kurz vor der Revolution. Ich lag allein am Strand, als ich das Gesicht von Franz über mir entdeckte. ›Was macht der Kleine?‹ fragte ich. ›Er schläft‹, sagte Franz und stocherte ein bißchen im Feuer herum. Naumann gesellte sich zu uns. Er und Franz waren Freunde, schwer vorstellbar, aber es war so. Naumann sagte: ›Franz, was ist nun mit deinem Esel, stechen wir ihn ab oder nicht?‹ Ich erfuhr, daß der Esel sehr alt war, kein Reittier mehr, kein Lasttier, und nur noch auf den Hängen oberhalb der Klippe herumstand. Franz hätte nicht daran gedacht, ihm den Rest zu geben, wenn sich der Esel nicht ständig von seinem Pflock losgerissen hätte und in die Erbsenfelder gegangen wäre. Es hatte schon Ärger deswegen gegeben. Das Angebot, der Exekution beizuwohnen, lehnte ich ab. Am nächsten Morgen, die Bucht lag noch im Schatten, hockte Franz wieder vor mir. Es war wohl sein Blick, der mich geweckt hatte. ›Er ist tot‹, sagte er. Ich fragte ihn, ob er mich jetzt allen Ernstes zu seinem toten Esel schleppen wolle. Er verstand nicht. ›Der Esel?‹ fragte er. ›Mein Sohn ist tot.‹ Was antwortet man da, was sagt man? Vergewissere dich, ob du nicht träumst, fuhr es mir durch den Kopf. Hatte er nicht in der Nacht gesagt, dem Kleinen geht es gut? Franz sagte: ›Steh auf, wir müssen ihn begraben. Naumann ist schon unten.‹ Oh, ja, beerdigen, natürlich. Wir müssen das Kind beerdigen. Gut, daß es etwas zu tun gab. Aufstehen, sofort aufstehen. Etwas anziehen. Etwas Besonderes, vielleicht? Nein, bloß das nicht. Franz war vorweggeeilt, irgend etwas richten. Es gab ja jetzt soviel zu richten. Aber nein, bestimmt war er bei seiner Frau. Sie war eine Freundin von mir. Da wußte ich seit Minuten vom Tod ihres Kindes und hatte noch keinen Gedanken an sie verschwendet. Die Hose, wo war die Hose? Laß dir Zeit, du bist noch gar nicht richtig da. Auf ein paar Minuten mehr oder weniger kam es nicht mehr an. Zwei Monate hatte der Kleine auf dieser Welt gehabt. Nicht eben viel. Naumann stand schon am Strand. Rund, klobig, betrübt, aber auch sachlich. Er war bereit. Neben ihm lagen zwei Schaufeln und eine Spitzhacke. ›Kelle, Hammer und Zement besorgen wir im Dorf‹, sagte er.«

Der Mann machte eine Pause, er hielt es für geraten, seine Stimme zu sammeln.

»Ich frage: ›Naumann, wie fühlst du dich?‹ Er fragt zurück:

›Und selbst? Wasch dir das Gesicht, es tut gut. Und dann laß uns die Sache hinter uns bringen.‹ Franz hatte eine Wiege aus Strandgut gezimmert. Sie war grün angestrichen. Darauf hatte er gelbe und rote Blüten gemalt. Darüber war ein weißes Moskitonetz gespannt. Ich sah den kleinen verschleierten Kopf, die Augenlider, den Schlaf . . . Franz schaute aufs Meer. Ich nahm die Wiege auf meine Schultern und brachte sie aus seinen Augen. Sie war schwer. Bis zum Friedhof waren es sechs oder sieben Kilometer. Genug für einen Kreuzgang. Naumann trug das Werkzeug. Hinter der Hütte – Franz konnte uns nicht mehr sehen – setzte ich noch einmal ab. ›Naumann, hol mir einen Lappen, ich muß wir was unterlegen.‹ Naumann gehorchte. Zum zweitenmal schulterte ich die Wiege. Wir stiegen den Berg hinauf. Der Pfad war steil und eng, manchmal verstellten Felsstücke den Weg. Man mußte höllisch aufpassen. Natürlich malte ich mir aus, daß ich die Wiege nicht halten könnte und daß wir das Kind wieder aufsammeln müßten, solche Gedanken kommen von ganz allein.«
Er hielt erneut inne.
»Endlich hatten wir die Kapelle oberhalb der Bucht erreicht«, sagte er nach einer Weile. Man spürte, daß er sich zusammennahm, daß er den Weg noch einmal gehen wollte. »Naumann bot mir an, die Wiege zu nehmen, aber ich gab sie nicht her. Wir drehten uns zum Meer um. In der Bucht würde nichts mehr so sein, wie es war. Freunde würden sich trennen, Geheimnisse mußten eingeschlossen werden, Türen, eben noch geöffnet, schlossen sich bereits. Verdammter Tod. Ich sagte: ›Naumann, hat irgendwer mit dem Tod gerechnet?‹ Naumann war unwillig. Was sollte ich der Mutter sagen? Nichts würde ich ihr sagen, ich würde meine Arbeit tun und mich danach in eine Kneipe verziehen. Es war seltsam: Auf meinem Rücken, in einer schönen soliden Wiege, lag ein mir Liebes, ein mir liebes Totes. Aber meine Gedanken waren grau und verschwommen wie die eines Bestat-

tungsunternehmers. Der Kleine ist nur krank, dachte ich plötzlich, ich laufe ins Dorf, um Hilfe zu holen. Dabei ging ich wirklich schneller. Naumann hielt Schritt und sagte. ›Verausgabe dich nicht, der Weg ist noch lang.‹ Er hatte recht, es war entsetzlich heiß. Gut, daß ich mir etwas untergelegt hatte. Ich sagte das Naumann. Vom Dorf her hörten wir Kirchenglocken. Bald hatten wir die Straße erreicht. Naumann übernahm. ›Ist gar nicht so schwer, das Ding‹, sagte er. ›Wenn bloß nicht das beschissene Schicksal drinläge. Die Kiste könnte ich leicht bis in die nächste Stadt tragen.‹ – ›Bis ans Ende der Welt‹, sagte ich und konnte Naumann richtig gut leiden. Die Frau des Restaurantbesitzers nötigte uns, stehenzubleiben. Am liebsten wäre es ihr gewesen, wir hätten die Wiege abgesetzt, damit sie einen Blick auf das Tote hätte werfen können. Aber Naumann tat ihr den Gefallen nicht. Wir erreichten den Friedhof, stellten die Wiege in der Kapelle ab, setzten uns draußen in den Schatten und warteten auf Franz. Er sollte uns die Grabstelle zeigen. ›Hier unter dem Baum, das wäre doch ein hübscher Platz. Was meint ihr?‹ sagte er. Naumann und ich nickten und machten uns an die Arbeit. Der Boden war hart und steinig, aber ich hätte ewig graben können, um mich nicht mit anderem beschäftigen zu müssen. Ich glaube, Naumann ging es ähnlich. Plötzlich fiel uns ein, daß wir ja die Maße brauchten. Wir losten. Das Los traf mich. In der Kapelle hockten Mutter und Vater vor dem toten Kind. Ich stand da mit meinem Zollstock. Franz hätte es verstanden, wenn ich zur Wiege gegangen wäre, um sie auszumessen. Warum hatten wir nicht vorher daran gedacht? Ich konnte das nicht machen, nicht einfach so. Ich ging auf Franz und seine Frau zu und berührte ihre bebenden Körper mit den Fingerspitzen. Naumann verstand, daß ich die Maße nicht mitgebracht hatte. ›Gehen wir halt tief runter‹, sagte er. Das Loch war ausgehoben. Franz kam, um die Grabkammer zu mauern. Für eine halbe Stunde war noch einmal alles wie vor dem Tod des Kindes, wie gestern, wie an all den anderen Tagen. ›Bring mir das da – komm, ich helf dir – gut, das paßt – so wird es gehen ...‹« Der Mann hatte den Kopf gesenkt, als horchte er in eine andere Welt. »Ich hatte das ganz vergessen ...« sagte er irritiert, »warum erzähle ich euch das ...?«

»Von alleine erinnern sie sich nicht«, bemerkte Willy, als sie durch die dunklen Gassen in Richtung Bahnhof gingen. »Wer hier landet, hat sogar Angst, sich mit der Hand übers Gesicht zu fahren. Er muß befürchten, dort weder Nase noch Mund zu finden. Das Leben dieser Leute ist im wahrsten Sinne des Wortes abgeschlossen. Manchmal komme ich her und reiche jemanden einen Schlüssel. Ich höre nur zu. Mehr kann man nicht tun für diese armen Teufel.«

In der Meditationskommune Usedom liefen die Vorbereitungen für das Lichtfest auf vollen Touren. Seit die Amerikaner den Termin für den Raketenstart bekanntgegeben hatten, herrschte überall im Land gespannte Vorfreude. In wenigen Tagen würde »Sony«, das letzte Werbe-Logo aus der Zeit des Kapitalismus, im All zerstört werden. Dann gehörte der Himmel endlich wieder den Sternen. Laura war noch ein Kind, als die gigantischen Plastiktafeln in zweihundert Kilometer Höhe ihre Bahn zogen.* Sie leuchteten am stärksten, sobald die Sonne untergegangen war. BMW, Pepsi-Cola, Mitsubishi – die bunten Zeichen gehörten so selbstverständlich zum Bild wie der blasse Mond, den sie auf ihrer Umlaufbahn gelegentlich verdeckten. Sie erinnerte sich, wie traurig sie damals war, als man nach der Revolution damit begann, die ersten »Space Shots« vom Himmel zu schießen. Ohne den Mercedes-Stern, ohne das Bayer-Kreuz und ohne den Apple-Apfel machte ihr der Weltraum Angst. Mit jeder bunten Installation, die man jenseits der Atmosphäre eliminierte, wurde das Dunkel bedrohlicher. Inzwischen war ihr die Perversion der astronomischen Verführung, die

den Menschen den letzten freien Blick verstellte, natürlich bewußt.
Ein Dutzend Großkonzerne leuchtete mit ihren Logos bis in die entferntesten Winkel des Planeten, als hätte es des Beweises, daß sie die Welt unter sich aufgeteilt hatten, noch bedurft. Kurz vor Schluß der »Operation Free Sky«, wie das All-Entsorgungsprogramm genannt wurde, war es bei den Raketenstarts zu einer Reihe unerklärlicher Pannen gekommen, und so entschloß man sich zu einer Pause, die fast zehn Jahre andauerte. Seitdem zog »Sony« als letzter der Marken-Dinosaurier ungeschoren seine Bahn. In Deutschland tauchte der Schriftzug alle halbe Jahr auf. Und der Zufall wollte es, daß er auch jetzt, da man ihn endgültig vom Himmel nehmen wollte, deutlich sichtbar ins Blickfeld rückte. Sie würden also Zeuge werden, wenn er für immer erlosch und die wahren Sternbilder wieder zu ihrem Recht kamen.
Auf Usedom sprach man in diesen Tagen von nichts anderem. Die Schule, in der Laura und Kafka unterrichteten, war zum Planungszentrum für das Lichtfest umfunktioniert worden. Drei Tage sollten die Feierlichkeiten rund um den Vollmond dauern. Musikdarbietungen, Workshops und Strandpartys gehörten dazu. Höhepunkt war die »Anbetung des Lebens« im Amphitheater bei Peenemünde, während »Sony« vom Firmament gefegt werden sollte.
Kafka hatte Laura auf einen Spaziergang zu dem neuen Sonnenkraftwerk nach Zinnowitz mitgenommen. Das Kraftwerk bündelte die Sonnenstrahlen in zwei Parabolspiegeln. Zwölf Meter maßen die glitzernden Schüsseln im Durchmesser. Im Strahlenbrennpunkt eines jeden Spiegels folgte ein Rezeptor dem Lauf der Sonne. Wie Spinnen rekelten sie sich tagsüber in ihrem Netz aus dünnen Stahlseilen, immer auf der Suche nach dem Maximum an Wärme.* Durch ein ausgeklügeltes System flexibler Rohre sollte der Dampf an Generatoren abgeführt werden, welche die Insel bis nach Peenemünde mit Strom versorgen und so

auch den letzten dunklen Flecken der Kommune-Zivilisation erschließen würden.

»Es gab eine Menge Zoff, als die Idee diskutiert wurde«, sagte Kafka und legte seinen Arm um Laura. »Viele von uns waren der Meinung, daß wir einige Dörfer ohne Strom belassen sollten, damit noch irgendwo Tag und Nacht den Lebensrhythmus bestimmen und nicht der Lichtschalter.«

»Und zu welcher Fraktion gehörtest du?« fragte sie.

»Ich war ein leidenschaftlicher Verfechter der puren Nächte«, antwortete er augenzwinkernd und zog sie zu sich hinab ins Gras. »Schon der Liebe wegen ...«

Sie lagen nebeneinander. Laura spürte ihr Blut im Halse pochen. Tausendmal und mehr hatte sie sich diese Situation in den vergangenen Wochen herbeigewünscht, und nun, da sie da war, fühlte sie sich außerstande, auch nur den kleinen Finger zu rühren. Sie drehte sich auf die Seite und tat, als würde sie in der Mittagssonne einnicken. Immer noch besser, als schwer atmend und mit offenem Visier an der Seite eines Mannes zu liegen, der ihr Begehren ignorierte.

Kafka schmiegte sich an sie. Die warmen Ströme, die ihre Wirbelsäule nun durchfluteten, schienen sich jeden Moment zu entzünden. Sie wollte gerade aufstehen, um sich nicht zu verraten, als er plötzlich loslachte.

»Was amüsiert dich so?« fragte sie beleidigt und stemmte sich auf die Ellenbogen.

»Die Affen!« gluckste Kafka. Er konnte kaum an sich halten, als er Lauras verblüfftes Gesicht bemerkte. »Ich habe über Gedanken nachgedacht, was ein Gedanke ist, verstehst du ...? Wie sehr sie uns peinigen können.«

Sie kam sich ertappt vor, als blickte er schamlos auf den Grund ihrer Seele. Kafka versuchte ihr Haar zu streicheln, aber sie zuckte zurück.

»Eines Tages«, sagte er unbeeindruckt, »kam ein Mann zu

einem Heiligen und bat ihn, ihm zu verraten, wie man seine Gedanken anhalten könne. ›Nichts leichter als das‹, gab der Heilige zurück, ›setz dich einfach hin und denke auf keinen Fall an Affen!‹ – ›Was?‹ rief der Mann, ›das soll alles sein? Nur nicht an Affen denken? Das habe ich ja sowieso nie getan!‹* Kannst du dir vorstellen, wie es danach in diesem armen Kerl zuging? Affen, Affen, nichts als Affen. Er konnte kaum noch an etwas anderes denken. Was lehrt uns das? Gedanken gehören uns nicht, wir laden sie nur ein, uns zu besuchen. Nicht immer bewußt, aber die Biester wissen schon, in welchem Kopf sie Einzug halten dürfen.« Er legte eine herabfallende Strähne hinter ihr Ohr: »An was hast du eben gedacht?«

»An Affen«, lachte Laura. Er küßte sie. Es war keiner der üblichen Geschwisterküsse, die sie bisher immer getauscht hatten, es waren Zunge und Stoppelbart pur. Und Duft war es, Meeresrauschen und Goldlicht, Haut und Schweiß. Es war sehr feucht und hechelte! Sie fuhren hoch. Über ihnen stand die massige Gestalt eines Hundes.

»König!« rief Laura und hatte augenblicklich einen rauhen Zungenlappen im Gesicht. Sie umarmte das Tier, das vor Freude kaum zu bändigen war. »Er hat mich besucht, als Philine in Amerika war, er ist ein Freund des kleinen Manuel«, erklärte sie atemlos. Der Hund drückte den Rücken durch und bellte, als wollte er ihnen etwas zeigen.

»Dhyani spricht heute in Zinnowitz«, sagte Kafka und half Laura auf die Beine.

Arm in Arm schlenderten sie zurück zur Schule. »Wußtest du, daß die Gedanken ein eigenes Zuhause haben?« fragte er. »Es ist der Gedankenplanet. Seine Materie besteht ganz und gar aus Gedanken. Unsere Träume sind lediglich Transportschiffe, die uns die eine oder andere Teilansicht vor Augen führen. Das klingt abstrakt, ich weiß. Aber ich habe es letzte Nacht geträumt. Jeder Gedanke verschwand deutlich sichtbar wieder in

Richtung einer Uridee. Die Atmosphäre, die den Gedankenplaneten zusammenhält, nennen wir Zeit.« Er kniff ihr in den Hintern. »Die Zeit ist rund, wußtest du das?«

»Sicher, das weiß doch jedes Kind . . .«, lachte sie.

Einige Schüler kamen ihnen entgegengelaufen und berichteten voller Euphorie, wie schön sie die Bäume geschmückt hätten. Sola war ebenfalls unter ihnen. Sie nahm Lauras Hand und trottete den Rest der Strecke an ihrer Seite.

»Da sind so Menschen gekommen«, sagte sie. »Philine und Dü . . .D . . .«

»Dhyani?«

»Ja, und Manuel. So ein Junge.«

Bevor sie sich ihren Besuchern widmen konnten, zog Sola Laura beiseite: »Bist du klücklich?« fragte sie. »Bist du das?«

»Ja, sehr . . .« flüsterte Laura ihr ins Ohr.

Sola schüttelte sich, die Worte kitzelten. »Ich auch«, rief sie und zerrte den verblüfften König an den aufgestellten Lauschern davon.

Eszra hatte sich über Percys Nachricht gefreut wie ein Kind. Als er ihm endlich zur verabredeten Zeit in der Oldenburger Straße gegenüberstand, schien alles wie früher zu sein. Da war sie wieder, diese aristokratische Attitüde, die er an seinem Freund so liebte. Obwohl von extremer Blässe, strahlte das Gesicht Entschlossenheit und Zuversicht aus. Wo die Droge vor kurzem noch zynische Züge zeichnete, wo Selbstmitleid, Ignoranz und Todessehnsucht nisteten, hatte die vertraute Wachheit Platz gegriffen. Percy wirkte abgeklärter, aber das machte ihn nur noch schöner.

Es gab viel zu erzählen, vor allem für Eszra. Die Chemie-Deponie, die Weiße Rose, Tamara, die Verhaftung . . . Er gestand, daß der Draht zu Laura abgerissen war, daß er mit Informationen über sie und den Doc nicht dienen konnte. Percy nahm es gelas-

sen, er fragte nur nach Tamara, um anschließend mit einem kühnen Plan aufzuwarten: Flucht aus dem Stadtlager.
»Willy organisiert das. Er kennt Leute, die das Business professionell betreiben. Die Sache ist nicht billig, aber er zahlt für uns.«
»Kommt er mit?«
»Ja, sicher.«
Eszra hatte bisher nicht an Flucht gedacht. Es überraschte ihn, wie selbstverständlich Percy davon ausging, daß er dabeisein würde. Auf Flucht stand lebenslänglich. Da riß man besser seine zwei Jahre mit Abstand ab. »Wie stellt ihr euch das vor?« fragte er. »Ohne Greencard sind wir draußen aufgeschmissen. Außerdem müssen wir erst einmal unbemerkt durch die neutrale Zone kommen.«
»Wir werden uns eben nur nachts bewegen.«
»Und wohin?«
»Zu Laura. Berlin – Usedom, das ist nicht die Welt, das schaffen wir locker in einer Woche.«
Eszras Risikobereitschaft war durch die Ereignisse der letzten Monate aufgezehrt. »Und wenn die Kommune uns ausliefert . . .?« gab er zu bedenken.
Percy blickte ihn an, als fragte er sich, mit wem er es eigentlich die ganze Zeit zu tun hatte. »Sie liefern keine Flüchtlinge aus. Ich weiß das von einem Junkie, der in einer Meditationskommune gelebt hat. Irgendwann hatte er die Schnauze voll. Das muß ja nicht heißen, daß es uns genauso geht. Schlimmer als anderswo kann es dort auch nicht sein. Den spirituellen Schnickschnack nehme ich locker in Kauf. Außerdem will ich meine Schwester sehen.«
Der Hinweis auf Laura machte Eszra nur noch unschlüssiger. Er wußte nicht, wie er ihr unter die Augen treten sollte. Außerdem hatte Percy gut reden: Er war freiwillig hier, sie gaben ihm allenfalls zwei Jahre. Und Willy durfte sowieso raus.
»Du mußt nicht mitkommen«, hörte er Percy sagen. »Meinetwe-

gen bleib hier. Aber ich garantiere dir: Am Ende bist du fertig mit den Nerven.« Er war aufgestanden und umkreiste im weiten Bogen den Tisch. »Kein normaler Mensch hält das länger als ein halbes Jahr aus. Selbst wer keinen Vergnügungskoller kriegt oder Opfer einer Messerstecherei oder eines Überfalls wird, selbst wer es versteht, sich vornehm zurückzuhalten, von Depressionen bleibt keiner verschont. Dumpfheit, Geilheit und Gewalt, das ist die Luft, die du im Stadtlager atmest. Wie willst du dem Wahnsinn anders begegnen als mit Drogen? Jedes Bild, das du empfängst, jedes Wort, das du hörst, ist Teil einer subtilen Psychofolter. Man muß seine Sensibilität schon auf Null fahren, wenn man überleben will. Hast du mal was von Zwingerhusten gehört? Tiere kriegen das, wenn sie unter unnatürlichen Bedingungen zusammengepfercht werden. Sie husten alle da draußen.« Er setzte sich und schaute Eszra mitleidig an.
»Weißt du, was wir hier zu fressen kriegen? An Altersschwäche gestorbene Kühe und Schweine! Sie karren die Kadaver in Sonderzügen an. Es gibt keine medizinische Versorgung, ist dir das aufgefallen? Du kannst dir das Bein brechen, es kümmert niemanden. Und was die Sicherheit angeht: Die Bürgerwehr ist inzwischen derartig mit Kriminellen unterwandert, daß jeder zweite Einbruch auf ihr Konto geht. Mein Gott, Esz, was erzähle ich da? Wir leben in einem rechtsfreien Raum, jede Begegnung kann den Tod bedeuten. Das ist doch der Sinn des Stadtlagers: die Menschen an ihrer eigenen Ignoranz und Dummheit zugrunde gehen zu lassen. Kinos, Fernsehen, Ku'damm – früher mag das aufregend gewesen sein, zumindest war es echt. Was man uns heute serviert, ist das Abziehbild einer Verdummungskultur, die schon im Original schwer zu ertragen gewesen sein muß.«
»Du solltest das aufschreiben«, unterbrach Eszra, der während der Rede Mut gefaßt hatte.
»Man kann sich nicht aus der Affäre ziehen«, sagte Percy, »am

wenigsten durch Poesie. Die Idiotie und der Tod haben Hausrecht im Stadtlager. Dagegen kann man nicht anschreiben. Willy ist ein anderes Kaliber. Aber wir sind wir.«
Eszra hatte gerade an Willy gedacht. Wenn Willy tatsächlich mit von der Partie war, konnte eigentlich nichts schiefgehen. Zwei Jahre ohne seine Freunde in diesem Haifischbecken, das überstieg nun auch seine Vorstellungskraft. »Okay«, sagte er, »ich komme mit.«
Sie klatschten die Hände gegeneinander wie damals in Docs Garage, als Jim Morrison ihnen im Porsche von den »Strange Days« sang.

Die Flucht war für das nächste Wochenende geplant. Mit jedem Tag wurde Eszra unruhiger. Der Gedanke, erwischt zu werden und den Rest seines Lebens im Stadtlager verbringen zu müssen, verdichtete sich zur Phobie, die seine gesamte Körperchemie umkrempelte. Müdigkeitsschübe und flirrende Wachheiten lösten einander ab, sie bemächtigten sich seiner so selbstverständlich, als fungierte er als Versuchsperson für Kräfte, die er nicht kannte. Der Kopf mochte ihm noch so häufig erzählen, daß dies die Reaktion auf seine Ängste und Zweifel war, die ihn seit dem Einverständnis zur Flucht gefangen hielten. Aber der Kopf schien gar nicht mehr zu ihm zu gehören, er produzierte nur eine Flut von Gedanken, keine Entscheidungen. Und wenn er wirklich mal zur Ruhe kam, hebelte ihn der zunehmende Mond aus dem Schlaf, auf den er schon in normaler Gemütsverfassung empfindlich reagierte.
So kam es, daß er Samstagnacht in einem jämmerlichen Zustand am vereinbarten Treffpunkt in Staaken erschien. Sämtliche Energien schienen inzwischen aus seinem Körper geflossen, sogar das Sprechen strengte ihn an. Nur gut, daß er sich niemandem erklären mußte. Percy und Willy waren viel zu sehr mit den

Instruktionen ihrer Fluchthelfer beschäftigt, um seine Erschöpfung zu bemerken. Immer wieder drückte er die Fingerspitzen zwischen die Rippen. Sein Herz pochte mit solcher Geschwindigkeit, daß er befürchtete, es müsse jeden Moment explodieren. Mechanisch setzte er sich in Bewegung und stolperte unter der gleißenden Monddusche hinter den anderen her. Auf komplizierten Schleichwegen erreichten sie schließlich eine verlassene Hochhaussiedlung am Rande der mit Wachtürmen und Scheinwerfern bestückten Befestigungsanlage, die das Stadtlager genau dort umlief, wo im letzten Jahrhundert schon einmal eine Mauer gestanden hatte.

Die Helfer führten sie in einen übelriechenden, mit Wasserlachen übersäten Keller. Hunderte von Ratten stoben vor ihren Tritten davon. Am Ende des Ganges befand sich eine Tür. Einer der Männer öffnete und leuchtete auf ein quadratmetergroßes Loch im Boden. Willy zahlte den vereinbarten Preis, entließ die schrägen Brüder und kletterte als erster in den dunklen Schlund. Percy und Eszra folgten.

Der Tunnel war gerade so hoch, daß man auf allen Vieren hindurchkriechen konnte. Eszra wußte nicht, wie lange er schon hinter den beiden herkrabbelte, er wunderte sich nur, woher er plötzlich die Kraft nahm, um Anschluß zu halten. Er wollte auf keinen Fall in diesem Erdschlauch krepieren. Sollten sie ihm draußen eine Kugel verpassen, das war in Ordnung, aber hier würde er sein Leben nicht aushauchen.

Willy hatte seine Taschenlampe zwischen die Zähne geklemmt, das Licht streifte die lehmigen Wände, aber ein Ende des Stollens war nicht in Sicht. Eszra hätte liebend gerne eine Pause eingelegt, die Knie schmerzten, und auch die Handgelenke schienen dem Körpergewicht kaum noch standzuhalten. Er wollte aber nicht fragen, also keuchte er in Percys Schatten weiter. Vielleicht mußte dies alles so sein, vielleicht war dies der ultimative Gang einer degenerierten Spezies zum Jüngsten Gericht ...

Willy wurde langsamer. Er knipste die Lampe aus und schlich bis an den Rand des milchigen Lichtkegels, der den Ausgang des Tunnels markierte. Sie ließen ihren Atem zur Ruhe kommen und lauschten auf verdächtige Geräusche. Die Typen hatten ihnen erzählt, daß gelegentlich Streife gefahren wurde. Nach einigen Minuten stemmte Willy sich aus dem Loch und half ihnen hinaus. Sie standen in einer verwitterten Scheune ohne Dach.
Percy blickte vorsichtig hinaus. »Alles ruhig«, sagte er und deutete auf den Mond, »wir müssen in die Richtung.«
Willy packte seine beiden Freunde am Nacken und führte ihre Köpfe an seine Stirn: »Ich werde euch vermissen«, murmelte er, »paßt auf euch auf . . .« Ehe sie sich versahen, war er wieder in der Versenkung verschwunden.
»Willy, was machst du?« schrie Eszra.
»Ich geh zurück!« schallte es aus dem Tunnel zurück. »Was soll ich draußen mit dem ganzen Geld, Kleiner?«
»Du hast es gewußt«, sagte Eszra vorwurfsvoll, als er Percy mit gesenktem Blick am Pfeiler stehen sah.
»Es war seine Idee, er hat darauf bestanden.«
»Warum, verdammt?«
»Willy hat Aids.«
Eszra brach in die Knie und barg den Kopf in den Händen. Es half nichts, die Information fegte wie ein Feuer durch sein Hirn.
»Er hat sich im Lager infiziert«, hörte er Percy sagen. »Das ist auch der Grund, weshalb er Spieler geworden ist. Er wollte den Tod herausfordern, er wollte besiegt werden. Das Experiment ist schiefgegangen. Jetzt will er wieder leben. Es ist in Ordnung, daß er bleibt. Für Positive wie ihn ist das Lager der sicherste Platz. Es gibt keine Gesundheitskontrollen. Wenn sie ihn draußen erwischen, landet er in einer dieser Siedlungen. Was das bedeutet, weißt du.« Percy berührte ihn an der Schulter. »Komm schon, wir müssen weiter.«
»Ich kann nicht«, stammelte Eszra.

»Nur einige Kilometer noch. Es ist zu gefährlich hier.«
Sie verließen die Scheune und stapften wortlos über die brachliegenden Äcker in Richtung Norden. Der Mond hatte die unwirtliche Landschaft in ein diffuses Licht getaucht. Beklommen nahmen sie die skurrile Gespensterparade ab, die entlang des Wegs in wechselnden Formationen aus Hecken und Büschen salutierte.
Gegen zwei Uhr erreichten sie die überwucherte Autobahn bei Velten. Sie folgten der Trasse bis zur Abzweigung nach Schwante. Das Dorf wirkte aus der Ferne wie pulverisiert, die Dachbalken, die aus den eingestürzten Mauern ragten, erinnerten an die Arme von Ertrinkenden. Sie kletterten auf die Ladefläche eines räderlosen LKW und breiteten die Karte vor sich aus, die Willy ihnen mitgegeben hatte. Wenn sie es morgen bis nach Löwenberg schafften, hatten sie ihr Pensum erreicht. Dann ging es immer die Straße entlang bis hinauf nach Greifswald. Von dort war es ein Klacks nach Usedom.
»Merkwürdig, daß die Erde nicht von alleine darauf kommt«, sagte Percy, als sie durch die zerfetzte Plane in den sternenklaren Himmel starrten.
»Worauf?« fragte Eszra.
»Wie sie uns loswerden könnte. Sie brauchte nur für fünf Minuten von ihrer Schwerkraft zu entspannen, und schon würden ihre Plagegeister ins All hinauswirbeln . . . Stell dir vor, wie friedlich es unter uns zuginge, wenn wir nur noch schwebten . . .«
Eszra antwortete nicht, aber er fand die Idee attraktiv. Er schwebte bereits.

Gerade zwei Wochen hatte Iris Blume Zeit, sich im Amt der stellvertretenden Informationsministerin zurechtzufinden, als die Geschäfte erstmals kommissarisch in ihre Hände gingen. Martin Heiland war für sechs Wochen zur internationalen GO!-Konferenz nach Tokio abgereist. Der Rat tagte nun fast täglich, meist im Hause des Ministers für Stadterneuerung, Arnd Kaestner, der ihr seit ihrem ersten Auftritt in diesem erlauchten Kreis außerordentlich wohlgesonnen war. Die Kollegen bemühten sich, ihr die Informationsphilosophien der einzelnen Ministerien nahezubringen. Die Interessen waren unterschiedlich. So betätigten sich Klima- und Schutztruppenminister eher als Informationsverhinderer, während andere, zum Beispiel der Arbeits- oder der Nahrungsminister, sehr viel Wert auf Öffentlichkeitsarbeit legten. Die Gründe leuchteten ein: Im ersten Fall konnte man mit offenen Fakten nur für Verwirrung unter der Bevölkerung sorgen, während man im zweiten auf umfassende Aufklärung angewiesen war, wenn man die organisatorische Herausforderung auf dem Arbeitsmarkt und auf dem Versorgungssektor bestehen wollte.

Iris fragte sich, wo eigentlich der kreative Beitrag des Informationsministers lag, wenn er doch nur, wie immer beschworen, die Weisungen der Räte zu befolgen hatte. Sie hatte bisher eine ganz andere Vorstellung von dieser Aufgabe. Aber es war wohl Martin, der den Freiraum schuf, und nicht das Amt. Durch seine Abwesenheit fühlten sich die Herren offenbar ermutigt, verlorengegangenes Terrain zurückzuerobern. Dabei verfuhren sie mit ihrer neuen Kollegin höflich und zuvorkommend, bisweilen sogar mit kokettem Charme. Sie mochte diese Männer, ganz ohne Frage, aber es wollte ihr nicht in den Kopf, daß jeder einzelne von ihnen über die Grausamkeiten dieses Systems, die ihr nach intensivem Studium der Archive immer deutlicher wurden, nicht nur Bescheid gewußt, sondern sie sogar zu verantworten hatte. Es bedurfte schon ihres ganzen schauspielerischen Talents, um sich die Empörung nicht anmerken zu lassen. Manchmal wünschte sie sich, niemals Einblick erhalten zu haben. Sie wäre sicherlich ein nützlicher Idiot geblieben. Nun aber sperrte sich alles in ihr vehement gegen die Vorstellung, eine Art moralischen Solidarpakt schließen zu müssen, um die-

sen mörderischen Konsens mitzutragen, an dem allem Anschein nach ihr Lebensgefährte den größten Anteil hatte.
Ihre Entscheidung reifte wie von allein heran, und obwohl sie der geplanten Aktion voller Angst entgegensah, war doch klar, daß sie keine andere Wahl besaß. Niemand in diesem Land außer ihr hatte die Möglichkeit dazu. Martin vertraute ihr, eine Zensur fand nicht statt. Nicht, solange er in Japan weilte.
Sie schrieb Max einige Zeilen auf dem Computer: »Liebster, die Geschichte hat uns ein Grab gestellt.* Xenia wird es dir erklären ... Verlasse mich nicht. Auf bald.«

Die Meditationskommune Usedom liegt drüben auf der anderen Seite«, sagte der Fahrer des Militärlastwagens, als er Percy und Eszra auf dem Marktplatz von Wolgast absetzte. »Na, dann betet mal schön ...«
Die beiden mochten ihr Glück kaum fassen. Ganze acht Stunden waren sie von Löwenberg aus unterwegs gewesen, ohne auch nur ein einziges Mal kontrolliert zu werden. Wann immer sie auf der Landstraße den Daumen herausgestreckt hatten, hielt auch schon ein Armeefahrzeug, um sie mitzunehmen. Sie waren von den Schutztruppen förmlich durchgereicht worden. Jetzt brauchten sie nur noch die Brücke über den Peenestrom zu überqueren, und sie waren in Sicherheit. Es stimmte also, was Percy zu Anfang gesagt hatte: Wer auf der Flucht ist, sollte sich das nicht auch noch anmerken lassen.
Eszra wunderte sich im nachhinein noch immer über die Unverfrorenheit seines Freundes, der die Neugierde der Soldaten mit den abenteuerlichsten Geschichten aus ihrem angeblichen Kommuneleben gefüttert hatte. Besonders die Geschichte von dem tibetischen Lama, der an der Ostseeküste seit drei Jahren auf einem Bein stand, hatte für Begeisterung gesorgt. Ebenso die Schilderung von Percys »größter spiritueller Erfahrung«, in der er erstmals seinen Körper verlassen hatte. Er ließ die Soldaten

sogar nach dem feinen Riß in seiner Schädeldecke suchen, durch den das Bewußtsein entwichen sein sollte. Sie konnten zwar nichts entdecken, aber sie schienen ihm trotzdem zu glauben. »Hat man da überhaupt noch Lust, zurückzukommen?« hatte einer gefragt.
»Wer wie ich vor tausend Jahren das Boddhisatva-Gelübde abgelegt hat«, entgegnete Percy ernst, »kommt so lange auf die Erde zurück, bis auch der letzte Mensch erleuchtet ist.« Und scherzhaft hatte er hinzugefügt: »Es wäre also nett, wenn ihr euch ein wenig beeilen könntet ...«
Sie erreichten das rettende Ufer von Usedom und küßten als erstes den Boden. Ein Landarbeiter, der sie dabei beobachtete, spendete Beifall. Sie fragten ihn, wo man um Asyl nachsuchen könne.
»Es gibt zwei Möglichkeiten«, sagte der Mann, ohne nach ihren Gründen zu fragen. »Normalerweise müßtet ihr beim Gerechtigkeitsausschuß in Heringsdorf vorstellig werden. Die nehmen sich dann eures Falles an. Aber da werdet ihr jetzt kein Glück haben. Heute ist Lichtfest.«
»Und die andere Möglichkeit?« fragte Percy.
»Die andere Möglichkeit wäre, daß ihr einen Bürgen habt, auf den ihr euch berufen könnt. Jemand, der bereits in der Kommune lebt und für euch bürgt, versteht ihr?«
»Meine Schwester lebt hier.«
»Na bitte. Ihr findet sie sicher in der Gegend um Zinnowitz. Die ganze Insel ist jetzt dort versammelt. Nehmt einfach zwei von den Fahrrädern, die hier überall herumstehen. Sie gehören allen und niemandem.«
»Nett«, sagte Percy, als sie auf ihren Drahteseln dahintrudelten.
»Wirklich sehr nett ...«, bestätigte Eszra und inhalierte die frische Landluft wie ein Elexier. Dann grölten sie ihr Lieblingslied: »Unhappy Girls«. Vor Zinnowitz traten sie noch einmal kräftig

an. Zu Eszras Überraschung war er es, der das kleine Rennen für sich entschied.
Schon von weitem war die Musik zu hören, die das Dorf durchströmte. In der Luft hing der Duft von Gebackenem. Sie stellten die Räder ab und warfen sich ins Getümmel. Eine Gruppe maskierter Kinder stürzte auf sie zu und schloß einen Kreis um die Neuankömmlinge. Erwachsene eilten herbei und versorgten die Eingeschlossenen unter größtem Wehklagen mit Speis und Trank. Die Kinder fauchten gar fürchterlich unter ihren Masken. Unterdessen näherte sich ihnen ein schwarzgekleideter Pantomime, die Hände wie gefährliche Pranken erhoben, an denen er fortlaufend die Krallen ausfuhr. Als die Kleinen seiner gewahr wurden, spritzten sie schreiend davon. Percy und Eszra durften gehen, die Umstehenden quittierten ihre »Befreiung« mit Jubel. Aber schon gab es andere Kinder, die sich anschlichen. Sie waren immer zu siebt, sie faßten sich immer an den Händen, und alle trugen Masken. Kleine Schlangen auf der Suche nach neuen Opfern. Wo sie auftraten, flüchteten die Großen zur Seite oder in die Häuser. Man kam einfach nicht dazu, in Ruhe den Musikern zu lauschen oder sich den Teller mit kulinarischen Köstlichkeiten zu füllen, die doch überall in so reichem Maße angeboten wurden. Die Kinder sprengten immer wieder die kleinen Versammlungen an den Essenständen. Es war ihr Dorf am heutigen Tag, sie schrieben die Gesetze. Respekt hatten sie allein vor dem stummen schwarzen Mann. Für alle, die aus dem Westen oder Süden der Insel kamen, war Zinnowitz die erste Station auf dem Weg zum Lichtfest. Hier regierten die Kobolde. Wer an den Strand wollte, mußte sich ihnen wohl oder übel stellen . . .
Die Dämmerung setzte ein. Die beiden Flüchtlinge folgten dem Strom der Kommunarden durch die Dünen. Am Wegesrand versuchten Märchenerzähler die Aufmerksamkeit auf sich zu lenken. Eszra blieb bei einem Mann stehen, der etwa dreißig Menschen um sich geschart hatte.

»Ich war mit den Eingeborenen auf Delphinjagd«, sagte er mit ruhiger, sonorer Stimme. »Wir stiegen in enge kleine Schoner, die sie Haramakana nennen, und warteten auf den Mondschein. Dann ruderten wir stumm und andächtig auf dem flüssigen Gold, mit Kränzen aus Magnolien geschmückt, so daß wir einem Leichen- oder Hochzeitszug glichen. Meine Begleiter waren unendlich traurig und feierlich. Wenn sie einen Delphin in ihr Boot warfen, weinten sie stumm, wie man bei uns um einen Verstorbenen weint. Es war ein aufrichtiges und stolzes, unaufdringliches und leises Weinen. Ich griff nach meinem Taschentuch. ›Ihr braucht nicht zu lügen‹, sagte der Anführer. – ›Ich will mich nur schneuzen‹, antwortete ich. – ›Das ist etwas anderes‹, entgegnete er, ›aber ihr Weißen lügt viel. Ihr denkt, es ist schön und anständig, mit jemandem auf Teufel komm raus Freud und Leid zu teilen. Bei uns ist das ein Zeichen von Unhöflichkeit und schlechter Erziehung. Welchen Grund hättest du zum Beispiel, jetzt zu weinen?‹ – ›Die toten Delphine ... wie übrigens auch ihr‹, sagte ich und schneuzte ins Taschentuch. ›Was fällt dir ein!‹ rief der Anführer empört. ›Weinen wegen der Delphine! Wir weinen, weil wir mit unseren Rudern den Mond ohrfeigen müssen!‹ Ihre Ruder berührten kaum das Wasser ...«
Der Mann verbeugte sich. Die Umstehenden standen eine Weile stumm, um anschließend ihrer Freude über die Geschichte nur um so stärker Ausdruck zu verleihen.
Am Strand und auf den Klippen brannten Lagerfeuer, wurde Musik oder Theater gespielt. Der Mond wechselte vom goldenen ins silberne Gewand, während das »Sony«-Logo unter ihm im Meer versank. »See you one more time!« riefen die Menschen wie auf Kommando, als der Schriftzug endgültig vom Horizont rutschte. Eine einzige Umlaufbahn noch, dann würde seine penetrante Anwesenheit ein für allemal beendet sein.
Percy und Eszra ließen sich eine Weile die Wellen über die Zehen spülen, bevor sie dem gemächlichen Treck folgten. Es wurde

schnell dunkel, aber die Feuer und der Mond leuchteten so hell, daß jedes Gesicht auf diesem Marsch erstrahlte. Kurz bevor sie das Amphitheater an der Nordküste erreichten, legten sie sich in den Sand und lauschten den Trommeln, die hinter ihnen aus den Wäldern klangen. Eine junge Frau machte einen Knicks und bat Percy zum Tanz. Sie drehten sich nach einer imaginären Melodie, bis Percy über eine Sandwehe stolperte und sie lachend davonlief. Sie kamen sich vor wie im Paradies.

»Wir werden sie nicht finden heute nacht«, sagte Percy, und blickte dem Mädchen nach.

»Du meinst Laura? Dann finden wir sie eben morgen.«

Ein Hund kam herangewedelt. Unmittelbar dahinter ein kleines Mädchen mit hochgeschobener Maske. »König, du sollst nicht überall stehenbleiben!« schimpfte sie und zerrte das Tier am Schwanz. Eszra mußte lachen. »Oh, nee«, stöhnte die Kleine und stampfte mit dem Fuß auf. »Noch so ein Lachmann, lauter Lachmänner beim Lichtfest...?!«

Nach etwa einer Stunde hatte sich der vorbeidefilierende Zug merklich ausgedünnt. Die Trommeln waren verstummt und die wenigen Nachzügler hielten es plötzlich für geraten, sich in den Sand zu setzen. Alle schauten gebannt nach Osten, wo man jeden Augenblick den Aufstieg von »Sony« erwartete. Als die weißen Buchstaben schließlich über den Klippen erschienen, wurden sie mit einem Feuerwerk aus dem Amphitheater begrüßt.

In einer Viertelstunde, um Punkt elf, sollte die Rakete in die Reklametafel einschlagen. Kaum einer, der jetzt nicht in den Himmel sah, jeder wollte Zeuge sein, wenn diese weltumspannende optische Hinterlassenschaft aus der »Epoche des großen Irrtums« verglühte. Auch Eszra starrte wie gebannt auf das schwebende Monstrum und war mit seinen Gedanken unversehens bei Tamara im Keller. So passierte es, daß er den Abschuß zunächst nur als das Ende seines Tagtraums deutete. Aber die

betretende Reaktion der Menschen am Strand zeigte an, daß sie etwas ganz Ähnliches erlebt hatten. So mußte es sich anfühlen, wenn man einen Drachen erlegte. Der Schock saß tief, erst ganz allmählich erwachten die Leute aus ihrer Erstarrung. Da waren sie wieder, die Buschtrommeln und der Gesang, die Tänze und das Lachen. Einige Strandläufer lagen sich stumm in den Armen, andere kurvten mit ausgebreiteten Armen kreischend im Kreis. Eszra zog an dem Joint, der ihm gereicht wurde, und Percy machte einen Kopfstand. Um sich zu erden, wie er sagte. Später gingen sie mit den anderen zur »Anbetung des Lebens« ins Amphitheater. Der Anblick der viertausend Menschen, die dort mit erhobenen Armen den Anweisungen einer Indianerin Folge leisteten, die von einem erhöhten Podest in der Mitte der Arena über eine Lautsprecheranlage zu ihnen sprach, beeindruckte sie so sehr, daß sie gar nicht anders konnten, als die verlangte Haltung einzunehmen.
»Fühle dich innen hohl und leer«, sagte die Stimme sanft. »Sei ein einziger Hohlraum, und die Energie füllt dich an, füllt dich bis zum Rand. Gestatte ihr, so tief wie möglich in dich einzuströmen, so daß sie in die äußerste Zone deines Körpers, deines Geistes und deiner Seele dringen kann.« Es war mucksmäuschenstill im weiten Rund. »Und wenn du davon so erfüllt bist, daß dein Körper zu vibrieren anfängt, dann beuge dich nieder, dann beuge deinen Kopf zur Erde und gieße die Energie in die Erde. Nimm sie vom Himmel und gib sie der Erde zurück.«*
Eszra fühlte bei geschlossenen Augen, wie er sich aufzuladen begann. Endlich schien er sich mit Laura auszusöhnen. Sie war hier, und er freute sich auf sie. Während er ganz langsam den Kopf neigte, um der Erde zu geben, was der Himmel ihr bestimmt hatte, entdeckte Percy seine Schwester einige Schritte weiter in inniger Umarmung mit einem Mann. Er verzichtete für den Moment darauf, Eszra davon in Kenntnis zu setzen.

Kaum kam Malin in diesen Tagen von der Arbeit, führte ihn sein erster Gang in den Medienraum. Seit Iris ihn so eindringlich auf Xenias nächste Rede hingewiesen hatte, war er zunehmend nervöser geworden. »Die Geschichte hat uns ein Grab geschaufelt...« Was wollte sie ihm damit sagen? Vielleicht hatten sie bei der Obduktion von Pauls Leiche den Chip entdeckt, und sie versuchte, ihn auf diese Weise zu warnen, da normale Computerbriefe leicht zu kontrollieren waren. Als er eines Abends endlich die Nachricht vorfand, daß die Lesson eingespeichert war, wich seine Unruhe einer gespannten Erwartung. 18 Uhr 15. Xenias neue Rede war gerade fünfzehn Minuten verfügbar. Falls ihre Message wichtig war, lag er gut in der Zeit.

Er machte sich frisch, schloß die Wohnungstür ab und setzte den Helm auf. Nachdem er den Abrufknopf betätigt hatte, fand er sich an einer festlich geschmückten Tafel wieder. Das Arrangement entsprach bis ins Detail dem letzten gemeinsamen »Abendmahl« mit Iris.

Von den blauen Gläsern über die rosa Kerzen bis hin zu den Servietten – alles war genauso, wie er es von ihrem Abschiedsessen in Erinnerung hatte. Xenia trat durch die Tür. Sie trug das gleiche rote Kostüm, das er an Iris so bewundert hatte. Der schwarzgefaßte Kragen, die schmalen Taschen mit den goldenen Knöpfen, der enganliegende Rock, der aufreizende Gang..., man hätte meinen können, sie selbst wäre an die Tafel getreten. Das liebte er an Frauen: daß sie um ihre Schönheit wissen, sich im Grunde daran mehr erfreuen können als jeder Betrachter. Er würde die Lesson kurz vor Schluß unterbrechen, um sie noch einmal herbeizuzitieren.

»Du kennst mich«, begann sie vieldeutig und hob das Glas, *»ich hoffe es jedenfalls. Zum Wohl.«*

»Zum Wohl«, murmelte er unter dem Helm mit einem Anflug von Sarkasmus. Die schöne Quälerin. Ein Paradebeispiel.

»Ich habe euch immer wieder begreiflich zu machen versucht, daß die menschliche Gattung eine Schuld zu begleichen hat, daß sie unter Kontrolle gestellt werden muß, bis sie die Ehrfurcht vor dem Leben wiederentdeckt hat. Ich bin einverstanden mit unserer Revolution, ich glaube, daß unser schädliches Wirken in engsten Grenzen gehalten werden muß. Eine solche Politik gibt euch jede Chance, außer einer: Mörder zu sein. Die Zeiten, da ihr Wälder und Wale schlachten konntet, sind vorbei. Leider ist dies nicht das Ergebnis eurer Einsicht, sondern das Ergebnis eurer Habgier, die ihr bis zur totalen Erschöpfung ausgelebt habt. Versteht mich recht: Die Meere sind erschöpft, es gibt keine Wälder mehr zu plündern. Was jedoch nicht verschwunden ist, ist eure Bereitschaft zu morden. ›Die Bäume stehen da draußen, wir holen sie uns. Vor uns liegt der Ozean mit hunderttausend Zwergwalen, die kann uns keiner nehmen.‹ Diese Worte würden euch nach wie vor leicht über die Lippen kommen, wenn sie denn nur Profit versprächen.«
Sie stellte das Glas ab, mit dem sie ihm zugetrunken hatte. Eine flache Konservendose schwebte heran, das bunte Etikett zeigte einen Wal beim Abtauchen. Über die mächtige Schwanzflosse liefen japanische Schriftzeichen wie ein lyrischer Lobgesang.
»Ratet mal, was da steht«, sagte Xenia. *»Ich will es euch sagen: AUF WIEDERSEHEN, HERR WAL! Jede Einkaufskette hatte diese Marke vorübergehend im Angebot. Was ihr jedoch nicht wußtet: In den Dosen war Delphinfleisch. Wale gab es kaum noch. Ihr habt es trotzdem für bare Münze gehalten ... Denn darum ging es: um bare Münze. Dumm von euch. Irgendwann waren die Ressourcen knapp geworden, irgendwann blieb euch nichts anderes übrig, als die Biotechnologen ans Werk zu setzen. Plötzlich war Fett nicht mehr fett, Spargel nicht mehr bitter und die Welt in genmanipulierter Butter. Soll man sagen, daß man euch dafür lieben müßte, daß ihr aller Ehren wert seid? Ihr, die*

ihr am Tropf der Lebensmittelindustrie hingt und euch die große Unempfindlichkeit angefressen habt?«
Sie sah ihn eindringlich an. Er hielt ihrem Blick stand und wurde stillschweigend schuldig gesprochen.
»Ich versage mir weitere Einzelheiten, ihr seid genug gestraft. Vier Millionen Tote gab es allein in Deutschland zu beklagen, nachdem die im Labor gezüchteten Gene eines Kunstkäses den Krankheitskeimen eurer Darmflora die Abwehrformel gegen Antibiotika verraten haben. Ein Betriebsunfall. Eure Betriebsunfälle gingen immer in die Millionen, auf der einen wie auf der anderen Seite. Soll und Haben, Sein oder Nichtsein.«
Xenia verzichtete heute weitgehend auf den üblichen Cyber-Schnickschnack. Aber er vermochte nicht zu erkennen, worin die Botschaft lag, die ihm Iris übermitteln wollte.
»Ihr habt in allem eure Rechnung aufgemacht. Selbst im sogenannten Umweltschutz war ausschließlich von Beständen die Rede, wenn es um lebende Wesen ging. Euer Umweltschutz war nicht dem Leben verpflichtet, sondern dem Naturhaushalt. Irgendwo sollte ein Flughafen gebaut werden, und ein Wald stand im Weg. Also weg damit, was denn sonst? Zur Beruhigung wurde an anderer Stelle aufgeforstet. Daß Bäume Individuen sind, kam euch nicht in den Sinn. Was hättet ihr wohl gesagt, wenn man mit euch so verfahren wäre? Diese Stadt steht im Weg, also weg damit! Dafür kompensieren wir den verlorengegangenen Bestand durch umfangreiche menschliche Neuzüchtungen an anderer Stelle . . .«
Xenia tat, was sie immer tat: Sie polemisierte ohne erkennbare Zusammenhänge drauflos. Malin begann sich zu fragen, ob er Iris vielleicht falsch verstanden hatte.
»Die von euch verwaltete Erde glich am Ende eher einem Verkehrspark, als einem göttlichen Lebensraum. Zu schade, daß weder Tiere noch Pflanzen die Regeln begriffen. Man hätte sie gerne noch eine Weile geduldet und ausgebeutet. Dabei habt ihr

doch alles getan: Ihr habt den Vögeln Flugschneisen, den Fischen Schutzzonen und den Pflanzen Treibhäuser zugewiesen. Die Sensiblen unter euch haben sich mit immer neuen Parolen rüsten müssen: Rettet den Regenwald, rettet die Nordsee, rettet das Nashorn, rettet den, die, das ... Als die geknechtete Natur sich endlich die Freiheit nahm zu krepieren, ist es ihr nur deshalb nicht verübelt worden, weil es kaum einer bemerkt hat. Selbst wenn der Südpol zwischen zwei Kreuzfahrten auf zwanzig Quadratmeter geschrumpft wäre und das letzte Dutzend Pinguine hätte sich vor euren Augen auf dem Kopf stehend mit den Fächerfüßen gegen die stechende Sonne zur Wehr gesetzt: Ihr hättet euch lediglich daran erinnert, daß es im letzten Jahr in der Arktis irgendwie anders aussah ...«

Xenia schnitt eine Ananas auf, die es schon lange nicht mehr zu kaufen gab.

»Ich rede von euch in den ehemaligen Industriegesellschaften, die ihr bis zum bitteren Ende in eure Orgasmuskutschen gestiegen seid, während auf diesem Planeten neun Milliarden Hektar fruchtbares Land der Versteppung anheimfielen. Ich rede von den zwanzig Prozent der Weltbevölkerung, die achtzig Prozent der Rohstoffe ungestraft plündern durften, während Milliarden Menschen durch die genmanipulierten Monokulturen eurer Pharmakonzerne ihrer Lebensräume und ihrer Lebensweise verlustig gingen. Ich rede von dem Betrug, den eure Zivilisation an der Menschheit begangen hat. Es ist eure Schuld, daß die Menschen in Afrika, Südamerika und Asien die lebensfeindlichen Stadtgeschwülste, in denen sie sich einst einen Zipfel eures Wohlstands versprochen hatten, zu Millionen flohen, um die noch halbwegs intakte Natur niederzuwalzen und auszuplündern. Wir haben euch zur Rechenschaft gezogen. Ich stehe dazu.«

Sie öffnete den Knoten im Nacken und schüttelte die Mähne, wie es auch Iris des öfteren tat, bevor sie zur Sache kam.

»Die GO!-Staaten, der Zusammenschluß jener Länder also, die einst als ›erste Welt‹ soviel Elend über die Erde brachten, haben sich nach der Revolution auf eine gemeinsame Verfassung geeinigt, deren oberstes Ziel es ist, den Frieden zwischen Mensch und Natur wiederherzustellen. Der übernationale Charakter der Probleme wurde erkannt und eine übernationale Lösung akzeptiert. In den Öko-Räten sind die begabtesten Köpfe versammelt, die die einzelnen Mitgliedsländer vorzuweisen haben. Sie sind nicht länger abhängig von den Zwängen eines politischen Systems, in dem es allein um Machtmehrung und damit um den bloßen Erhalt des Status quo ging. Unsere Methoden haben sich gewandelt. Die wissenschaftliche Problemlösung ist als Allheilmittel in Frage gestellt. Wir vertrauen darauf, daß die Gesellschaft durch einen spirituellen Impetus transformiert werden kann. In den Meditationskommunen bereitet sich eine neue Generation auf den verantwortungsvollen Umgang mit der Schöpfung vor. Zu lange hatten Psychopathen aus Wirtschaft, Politik und Medien das Steuer in der Hand. Jetzt geben wir die Verantwortung an die Menschen zurück. Ich bin sehr einverstanden damit.«

Xenia nahm einen Schluck Tee und betupfte die Lippen mit einer Serviette.

»Um verantwortliche Menschen zu formen«, sagte sie leiser als bisher, *»muß man ihnen die Wahrheit sagen. Über die Vergangenheit ebenso wie über die Gegenwart. Die Politik muß durchschaubar bleiben, wenn sie verstanden und mitgetragen werden soll, auch in ihren Härten. Die Wahrheit ist den Menschen zumutbar, hat Ingeborg Bachmann gesagt. Sie hat recht. Dies ist es, worum ich mich in meinen Lessons bemüht habe: klarzumachen, daß wir ohne radikale geistige Kehrtwendung verloren sind, daß wir die Konditionierungen aus der Zeit des materiellen Strebens um jeden Preis aufzulösen haben. Das ist hart, sicherlich. Aber es ist der einzige verbliebene Weg. Geht man ihn*

ehrlich, wird man Verständnis ernten. Ein Staat aber, der seine guten Absichten mit versteckten Repressionen durchzudrücken versucht, kann unmöglich erwarten, daß sich seine Menschen zu harmonischen, friedliebenden Wesen wandeln. Lüge und Gewalt sind ein denkbar schlechter Nährboden für Vertrauen.«
Malin wunderte sich über ihre Worte. Welchen Staat außer dem GO!-Verbund konnte sie in diesem Zusammenhang meinen? Vom Rest der Welt war doch nie die Rede, wenn es um aktuelle Politik ging, nicht einmal im Staatsarchiv.
Was war denn mit Xenia los? Ihre markanten Züge verwandelten sich wie unter Geisterhand nach und nach in ein völlig anderes Gesicht! Die neuformierten Augen, die Nase, der Mund – alles hatte auf fatale Weise Ähnlichkeit mit Iris. Am Ende saß sie ihm tatsächlich gegenüber! Er nahm den Helm vom Kopf und vergewisserte sich, ob er noch klar sah. Im Medienraum war alles an seinem Platz, und ein Blick in den Spiegel überzeugte ihn davon, daß es immer noch er selbst war, der ihm dort entgegentrat. Er war einer Autosuggestion aufgesessen. Soweit hatte sie ihn also gebracht mit ihrem Brief.
Er startete die Lesson noch einmal. Kurz bevor er an den Punkt kam, wo die schöne Quälerin soeben einer Art Mimikry erlegen war, stockte ihm der Atem. Zu seiner Überraschung wiederholte sich das Schauspiel mit der gleichen Deutlichkeit wie zuvor. Kein Zweifel, statt Xenia saß nun Iris am Tisch!
»*Xenia ist eine Kunstfigur*«, sagte sie ernst, »*eine Holographie. Sie wurde auf Weisung von Tiefenpsychologen entworfen. Ihr solltet vor Respekt und Verlangen vergehen, ihr solltet süchtig werden nach ihr.*«
Er glaubte es nicht. Und dennoch: Ihre vertraute Stimme breitete sich in seinem Körper aus wie süßes Gift.
»*Die Figur der Xenia war ein Betrug, eine Animation, sonst nichts. Sie ist erfunden worden, um mich zu schützen. Xenia ist mein alter ego. Ich bin verantwortlich für ihre Lessons, ich bin*

ihre Redenschreiberin. Mein Name ist Iris Blume. Als stellvertretende Informationsministerin habe ich seit kurzem Einblick in sämtliche Entscheidungen, die der Öko-Rat in geheimer Abstimmung gefällt hat.«

Malins Hände begannen zu schwitzen. Dies war kein Propagandatrick, dies war ... weiß der Geier, was es war, normal war es jedenfalls nicht.

»Ich gebe mich zu erkennen«, fuhr Iris fort, *»weil ich nicht länger bereit bin, eine Politik mitzutragen, die im Umgang mit Menschen jede Ethik vermissen läßt. Die Aussöhnung mit der Natur kann nur funktionieren, wenn dem Menschen die gleichen Rechte zugestanden werden wie den Pflanzen und Tieren. Nicht mehr, aber auch nicht weniger. So steht es in der Verfassung, und so hat es die Präsidentin des GO!-Verbundes vor einem halben Jahr auf dem Wissenschaftskongreß in Hamburg ausdrücklich angemahnt. Die Realität aber sieht anders aus. In der Realität hat der Staat seinen Bürgern den Krieg erklärt.«*

Mein Gott, was war in sie gefahren? Sie redete sich um Kopf und Kragen!

»Am deutlichsten wird dies an der Tatsache, daß unsere Schutztruppen per implantiertem Mikrochip zu einer Horde willfähriger Befehlsempfänger degradiert worden sind. Sie wissen nicht, was sie tun. Es würde zu weit führen, euch die technischen Details zu erklären. Aber geht davon aus, daß ihr es mit einer verhaltensmanipulierten Armee zu tun habt, die auf Rasenmähen so empfindlich reagiert wie auf Plutoniumdiebstahl. Seid euch darüber im klaren, daß es in diesem Staat keine Rechtsprechung gibt. Wir haben es also im juristischen Sinne mit einem Unrechtsstaat zu tun, der seine Gesetzesbrecher über Schnellrichter aburteilt. Schnellrichter besitzen jede Kompetenz, sie dürfen auch Todesurteile aussprechen, ohne daß ein Einspruch möglich ist. Nach meiner Kenntnis sind in Deutschland im letzten Jahr über fünftausend Todesurteile ergangen. Die meisten

davon für Bagatelldelikte. Ihr seid also potentielle Todeskandidaten. Obwohl die GO!-Staaten bei jeder Gelegenheit verlauten lassen, daß sie die Gentechnik für die größte moralische Entgleisung halten, derer sich Menschen je schuldig gemacht haben, setzen sie selbst sehr wohl auf diese Wissenschaft. Die meisten der vegetarischen Grundnahrungsmittel sind genmanipuliert, da die Böden noch immer zu viele Giftstoffe enthalten. Ihr solltet das zumindest wissen.
Eine der erklärten Absichten der GO!-Staaten lautet, sich auf keinen Fall in die Belange der ehemals dritten Welt einzumischen. Die Praxis sieht anders aus. Seit Jahren wird die Fruchtbarkeit von Frauen in Asien, Afrika und Lateinamerika von uns biotechnisch beeinflußt. Zum Beispiel durch die Beigabe synthetischer Hormonstoffe ins Trinkwasser, in Nahrungsmittel oder in die Atmosphäre. Auf diese Weise sind wir dabei, ganze Kontinente zu entvölkern. Es gibt ein Mittel gegen Aids. Es wird prophylaktisch verabreicht, vor allem in den Meditationskommunen, deren Mitglieder davon allerdings keine Ahnung haben. Es ist also der Staat, der über die Gnade des Lebens entscheidet. Wen der Staat nicht für wert befindet, für den hält er die Euthanasie bereit. Schwere Krebs- und Aidsfälle, auch Strahlenverseuchte werden aussortiert und in abgeschotteten Siedlungen in Stadtlagern konzentriert. Diese Siedlungen werden regelmäßig ›gesäubert‹. Die letzte Säuberungsaktion fand vor einem Jahr statt, als man das Trinkwasser der Siedlungen mit einem schnellwirkenden Gift versetzte. Innerhalb weniger Tage wurden vierzigtausend Tote ›entsorgt‹. Das ist Auschwitz . . .«*
Iris kämpfte mit den Tränen. Als sie sich fing, riß der Film. Malin versuchte, die Lesson erneut zu starten, aber es funktionierte nicht. Er eilte nach nebenan zu seinem Vorarbeiter Bernsdorf, lieh sich dessen Greencard aus und versuchte es damit. Vergebens. Sie hatten die Rede bereits aus dem Programm genommen. Der Schaden war also gering. Wer außer ihm hatte

sich wohl so unmittelbar nach der Computer-Einspeisung auf die schöne Quälerin gestürzt? Und die wenigen, die ihre Botschaft noch empfangen hatten, waren in der Zentrale registriert und leicht ausfindig zu machen. Wenn Iris recht hatte, und er zweifelte nicht im geringsten daran, dann war er jetzt zum Staatsfeind avanciert. Es wäre hirnrissig zu glauben, daß sie ihn mit diesem Wissen in Ruhe lassen würden.

Malin agierte wie unter Strom. Innerhalb von zwei Minuten stand sein Entschluß fest. Bis zu der Adresse, die sie ihm dagelassen hatte, waren es mit dem Auto etwa sechs Stunden. Vielleicht mahlten die Mühlen des Staatsschutzes langsamer als vermutet, und er würde sie noch antreffen. Von dort wäre es nicht weit in die Tübinger Gegend. Notfalls würde er eben allein bei den Waldmenschen um Asyl nachsuchen. Schließlich kannten sie ihn bereits.

Keine Viertelstunde, nachdem er den Cyber-Helm abgesetzt hatte, quälte Malin einen Kipplaster unter ohrenbetäubendem Lärm die Isar-Böschung hinauf. Er hatte keine Wahl, oder?

Iris streichelte die Palme, die Martin vor acht Jahren aus Brasilien mitgebracht hatte. Zimmerpflanzen waren verboten, aber das brauchte einen Informationsminister nicht zu kümmern. Damals war die Yucca fünfzig Zentimeter hoch, jetzt stieß sie mit den Spitzen an die Decke. Drei Meter war sie gewachsen. Seltsam, dachte sie, der Wachstumsprozeß war ihr zu keiner Zeit bewußt geworden. Die Palme war immer nur so groß, wie sie sie gerade vorfand. Angenommen, man hätte sie über acht Jahre hinweg gefilmt, dann stünden jetzt 70 000 Stunden Material zur Verfügung. Aufschluß über ihr Wachstum aber gäbe der Film nicht. Eine Menge anderer Dinge würde man sehen, sie zum Beispiel. Sie würde ständig durchs Bild laufen, sie wohnte ja hier. Man würde sie essen, arbeiten, schlafen und lieben sehen, man würde Tage und Nächte vorbeistreichen sehen, ganze Jahre, immer schön synchron, aber die Palme würde man nicht wachsen sehen. Dazu hätte man den Film durch den Zeitraffer jagen müssen. Erst wenn man acht Jahre auf eine Stunde verdichtete, könnte man die Yucca wachsen sehen. Etwa fünf Zentimeter pro Minute. Das wäre dann immer noch ein bedächtiges Aufbäumen. Stolz und aufrecht würde die Pflanze ihre Kraft entfalten, während Tage und Nächte in einem nervösen Lichtgeflacker vergingen. Von ihr, die sie mit der Palme in diesem Raum gelebt hatte, fehlte gar jede Spur. Ihre Bewegungen wären nicht registriert. Sie wäre allenfalls ein dubioser Nebel, der sich kreisend über das Bild bewegte, sie wäre ausgelöscht in dieser Welt der behutsamen Entwicklung. Obwohl doch beide, die Pflanze und sie, zwei körperliche Wesen waren, obwohl sie beide in derselben Zeit lebten und diese auf engstem Raum miteinander verbrachten, wäre sie im Zeitraffer unsichtbar. Für die Pflanze war sie eine Ahnung, ein Hauch, mehr nicht. Sicher gibt es auch für Menschen handfeste Wesen, die wir aufgrund ihrer andersgearteten Geschwindigkeit nicht zu erkennen vermögen, während sie ihrerseits ganz praktisch mit uns umgehen. Wir nennen sie Geister ...

Sie zählte die Blätter: »Sie holen mich, sie holen mich nicht, sie holen mich, sie holen mich nicht, sie holen mich ...«

Es klingelte an der Tür. Iris schlüpfte in den Mantel, den sie sich schon vor Stunden zurechtgelegt hatte und löschte das Licht.

Quellennachweis

Ich habe mich bemüht, alle Quellen zu nennen, die ich für meine Arbeit verwendet habe. In einigen Fällen hat mir mein Gedächtnis einen Streich gespielt, insbesondere bei den Zeugnissen des Fernsehens, die ich spontan mit einem Diktiergerät aufgenommen habe. Beim Abschreiben der Tapes Tage oder Wochen später (Wer schreibt schon gerne ab?) ist mir zwei-, dreimal das Datum der Sendung, die Sendung selbst oder der Sendeplatz nicht mehr geläufig gewesen. Ich bitte die betroffenen Kollegen, falls sie sich hier nicht gut vertreten wiederfinden sollten, mir keine böse Absicht zu unterstellen. Mein Dank ist ihnen ohnehin gewiß. Wir können nur noch zusammenarbeiten. Falls jemand etwas von mir gebrauchen kann: bitteschön.*
Im abschließenden Anhang nenne ich einige Bücher, die ich bei den Recherchen kennen- und liebengelernt habe. Ich lege sie Ihnen ans Herz.
Dirk C. Fleck, im September 1993

S. 27 f. Georg Blume, »*Alle Ästhetik beruht auf Wasser*«, taz World Media Nr. 4
S. 34 Carl Amery, »*Die ökologische Chance*«, Heyne Taschenbuch
S. 39 Worldwatch Institute, »*Zur Lage der Welt 1992*«, Fischer Taschenbuch
S. 74 Stanislaw Lem, »*Summa technologiae*«, Suhrkamp Taschenbuch

S. 88 Gerd Gehrken, Interview im Playboy, April 1992
S. 91 Rudolf Kaiser, »*Die Stimme des großen Geistes*«, Kösel Verlag
S. 98 Ywahoo, »*Am Feuer der Weisheit*«, Theseus Verlag
S. 107 f. Luc Montagnier, »*Aids und die Krankheiten des 21. Jahrhunderts*«, taz World Media Nr. 3
S. 112 Horst Königstein, Cord Schnibben, »*Hamburger Gift*«, ARD vom 2. 12. 92
S. 114 Elvira Spill, »*Brennpunkt Müll*«, stern-Buch
S. 116 ff. Bezug auf den amerikanischen Ethnologen J. Walter Fewkes, der Ende des 19. Jahrhunderts die Hopis besuchte
S. 128 Günther Anders, »*Der Gelegenheitsphilosoph ist tot*«, taz vom 19. 12. 92
S. 129 Wolfgang Sachs, »*Technik als Werkzeug*«, taz World Media Nr. 3
S. 131 Holger Strohm, »*Politische Ökologie*«, rororo 7085
S. 139 Klaus Bosselmann, »*Im Namen der Natur*«, Scherz-Verlag
S. 184 stern-tv vom 6. 1. 93
S. 199 Worldwatch Institute, »*Zur Lage der Welt 1992*«, Fischer Taschenbuch
S. 211 »Balanchines Ballerinen«, ZDF vom 9. 5. 93
Novalis, »*Geistliche Lieder*«
S. 212 taz, Dezember 1992
S. 214 Ingeborg Bachmann, »*Die gestundete Zeit*«, Piper Verlag
S. 222 Erika Mann, »*Lied eines jüdischen Mädchens im KZ*«
S. 228 taz, »*Russisch Roulette im Mittelmeer*«, 15. 1. 93
S. 238 ff. Ausschnitte aus der Rede des Häuptlings Seattle (»*Wir sind ein Teil der Erde*«) an den Präsidenten der Vereinigten Staaten von Amerika im Jahre 1855
S. 242 Gerd Gehrken im Gespräch mit Hendrik M. Broder auf der Mediale in Hamburg, Dezember 1992

S. 252 Der Publizist Jürgen Dahl, zitiert im Spiegel 8/93
S. 262 SAT. 1, »*Talk im Turm*«, 21. 3. 93
S. 280 f. Der amerikanische Sozialpsychologe Kennet Gergen, zitiert im Spiegel 14/93
S. 281 f. Hans-Dieter Degler, »*Wissenszwerge unter Druck*«, Spiegel 14/93
S. 282 Der Schweizer Wirtschaftswissenschaftler Christian Lutz, zitiert im Spiegel 14/93
S. 282 f. George Meredith, »*Wir haben die Wahl*«, Osho Verlag
S. 287 f. Der amerikanische Hanfforscher Jack Herer
S. 290 Rudolf Kaiser, »*Gott schläft im Stein*«, Kösel Verlag
Eugen Drewermann, »*Der tödliche Fortschritt*«, Herder Taschenbuch
S. 291 Standing Bear, geb. 1868, Sioux-Indianer und Dolmetscher Buffalo Bills
S. 303 Hamburger Morgenpost vom 19. 5. 93, »*Der Mond ist aufgegangen, die Werbetafeln prangen*«
S. 304 Ernest Callenbach, »*Ökotopia*«, Rotbuch Verlag
S. 306 Bhagwan Shree Rajneesh, »*Tantra – Die höchste Einsicht*«, Sannyas Verlag
S. 315 Ingeborg Bachmann, »*Botschaft*«, aus »*Die gestundete Zeit*«, Piper Verlag
S. 320 Bhagwan Shree Rajneesh, a. a. O.
S. 328 Stanislaw Lem, »*Operation Sex Wars*«, Spiegel 44/92

Empfehlenswerte Bücher zum Thema

Douglas Adams / Mark Carwardine, »*Die letzten ihrer Art – Eine Reise zu den aussterbenden Tieren unserer Erde*«, Hoffmann und Campe

Carl Amery, »*Die ökologische Chance*«, Heyne Taschenbuch

Rudolf Bahro, »*Logik der Rettung*«, Edition Weitbrecht

Sun Bear, »*Die Erde liegt in unserer Hand*«, Goldmann

Klaus Bosselmann, »*Im Namen der Natur – Der Weg zum ökologischen Rechtsstaat*«, Scherz Verlag

Julian Burger, »*Die Wächter der Erde – Vom Leben sterbender Völker*«, rororo Aktuell

Ernest Callenbach, »*Ökotopia*«, Rotbuch Verlag

Thomas Cleary, »*Das Tao der Politik – Leitlinien für eine neue politische Kultur*«, O. W. Barth Verlag

Eugen Drewermann, »*Der tödliche Fortschritt*«, Herder Spektrum

Josef Giebel, »*Morgen im Brennpunkt – Prophezeiungen und Prognosen*«, Ariston Paperback

»*Global 2000 – Der Bericht an den Präsidenten*«, Zweitausendeins

Robert Jungk, »*Zukunftswerkstätten*«, Hoffmann und Campe

Rudolf Kaiser, »*Gott schläft im Stein – indianische und abendländische Weltansichten im Widerstreit*«, Kösel Verlag

Rudolf Kaiser, »*Die Stimme des Großen Geistes – Prophezeiungen und Endzeiterwartungen der Hopi-Indianer*«, Kösel Verlag

Rudolf Kaiser, »*Im Einklang mit dem Universum – Aus dem Leben der Hopi-Indianer*«, Kösel Verlag
Stanislaw Lem, »*Summa technologiae*«, Suhrkamp Taschenbuch
Stanislaw Lem, »*Der futurologische Kongreß*«, Suhrkamp Taschenbuch
Doris Lessing, »*Memoiren einer Überlebenden*«, Fischer Taschenbuch
»*Wir sind ein Teil dieser Erde*« – Die Rede des Häuptlings Seattle an den Präsidenten der Vereinigten Staaten von Amerika im Jahre 1855, Walter-Verlag
Elvira Spill und Erdmann Wingert, »*Brennpunkt Müll – eine Anleitung zum Widerstand*«, stern-Buch
Holger Strohm, »*Politische Ökologie – Arbeitsmaterialien und Lernmodelle für Unterricht und Aktion*«, rororo Sachbuch
Holger Strohm, »*Friedlich in die Katastrophe – Eine Dokumentation über Atomkraftwerke*«, Zweitausendundeins
Luis Vitale, »*Umwelt in Lateinamerika – Die Geschichte einer Zerstörung*«, ISP-Verlag
Worldwatch Institute Report 1992 und 1993, »*Zur Lage der Welt*«, Fischer Taschenbuch
Dhyani Ywahoo, »*Am Feuer der Weisheit*«, Theseus-Verlag